BASTEI LÜBBE

BORIS VON SMERCEK

# TOD IM REGENWALD

BASTEI LÜBBE

BASTEI LÜBBE TASCHENBUCH
Band 14 936

Erste Auflage: Juli 2003

Vollständige Taschenbuchausgabe

Bastei Lübbe Taschenbücher ist ein Imprint
der Verlagsgruppe Lübbe


Dieses Werk wurde vermittelt durch die
Literarische Agentur Thomas Schlück GmbH, 30827 Garbsen.
Umschlaggestaltung: Gisela Kullowatz
Titelbild: The Image Bank
Satz: hanseatenSatz-bremen, Bremen
Druck und Verarbeitung: Nørhaven Paperback A./S.
Printed in Denmark
ISBN 3-404-14936-X

Sie finden uns im Internet unter
http://www.luebbe.de

Der Preis dieses Bandes versteht sich einschließlich
der gesetzlichen Mehrwertsteuer.

*Wenn es irgendwo in diesem Land
das irdische Paradies gibt, dann
kann es nicht weit von der Küste
sein, die wir entdeckten.*

Amerigo Vespucci
(1451–1512, Seefahrer)
über die Wälder Südamerikas

# 1

*Im Jahr des Herrn 1561*

Düster und Unheil verkündend lastete die graue Nebeldecke auf dem Lager der spanischen conquistadores. Durch das dichte Blätterdach des tropischen Urwalds schimmerte bereits das fahle Licht der Dämmerung. Langsam, fast geisterhaft, umfloss der milchige Dunst Baumstämme und Sträucher ebenso wie die Körper der schlafenden Soldaten. Es war ein Morgen wie jeder andere, seit sie den ersten Fuß in diese unendliche, immergrüne Weite gesetzt hatten. Ein Morgen, an dessen urzeitliche Atmosphäre sie sich im Laufe der Monate gewöhnt hatten. Und doch sollte dieser Morgen einen Wendepunkt im Leben der Expeditionsteilnehmer markieren.

Lope de Aguirre war früh erwacht. In letzter Zeit quälten ihn immer wieder stechende Schmerzen in den Schläfen, und wenn sie ihn erst einmal aus dem Schlaf geholt hatten, fand er keine Ruhe mehr. So wie heute. Gaspar de Carvajal, der Dominikanermönch, der den Zug als Geistlicher und Arzt begleitete, hatte das Leiden auf eine Kopfwunde zurückgeführt, die Aguirre bei einem Kampf mit Eingeborenen davongetragen hatte. Doch diese Verletzung war schon seit vielen Wochen verheilt, während das Kopfweh erst vor kurzem eingesetzt hatte. Mit grimmiger Miene wischte Lope de Aguirre den Gedanken an den

Mönch beiseite. Mochte er seine Qualitäten als Handlanger Gottes haben – in medizinischer Hinsicht war er ein Quacksalber.

Der Baske, der wegen seiner finsteren Ausstrahlung ›der Wolf‹ genannt wurde, lehnte an einem Baum und ließ seinen Blick über das neblige Lager schweifen. Um sich von seinem Kopfweh abzulenken, versuchte er, sich auf die Geräusche des Waldes zu konzentrieren, die die morgendliche Stille sporadisch unterbrachen; auf die glucksenden Vogelrufe, auf das Gekreisch der Affen und auf das Zirpen von Insekten. Doch es gelang ihm nicht. Er fühlte sich abgeschlagen und erschöpft. Wie alle anderen litt auch er unter den unsagbaren Strapazen der Reise. Seine Beine waren von den langen Fußmärschen geschwollen. Seine Arme waren übersät von blutigen Striemen und Narben, die spitze Äste, dornige Zweige und scharfe Blätter bei jedem Schritt durchs Dickicht hinterlassen hatten. Unter seiner von zahlreichen Moskitostichen entstellten Gesichtshaut traten die Wangenknochen deutlich hervor. Der tägliche Kampf ums Überleben, der zermürbende Marsch quer durch das unbekannte, menschenfeindliche Land hatten ihren Tribut gefordert. Mit seinen fünfzig Jahren sah Lope de Aguirre bereits aus wie ein Greis.

Alle anderen, die die Expedition begleiteten, teilten dieses Schicksal mit ihm. An keinem waren die Anstrengungen der ungewissen Reise spurlos vorübergegangen. Einst waren sie von Lima aus in Richtung Nordosten losgezogen. Sie hatten das Hochland der Anden und die Kordilleren hinter sich gelassen und waren immer tiefer in den Urwald eingedrungen. Getrieben von der Hoffnung auf Gold und Ruhm, hatten sie keine Gefahren gescheut. Nun waren die einstmals farbenprächtigen Gewänder der conquistadores zerschlissen und verschmutzt, das Gelb und das Rot waren kaum noch zu erkennen. Ihre reich verzierten Brustpanzer und Stahlhelme glänzten schon lange nicht mehr. Die Schwerter, Äxte, Lanzen und Armbrüste, die sie zu ihrer Verteidigung dabeihatten, waren im Laufe der Zeit matt und stumpf geworden. Die Klingen und Pfeilspitzen waren nur noch trauriger Ballast, an dem das Blut unzähliger Indianer klebte.

Auch Aguirres Tochter war mit ihren sechzehn Jahren allmählich am Ende ihrer Kraft angelangt. Um so mehr bewunderte der kampferprobte Soldat ihre Entschlossenheit und ihre Ausdauer. Noch nie war ein Laut der Klage über ihre Lippen gekommen, obwohl sie mit ihrer zierlichen, beinahe zerbrechlichen Gestalt mehr Grund dazu gehabt hätte als jeder andere. Aguirre wusste, dass sie diese Eigenschaften, diese zähe Beharrlichkeit, den Willen zu siegen und niemals aufzugeben, von ihm geerbt hatte. Und vielleicht liebte er sie deshalb so sehr. Aber war es wirklich eine gute Idee gewesen, sie mit auf die Expedition zu nehmen?

Für Selbstvorwürfe war es jedoch zu spät. Umzukehren hätte keinen Sinn gehabt. Niemals hätten sie den Weg zurück geschafft, niemals hätten sie den Kampf gegen Hunger, Krankheiten, Eingeborene und wilde Tiere noch einmal durchstehen können. Es gab nur eine Möglichkeit: weiter zu marschieren, immer weiter. Und darauf zu hoffen, dass sie bald, sehr bald auf einen Fluss stoßen würden, um die Reise auf dem Wasser fortsetzen zu können. Gelänge ihnen das nicht, würden sie in dieser grünen Hölle elend zu Grunde gehen. Derart in Gedanken versunken, dauerte es einen Moment, bis Lope de Aguirre den markerschütternden Laut vernahm, der die morgendliche Stille über dem Lager jäh zerriss. Doch dann wusste er sofort: Es war der Schrei einer Frau. Und er wusste, woher der Schrei kam – aus dem Zelt von Pedro de Ursúa, dem Anführer der Expedition.

So schnell er konnte, huschte der Baske durchs Lager, stets darauf bedacht, nicht auf einen der am Boden schlafenden Männer zu treten. Erst als er die Plane am Eingang zu Ursúas Zelt zur Seite warf, verstummte der Schrei. Vor ihm stand Dona Inéz, die Geliebte des Expeditionsführers. Sie hatte ihm den Rücken zugewandt und fuhr erschreckt herum, als Aguirre eintrat.

Noch nie zuvor hatte er die Frau in einem solchen Zustand erlebt – das Haar geöffnet, barfuß und nur mit einem Nachthemd bekleidet, liefen ihr die Tränen über die Wangen. Sie sah verstört aus. Und schön zugleich. Und in ihrer Schönheit und Verletzlichkeit kam sie ihm vor wie ein Engel in Menschengestalt.

Hinter diesem Engel aber lag – beschienen vom schwachen Kerzenlicht – Pedro de Ursúa in seiner Hängematte. Mit durchschnittener Kehle und blutdurchtränktem Hemd.

»Pedro de Ursúa ist tot!«, sagte Lope de Aguirre mit fester Stimme zu der versammelten Mannschaft. Einige der conquistadores hielten brennende Fackeln in der Hand, die aber gegen den Morgennebel nicht ankamen, der sich hartnäckig am Boden hielt. Neben Aguirre standen seine Tochter Maria und Dona Inéz. Sie schien ihre Trauer mit apathischer Gleichgültigkeit zu ertragen. Die sechzig Soldaten des Zuges, die sie schweigend umringten, nahm sie kaum wahr.

»Unser Führer wurde in dieser Nacht ermordet!«, fuhr Aguirre fort, und sofort ging ein Raunen durch die Gruppe. Alle schienen sich gleichzeitig zu fragen, was genau geschehen war.

Fernando Garcilasco, einer der Fackelträger und einer der feurigsten Anhänger Ursúas, sprach schließlich aus, was alle beschäftigte: »Was soll das heißen, Lope? Ermordet? Sagt uns, was es damit auf sich hat!« Die anderen murmelten zustimmend.

»Der Herr allein weiß, was in dieser Nacht geschehen ist!«, sagte Aguirre, nachdem sich die Männer wieder beruhigt hatten. »Niemand hat gesehen, was passiert ist.«

»Den Hals hat man ihm aufgeschlitzt!«, rief jetzt einer aus der Menge. »Geschlachtet hat man ihn wie eine Sau!«

Also hat es sich bereits herumgesprochen, dachte Aguirre zerknirscht. Er selbst hatte bisher jede Auskunft verweigert, und sicher hatte auch Dona Inéz zu niemandem über Ursúas Tod gesprochen. Und abgesehen von ihnen beiden, hatte er nur noch dem Mönch Zutritt zum Zelt des Toten gewährt. Carvajal, dieser verfluchte ... Der Baske zwang sich, seine Wut zu zähmen. Ihm wäre es lieber gewesen, er hätte die schlechten Nachrichten selbst bekannt geben können. Wenn die Männer sich erst einmal anheizten, konnte es zum Schlimmsten kommen.

In der Tat machten die Soldaten nun ihren erhitzten Gemütern lautstark Luft. Worte wie ›Antichrist‹ und ›Gottesstrafe‹ hoben sich vom übrigen Stimmengewirr ab. Aguirre hatte alle Mühe, die Männer wieder zu besänftigen. »Hört mich an!«, rief er, um die aufgebrachte Menge zu übertönen. »Kein Mensch kann sagen, was sich zugetragen hat. Nicht einmal Dona Inéz, die die Nacht in Ursúas Zelt verbrachte, hat gehört oder gesehen, wie sich dieses grausame Verbrechen zugetragen hat ...«

»Weil sie selbst die Klinge angesetzt hat!«, fiel Fernando Garcilasco ihm ins Wort. »Wer sonst konnte so nah an unseren Anführer herankommen? Ich sage: Dieses Weib ist der Satan! Nur sie kann es gewesen sein!«

»Hängt sie auf!«, forderte ein weiterer Anhänger Ursúas lautstark.

»Verbrennt die Hexe!«, meinte ein anderer.

Und mit jedem Zuruf wurde die Meute weiter angestachelt.

Schließlich wagte Fernando Garcilasco sogar, Dona Inéz anzugreifen. Er schnappte die Frau, die noch immer im Nachthemd dastand, bei den Haaren und drückte ihr den Kopf in den Nacken. Gelähmt von Trauer und schockiert von dem plötzlichen Angriff, leistete Dona Inéz keinerlei Widerstand. Schon wollte Garcilasco ihr den Stoff ansengen, als Aguirre ihn am Handgelenk packte.

»Haltet ein, Garcilasco! Augenblicklich!«, zischte der Baske scharf. Seine Worte waren mehr als ein Befehl; sie waren eine Drohung. »Ihr wisst nicht, was ihr tut! Haltet ein, und lasst diese Frau los, wenn euch euer Leben lieb ist.«

So leise Aguirre gesprochen hatte, so deutlich waren seine Worte zu vernehmen gewesen, denn alle verstummten augenblicklich. Jeder spürte die Spannung, die sich zwischen den beiden Männern aufgebaut hatte.

Unerträglich lange starrten Aguirre und Garcilasco einander an. Keiner der beiden – und auch keiner der anderen Anwesenden – rührte sich. Abgesehen vom Tanz der Fackeln, schien jede Bewegung eingefroren. Endlich erhob Aguirre die Stimme. Dabei fixierte er mit durchdringendem Blick nacheinander alle Männer des Zuges: »Ihr wollt diese Frau verurteilen und euch damit als höchste Richter dieser Welt aufspielen? Dabei seid ihr doch nichts anderes als eine Horde einfältiger Schafe!« Trotz der Beleidigung wagte niemand, auch nur einen Laut des Protests von sich zu geben. In diesem Moment wusste Aguirre, dass er die Männer in der Hand hatte. Seine Chance war nun gekommen. »Seit wir dieses Land betreten haben, haben wir allen Gefahren getrotzt. Wie oft sind wir auf Eingeborene gestoßen, und wie wenige von ihnen waren uns wohlgesonnen? So mancher brave Mann hat auf dieser Reise sein Leben lassen müssen. Seit Monaten heißt unsere oberste Maxime Vorsicht, denn der Wald hat überall Augen und Ohren. Ihr aber brüllt hier herum, dass man es kilometerweit hören kann. Einfältige Schafe seid ihr allesamt!« Er machte eine Pause, aber niemand wagte das Wort zu erheben. Dann richtete er den Blick wieder auf Garcilasco. »Ihr wollt diese Frau töten?«, knurrte er, wobei er das Handgelenk seines Kontrahenten fest zusammenpresste. »Bitte! So tötet sie! Und tötet euch selbst gleich mit, denn ihr sollt wissen, dass ihr euch damit des Hochverrats schuldig macht.« Man konnte Fernando Garcilasco am Gesicht ablesen, dass er nicht wusste, wovon Aguirre sprach. Doch dieser lüftete nun das Geheimnis: »Dieser Zug ist unterwegs im Auftrag des Vizekönigs von Peru und damit auch im Auftrag der spanischen Krone. Da unser Anfuhrer, Pedro de Ursúa, tot ist, werde ich selbst, Lope de Aguirre, seine Nachfolge antreten!« Keiner sagte ein Wort. »Ab sofort untersteht Dona Inéz meinem persönlichen Schutz. Wer diese Frau töten will, muss zuerst mich töten, und das wäre Meuterei!« Damit ließ er Garcilascos Handgelenk los.

Lange passierte nichts. Aguirre wusste, dass es ein kühner Schritt war, sich selbst zum neuen Expeditionsleiter auszurufen, denn nicht alle Männer der Gruppe unterstützten ihn. Vor allem Fernando Garcilasco hatte eine fast ebenso starke Anhängerschaft wie er selbst. Alles hing jetzt davon ab, wie Garcilasco sich verhalten würde. Ließ er die Frau los, hatte der Baske gewonnen. Würde sein Widersacher jedoch zum Angriff übergehen, war ein Kampf unvermeidlich. Beide Gruppen würden sich gegenseitig niedermetzeln, und die wenigen Überlebenden hätten kaum eine Chance, jemals wieder aus dieser grünen Hölle herauszukommen. Selbst mit sechzig Soldaten waren ihre Aussichten beinahe hoffnungslos.

Fernando Garcilasco mussten ähnliche Gedanken durch den Kopf gegangen sein wie Aguirre. Schließlich gab er die Frau frei. Während sie sich Hilfe suchend hinter Aguirres Rücken versteckte, sprühte aus seinen Augen purer Hass. Der Kampf ist noch nicht entschieden, sagte sein Blick. Irgendwann stehen wir uns wieder gegenüber. Und dann gnade euch Gott!

Noch bevor die Sonne richtig aufgegangen war und der Nebel sich aufgelöst hatte, lag Pedro de Ursúa unter der Erde. Gaspar de Carvajal, der Dominikanermönch, hielt die Totenmesse. Mit erhobenen Händen sprach er:

> »*Penitentiam agite, appropinquavit enim regnum coelorum.*
> Tut Buße, denn das Himmelreich ist nahe.
> Bereitet den Weg des Herrn, macht eben seine Pfade.
> Und kämpfet stets im Namen Gottes, denn Jesus selbst sagte:
> Fürchtet euch nicht vor denen, die wohl den Leib, nicht aber die Seele töten können.«

Danach setzte er mit unnatürlich hoher Stimme zu einem Klagegesang an. Die sanfte Melodie berührte die Männer und ließ sie für einige Momente ihre fatale Situation vergessen. Als der Mönch sein Lied beendet hatte, beteten sie gemeinsam das Vaterunser.

*»Pater noster quis es in caelis,*
*sanctificetur nomen tuis,*
*adveniat regnum tuum,*
*fiat voluntas tua ...«*

Das sakrale Gemurmel der sechzig Soldaten drang tief in den Wald und verlor sich irgendwo in seinen unendlichen Weiten.

Nach der Totenmesse ließ Gaspar de Carvajal jeden einzelnen auf die Bibel schwören, Pedro de Ursúa nicht umgebracht zu haben.

Auch Dona Inéz, Aguirre und dessen Tochter Maria mussten vortreten. Zuletzt legte er selbst die Hand auf die Bibel, während er dem Herrn im Himmel und allen Anwesenden seine Unschuld versicherte.

Die Zeremonie verfehlte ihre Wirkung nicht. Die Stimmung in der Gruppe besserte sich zusehends. Beinahe von einem Moment auf den anderen schien keiner mehr den Verdacht zu haben, einer aus dem Zug könnte Ursúa umgebracht haben. In Zeiten, in denen die schwerste Strafe für ein Verbrechen nicht Tod oder Verbannung war, sondern Exkommunizierung, war der Schwur eines gläubigen Christen Beweis genug.

Nur Lope de Aguirre wusste, dass Ursúa nicht von Eingeborenen getötet worden war, die sich ins nächtliche Lager geschlichen hatten. Dumme Schafe waren sie, die sich von dem Wort des Geistlichen beeindrucken ließen. Hätten sie ihren Glauben und ihr Gottvertrauen nur für einen Moment beiseite geschoben, hätte ihnen aufgehen müssen, dass diese Erklärung kaum Sinn ergab. Warum sollte ein Indianer ausgerechnet in Ursúas Zelt eingedrungen sein, wo er doch viel leichter eine der Wachen hätte töten können?

Dennoch war der Baske erleichtert, dass die Männer

sich zu beruhigen schienen. Durch seine Machtergreifung hatte er bereits genug Zwietracht in die Gruppe gebracht. Da war es gut, dass sie sich nicht auch noch ständig mit der Frage befassten, wie Pedro de Ursúa umgekommen war. Er allein wusste, dass einer von ihnen die Unwahrheit gesagt hatte. Er wusste, dass unter ihnen ein Mörder war.

# 2

*Donnerstag, 11. Juni 1998*

Rio de Janeiro hatte von seinen Einwohnern zu Recht den Beinamen ›cidade maravilhosa‹, die ›wunderbare Stadt‹, bekommen. Zu dieser Erkenntnis war Sarah Boulder bereits kurz nach ihrer Ankunft gekommen, und mit jedem weiteren Urlaubstag hatte sich der Eindruck bestätigt. Wohin sie auch kam, jedes Viertel, jede Straße, jeder Platz hatte sein eigenes, meist von Sambarhythmen unterlegtes Flair. Eine Mischung aus Melancholie, Temperament und ungetrübter Lebensfreude.

In den vergangenen zweieinhalb Wochen hatte Sarah schon einiges von ihrer Traumstadt gesehen. Um möglichst viel Zeit für individuelle Ausflüge zu haben, hatte sie das übliche Touristenprogramm gleich in den ersten Tagen absolviert: die obligatorische Seilbahnfahrt auf den Pao de Acúcar – den Zuckerhut –, ein Besuch im Tijuca-Nationalpark, eine Fahrt auf den Corcovado mit seiner 38 Meter hohen Christusstatue und vieles mehr. Der Legende nach hatte Gott in sechs Tagen die Welt erschaffen, am siebten Tage aber schuf er Rio, und wenn man die Stadt erst einmal gesehen hatte, war man geneigt, dieser Legende blindlings zu glauben.

Als freie Mitarbeiterin des National Geographic Magazine war Sarah Boulder trotz ihrer jungen Jahre schon viel herumgekommen, doch selten hatte irgendein Ort auf der Welt einen derart großen Reiz auf sie ausgeübt. Im Vergleich zu Rio nahm sich ihre Heimatstadt New York wie eine stinkende, dreckige Betonwüste aus. Rio de Janeiro war garantiert die beeindruckendste und fröhlichste Stadt, in der Sarah jemals gewesen war. Hätte sie gewusst, dass dies ihr letzter Urlaubstag in Rio sein würde, hätte sie ihn sicher noch mehr genossen. Und hätte sie auch nur ansatzweise geahnt, was sie in den nächsten Tagen erwartete – welche Welle der Gewalt über sie hereinbrechen würde –, so hätte sie ihre geliebte Stadt garantiert nicht vorzeitig verlassen.

Die junge Frau band sich das lockige, schwarze Haar zu einem Pferdeschwanz zusammen. Bei dem Klima konnte langes Haar zu einer wahren Tortur werden. Sie wischte sich mit der Hand eine letzte Strähne aus der Stirn und gratulierte sich innerlich zu dem Entschluss, an diesem Tag ihren kurzen Rock angezogen zu haben. In Jeans wäre sie garantiert verrückt geworden.

Gemütlich schlenderte sie durch den Botanischen Garten, der an diesem Tag ihr Ausflugsziel gewesen war. Die über hundert Vogel- und Pflanzenarten, die man hier begutachten konnte, waren durchaus beeindruckend und sehenswert, doch nach einem zweistündigen Rundgang hatte sich ihr Interesse an der tropischen Artenvielfalt bereits erschöpft. Der Gedanke an einen Schaufensterbummel im Stadtinnern war wesentlich verlockender.

An der Bushaltestelle ertappte Sarah sich dabei, wie sie die anderen Wartenden beobachtete – eine Art Zwangsverhalten, das ihr Beruf als Reporterin mit sich brachte. Ihr Blick streifte zwei ältere Herren in sauberer, aber abgetragener Kleidung und eine Mutter mit ihrem Kind. Ein wenig abseits stand, eng aneinandergeschmiegt, ein junges Pärchen, das sich beim Küssen beinahe verschlang. Ohne Scheu gaben sie sich ihren Zärtlichkeiten hin – und ohne Scheu sah Sarah ihnen dabei zu.

Sie musste ihnen einfach zusehen.

Eine Berufskrankheit?, fragte sich Sarah. Diese Ausrede wäre zu bequem gewesen; ein äußerst schwacher Versuch, ihre ausgeprägte Neugier und ihren Hang zum Voyeurismus zu entschuldigen. Tatsache war, dass es ihr gefiel, andere Leute zu beobachten, genauso wie es ihr gefiel, Geschichten auf den Grund zu gehen. Deswegen war sie Reporterin geworden. In diesem Beruf musste sie sich für ihre Neugier nicht rechtfertigen, sie wurde sogar von ihr verlangt.

Der Linienbus kam und hielt am Straßenrand. Das vulgäre Zischen der sich öffnenden hydraulischen Türen holte Sarah und das Liebespärchen wieder auf den Boden der Tatsachen zurück, und alle stiegen ein.

Im Zentrum Rios herrschte reges Treiben. Autoschlangen schoben sich durch die breiten Straßenschluchten, und Heerscharen von Passanten drängten sich auf den Gehwegen. Mit über zehn Millionen Einwohnern war die Stadt eine einzige brodelnde Bewegung. Nach Sarahs Geschmack aufregend und elektrisierend.

Ziellos schlenderte sie durch die Straßen und sah sich die Auslagen in den Schaufenstern an – Lederwaren, Kleider, Badeanzüge, Hüte, Schmuck; alles, was das Herz begehrte. Da Rio jedoch nicht nur ein Paradies für Urlauber, sondern auch eines für Diebe war, hatte Sarah an diesem Morgen nur wenig Geld eingesteckt. Nicht viel mehr, als sie für die geplanten Fahrten und den Eintritt in den Botanischen Garten benötigte. Selbst ihre Kreditkarte hatte sie im Hotelsafe deponiert. Ihr blieb nichts anderes übrig, als sehnsüchtig an den Schaufenstern entlangzuspazieren und zu betrachten, was sie sich nicht würde kaufen können.

Nach einiger Zeit hatte sie genug davon. Außerdem begann sie allmählich, ihre Füße zu spüren – immerhin war sie schon seit Stunden unterwegs. Vom letzten Rest ihres Geldes ließ sie sich von einem Taxi zum ›Trocadero‹ bringen, wo sie auf ihr Zimmer ging und sich einen Bikini anzog.

Der Strand von Copacabana war ein Traum, und bereits vom ersten Tag an hatte sie sich in ihn verliebt. Er war genau so, wie sie sich ihn immer vorgestellt hatte – ein sichelförmiger Streifen aus feinem, weißen Sand, der den Blick aufs Meer freigab. Zur anderen Seite hin wurde der Strand von der dicht befahrenen Avenida Atlantica begrenzt, an der entlang sich ein unendlich scheinendes Band von piekfeinen Hotelblocks hinzog.

Als Sarah sich einen Liegeplatz suchte, war der Strand bereits ziemlich voll, doch die Reporterin wusste aus Erfahrung, dass er sich bis zum Spätnachmittag noch weiter füllen würde. Waren es anfangs vorwiegend Touristen, die sich hier versammelten, stießen später immer mehr ›cariocas‹ – Einheimische – dazu, bis der Strand nur noch ein flirrendes Durcheinander aus menschlichen Körpern, Badetüchern und Sonnenschirmen war.

Aber auch jetzt war schon genug los. Die meisten dösten nur faul in der Sonne, doch es gab auch viele, denen das zu langweilig war. An den Reckstangen quälten einige Bodybuilder ihre vor Schweiß glänzenden Körper mit Klimmzügen, während andere, trotz engem Raum, Fuß- oder Volleyball spielten. Etliche Badegäste schlenderten am Ufer entlang, wo Kinder ihre Sandburgen gegen die steigende Flut verteidigten. Und natürlich gab es auch Schwimmer, die sich in den Wellen des Atlantiks Abkühlung verschafften. Sprechen, Lachen, Spielen und Planschen vermischten sich zu einem gleichförmigen Geräuschteppich, der auf Sarah irgendwie beruhigend wirkte. Sie fühlte sich geborgen im Schutz der Masse.

Zufrieden cremte sie sich mit Sonnenmilch ein, dann legte sie sich auf ihre Bastmatte und kramte aus ihrer Badetasche eine Zeitschrift, die sie vor ein paar Tagen im Hotel gekauft hatte. Nachdem sie ein wenig darin herumgeblättert hatte, erregte ein Artikel mit der Überschrift ›Todesfalle Oper‹ ihre Aufmerksamkeit. Bereits nach dem ersten Satz vergaß sie alles, was um sie herum geschah:

*Ein Amokläufer hat am vergangenen Wochenende vor der Oper von Manaus dreizehn Menschen erschossen und acht weitere teilweise schwer verletzt. Augenzeugenberichten zufolge handelte es sich dabei um einen etwa vierzigjährigen Brasilianer, der kurz vor der Abendvorstellung von Mozarts Zauberflöte eine Pistole aus seinem Jackett zog und wild in die Menge schoss. Beim Eintreffen der Polizei gelang es dem Missetäter, über die Avenida E. Ribeiro in Richtung Hafen zu entkommen. Von ihm fehlt bislang jede Spur.*

*Obwohl ein Krankenwagen bereits wenige Minuten nach dem Unglück an Ort und Stelle eintraf, kam für elf Menschen jede Hilfe zu spät. Eine Frau und ein dreizehnjähriges Kind starben auf dem Weg im Krankenhaus. Vier weitere Verletzte schweben zurzeit noch in Lebensgefahr.*

*Wie der Pressesprecher der Polizei mitteilte, ist dieses Verbrechen ...*

»Miss Boulder!«

Sarah brach mitten im Text ab und richtete sich auf. Sie war sich nicht ganz sicher, ob sie wirklich ihren Namen vernommen hatte. Aus der Geräuschkulisse hier am Strand konnte man alles Mögliche heraushören. Angestrengt lauschend saß sie auf ihrer Matte und wollte gerade mit ihrer Lektüre fortfahren, als sie es erneut vernahm: »Miss Boulder!«

Diesmal war es ganz deutlich, wenn auch mit leichtem Akzent und recht leise. Wer auch immer zu ihr wollte, musste wenigstens fünfzig Meter weit weg sein. Sie hob suchend den Kopf und erkannte auf Anhieb, zu wem die Stimme gehörte. Schwarze Hose, weißes Hemd, Krawatte und eine trotz glühender Hitze perfekt sitzende Frisur. Es war Carlos, der Hotelpage. Inmitten der Masse von Halbnackten bildete er unübersehbar einen ins Auge stechenden Kontrapunkt.

Der arme Kerl!, dachte Sarah, konnte ein Lächeln aber nicht unterdrücken. Sie fragte sich, wie sehr er in seinen dunklen Hosen wohl schwitzen mochte. Es war jedoch weniger die für die Temperaturverhältnisse unpassende Kleidung, die ihr Mitleid weckte. So richtig bedauernswert wurde der Mann erst dadurch, dass Dutzende von Augenpaaren an ihm klebten, die sich alle zu fragen schienen, ob sein Geisteszustand nicht erheblich unter der starken Sonneneinstrahlung gelitten hatte.

»Miss Boulder!«

Für den Bruchteil einer Sekunde erwog Sarah, sich lieber wieder hinzulegen, anstatt zu antworten und sich der Peinlichkeit auszusetzen, von der auffallendsten Gestalt am Strand angesprochen zu werden. Doch in der Stimme des Pagen klang ein so flehender Unterton, dass sie sich schließlich anders entschied. Als sein hilfesuchender Blick in ihre Richtung wanderte, hob sie zum Zeichen ihre Hand – doch leider zeigte der Mann nicht die geringste Reaktion. Eine erhobene Hand fiel in dem Gewimmel offenbar nicht auf. Auch ein Winken genügte nicht, um die Aufmerksamkeit des Mannes auf sich zu lenken. Sichtlich deprimiert wandte sich der Page ab, um in der anderen Richtung weiterzusuchen.

Auch das noch!

Widerwillig erhob sich Sarah von ihrem bequemen Liegeplatz, um ihm zu folgen. Was um alles in der Welt konnte so wichtig sein, dass man sie öffentlich am Strand ausrufen ließ? Außer ihrem Chef und ihren Eltern hatte sie niemandem die Adresse ihres Hotels gegeben. War womöglich etwas passiert? Sarah verdrängte diesen unangenehmen Gedanken sofort wieder.

»Miss Boulder!«, tönte die Stimme erneut quer über den Strand. Sarah war nur noch zwanzig Meter von Carlos entfernt, und sie verschärfte ihr Tempo, um der planlosen Suche ein Ende zu bereiten. Im selben Moment begann der Mann jedoch ebenfalls schneller zu gehen, und er verfiel sogar in leichten Trab. Sarah, die bereits den ganzen Vormittag auf den Beinen gewesen war, verspürte keinerlei Lust, diese Aufholjagd über die ganze Copacabana auszudehnen, zumal der Mann seinen Vorsprung konsequent ausbaute.

»Miss Bo ...«

»Hier!«, schrie sie ihm außer Atem nach. Viel zu laut, wie sie feststellen musste, denn wie bei einem Tennismatch schwenkten alle Blicke schlagartig zu ihr. Genau diese Situation hatte Sarah vermeiden wollen. Am liebsten wäre sie vor Scham in den Boden versunken. Der Mann hatte sich inzwischen umgedreht, und die Freude über die unerwartete Antwort war ihm im Gesicht abzulesen. »Ah, Miss Boulder!« Wieder schwenkten die Köpfe zu Carlos. »Endlich habe ich Sie gefunden!«

Sarah nickte erschöpft und winkte ihn zu sich.

»Was gibt es denn?«, fragte Sarah, als der Page bei ihr war. Ein verstohlener Rundumblick zeigte ihr, dass die Augen der anderen Badegäste noch immer auf sie geheftet waren. Etwas leiser fuhr sie fort: »Ich bin gespannt darauf, was so wichtig ist, dass man mich am Strand ausrufen lässt. Habe ich gestern an der Bar vergessen, meine Getränke zu bezahlen?«

»O nein, Miss Boulder. Mit Ihren Getränken ist alles in Ordnung«, versicherte ihr der Hotelangestellte mit ernster Miene. »Es geht um etwas anderes. Ich habe eine Nachricht für Sie.«

»Eine Nachricht?«

»Ja. Vor einer halben Stunde hat jemand für Sie angerufen. Er sagte, er würde ein Fax schicken und es sei sehr wichtig, dass Sie dieses Fax so schnell wie möglich erhielten. Einen Moment ... ich habe es dabei.« Er kramte in seiner Hosentasche und fischte ein gefaltetes Stück Papier heraus, das er Sarah gab.

Die Frau überflog das Schreiben:

*Sarah! Bitte reisen Sie sofort nach Manaus. Ich habe für Sie bereits ein Zimmer im Hotel Paraiso, Av. Joaquim Nabuco, reserviert. Die Sache ist äußerst dringend. Rufen Sie mich morgen von dort aus an. Alles Weitere besprechen wir dann am Telefon. Bis dann, Frank Laughlin*

Zuerst fiel Sarah ein Stein vom Herzen, dass ihren Eltern nichts passiert war. Doch bereits beim zweiten Durchlesen fühlte sie Wut in sich aufsteigen. Das war ja unfassbar! Wie zum Teufel kam ihr Chef dazu, ihr den Urlaub zu vermasseln? Sie hatte sich diese Reise redlich verdient, und sie hatte noch über eine Woche vor sich. Rio hatte ihr vom ersten Moment an gefallen. Sie wollte nicht fort von hier. Noch nicht. Und schon gar nicht wollte sie nach Manaus – in eine Stadt, in der ein Amokläufer frei herumlief. Das durfte doch einfach nicht wahr sein!

»Hat Mr. Laughlin am Telefon noch irgendetwas dazu gesagt?«, fragte sie, um einen gelassenen Ton bemüht.

»Nur, dass er erst morgen wieder im Büro erreichbar sei«, gab Carlos zurück.

»Raffinierter Hund!«, entfuhr es Sarah. So ein verdammt raffinierter Hund! Er wollte nicht, dass sie ihn heute noch zurückrief, damit er sich auf keine Diskussion mit ihr einlassen musste.

Hin- und hergerissen überlegte sie, was sie tun sollte. Sie hatte nicht die geringste Lust, ihren hiesigen Urlaub abzubrechen. Ihr gefiel die lockere, fröhliche Atmosphäre in den Straßen, sie liebte den Strand, die Cafés, die Boutiquen – einfach alles. Noch nie hatte sie sich so wohl gefühlt.

Andererseits: Was konnte so wichtig sein? Was konnte Laughlin dazu veranlassen, sie mitten im Urlaub nach Manaus zu beordern? Musste er nicht wirklich triftige Gründe haben?

Gegen ihren Willen war sie neugierig geworden, und augenblicklich stieg in Sarah wieder die Wut hoch. Diesmal nicht auf ihren Chef, sondern auf sich selbst. Laughlin hatte geschafft, was er wollte. Mit seinen wenigen, nichtssagenden Zeilen war es ihm gelungen, ihr Interesse zu wecken. Sie kannten sich schon seit mehreren Jahren, und Laughlin hatte im Lauf der Zeit gelernt, wie er Sarah ködern konnte: mit ihrer Neugier.

Zurück in der Hotelhalle, bat sie den Portier an der Rezeption, ihr ein Flugticket nach Manaus zu besorgen, dann ging sie auf ihr Zimmer. Da ihr der Sand am ganzen Körper klebte, beschloss sie, sich vor ihrer Abreise noch eine Dusche zu gönnen. So viel Zeit musste sein.

Als sie wieder in der Hotelhalle war, eröffnete ihr der Portier, dass es nach Manaus nur eine indirekte Flugverbindung über Belém gebe. Für beide Flüge habe er bereits die Reservierung vorgenommen. Sarah bedankte sich und belohnte ihn mit einem großzügigen Trinkgeld, worauf er ihr strahlend mitteilte, dass er sich erlaubt habe, ein Taxi zu bestellen, das bereits vor dem Hoteleingang warte. Der Service in diesem Hotel ließ wirklich nichts zu wünschen übrig.

Der Fahrer des gelblackierten Ford half ihr dabei, den Fotoapparat und die Tasche im Kofferraum zu verstauen. Sie ließen das Meer, an dem sich noch immer Tausende von Badegästen tummelten, rechts liegen, steuerten die Avenida Atlantica entlang und erreichten gegen 16.30 Uhr den Aeroporto Santos Dumont. Um 17.30 Uhr befand sie sich bereits irgendwo auf dem Weg nach Belém, das 1500 Meilen weiter nördlich an der Atlantikküste lag. Von dort aus ging es weitere 800 Meilen weiter nach Westen ins Landesinnere, und als das Flugzeug in Manaus, der größten Stadt im Dschungel, landete, war es bereits kurz vor Mitternacht.

Als Sarah endlich im Zimmer ihres Hotels ankam, war sie nur noch in der Lage, ihre Tasche und den Fotoapparat beiseite zu stellen und ihre Schuhe abzustreifen. Dann sank sie erschöpft ins Bett.

# 3

*Freitag, 12. Juni 1998*

Warmer Sonnenschein überflutete das Zimmer, weckte Sarah aus ihrem Tiefschlaf. Mit zusammengekniffenen Augen kämpfte sie gegen die schmerzende Helligkeit an, bis sie sich daran gewöhnt hatte.

Benommen stellte sie fest, dass sie in ihrer Kleidung geschlafen hatte. Die Stoffhose und die leichte Bluse waren vollkommen zerknittert.

Wahrscheinlich wie mein Gesicht, dachte Sarah.

Nachdem sie sich im Bad zurechtgemacht hatte, verspürte Sarah Hunger, und sie ging in den Speisesaal, um ihr Frühstück einzunehmen. Leider war es dafür schon zu spät, aber auch zu früh für das Mittagessen. Der Ober empfahl ihr ein gemütliches Café auf der gegenüberliegenden Straßenseite. Sarah dankte ihm für den Tipp, zog es aber vor, zuerst einmal Kontakt mit ihrem Chef aufzunehmen. Sie ließ sich das Haustelefon zeigen, eine kleine Kabine, die durch eine Glastür von der Rezeptionshalle abgetrennt war, und nannte der Dame an der Vermittlung die gewünschte Rufnummer. Aber die Leitung in die Vereinigten Staaten war blockiert. Sarah hängte ein und entschloss sich, es nach dem Frühstück noch einmal zu versuchen.

Das Café, das ihr der Ober empfohlen hatte, bot in der Tat ein erstklassiges Essen, allerdings auch zu erstklassigen Preisen. Doch das hinderte Sarah nicht daran, ordentlich zuzuschlagen und es sich schmecken zu lassen; die Rechnung würde sie ohnehin ihrem Chef präsentieren.

Als sie zahlen wollte, beugte sich die Bedienung zu ihr herunter und flüsterte:

»Gestern hat er schon wieder zwei Menschen erschossen. Gar nicht weit von hier. Nur ein paar Querstraßen weiter. Zwei Frauen – einfach schrecklich, finden Sie nicht?«

Sarah reichte ihr ein paar Geldscheine. »Wer hat zwei Frauen erschossen? Wovon sprechen Sie?«

»Na, von dem Verrückten«, antwortete die Bedienung. »Seit Tagen spricht man in Manaus nur noch über ihn. Er hat vor dem Teatro Amazonas dreizehn Menschen umgebracht. Die scheußlichste Greueltat, seit ich in dieser Stadt lebe.«

Sarah erinnerte sich an den Artikel, den sie am Strand von Rio gelesen hatte. Über den Amokläufer. Gestern war ihr die Geschichte zwar unter die Haut gegangen, doch sie hatte sie inzwischen vergessen: eines jener gesichtslosen Verbrechen, die sich überall auf der Welt ereigneten. Auf einmal war diese Tat beängstigend nahe gerückt. Nur ein paar Querstraßen weiter ..., hallte es in Sarahs Ohren nach. Zwei Frauen ... erschossen. Die Vorstellung war schockierend, und Sarah war, als würde ihr ein kalter Hauch über den Rücken streichen. Sie murmelte der Bedienung zu, dass sie es eilig habe, und machte sich so schnell wie möglich auf den Weg ins Hotel.

Die Verbindung in die Vereinigten Staaten klappte nun problemlos.

»National Geographic Magazine, Rebecca Pole am Apparat. Was kann ich für Sie tun?«, meldete sich eine vertraute Frauenstimme am anderen Ende der Leitung.

»Guten Tag, Miss Pole. Hier spricht Sarah Boulder. Ist der Chef zu sprechen?«

»Augenblick, ich stelle Sie durch.«

Die Leitung knackte, und kurz darauf meldete sich Frank Laughlin. »Sarah! Wie geht's Ihnen denn? Sind Sie in Manaus?«

Seine Scheinheiligkeit provozierte sie. Die Wut des Vortages kam wieder hoch. »Sie wissen verdammt gut, dass ich in Manaus bin«, antwortete Sarah patzig. Eigentlich hatte sie ihm schon lange verziehen, denn nachtragend war sie in aller Regel nicht. Aber genauso schnell, wie sie verzieh, war sie auch auf die Palme zu bringen. »Was in drei Teufels Namen ist denn so wichtig, dass ich meinen Urlaub vorzeitig abbrechen und ausgerechnet nach Manaus kommen musste?« Sollte er ruhig ein schlechtes Gewissen haben! »Hier läuft seit Tagen ein Irrer herum, der Leute umbringt, Frank. Diese Stadt ist nicht gerade das, was ich ein lauschiges Plätzchen nennen würde. Man kann wirklich Angst bekommen. Erst gestern hat der Mann wieder zwei Frauen erschossen.«

»Glauben Sie mir, es tut mir Leid«, sagte Laughlin beschwichtigend. »Wenn ich eine Alternative gesehen hätte, hätte ich die gewählt. Ehrenwort. Sie sind meine letzte Hoffnung.«

»Was ist mit Coolidge? Hätte der nicht einspringen können?«

»Den wollte ich ursprünglich auch auf die Story ansetzen, aber er hängt in Libyen fest. Sitzt sich im Knast den Hintern breit. Der dumme Hund hat wieder mal seine Klappe nicht halten können.«

»Was hat er denn angestellt?«

Laughlin seufzte am anderen Ende der Leitung. »Man hat ihn bei der Ausreise gefragt, ob er etwas zu verzollen habe, und der Komiker sagt: eine Atombombe. So ein Schwachkopf. Jetzt sitzt er ein. Ich hoffe, ihm faulen dort unten die Arschbacken ab!«

»Und was ist mit Neville oder Dryers? Ich dachte, die sind zurzeit hier in Südamerika.«

»Zu Neville habe ich schon seit Wochen keinen Kontakt mehr. Keine Ahnung, wo der sich rumtreibt. Und Dryers wurde vorgestern von einem Gemüselaster angefahren. Nichts Ernstes, aber er liegt mit Schienbeinbruch und Gehirnerschütterung in Bogota im Krankenhaus. Sie sehen, ich habe nicht gelogen: Sie sind meine letzte Rettung, Sarah. Sind Sie dabei?«

Seine Frage war nicht mehr als eine Höflichkeitsfloskel. Natürlich war Sarah dabei, und er wusste es. Hätte sie ihm eins auswischen wollen, wäre sie gar nicht erst nach Manaus gekommen. »Na schön, meinetwegen«, stimmte sie zu, sorgfältig darauf bedacht, ein wenig mürrisch zu klingen. »Und worum genau geht es?«

Durchs Telefon hörte Sarah, wie ihr Chef sich erleichtert eine Zigarette ansteckte.

»Es geht um einen Wissenschaftler. Professor Walter Emerald Houston vom Smithsonian Institute. Sagt Ihnen der Name etwas?«

»... Houston ... Houston ...« Sarah kramte vergeblich in ihrem Gedächtnis. »Nein, tut mir Leid. Ich muss passen.«

»Der Mann ist Experte für Tropenbotanik. Ich habe mich über ihn erkundigt. Arbeitet schon seit ein paar Jahren mit seinem Team im Dschungel, wahrscheinlich nur ein paar Hundert Meilen von Ihnen entfernt. Das Smithsonian wollte nicht damit herausrücken, was er dort unten genau treibt.« Laughlin stockte kurz, nahm – dem Geräusch nach zu urteilen – einen tiefen Lungenzug Nikotin und fuhr dann fort: »Vor einigen Tagen erhielt ich von diesem Professor einen Brief, abgestempelt in Manaus. Ich habe den Brief vor mir. Er schreibt, er habe in den letzten Monaten große Fortschritte bei seinen Forschungen erzielt und er wolle mit seinen Ergebnissen nun an die Öffentlichkeit herantreten. Für die Erstpublikation habe er das National Geographic in Erwägung gezogen, vorausgesetzt, wir hätten Interesse.«

»Und haben wir Interesse?«, fragte Sarah provozierend.

»Natürlich haben wir das!«, versetzte Laughlin. »Zumal der Mann andeutet, dass er in Kürze auch mit anderen Zeitschriften Kontakt aufnehmen wird.«

»Steht in dem Brief nichts Konkretes?« Sarah hatte wenigstens ein klein wenig mehr an Information erwartet.

»Nein.«

»Keine Andeutung, worum es geht?«

»Nein.«

»Oh, Frank, hätte dieses Interview dann nicht noch bis zum Ende meines Urlaubs warten können?«

»Nein. Denn der Mann hat uns einen Termin vorgegeben. Morgen Vormittag um 9.00 Uhr. Sarah, ich denke, dahinter steckt eine ganz große Sache, und ich will, dass wir die Ersten sind, die das bringen. Gleich nach unserem Telefonat rufe ich beim Smithsonian an, um denen zu sagen, dass nicht Coolidge kommt, sondern Sie.«

»Und wo soll das Treffen stattfinden?«

»Nun ...« Laughlin zögerte, zog noch einmal an seiner Zigarette. »Ehrlich gesagt, das ist der Pferdefuß. Sie müssen zu Houston in den Dschungel.«

»In den Dschungel?«, wiederholte Sarah, wie vor den Kopf gestoßen. »Grundgütiger! Ich hatte schon Zweifel, nach Manaus zu kommen. Aber in den Dschungel will ich ganz bestimmt nicht! Das können Sie mir nicht antun, Frank. Ich bin eine moderne junge Frau, abhängig vom Luxus der Zivilisation! Außerdem gibt es im Urwald Ungeziefer.« Der Ekel beflügelte Sarahs Fantasie. »Falter, so groß wie Vögel, und Käfer, so groß wie Ratten.«

»Sie machen aus einer Mücke einen Elefanten!«, konterte Laughlin.

»Das ist mein Ernst, Frank. Allein der Gedanke an das widerliche Getier treibt mir eine Gänsehaut über den Rücken.«

»Dann kaufen Sie sich ein gutes Insektenspray.«

»Darüber kann ich nicht lachen. Sie sind ein Scheusal«, sagte Sarah, gab sich schließlich aber doch einen Ruck. »Sie haben mich ganz schön über den Tisch gezogen, Frank. Dafür schulden Sie mir was. Wo soll ich um 9.00 Uhr sein?«

»Houston hat seinem Brief eine Karte beigelegt und darauf den Treffpunkt eingezeichnet. Sie werden dort mit dem Flugzeug abgeholt. Ich faxe Ihnen die Karte zu.«

»Okay.«

»Haben Sie übrigens Ihren Fotoapparat dabei? Es wäre gut, wenn wir die Story mit ein paar Bildern aufpolieren könnten.«

»Hab ich«, beruhigte ihn Sarah. »Die Filme dafür werden Sie aber springen lassen müssen.«

»Selbstverständlich«, lenkte Lauglin ein. Er war froh, dass Sarah überhaupt bereit war, das Interview zu machen. »Kaufen Sie, was immer Sie für nötig befinden. Die Firma zahlt.«

»Sie hören von mir, sobald ich zurück bin.«

»In Ordnung. Kann ich noch irgendetwas für Sie tun?«

»Ich schätze, nein.«

»Dann bis bald, Sarah. Und viel Glück.«

»Danke. Glück kann ich brauchen.«

Ohne zu wissen, wie Recht sie hatte, hängte Sarah den Hörer ein.

# 4

Diese Hitze! Und diese Luftfeuchtigkeit!

Mit allen Unannehmlichkeiten seiner Arbeit hier im Dschungel hatte er sich im Laufe der letzten drei Jahre arrangieren können, aber an dieses verdammte Klima würde er sich nicht gewöhnen.

Niemals.

Dabei zeigte das Thermometer lediglich 25°C auf der Quecksilberskala an, einen Wert, der im Laufe des Tages durchaus noch überboten werden konnte.

Professor Walter Emerald Houston vom Washingtoner Smithsonian Institute kramte umständlich ein Stofftaschentuch aus seiner Hosentasche und wischte sich damit den Schweiß aus dem schmalen, ausgemergelten Gesicht. So fühlte er sich schon bedeutend wohler, doch lange würde dieses Gefühl nicht andauern, das wusste er aus Erfahrung.

Der hagere Mann strich sich mit einer Hand das glatte, weiße Haar aus der Stirn und warf einen Blick auf seine digitale Armbanduhr. 11.18 Uhr vormittags. Zeit für eine kleine Pause.

Houston hatte das Lager bereits am Morgen zuvor von seinem Kollegen Benjamin Arness übernommen. Seitdem trug er dieselben Kleider am Leib, und obwohl er sich mindestens zweimal am Tag wusch, fühlte er sich verschwitzt und schmutzig. Sein hellblaues Hemd mit dicken Schweißrändern unter den Achseln und die khakifarbene Leinenhose klebten an seinem Körper. Die festen Schnürstiefel aus schwarzem Leder waren von der matschigen Lehmerde total verdreckt, doch sie waren wenigstens wasserdicht und hielten seine Füße trocken.

Wieder einmal fragte er sich, was zum Teufel er hier tat, mitten im brasilianischen Regenwald. Die einzigen Menschen im Umkreis von hundert Meilen waren er und sein Team. Zumindest nahm er das an. Möglicherweise gab es noch einige Eingeborenenstämme in dieser Gegend, doch darüber wusste niemand so genau Bescheid. Selbst seine Mitarbeiter waren momentan etwa zwanzig Meilen entfernt, er war allein im Lager.

Doch in drei Wochen, am 4. Juli – dem Unabhängigkeitstag –, würde er zu Hause sein bei seiner Frau und den beiden Kindern und mit ihnen seinen fünfundfünfzigsten Geburtstag feiern. Seine Freunde würden ihn in seinem kleinen Bungalow in Atlantic City besuchen und auf seine Gesundheit trinken.

Trinken ...

Der Gedanke an etwas Flüssiges machte ihn durstig – ein Schluck Wasser konnte jetzt nicht schaden. Ein kühles Bier wäre ihm lieber gewesen, aber das war leider nicht zur Hand.

Houston stapfte durch den aufgeweichten Boden in Richtung Zelt. Eigentlich war es gar kein Zelt, sondern lediglich eine imprägnierte Plane, die, von Aluminiumstangen gestützt, schräg zwischen den Bäumen aufgespannt war. So konnte das Regenwasser seitwärts abtropfen. Zwar hatte im Juni die Trockenzeit begonnen, trotzdem regnete es durchschnittlich an zehn Tagen im Monat.

Hier im Trockenen waren die meisten der Ausrüstungsgegenstände untergebracht. Ein paar beschriftete Glasfläschchen standen auf einem improvisierten Tisch, aber der größte Teil des Materials war in silbrig glänzenden Stahlkoffern untergebracht, die überall herumstanden. Unter der Plane war auch eine von einem Moskitonetz umgebene Hängematte aufgespannt, in der der Wissenschaftler in den vergangenen Monaten schon etliche Nächte verbracht hatte. Wahrscheinlich würde er eines Tages einen unheilbaren Wirbelsäulenschaden davontragen.

Houston war inzwischen bei den Trinkwasserkanistern angekommen und nahm einen kräftigen Schluck. Als er den weißen Plastikbehälter wieder abstellte, hatte er den chlorigen Geschmack von Entkeimungsmitteln im Mund. Obwohl er wusste, dass es eine notwendige Vorsichtsmaßnahme war, Trinkwasser chemisch zu behandeln, fand er das schale Aroma widerlich. Er fühlte Übelkeit in sich aufsteigen und musste sich für einen Augenblick an einer der Aluminiumstangen festhalten, bis er sicher war, dass er seinen Magen wieder unter Kontrolle hatte.

Angewidert spuckte er auf die feuchte Erde. Jetzt brauchte er etwas zu essen. Weniger wegen des Hungers – er hatte ausgiebig gefrühstückt –, sondern vielmehr, um einen anderen Geschmack in den Mund zu bekommen.

Houston hockte sich auf den alten, vermoderten Baumstumpf neben der Feuerstelle und legte ein paar kleine Zweige auf die Glut, in der er in der Frühe Kaffee gekocht hatte. Es war gar nicht so einfach, das Feuer wieder zu entfachen, denn die feuchten Äste qualmten mehr, als dass sie brannten. Erst nach einigen Minuten hatte Houston das Feuer wieder so weit in Gang gebracht, dass die Flammen gleichmäßig vor ihm tanzten und das Brennholz mit lautem Knacken und Zischen zerfraßen. Mit einem Messer, das er in einer Lederscheide am Gürtel trug, öffnete er eine Konservendose und stellte sie in die Glut. Kurz darauf kochte seine Mahlzeit, und ein köstlicher Duft stieg ihm in die Nase.

Während er seine Suppe löffelte, arbeitete er weiter. Immer wieder betrachtete er das hauchdünn zurechtgeschnittene Stück Rinde einer roystonia venzuelana unter dem Mikroskop und kritzelte etwas in sein Notizbuch. Das Präparat hatte ihn derart in seinen Bann gezogen, dass er alles um sich herum fast völlig vergaß.

Stille hüllte ihn ein wie ein schwarzes, seidenes Tuch.

Das Kratzen der Bleistiftmine auf dem Papier war das einzige Geräusch weit und breit. Houston hörte es nicht. Er war vollkommen versunken in seine Aufzeichnungen. Wie ein lautloses Fingerschnippen verflog die nächste Stunde.

Dann plötzlich krachte etwas mit einem dumpfen Knall vor ihm auf den Tisch. Houston war zu Tode erschrocken. Er sah etwas Großes, Haariges direkt vor seinem Gesicht, vernahm ein kehliges Knurren, und für den Bruchteil einer Sekunde starrten ihn zwei böse kleine Augen an. Reflexartig zuckte er zusammen und richtete dann seinen Oberkörper so schnell auf, dass er beinahe vom Stuhl gekippt wäre. Es gelang ihm gerade noch, mit den Händen die Tischplatte zu fassen und das Gleichgewicht wiederzuerlangen. Sein Herz hämmerte wegen des unerwarteten Schocks, und er fühlte, wie ihm das Blut in den Kopf schoss.

Erst jetzt sah er, was ihn hatte zusammenfahren lassen, und er musste sich schmunzelnd eingestehen, dass seine Angst völlig unbegründet war.

Auf dem Tisch stand ein Aguti. Der Körper des Tiers war kaum länger als ein Unterarm. Wahrscheinlich war es Houston nur deshalb so groß vorgekommen, weil es so dicht vor seinen Augen auf den Tisch aufgeschlagen war. Es sah aus wie eine dicke Ratte auf viel zu langen Stelzenbeinen. Sein dunkelbraunes, glänzendes Fell wirkte weich und geschmeidig.

Houston fiel ein Stein vom Herzen. In seiner Panik hatte er zuerst an einen Jaguar gedacht. Zwar war er im Urwald noch nie von einem wilden Tier angegriffen worden, doch man konnte nie wissen. Die jahrelange Dschungelerfahrung hatte ihn leichtsinnig werden lassen. Dieser Zwischenfall zeigte ihm, wie allgegenwärtig die Gefahr war, auch wenn man sie nicht immer sehen konnte. Etwas mehr Vorsicht konnte nicht schaden.

»Wen haben wir denn da?« Er versuchte, seine Stimme so sanft wie möglich klingen zu lassen, um das Tier nicht zu verjagen. »Hast wohl Hunger, was?« Houston nahm den Rest seines Brots, das er zur Suppe gegessen hatte, und hielt es dem Aguti hin. Es roch interessiert daran, fasste es mit den Zähnen und legte es zwischen seine Vorderbeine, um es schmatzend zu fressen.

Das schrille 13.00 Uhr-Piepsen von Houstons Armbanduhr schreckte das Tier auf. Mit einem einzigen Ruck stand es auf allen vieren, spie das Stück Brot aus und sprang vom Tisch. Eine Sekunde später war es im Unterholz verschwunden.

Alles war wieder ruhig. Houston kam es so vor, als wären die letzten Minuten nur ein Tagtraum gewesen, aus dem er gerade erwachte. Erst jetzt begann sich seine Verkrampfung zu lösen. Das verdammte Vieh hatte ihm einen gehörigen Schock verpasst. Angestrengt lauschend saß er auf seinem Stuhl, doch er vernahm weder das Rascheln der Blätter auf dem Boden noch das Knacken der Äste im Unterholz. Das Aguti war bereits weg.

Wieder wurde das Lager von tiefer Stille umschlossen.

Von absoluter, hypnotischer Stille.

Von Totenstille.

Houston war schon seit mehr als drei Jahren mit seinen Forschungsarbeiten hier im Urwald beschäftigt, und immer hatte er die himmlische Ruhe zu schätzen gewusst. Doch diesmal war die Stille anders als sonst – unbehaglich, beinahe bedrohlich. Normalerweise hörte man wenigstens gelegentlich das Geschrei der Vögel und Affen, auch wenn man die Tiere nur selten zu Gesicht bekam. Er dachte nach: Tags zuvor hatte er einen Gecko gesehen. Seine anfängliche Freude über den unerwarteten Besucher war jedoch schnell ins Gegenteil umgeschlagen, als die kleine Echse aufdringlich geworden war. Immer wieder hatte sie wild nach Houstons Finger geschnappt, bis es ihm schließlich zu lästig geworden war und er sie etwas außerhalb des Lagers ausgesetzt hatte.

Der Gecko und das Aguti – mehr Tiere hatte er in den letzten anderthalb Tagen nicht gesehen. Selbst Insekten waren rar, und das war ungewöhnlich.

Äußerst ungewöhnlich.

Was hatte das zu bedeuten? Wohin hatten sich all die Tiere verzogen?

Möglicherweise hätte er eine Erklärung gefunden, wenn er Biologe gewesen wäre, dachte er sich. Doch als Botaniker hatte er darauf keine Antwort. Sobald er zurück in der Station war, würde er den Kollegen von seinen Beobachtungen berichten, vielleicht konnten sie dieses Phänomen erklären.

Ein Klappern am Zelt riss ihn aus seinen Gedanken und ließ ihn aufhorchen. Das Aguti kam zurück. Es trabte gemächlich durch die Stahlkoffer, beschnüffelte den Boden und steuerte geradewegs auf Houston zu.

Das Tier hockte sich vor seine Stiefel und sah ihn ruhig und mit großen Augen an. Houston deutete diesen Blick als Bitte, wieder auf den Tisch gesetzt zu werden, doch als er sich auf seinem Stuhl vorbeugte, um das Aguti zu packen, geschah es: Noch ehe er reagieren konnte, war das Tier an ihm hinaufgesprungen. Die scharfen kleinen Zähne schlugen sich durch sein Hemd in seinen linken Oberarm und bissen ihm mit einem Ruck ein Stück Fleisch heraus. Noch im selben Moment begann Houstons linke Körperhälfte zu glühen. Er schüttelte das Tier ab und hielt sich mit der rechten Hand die Wunde zu. »Du kleines Biest!« Das Aguti war wieder vor ihm auf dem Tisch. »Verdammt, tut das weh!«

Fauchen.

Mit geducktem Kopf, drohendem Buckel und weit aufgerissenem Maul hatte das Tier Houston fixiert. Ein solches Geräusch hätte er einer angreifenden Raubkatze oder einer Schlange zugetraut, nicht jedoch dieser ›Ratte‹. Sein Magen verkrampfte sich, und ihn beschlich das ungute Gefühl, in Gefahr zu sein.

Er fischte mit seiner Rechten das Taschentuch aus der Hosentasche und presste es auf seinen verletzten Arm. Mit steinernem Blick verfolgte die kleine Bestie jede von Houstons Bewegungen. Speichel troff dem Vieh durch die Zähne auf den Tisch. Als Houston den Kopf drehte, um sich seine Verletzung näher zu betrachten, griff das Tier abermals an. Es stieß nach vorn und grub seine Kiefer diesmal in den Hals seines Opfers. Houston schlug wie besessen um sich, ein animalisches Knurren lag in seinen Ohren. Mit beiden Fäusten trommelte er auf das Aguti ein.

Erfolglos!

Es hatte sich wie ein auf Kehle abgerichteter Hund festgebissen und schüttelte mit aller Kraft seinen Schädel hin und her, um einen Fleischbrocken aus seiner Beute zu reißen. Der Geschmack von Blut schien es nur noch aggressiver zu machen. Houston wusste: Wenn er nicht sterben wollte, musste er handeln. Und zwar schnell.

Instinktiv ergriff er mit einer Hand die Gurgel des Tiers und drückte zu. Ewige Sekunden lang setzte das Aguti seine grausame Attacke fort, doch dann wurde ihm der Sauerstoff knapp. Nach Luft schnappend, ließ es von Houston ab. Endlich! Schadenfroh sah der Mann, wie das Tier unter seinem festen Griff röchelte. Seine Schnauze war blutverschmiert.

Die Genugtuung, die er verspürte, als er das wehrlose Tier vor sich sah, machte ihn selbstsicher. Zu selbstsicher. Er musste seinen Griff unmerklich gelockert haben, wie sonst hätte sich das Aguti befreien können? Mit einem heftigen Stoß drehte es sich um die eigene Längsachse. Durch dieses Manöver glitt es Houston aus der Hand; es fiel ihm auf den Schoß und brachte sich sofort wieder in Angriffsstellung. Der Mann war so perplex, dass er gar nicht reagieren konnte. Erst als das Tier ihm erneut an den Hals springen wollte, hob er schützend seine Hand.

Scharfe Schneidezähne rammten sich in seinen Unterarm, ließen locker und fassten nach. Wieder und wieder und wieder. Houston gelang es schließlich, die Kiefer des Angreifers von seinem blutenden Arm zu lösen, doch vergeblich versuchte er, das Tier von sich wegzudrücken. Es strampelte und zuckte wie besessen, und seine Zähne waren überall zugleich. Der zappelnde Körper war einfach nicht zu fassen.

Plötzlich hörte Houston sich selber schreien. Der Schmerz war wie siedendes Öl auf seiner rechten Hand, ein Gefühl von noch nie da gewesener Intensität, und unwillkürlich stiegen ihm Tränen in die Augen. Dann endlich gelang es ihm, das Tier zu packen.

Im Sitzen, schoss es ihm durch den Kopf, war er ein zu leichtes Opfer. Aufstehen! Er musste aufstehen!

Mühevoll gehorchte sein Körper. Wie ein Greis rappelte er sich auf, das wild strampelnde Aguti mit beiden Händen fest umklammert. Er wollte es weit wegschleudern, doch er traf nur den Tisch, der mit allem, was sich darauf befand, umkippte. Mikroskop, Teller und Suppenlöffel landeten im Dreck, ebenso wie die Präparate und Houstons Notizbuch. Was war nur los mit dieser ›Ratte‹, die nun wieder zwei Meter vor ihm auf dem Boden saß und ihn mit friedlichen braunen Augen ansah?

Eine weitere Gelegenheit würde er dem Tier nicht geben,

schwor er sich und tastete vorsichtig mit der rechten Hand nach dem Messer am Gürtel. Doch als er den Griff berührte, fühlte er, dass irgendetwas nicht stimmte. Es war ein anderes Gefühl als sonst, und eine entsetzliche Ahnung überkam ihn.

Langsam hob er die Hand, und noch im selben Moment begann er zu zittern. Wo früher sein kleiner Finger gewesen war, klaffte jetzt ein offene Wunde, aus der nur noch ein Stück Knochen ragte. Reglos vor Schreck stand er da.

Er hörte das Rascheln von Laub hinter sich in den Büschen, wunderte sich, dass auf einmal so viel Leben um ihn herum war, und noch bevor er reagieren konnte, zitterte plötzlich sein Blick. Für einen Moment dachte er an ein Erdbeben. Dann erschien ihm die Umgebung wie hinter einem schmierigen Schleier. Seine rechte Gesichtshälfte pulsierte und schien regelrecht zu explodieren, und ihm wurde bewusst, dass der schmierige Schleier sein eigenes Blut war, das ihm in die Augen lief.

Langsam und unsicher auf den Beinen drehte er sich um, doch mehr als einen Schatten konnte er nicht erkennen – einen schwarzen Schatten, der blitzschnell auf ihn niederfuhr. Das Krachen seiner Knochen hallte in seinen Ohren. Ein weiterer Hieb traf ihn mit voller Wucht mitten ins Gesicht. Seine Lippen platzten wie reife Früchte, seine Nase brach. Der Schlag riss ihn von den Beinen und schleuderte ihn zu Boden.

Ein letzter, verzweifelter Versuch, wieder auf die Beine zu kommen – ein weiterer Schlag auf seinen Schädel. Houston fühlte, wie seine Kleider von Feuchtigkeit durchzogen wurden, und er wusste nicht, ob es Schlamm war oder Blut. Dann wurde es dunkel um ihn herum.

# 5

Bereits vor anderthalb Monaten war die spanische Expedition auf einen Fluss gestoßen, und Lope de Aguirre hatte in diesem Moment gewusst: Es war eine Fügung des Schicksals. Viel weiter wären sie auf ihrem beschwerlichen Weg zu Fuß durch den Dschungel nicht mehr gekommen. Doch zu Wasser hatten sie eine Chance.

Seit sechs Wochen also rasteten sie an dieser Stelle am Ufer, und in dieser Zeit hatte sich ihre Verfassung in jeder Beziehung gebessert. Seit jeder seiner Leute auf die Bibel geschworen hatte, Pedro de Ursúa nicht getötet zu haben, schien keinen mehr zu interessieren, was tatsächlich vorgefallen war. Inzwischen war Ursúa einfach nur einer von vielen, die im Urwald umgekommen waren. So war allmählich wieder Ruhe in den Zug eingekehrt. Alle kamen langsam wieder zu Kräften, und die Verwundeten konnten ihre Verletzungen auskurieren. Der Fluss bot reichlich Nahrung, sodass keiner mehr Hunger leiden musste. Die Männer hatten auf Aguirres Befehl mit dem Bau von Brigantinen begonnen, und die Arbeit tat ihnen gut. Mit Freuden sah der Baske, wie sie sich jeden Tag aufs Neue hoffnungsvoll ans Werk machten.

Zwei Boote waren bereits fertig gestellt; sie lagen gut vertäut im trüben, langsam fließenden Wasser. Eines davon hatte Aguirre zum Boot des Zugführers, also zu seinem eigenen, bestimmt. Er bewohnte eine der beiden kleinen Kajüten unter dem Achterdeck, das andere teilten sich seine Tochter Maria und Dona Inéz.

Das zweite Boot hatte er Fernando Garcilasco und einigen seiner Anhänger überlassen, um ihn mit dieser Geste zu besänftigen. Ob ihm dies gelungen war, vermochte Aguirre nicht abzuschätzen, denn Garcilasco mied den Basken seit ihrer Konfrontation, wo es nur ging.

Um die Mittagszeit gesellte sich Gaspar de Carvajal, der Dominikaner, zu Aguirre, der vom Ufer aus beobachtete, wie der Bau der fünf weiteren Brigantinen vorankam. In der Hand hielt der Mönch ein Stück geräucherten Fisch, von dem er offenbar schon mehrmals abgebissen hatte – traniges Fett verschmierte sein stoppeliges Kinn.

»Wollt ihr nichts essen, mein Sohn?«, fragte er den ›Wolf‹.

Der sah nur angewidert beiseite, ohne zu antworten.

Dem Mönch war Aguirres geringschätziger Blick nicht entgangen. »Wie ich sehe, legt ihr keinen großen Wert auf Gesellschaft«, sagte er scharf. »Dennoch muss ich mit euch reden. Ob es euch nun gefällt oder nicht.«

»Wollt ihr bei mir die Beichte ablegen, Bruder?«, fragte Aguirre ironisch. »Da seid ihr an den Falschen geraten ...«

»Spottet nicht, Lope de Aguirre!«, fiel der Mönch ihm ins Wort, und wie es schien, wollte er eine Moralpredigt loswerden. »Es gibt ernste Dinge zu bereden. Dinge, vor denen ihr die Augen verschließt. Wenn ihr euch mehr um eure Männer kümmern würdet, wüsstet ihr, wovon ich spreche!« Carvajal machte eine Pause.

Aguirre dauerte sie zu lange. »Ihr wolltet reden? Nun redet! Aber raubt mir nicht unnütz meine Zeit!«

Abermals verstrichen ein paar Augenblicke, ehe der Mönch – diesmal versöhnlicher – fortfuhr:

»Zwei Dinge machen uns Sorgen, mein Sohn. Erstens: Fernando Garcilasco. Er hetzt gegen euch, wo immer sich ihm die Gelegenheit dazu bietet. Da es allen gut geht, schenkt ihm niemand Gehör, doch dass ihn sogar seine eigenen Anhänger nicht mehr unterstützen, schürt seinen Hass nur noch mehr. Lasst die Zeiten wieder schlechter und die Unzufriedenheit der Soldaten größer werden, und es wird zur offenen Rebellion kommen, Lope. Zumal ihr selbst in letzter Zeit derart gereizt seid, dass sogar eure eigene Tochter sich vor euch fürchtet!«

Dem Basken war anzusehen, wie sehr ihm die Zurechtweisung des Geistlichen missfiel. Vor allem der letzte Satz traf ihn wie ein Stich ins Herz. Er wusste, dass er in den letzten Wochen oft übellaunig gewesen war; dass er seine Männer schon bei kleinen Fehlern hart bestraft und er seinen Zorn oft nicht mehr unter Kontrolle hatte. Woran das lag, konnte er selbst nicht sagen. Sicher hatten seine ständigen Kopfschmerzen etwas damit zu tun. Aber auch die Unzufriedenheit darüber, dass der Bau der Brigantinen so langsam vorankam und sie schon so lange hier rasten mussten, spielte wohl eine Rolle. Er wusste, dass ihm seine Männer aus dem Weg gingen, aber dass seine eigene Tochter Angst vor ihm haben sollte, konnte er nicht fassen. Niemals wäre ihm eingefallen, ihr oder Dona Inéz etwas anzutun.

Am liebsten hätte Aguirre den Mönch gepackt und ihn gewaltsam gezwungen, seine Worte zurückzunehmen, doch dann wurde ihm schlagartig klar, dass dies lediglich ein Beweis für ihre Wahrhaftigkeit gewesen wäre. Deswegen zischte er nur: »Und was ist das Zweite? Ihr sagtet, zwei Dinge bereiteten euch Sorge.«

Aber auch das war etwas, was der Baske lieber nicht hören wollte: »Ihr solltet die Gelegenheit nutzen, die Loyalität der Soldaten zu gewinnen. Es liegt in eurer Hand, auch

Garcilascos Männer zu euren Anhängern zu machen. Ihr müsstet euch nur unter sie mischen, am abendliehen Feuer in ihrer Runde sitzen, und ihre Sympathien würden euch zufliegen. Stattdessen zieht ihr euch so häufig auf eure Brigantine zurück, dass man euch kaum noch zu Gesicht bekommt. Ihr solltet ...«

»Schweigt!«, herrschte Aguirre den Mönch an. »Schweigt sofort, ich möchte nichts mehr davon hören. Wenn ich mich auf mein Schiff zurückziehe, so ist das meine Sache und geht niemanden etwas an. Solange Gott auf meiner Seite steht, wird uns nichts passieren.«

Die frommen Worte genügten Carvajal nicht. »Lope de Aguirre, ich sage euch: Noch habt ihr es in der Hand, die Männer zu einen und herauszuführen aus dieser unwirtlichen Gegend. Geht auf die Männer zu! Zeigt ihnen eure Wertschätzung. Verpasst ihr die Gelegenheit, so werden Garcilascos Hetzreden irgendwann auf nahrhaften Boden fallen, und es wird zum offenen Kampf kommen. Und dann wird dieser grüne Schlund unser aller Grab.«

Noch bis spät in die Nacht hinein verfolgten Carvajals Worte den Basken. Vom Deck seiner Brigantine aus beobachtete er das Lager – drei kleine, qualmende Feuerstellen, um die sich die Soldaten drängten. Manche hatten sich bereits schlafen gelegt, andere unterhielten sich im Schein der Flammen. Ihr Gemurmel vermischte sich mit dem Knistern des brennenden Holzes.

Sollte er sich wirklich zu ihnen gesellen?, fragte sich Aguirre. Sollte er sich unter sie mischen und mit ihnen einen Platz im Lager teilen? Die Gedanken an den Mönch brachten ihn sofort wieder in Rage. Wie konnte Gaspar de Carvajal nur an ihm zweifeln? Wie konnte er nur in Frage stellen, dass es ihm gelingen würde, sie alle aus diesem

Wald herauszuführen? Ein Geräusch hinter ihm lenkte ihn von seiner aufkommenden Wut ab. Als er sich umdrehte, stand Dona Inéz vor ihm. Sie trug dasselbe Nachthemd wie damals, als Aguirre sie im Zelt ihres toten Geliebten gesehen hatte, und auch ihr schönes, schwarzes Haar trug sie wieder offen. Wie an jenem Morgen war der Baske auch jetzt fasziniert von ihrer Schönheit.

»Könnt ihr nicht schlafen?«, fragte der ›Wolf‹.

Dona Inéz kam ein wenig näher. »Ja«, sagte sie, während sie sich an die Reling der Brigantine lehnte, um aufs Lager zu schauen. »Das Gemurmel der Männer, das Geräusch des Feuers, die Laute aus dem Wald ... Ich werde mich nie daran gewöhnen können. Das wusste ich bereits vom ersten Tag an.«

»Verzeiht meine Neugier«, sagte Aguirre, »aber weswegen seid ihr dann mitgekommen?«

»Pedro.« Dona Inéz' Stimme wurde leise und tonlos, als sie den Namen ihres verstorbenen Verlobten nannte. »Er wünschte, dass ich ihn begleite.« Sie weinte.

Aguirre wusste nicht, was er hätte sagen können, um die Frau zu beruhigen. Alles, was ihm einfiel, war: »Ihr seid sehr tapfer, Dona Inéz. Ich bin sicher, Ursúa war stolz darauf, eine solche Frau an seiner Seite gehabt zu haben.«

Dona Inéz wischte sich eine Träne aus dem Gesicht. »Und ich bin sicher, ihr seid stolz auf eure Tochter«, sagte sie. »Die Reise nimmt sie ebenso mit wie mich, aber noch nie hat sie sich darüber beklagt. Sie ist eine liebenswerte junge Dame.«

»Es freut mich zu hören, dass ihr euch so gut mit ihr versteht. Weibliche Gesellschaft kann ihr nicht schaden.«

»Wäre es dann nicht besser für sie gewesen, in Lima zu bleiben?«

Mit dieser Frage hatte Dona Inéz offenbar einen Nerv getroffen. Aguirre wandte seinen Blick von ihr ab und starrte minutenlang ins Leere, bevor er antwortete, dass Marias Mutter bereits vor Jahren gestorben sei. Er hatte sie, eine peruanische Indianerin, geliebt, wie er Maria liebe, und er hatte seine Tochter nicht für die lange Zeit dieser Expedition allein zurücklassen wollen.

Dona Inéz bemerkte die Trauer in Aguirres Stimme, als er von seiner Frau sprach. Beide standen eine ganze Weile schweigend nebeneinander auf dem Deck der Brigantine.

Schließlich brach die Frau das Schweigen. »Ich schäme mich, es zuzugeben«, sagte sie mit gesenktem Blick. »Aber ich fand durch die Trauer um meinen Verlobten bis heute keine Gelegenheit, euch für den Schutz zu danken, den ihr mir gewährt. Bitte verzeiht mir. Ohne euch hätte Fernando Garcilasco mich längst als Hexe verbrannt. Nur Ihr habt keinen Moment an meiner Unschuld gezweifelt.«

»Ich kann euren Schmerz gut verstehen«, sagte Aguirre. »Deswegen bittet nicht um Verzeihung, wo es nichts zu verzeihen gibt. Und was euren Schutz betrifft – ich denke, niemand wird es wagen, euch etwas zu Leide zu tun. Ihr steht unter meiner Obhut. Jeder der Männer weiß das, und mich fürchten alle. Fürchtet ihr euch ebenfalls vor mir?«

Dona Inéz lächelte. »Nein«, sagte sie. »Ihr wirkt oft unberechenbar und aufbrausend, doch Angst habe ich nicht vor euch. Im Gegenteil. In eurer Gegenwart fühle ich mich sicher. Und das ist gewiss nicht selbstverständlich, denn ihr wisst genausogut wie ich, dass kein Eingeborener meinen Verlobten tötete.« Dona Inéz' Augen glänzten im Feuerschein, als sie offen aussprach, was sie dachte: »Einer von uns hat beim Schwur auf die Bibel gelogen. Jemand aus unserer Mitte hat Pedro de Ursúa getötet.«

# 6

*Samstag, 13. Juni 1998*

Frühnebel lag auf dem Dschungel wie eine atmosphärische Schutzhülle. Dicke, milchige Dunstschwaden zogen träge zwischen den Bäumen hindurch, umflossen sie, begruben sie unter ihrem schwerelosen Schleier. Das morgendliche Blätterdach war ein einziger weißgrauer See, aus dem nur vereinzelt die weit ausladenden Kronen der Urwaldriesen herausragten. Dunkel hoben sich ihre Silhouetten gegen den hellen Nebel ab.

Die Dämmerung war mehr als der Anbruch eines neuen Tages. Sie war ein sakraler Akt, eine lautlose Zeremonie, die sich seit Millionen von Jahren wiederholte. Dies war das Land der unvollendeten Schöpfung, rau, abstoßend und gleichzeitig faszinierend. Es war das Land, in dem die Zeit stillstand.

Sean Gabriel MacIntyre, von allen Mitgliedern des Forschungsteams einfach nur ›Mac‹ genannt, liebte diesen Ort über alle Maßen. Immer wenn er einen klaren Kopf bekommen wollte, joggte er hierher an diese Stelle, um die Kraft und die Ruhe in sich aufzusaugen, die der Wald ausstrahlte. Hier, hoch oben auf der kleinen, hölzernen Plattform in der Krone des Baumriesen, bot sich ihm eine Aussicht, wie sie nur wenigen Menschen vergönnt war. Hier fühlte er sich am wohlsten. Was er empfand, wenn sein Blick über das dampfende Blätterdach glitt, musste Gott empfunden haben, als er die Erde erschaffen hatte.

Die Nacht über hatte Mac nicht besonders gut geschlafen. Er hatte sich eine Ewigkeit lang in seinem Bett hin- und hergewälzt, bis die Müdigkeit übermächtig geworden war, doch der Schlaf war alles andere als erholsam gewesen.

Eine verwirrende Flut von Bildern hatte seine Träume durchzogen. Gewalt hatte darin eine Rolle gespielt. Sinnlose Brutalität, deren Zeuge er einst geworden war. Ein Junge hatte allein in einem Auto gesessen, ein anderer hatte von außen an die Scheibe geklopft. Die Jungen hatten sich gekannt, sich sogar ein wenig ähnlich gesehen. Beide waren sie blond gewesen, und beide hatten sie den verschmitzten Gesichtsausdruck gehabt, der allen Lausbuben eigen ist. Und dann hatte sich plötzlich alles in ein einziges, orangerotes Flammenmeer verwandelt. Es war heiß geworden, unerträglich heiß sogar. Irgendjemand hatte vor Entsetzen oder vor Schmerz geschrien ... und dann hatte das leise Summen der Armbanduhr Macs Albtraum ein gnädiges Ende gesetzt. Schweißnass und erleichtert darüber, seinem Traum nicht länger ausgesetzt zu sein, war er aufgestanden, um sich auf den Weg zu machen.

Der schmale, von dichtem Blattwerk umsäumte Pfad hatte ihn durch den noch dunklen Dschungel geführt, und obwohl Mac bereits nach der Hälfte der Strecke außer Puste gewesen war, hatte er sich zum Durchhalten gezwungen.

Erst nach über einer Stunde hatte er – verschwitzt und verdreckt – sein Ziel erreicht: einen uralten, sechzig Meter hohen Urwaldriesen, der mit einem Netz aus Holzsprossen, Haltegriffen und Seilen präpariert war. Mit Hilfe dieser Kletterkonstruktion, die sich wie eine Wendeltreppe um den mächtigen Stamm schlang, hatte Mac den starren Giganten erklommen – eine Anstrengung, für die er mit einer prächtigen Aussicht belohnt wurde.

Der junge Mann strich sich das blonde, strähnige Haar aus

dem Gesicht und rückte seine ausgeleierte Brille zurecht. Das schnörkellose Nickelgestell war lediglich Macs Ersatzbrille und alles andere als modisch. Die andere Fassung war ihm vor kurzem versehentlich in den Fluss gefallen. Schweiß stand Mac in dicken Tropfen auf der Stirn und rann an seinem Hals hinab, um von seinem T-Shirt aufgesogen zu werden. Seine ganze Gestalt wirkte ausgemergelt und müde. Trotz seiner 28 Jahre fühlte er sich heute irgendwie alt. Er lehnte sich nach vorne und stützte seinen Oberkörper mit den Ellenbogen auf einem der Äste ab, die den Ausguck wie eine Reling umgaben.

Am Horizont begann die Sonne sich ihren Weg durch den Frühnebel zu bahnen. Die unnachgiebige Kraft des Lichts gewann mehr und mehr Oberhand, riss vereinzelte Löcher in den weißen Watteteppich und löste ihn auf, bis nur noch einzelne Wolkenfetzen über dem Laubdach schwebten.

Erst jetzt, da das fade Grau der Morgendämmerung der Farbenpracht des Tages gewichen war, schienen die Tiere zum Leben zu erwachen. Nach und nach verdrängten glucksende Vogelrufe und vereinzeltes Affengeschrei die Morgenruhe. Ein neuer Tag hatte begonnen.

Mac beschloss, den Rückweg anzutreten, und ließ sich über die Seile und Sprossen herab. Jedes Mal wenn er wieder festen Boden unter den Füßen hatte, fühlte er sich gestärkt für den Tag. Nicht körperlich. Weiß Gott nicht, denn schon nach wenigen Metern würden seine Füße von Neuem schmerzen. Nein, es war eine rein mentale Stärkung, die Gewissheit, mit allen bevorstehenden Situationen fertig werden zu können. Noch konnte er nicht ahnen, wie sehr er diese Stärkung in den nächsten Tagen brauchen würde.

# 7

Mit hypnotischer Gleichgültigkeit schleppte Mac sich über den schmalen Weg durch den Dschungel, als wäre sein Körper eine auf endloses Laufen programmierte Maschine. Seine Beine waren schwer wie Blei, seine Füße taten weh, und in seinen Schläfen pulsierte das Blut wie der Dampf im Heizkessel einer Lokomotive. In seinem Kopf hämmerte es unnachgiebig im Rhythmus seiner Schritte. Er war froh, als er am Ende des Pfads die Station erkannte. Endlich daheim!

Mac durchbrach den Waldrand zu der gerodeten Lichtung wie ein Taucher die Wasseroberfläche, schnappte nach Luft, und tatsächlich schien es hier draußen im Freien viel klareren Sauerstoff zu geben als in dem drückenden Dschungeldampf, der ihn fast erstickt hatte.

Nur noch etwa zwanzig Meter trennten ihn von der Station – bis zum Geräteschuppen, der direkt an das Hauptgebäude angrenzte, war es sogar noch näher. Eine tiefe Befriedigung stieg in ihm auf, denn er hatte bis zum Schluss die Zähne zusammengebissen und durchgehalten.

Als er den Anbau schließlich erreicht hatte, ließ er sich einfach nach vorn fallen. Seine Finger klammerten sich an den über zweieinhalb Meter hohen Maschendrahtzaun, der die eine Seite des Schuppens bildete. Die anderen Wände waren aus grob zugeschnittenen Planken zusammengenagelt worden, die kaum einen Lichtstrahl ins Innere des Raumes dringen ließen. Zusammen mit dem schon von Moosen und

Flechten bedeckten Wellblechdach machte der Bau eher den Eindruck einer abstoßend dunklen, verwahrlosten Baracke. Ein Wunder, dass diese Konstruktion nicht schon lange in sich zusammengestürzt war.

Mac schnappte so gierig nach Luft, dass er eine Minute lang keinen anderen Laut als sein eigenes Keuchen vernahm. Schlaff hing er am Zaun und wartete, bis sich seine Atemfrequenz wieder normalisiert hatte. Die feinen Drahtmaschen begannen ihm in die Finger zu schneiden, und obwohl er völlig erschöpft war und am liebsten noch stundenlang in dieser Position ausgeharrt hätte, zwang ihn der Schmerz, sich aufzurappeln.

Ein Geräusch zu seiner Rechten ließ ihn zusammenzucken. Als er sich umdrehte, bemerkte er, dass es nur der Hund war, der etwa zwanzig Meter entfernt am Fluss etwas anknurrte, das im Wasser schwamm. Wahrscheinlich ein Fisch.

Chico war beinahe genauso lange hier im Dschungel wie Mac. Bei einem Ausflug in Manaus war ihm der Hund in einer der zahllosen, heruntergekommenen Seitengassen zugelaufen. Er war herrenlos gewesen; einer jener Straßenköter, die sich durch Abfälle wühlten und Ratten jagten, um sich über die Runden zu bringen. Er hatte ihm Leid getan; vielleicht, weil er sich genauso einsam durchs Leben schlagen musste wie Mac. Vielleicht war das der Grund, weswegen er ihn hierher mitgebracht hatte.

Mac wusste nicht einmal, welcher Rasse Chico angehörte, und es war ihm auch egal. So wie er aussah, waren schon seine Eltern undefinierbare Mischlinge gewesen. Er war ziemlich groß und reichte Mac bis zu den Oberschenkeln, dafür war er aber recht mager. Sein hellbraunes Fell war nass und glitzerte in der frühen Morgensonne. Die spitzen Ohren standen wachsam nach oben. Die schlanken Beine und der haarige Schwanz verliehen ihm einen Hauch von Eleganz.

Der Hund stand bewegungslos am seichten Ufer und starrte in das silbrig trübe, unmerklich langsam fließende Wasser.

Neben dem Tier ragte der Holzsteg ein paar Meter weit in den Fluss hinein. Das daran befestigte Motorboot lag ruhig in der schwachen Strömung.

Der Anblick erinnerte Mac daran, wie er seine Brille verloren hatte. Vor zwei Tagen erst hatte er Ausrüstungsgegenstände aus dem Labor ins Boot verladen, und wie üblich hatte Chico jeden seiner Schritte begleitet. So kam es, wie es kommen musste: ein Tritt auf die Pfote des Hundes, ein Aufjaulen, ein Schreckmoment, eine unglückliche Bewegung ... und Mac war kopfüber vom Steg ins Wasser gestürzt. Dabei hatte er noch Glück gehabt, dass er nicht aufs Boot aufgeschlagen war. Dennoch hatte ihn der unfreiwillige Tauchgang seine Augengläser gekostet, die jetzt irgendwo auf dem Grund des Flusses lagen – zusammen mit Arbeitsmaterial im Wert von knapp 1000 US-Dollar.

Trotz des Verlusts amüsierte ihn der Zwischenfall. Wie tolpatschig, wie unbeholfen musste das Schauspiel gewirkt haben? Grinsend schob er den Gedanken daran beiseite.

Nach wie vor stand der Hund reglos im Wasser. Mac hatte schon oft beobachtet, mit welcher Geduld das Tier beim Fischfang vorging. Es stand wie erstarrt da, die richtige Gelegenheit abwartend. Dann schlug es zu.

So auch jetzt: Urplötzlich schoss der Kopf des Hundes nach vorn. Er durchbrach gurgelnd die Wasseroberfläche, um nur einen Augenblick später wieder aufzutauchen und den erhaschten Wels mit einem schnellen Ruck an Land zu werfen. Seiner Lebensgrundlage beraubt, zappelte der Fisch wie wild hin und her und drohte, auf dem schlammigen Ufer wieder zurück ins Wasser zu rutschen. Aber erneut packte der Hund sein Opfer mit den Zähnen, diesmal ohne es loszulassen. Der Fisch gab auf, seine Zuckungen waren nicht mehr als motorische Reflexe.

Zufrieden schüttelte der Hund das Wasser aus seinem Fell. Mit dem Fisch im Maul trabte er davon, und wenig später war das Wasser wieder glatt.

# 8

Im Inneren der Station war es noch dunkel. Mac achtete nicht auf die Schlammspur, die er auf dem gefliesten Fußboden hinter sich herzog. Um wieder auf die Beine zu kommen und richtig wach zu werden, brauchte er jetzt dringend eine kräftige Tasse Kaffee. Er schlurfte durch den Gang, der trotz des weißen Anstrichs dämmrig wirkte. Rechts konnte er durch die Reihe kleiner, schmutziger Gitterfenster den Fluss erkennen. Der Flur ging nach einigen Schritten nahtlos in den Wohnraum über – eine Tür gab es nicht. Mac schenkte der Sitzecke vor sich keine Beachtung, sondern bog nach links ab und stand nach einigen Schritten in der Küche, die wie der Flur komplett in Weiß gehalten war. Lediglich die Griffe der Schubladen und Schränke waren aus rostfreiem Stahl.

Mac schaltete das Licht ein und kniff, geblendet von der plötzlichen Helligkeit, die Augen zusammen. Aber auch halb blind fand er den Weg zur Kaffeemaschine. Ein paar automatische Handgriffe, ein Druck auf den roten Knopf– und schon konnte das Gerät loslegen. Bis der Kaffee fertig war, würden einige Minuten vergehen; währenddessen wollte er duschen.

Er ging aus der Küche nach rechts, ein Zimmer weiter, streifte sich seine verschwitzten Kleider vom Leib und verschwand hinter dem Plastikvorhang. Im Stehen drehte er das Wasser auf und ließ das warme Nass an sich hinunterlaufen.

Herrlich!

Mit einem Stück Kernseife und einem Schwamm rieb er nicht nur seinen verschwitzten Körper ab, sondern auch seine Brille, die er aufbehalten hatte, um sie wieder einmal richtig gründlich zu reinigen. Danach ließ er noch eine Weile den heißen Strahl auf sich niederprasseln, um sich zu entspannen. Das Rauschen dröhnte in seinen Ohren wie ein Wasserfall.

Als seine Muskeln sich gelockert hatten und er sich einigermaßen erholt fühlte, drehte er den Hahn zu, schnappte sich ein Handtuch und trocknete sich ab. Bluejeans, T-Shirt, Shorts und Socken lagen noch genau so im Regal, wie er sie sich vor dem Joggen zurechtgelegt hatte. Auch seine Lederstiefel standen unverändert in der Ecke. Er zog sich die Sachen an, wischte den beschlagenen Spiegel blank und rasierte sich. Inzwischen musste der Kaffee fertig sein.

In der Tat lag ein herrliches Aroma in der Luft, als er zurück in die Küche kam. Kein anderer hier konnte so guten Kaffee kochen wie er. Vor allem Kate nicht, die einzige Frau in der Station. Alles andere beherrschte sie ausgezeichnet, aber ihr Kaffee schmeckte wie Spülwasser. Das einzig Gute war, dass sie ihre Schwäche inzwischen akzeptiert hatte und nicht mehr versuchte, sie durch häufiges Üben in den Griff zu bekommen.

Mac setzte sich, goss sich eine gute Tasse voll ein und begann, sie genüsslich zu schlürfen, während er sich einem Kreuzworträtsel widmete, das er am Abend zuvor zu lösen begonnen hatte. Genau genommen handelte es sich dabei lediglich um ein portugiesisches Kinderrätsel, mit dem Mac seine bescheidenen Sprachkenntnisse ein wenig aufbessern wollte. Doch ohne Wörterbuch stellten selbst die einfachsten Lösungsworte eine unüberwindbare Herausforderung dar.

Gerade war er dabei, sein Gedächtnis nach dem Wort für ›Gabel‹ zu durchforsten, da schlug etwas vor ihm auf dem

Küchentisch auf. Mac sprang auf und stieß mit dem Knie gegen die Tischplatte. Die Kaffeetasse stürzte um, und ihr Inhalt ergoss sich über den Tisch, das Rätsel und Macs Hose.

»So eine Scheiße!«, fluchte er.

Er hatte sich ein Taschentuch geschnappt und versuchte, die dunklen Flecken von seiner Hose zu tupfen. Ebenso gut hätte er es bleiben lassen können.

»Verdammter Mist!«

Erst jetzt erkannte Mac, was ihn erschreckt hatte: Es war nichts weiter als ein Schuh.

Das Lachen hinter seinem Rücken klang unterdrückt, und er hätte sich gar nicht umdrehen müssen, um zu sehen, von wem es kam. Nur einem konnte ein derart dämlicher Spaß am frühen Morgen einfallen: Doktor Benjamin Arness! Mit nacktem Oberkörper stand er im Kücheneingang, eine Hand lässig an den Türrahmen gelehnt, die andere in die Hüfte gestemmt. Trotz seiner sechsundvierzig Jahre war er gut durchtrainiert, ohne ein Gramm Fett. Das kurzgeschorene, silbern glänzende Haar lag glatt am Kopf. Unrasiert sah er noch ziemlich verschlafen aus, und sein zerknautschtes Morgengesicht mit den tiefen Furchen und dem buschigen Schnauzbart erinnerte Mac an ein Walross.

»Du Idiot!« Eigentlich war Mac weniger sauer wegen des verschütteten Kaffees, sondern viel mehr wegen des höhnischen Lachens, das jetzt offen aus Doktor Arness herausbrach. Nach vorn gebeugt, japste er nach Luft. So einen Spaß hatte er schon lange nicht mehr gehabt. Das Ganze wäre nicht halb so lustig gewesen, hätte sich sein jüngerer Kollege nicht dermaßen aufgeregt.

»Vor fünf Minuten habe ich mich frisch umgezogen! Gott verdammt noch mal!« Macs Stimme überschlug sich vor Wut. »Und außerdem habe ich mir vor Schreck fast in die Hose gemacht!«

»Fast?«, grinste Doc in Anbetracht der Kaffeeflecken auf Macs Jeans. »Das sieht mir eher wie ungebremster Durchfall aus.«

»Bist du witzig! Ich lache mich gleich tot«, giftete Mac zurück. »Das Zeug ist ganz schön heiß gewesen! Ich hätte mir was verbrühen können, verstehst du?«

»Na und?«, gab Doc mit gespielter Gelassenheit zurück. »Hätte doch zum Frühstück gepasst – hartgekochte Eier!«

»Hartgekochte was?«, empörte sich Mac über die Zweideutigkeit, doch auch er konnte nicht länger ernst bleiben. »Ich hör wohl nicht richtig!« Er schnappte den Schuh vom Tisch und schleuderte ihn in Richtung Kücheneingang. Arness war darauf nicht vorbereitet gewesen und riss eine Hand schützend vors Gesicht. Nur mit knapper Not konnte er dem Schuh ausweichen, der dicht an seinem Kopf vorbeiflog und mit dumpfem Poltern auf den Boden krachte.

»Hey, tut mir Leid, Junge. Gnade vor Recht! War ein blöder Scherz.« Arness lachte noch immer, aber seine Entschuldigung war ernst gemeint. »Kommt nicht wieder vor, okay?«

Mac nickte, und damit war die Sache geklärt. Er war nicht sonderlich nachtragend.

Doc schüttelte mit breitem Grinsen den Kopf. Obwohl Mac fast zwanzig Jahre jünger war, verstanden sie sich ausgezeichnet. Oft machten sie ihre Späße und versuchten, sich gegenseitig eins auszuwischen. Unter dem Strich stand es zwischen den beiden ungefähr unentschieden.

Heute hatte Doc den Jungen jedenfalls voll erwischt, und er war gespannt darauf, wie Mac sich an ihm rächen würde. Seine Frage wurde schneller beantwortet, als ihm lieb war, denn im Bad traf ihn fast der Schlag: Auf dem Boden lagen Macs verschwitzte Kleider. Jogginghose, T-Shirt und Shorts bildeten einen kleinen, unappetitlichen Haufen, der von den vor Dreck strotzenden Turnschuhen gekrönt wurde. Zu allem Überfluss schwammen im Waschbecken zwei eingeweichte

Frotteesocken. Der Junge hatte wahrlich keinen besonders ausgeprägten Sinn für Sauberkeit.

»Soll ich etwa die Krätze kriegen? Hier sieht es ja aus wie im Affenstall!« Doc sprach absichtlich so laut, dass man es in der Küche gut hören konnte.

Mac hatte Docs Worte geahnt. Der nun folgende morgendliche Dialog war eine Art Zeremonie, die sich alle zwei bis drei Wochen zwischen ihnen abspielte, immer dann, wenn Mac nach dem Duschen zu faul war, seine Kleider aufzuräumen. Als Nächstes würde er antworten: Hast du tatsächlich schon einmal einen so unordentlichen Affenstall gesehen? Worauf Doc wiederum entgegnen würde: Da hast du verdammt Recht. Im Vergleich zu dir sind Affen Sauberkeitsfanatiker!

So war es.

»Hast du tatsächlich schon einmal einen so unordentlichen Affenstall gesehen?«

»Da hast du verdammt Recht. Im Vergleich zu dir sind Affen Sauberkeitsfanatiker!«

Gute zehn Minuten später saß Doc frisch geduscht und rasiert bei Mac am Küchentisch. Sogar seinen Schnauzbart hatte er ein wenig gestutzt. Er goss sich einen Kaffee ein und schenkte Mac noch mal nach. Damit war der Frieden für diesen Tag wiederhergestellt.

»Wo sind die anderen?«, wollte Mac wissen. Er hatte vor fast zwei Stunden die Station verlassen und seitdem keine Menschenseele gesehen, abgesehen von Doc natürlich. Nur dass Professor Houston in einem der Lager, etwa zwanzig Meilen weiter flussaufwärts war, das wusste er.

»Kate schläft wohl noch ...« Arness unterbrach sich selbst, und augenblicklich durchfuhr beide Männer ein spontanes Schuldgefühl. Sie waren nicht gerade leise gewesen. Hoffentlich hatten sie Kate nicht geweckt.

Mit gedämpfter Stimme fuhr Doc fort: »... und Browning muss schon unterwegs nach Manaus sein. Er wollte den Reporter abholen, den Walter bestellt hat.«

Mac erinnerte sich, dass Professor Houston diesen Besuch vor ein paar Tagen angekündigt hatte.

»Hat Walter etwas Genaueres gesagt?«, fragte er Doc.

»Nein. Nur seinen Namen. Coolinsky oder so ähnlich.«

»Coolidge!«, brummte eine verärgerte Frauenstimme hinter ihnen, und beide Männer drehten sich synchron zum Kücheneingang um. »Sein Name ist Coolidge. Guten Morgen, meine Herren!«

Arness und Mac wussten genau, dass dieses ›Guten Morgen, meine Herren!‹ mehr Vorwurf als Gruß war. Auszuschlafen war Kate heilig, und diese heilige Regel hatten sie durch ihre laute Unterhaltung verletzt. Genauso gut hätten sie ihr einen Kübel Eiswasser über das Gesicht schütten können.

Barfuß, nur mit Slip und Army-T-Shirt bekleidet, schlurfte die Frau zum Tisch und setzte sich zu ihren beiden Kollegen, die keinen Ton mehr von sich gaben. Während sie sich Kaffee einschenkte, strich sie sich mit der anderen Hand durch das glatte, sandfarbene Haar, das ihr nicht einmal bis zu den Schultern reichte. Dann trank sie einen Schluck und setzte die Tasse wieder ab. Der Kaffee, besänftigte ihren ersten Ärger. Dennoch wollte sie die Situation ein wenig auskosten. Es konnte nicht schaden, wenn sie den beiden Krakeelern ins Gewissen redete, vielleicht würden sie in Zukunft etwas leiser sein.

»Himmlisch, diese Stille. Nicht wahr?«, hauchte sie und atmete genießerisch durch. »Ich wünschte mir nur, dass es genauso ruhig ist, wenn ich schlafen möchte. Was war das eigentlich für ein Krach? Hat einer von euch einen Schrank umgeworfen?«

Die beiden Männer sahen sich an, bis Mac schließlich mit einem entschuldigenden Schulterzucken antwortete: »Ich glaube, es war ein Schuh.«

»Ein Schuh?«, wiederholte Kate. Sie machte eine Pause, um Mac Gelegenheit für weitere Erklärungen zu geben, doch der Junge ging nicht darauf ein. »Wie kann ein Schuh so einen Lärm machen, frage ich mich?«

»Er ist ... heruntergefallen.«

»Soso ...«

»Ja. Genau genommen sogar zweimal. Einmal auf den Tisch und einmal an Docs Ohr vorbei auf den Wohnzimmerboden!« Er konnte sich jetzt nicht mehr zurückhalten und prustete los. Auch Arness brach in Lachen aus, als er Kates verständnislose Miene sah. Es dauerte eine Minute, bis die beiden Männer sich wieder beruhigt hatten.

»Tut uns Leid, Kate«, keuchte Mac endlich. »Wir waren wohl ein bisschen laut.«

»Ein bisschen?« Kate schüttelte den Kopf. »Dass ich nicht lache! Ich habe jedes einzelne Wort eurer Unterhaltung mitbekommen.«

»Jedes einzelne Wort?«, fragte Mac, der ebenso wie Doktor Arness einen übertrieben besorgten Gesichtsausdruck aufgesetzt hatte. Beide wussten, was jetzt kam.

»Jedes einzelne Wort! Auch die ...« Sie hielt kurz inne und hatte selbst Probleme, ernst zu bleiben. »Auch die hartgekochten Eier, Kameraden! Es ist mir ein Rätsel, wie zwei Kindsköpfe mit so infantilem Machogeschwätz Wissenschaftler werden konnten.«

»Mir auch«, erwiderte Mac, der sich inzwischen einigermaßen erholt hatte. »Aber irgendwie hat es geklappt. Und einer der beiden Kindsköpfe macht sich jetzt an die Arbeit.« Mit diesen Worten trank er seine Tasse leer und stand auf.

Kate tat, als würde ihr der große, braune Fleck auf Macs Jeans gar nicht auffallen. Ihr Kommentar bewies jedoch das Gegenteil: »Ich habe gehört, der Durchfall soll dieses Jahr ganz schön herumgehen. Ist dir das auch schon zu Ohren gekommen, Kleiner?«

Und Doc ergänzte: »Ja. Muss 'ne üble Sache sein. Manche Leute soll es so schlimm erwischt haben, dass sie sich sogar in die Hosen machen.«

»Ich lache Weihnachten darüber«, sagte Mac betont gelangweilt. »Und bevor ich mich hier noch länger verschaukeln lasse, mache ich mich lieber auf den Weg.« Er drehte sich in Richtung Kücheneingang.

»Wenn du noch fünf Minuten wartest, komme ich mit«, sagte Kate schnell und kniff ihm freundschaftlich in den Po.

»Also gut. Ich räume meine Sachen aus dem Bad und mache inzwischen schon mal das Boot startklar.«

»Ich beeil mich!«

»Alles klar.« Mac war schon im Kücheneingang, als er noch mal stehen blieb. »Und, Kate?«

»Was denn?«

»Du hast einen ziemlich festen Griff!« Mac zwinkerte ihr zu und rieb sich das Gesäß. »Bist du bei Jim auch so grob?«

»Der ist das von mir gewöhnt«, gab Kate zurück. »Und du kannst froh sein, dass ich nur deinen süßen Hintern erwischt habe und nicht deine ...«

»... hartgekochten Eier. Ich weiß.«

# 9

Jim Browning, wissenschaftliches Mitglied des Teams von Professor Houston, wasserte gegen 8.30 Uhr mit der kleinen, einmotorigen Cessna 172 Skyhawk etwa zwanzig Meilen südöstlich von Manaus. Der 1,94 Meter lange, kräftige Schwarze hatte sich regelrecht in den Pilotensitz legen müssen, um nicht mit dem kurzgeschorenen Schädel gegen die Kabinendecke zu stoßen. Nach dem langen Flug fühlte er sich verspannt, und er war froh, als er endlich aussteigen und sich die Füße vertreten konnte.

Er tankte die Maschine auf und wartete auf den von Professor Houston angekündigten Reporter, Hector Coolidge. Kurz nach neun brauste auch schon ein gelber VW-Käfer, Baujahr 68, heran, dessen Aufschrift ›Taxi‹ nur noch mit viel Fantasie zu erahnen war. Auf der Beifahrerseite stieg jedoch kein Hector Coolidge aus, sondern eine junge Frau, Anfang Dreißig, mit lockigem schwarzen Haar. Wild gestikulierend verständigte sie sich mit dem Fahrer per Zeichensprache. Schließlich gab sie ihm eher widerwillig einige Geldstücke, worauf er mit einem Krachen den Rückwärtsgang einlegte und verschwand. Die Frau, die nichts weiter bei sich hatte als eine große Sporttasche und einen Fotoapparat, kam zum Ufer, wo Browning stand.

»Guten Tag«, begrüßte sie den Schwarzen. »Ich bin nicht sicher, ob ich hier richtig bin. Hat Professor Houston Sie geschickt?«

»Das hat er.« Der Mann lächelte und gab ihr die Hand. »Browning. Jim Browning. Ich darf wohl davon ausgehen, dass Sie nicht Hector Coolidge sind?«

»Ich bewundere Ihren wissenschaftlichen Scharfsinn«, sagte die Reporterin. »Ich bin Sarah Boulder. Mein Kollege hängt in Libyen fest, und ich bin für ihn eingesprungen.«

Browning nickte. »Soll mir recht sein. Geben Sie mir Ihr Gepäck, wir fliegen gleich los.« Er nahm der Frau die Tasche und den Fotoapparat ab und wandte sich in Richtung Steg, an dem die Cessna vertäut war.

Am Flugzeug angekommen, öffnete er die Tür und schob das Gepäck und die Kamera hinter den Passagiersitz. Da man nur von dieser, dem Steg zugewandten Seite einsteigen konnte, ging er als Erster in die Maschine und wälzte sich auf den Pilotensessel.

»Lösen Sie das Befestigungsseil von den Pollern und steigen Sie ein. Aber vorsichtig. Und fallen Sie mir nicht ins Wasser.«

Die Frau tat, was er sagte, und nahm seine Hand, um sich ins Flugzeug helfen zu lassen.

»Sind Sie sicher, dass das Ding fliegt?« Sarah wollte den Mann nicht beleidigen, aber das Flugzeug sah alles andere als Vertrauen erweckend aus. Selbst die Farbe, die an Rumpf und Flügeln in der Sonne glänzte, konnte das wahre Alter der Maschine nicht verbergen.

Browning antwortete mit einem breiten Grinsen – er konnte die Bedenken der Frau gut verstehen. Rein äußerlich gab die Skyhawk wirklich nicht viel her.

»Keine Angst, das Flugzeug ist hervorragend in Schuss, auch wenn es schon fünfzehn Jahre alt ist. Es ist eines der letzten Exemplare dieses Typs. 1983 wurde die Produktion eingestellt. Von den geringen Mitteln, die uns zur Verfügung stehen, können wir uns leider kein neueres leisten, denn das meiste Geld geht für unsere technischen Einrichtungen in der

Station drauf. Aber Sie dürfen mir glauben: Ich würde dieses Baby nicht fliegen, wenn ich annehmen müsste, dass es abstürzen könnte. Lehnen Sie sich einfach zurück und entspannen Sie sich. Überlassen Sie alles andere mir.«

Er legte den Hauptschalter um und drehte die Zündung auf ›Start‹. Das genügte, um den zweiarmigen Propeller in Bewegung zu setzen. Die holprige Drehung ging über in sanfte Rotation, und der Motor begann gleichmäßig zu summen. Browning dirigierte die Cessna weg vom Ufer ins tiefere Wasser, gab Gas, und der Motor steigerte sein Geräusch zu einem lauten, plärrenden Heulen. Man konnte hören, wie das Wasser bei zunehmender Fahrt immer stärker gegen den Rumpf der Kabine spritzte, bis der Fluss regelrecht unter ihnen weggerissen wurde.

Sarah beobachtete den Mann neben ihr, wie er langsam den Steuerknüppel anzog. Die Nase der Maschine hob sich, die beiden Schwimmer, die das Flugzeug auf dem Fluss trugen, schoben sich sanft aus dem Wasser. Unter ihnen glitt der Amazonas dahin, der größte Fluss der Welt.

Am Ufer zogen die Hausboote der Eingeborenen vorbei, und Rinder und Ziegen grasten auf saftigen Weiden zu beiden Seiten des Flusses. Die Einbäume der Fischer und Bauern, die ihre Ware auf dem schwimmenden Markt von Manaus anbieten wollten, schienen winzig im Vergleich zu den im Hafen liegenden 7000-Tonnen-Riesen. Browning und Sarah stiegen immer höher und höher, bis sie die Menschen und Tiere am Ufer als bunte Punkte hinter sich gelassen hatten.

»Encontro das Águas«, schrie Browning, um das Motorgeräusch zu übertönen, wobei er der Frau mit einer Handbewegung andeutete, sie solle aus dem Fenster sehen.

»Wie bitte?«

»So heißt die Stelle unter uns. Encontro das Águas. Ich kann zwar kein Portugiesisch, aber ich denke, es muss wohl so etwas wie ›das Zusammentreffen der Flüsse‹ heißen. Jedenfalls in der Art«, erläuterte Jim.

Sarah sah durch das Kabinenfenster, wie sich das Wasser unter ihnen in zwei verschiedene Farben teilte: links ein schmutziges Hellbraun und rechts ein Schwarz, so dunkel wie Rohöl. Wie durch Zauberhand blieben die beiden Wassermassen voneinander getrennt.

»Woher kommt das?«, fragte sie. »Sieht so aus, als würden zwei völlig verschiedene Flüsse nebeneinander in demselben Flussbett fließen.«

»Da haben Sie gar nicht so unrecht. Bei Manaus mündet der Rio Negro, ein sogenannter Schwarzwasserfluss, in den Amazonas. Er führt wenig Schlamm mit sich, daher die dunkle Farbe. Der Amazonas selbst ist das genaue Gegenteil: ein Weißwasserfluss, voll von Schwebstoffen, die sein Wasser hellbraun und dreckig erscheinen lassen. Wegen der unterschiedlichen chemischen Eigenschaften und Temperaturen vermischen sich die beiden Wassermassen nur schwer und fließen noch fünfzehn Meilen weit nebeneinanderher, bevor sie eins werden. Beeindruckend, nicht wahr?«

Das war es.

Sie flogen nun schon seit über drei Stunden mit einer konstanten Geschwindigkeit von 130 Meilen pro Stunde über die unendliche grüne Ebene, immer in Richtung Südwesten. Für Sarah war es ein Rätsel, wie Browning sich in dieser Einförmigkeit orientieren konnte. Reichte ein einfacher Kompass aus, um eine winzige Forschungsstation mitten im Dschungel zu finden? Oder konnte man an einer der vielen Armaturenanzeigen ablesen, welcher Kurs einzuschlagen war? Wenn der Motor nicht so laut gewesen wäre, hätte Sarah den Piloten gerne über seine Navigationstechnik ausgefragt, doch sie hatte jetzt keine Lust mehr zum Schreien.

Nach einiger Zeit überflogen sie einen Fluss, der zwanzig oder dreißig Meter breit sein musste. Sarah fiel auf, dass Browning den Kurs änderte und dem Fluss stromaufwärts folgte, bis man in der Ferne eine winzige gerodete Fläche am rechten Ufer erkennen konnte. »Gleich haben wir's geschafft.« Browning war erleichtert, bald aus seiner unbequemen Sitzhaltung befreit zu werden. Sein Hals war schon ganz steif, und sein Rücken wollte endlich einmal wieder durchgestreckt werden. Er nahm etwas Gas weg, und die Skyhawk senkte sich ganz allmählich über dem Wasser. Sie tauchten in die Schneise ein, die der Fluss in den Wald gefressen hatte, flogen jetzt auf Höhe der Bäume, die links und rechts an ihnen vorbeirauschten. Nur noch wenige Zentimeter über dem Fluss – dann berührten die Schwimmer die Wasseroberfläche und verursachten dasselbe zischende Geräusch wie beim Start. Die Maschine setzte auf dem Wasser auf wie ein flacher, springender Stein, und Browning drosselte den Motor, bis er nur noch ein sattes Tuckern von sich gab.

Sarah war von der Landung so beeindruckt gewesen, dass sie gar nicht auf die Station geachtet hatte. Erst jetzt, als die Cessna langsam auf den Steg mit dem daran befestigten Boot zuschwamm, sah sie das Holzschild am rechten Ufer: ›EDEN II‹.

Die Station selbst lag etwa zwanzig Meter vom Ufer entfernt auf einer kleinen Anhöhe. Der flache, erdfarbene Bau glich einem schlichten Bungalow. Rein äußerlich gab es nichts, was auf eine Forschungseinrichtung hingedeutet hätte. Der Weg zwischen Steg und Bungalow führte hinauf zum linken Seiteneingang. Er war lehmig, ausgetreten und kaum bewachsen. Überhaupt lag das Haus ziemlich frei, nur an der rechten Seite wurde es von hochwachsenden Farnen und Büschen überwuchert, die wie eine Vorhut aus dem angrenzenden Wald ragten.

Das also war Professor Houstons Werk. Hier hatte er viele Monate seines Lebens verbracht, hier war er auf etwas gestoßen, das er nun veröffentlichen lassen wollte. Sarah war gespannt darauf, ihn kennen zu lernen.

# 10

Doktor Arness verfolgte ihre Ankunft vom Boden aus. Er hatte Jim und den von Professor Houston angekündigten Reporter schon gegen 12.30 Uhr erwartet und stand nun schon gut zwanzig Minuten am Ufer. Um die Zeit zu überbrücken, hatte er Chico immer wieder einen abgebrochenen Ast ins Wasser geworfen, den das freudig jaulende Tier ein ums andere Mal zurückgebracht hatte. Etwas anderes, als mit dem Hund zu spielen, war ihm ohnehin nicht übrig geblieben. Er wollte den Neuankömmling persönlich willkommen heißen, um von vornherein eine gute Atmosphäre für ihre Zusammenarbeit zu schaffen.

Doc war sich der Macht der Presse vollauf bewusst. Ein Artikel in einer renommierten Fachzeitschrift wie dem National Geographic Magazine konnte auf großes Leserinteresse stoßen, und es hing viel davon ab, wie dieser Artikel ausfallen würde.

In den vergangenen Tagen hatte er sich oft überlegt, wie er den Reporter am besten dazu bringen konnte, einen wahrhaft reißerischen Bericht zu schreiben. Der Stoff hatte Brisanz, alles was ein Skandalreport benötigte, und genau das schwebte Doc vor. Wenn alles nach Plan verlief, winkte ein großer Batzen Geld. Ging es schief, dann ...

Aber nein! Es durfte ganz einfach nicht schiefgehen. Er hatte schon zu viel Zeit in die Sache investiert. Es stand viel auf dem Spiel, und dafür war er gerne bereit, etwas von seiner Zeit zu opfern.

Doktor Arness ging zum Steg, um den Ankömmlingen behilflich zu sein. Durch das Glas des Cockpits konnte er weder Browning noch seinen Fluggast erkennen, so sehr reflektierte die Scheibe das grelle Sonnenlicht. Doc musste die Augen zusammenkneifen, als er das am Steg befestigte Seil um das Gestänge der Schwimmer knotete und damit das Flugzeug fixierte.

Als die Tür des Cockpits aufklappte, war ihm die Verwunderung unschwer am Gesicht abzulesen. Er hatte mit einem Mann gerechnet. Coolinsky – oder so ähnlich. Doch wer auch immer die Frau sein mochte, sie war ihm auf Anhieb sympathisch.

»Guten Tag. Ich bin Doktor Arness«, schrie er ins Cockpit, um gegen das Brummen der Maschine anzukommen. »Willkommen in ›EDEN II‹.«

Erst jetzt erstarb das Motorgeräusch. Der Propeller rotierte noch einige Male und kam dann zum Stillstand. Die abrupt einsetzende Stille war für Sarah wie der Eintritt in eine neue, unbekannte Welt.

»Danke, Doktor«, erwiderte sie viel zu laut, denn in ihren Ohren hallte das stundenlange Dröhnen des Motors noch nach.

Doc nahm ihr die Tasche und den Fotoapparat ab und hielt ihren Arm, um ihr beim Aussteigen behilflich zu sein. »Wir hatten eigentlich jemand anderen erwartet«, sagte er, doch schon im selben Augenblick bereute er seine Formulierung. Die Frau musste den Eindruck haben, unwillkommen zu sein, doch das war nicht der Fall. Ganz im Gegenteil! Ihr hübsches Gesicht, eingerahmt von einer schwarzen Lockenpracht, hatte es Doc sofort angetan. Hoffentlich legte sie ihm seine Worte nicht negativ aus.

»Wie heißen Sie?«, schob er schnell hinterher.

»Boulder. Sarah Boulder«, antwortete die Frau mit einem gewinnenden Lächeln. Sie hatte den zweideutigen Unterton in seiner Begrüßung gar nicht wahrgenommen oder ließ es sich zumindest nicht anmerken.

»Freut mich, Sie kennen zu lernen, Miss Boulder. Wie war der Flug?«

»Ganz in Ordnung, abgesehen von dem ständigen Motorenlärm«, antwortete Sarah immer noch ein wenig zu laut. »Aber das kennen Sie ja sicher, Doktor.«

»Bitte, tun Sie mir den Gefallen und nennen Sie mich nicht Doktor. Wir pflegen hier einen recht lockeren Umgangston. Titel spielen im Urwald keine allzu große Rolle, wissen Sie? Sagen Sie einfach Doc zu mir.«

»Einverstanden. Wenn Sie mich Sarah nennen.«

»Sehr gern sogar.«

Alter Spinner, dachte er. Sie könnte fast deine Tochter sein.

Chico beschnupperte aufgeregt den neuen Gast. Er tänzelte Sarah um die Beine und wedelte vor Freude mit dem Schwanz. Augenscheinlich war ihm die Anwesenheit der Frau eine willkommene Abwechslung.

Jim Browning war in der Zwischenzeit ebenfalls ausgestiegen.

»Wie ich sehe, habt ihr euch bereits bekannt gemacht.« Er zwinkerte Doc Arness zu. Ihm war nicht entgangen, mit welchen Blicken er das Mädchen betrachtete. »Ihr könnt schon mal die Sachen ins Haus bringen. Geht ruhig voraus. Um die Maschine kümmere ich mich.« Er sah den beiden nach, wie sie zur Station hochgingen.

*Freut mich, Sie kennen zu lernen, Miss Boulder*, grinste er in sich hinein. *Nennen Sie mich nicht Doktor. Sagen Sie bitte Doc zu mir.* Dem alten Schwerenöter gefiel die Kleine offensichtlich, und er konnte das gut verstehen. Sie war eine überaus attraktive junge Frau, und wäre Jim nicht bereits in festen Händen gewesen, wäre er vielleicht mit Doc ins Gehege gekommen.

Aber dazu gab es keinen Anlass, denn sein Herz gehörte Kate. Kate ganz allein. Bei dem Gedanken an sie durchströmte ihn ein angenehmes Gefühl der Wärme. Hinter seinen mächtigen Körpermaßen steckte wesentlich mehr Sensibilität, als man ihm zugetraut hätte. Er freute sich bereits jetzt auf den Abend, wenn Kate wieder zurück war und er sie in die Arme nehmen konnte. Bis es soweit war, gab es aber noch viel zu tun.

Zuallererst musste er sich um die Cessna kümmern. Er holte aus einer Holzkiste am Ufer zwei Treibstoffkanister und schleppte sie zum Flugzeug, um den Tank aufzufüllen. Der Hund begleitete ihn.

Im Haus war es nicht viel kühler als draußen. Während Doc und Sarah den Gang entlangschlenderten, erzählte die Reporterin von Coolidges unverhofftem Libyenaufenthalt und vom vorzeitigen Abbruch ihres Strandurlaubs in Rio.

»Mein Chef wollte dem Smithsonian Bescheid geben, dass ich für Coolidge einspringe. Ich dachte, man hätte Sie per Funk informiert«, sagte sie.

»Nun, das wird man sicherlich versucht haben«, gab Arness zurück. »Unsere Hauptfunkanlage hier in der Station ist jedoch zurzeit außer Betrieb. Und der Funk in der Cessna funktioniert ehrlich gesagt schon lange nicht mehr.«

»Heißt das, Sie haben momentan gar keinen Kontakt zur Außenwelt?« Die Frau war bemüht, ihre Stimme so beiläufig wie möglich klingen zu lassen, aber Doc entging der besorgte Unterton nicht.

»Das ist nicht zum ersten Mal der Fall«, sagte Doc. Er wollte sie beschwichtigen, doch es gelang ihm nicht.

Sarahs Augen weiteten sich. »Nicht zum ersten Mal?« Sie zwang sich zu einem kläglichen Lächeln, das nicht verbergen konnte, wie sehr sie es bereute, hierher gekommen zu sein. »Wie oft fällt der Funkkontakt denn aus?«

Um sie von ihren Ängsten zu befreien, sagte Doc: »Glauben Sie mir, es ist alles in bester Ordnung. Natürlich haben wir hier gelegentlich Probleme mit unseren Geräten. Liegt am Klima. Die Hitze und die extreme Luftfeuchtigkeit machen eben nicht nur den Menschen zu schaffen, sondern auch der Technik. Aber keine Sorge, in der Regel haben wir hier alles im Griff. Ich schätze, den Schaden am Funk haben wir bald behoben.«

Das klang beruhigend, denn den Gedanken, die nächsten Tage völlig abgeschnitten im Dschungel zu verbringen, empfand Sarah als höchst unerfreulich. Und dennoch: Obwohl sie jetzt wusste, dass sich jemand um das defekte Gerät kümmern würde, blieb ein Rest von Zweifel zurück. Ein Gefühl von Unsicherheit, das ihr verdeutlichte, wie abgeschnitten man hier vom Rest der Welt sein konnte. Wie schön waren die überfüllten Straßen und Strande von Rio gewesen!

Arness zeigte ihr die ganze Station. Der Wohnraum war gemütlich eingerichtet – soweit die Umstände es erlaubten. Zwei kleine Fenster ließen gerade so viel Licht ins Zimmer, dass man die Innenausstattung erkennen konnte. In der rechten hinteren Ecke standen eine Bank und mehrere Stühle um einen kleinen Tisch.

»Ist alles aus Holz«, sagte Arness. »Die ganze Wohnecke. Wenn man lange sitzt, ist es nicht besonders bequem, aber die Einrichtung ist zweckdienlich. Am Anfang hatten wir Polstermöbel. Die sind aber schon nach wenigen Wochen verschimmelt.«

Jawohl, du Idiot!, schalt Arness sich selbst. Er ärgerte sich, dass ihm kein besseres Gesprächsthema eingefallen war. Rede mit ihr über die Holzeinrichtung, das interessiert sie sicher brennend! Seit er Sarah aus dem Flugzeug hatte steigen sehen, kam er sich vor wie ein Schuljunge bei seinem ersten Rendezvous. Warum zum Teufel musste ihm die Frau auch so gut gefallen?

Er ermahnte sich selbst zur Vorsicht. Dass ihm seine Gefühle einen Strich durch die Rechnung machten, durfte er nicht zulassen. Sarah war allein aus einem Grund hier: um einen Artikel zu schreiben. Alles aufs Spiel zu setzen, nur weil ihm das Mädchen gefiel, wäre verdammt töricht. Und doch war die Verlockung groß.

Neben der Bank hingen an der rechten Wand mehrere Regale mit verschiedenen Büchern. Offensichtlich eine kleine Bibliothek, in der die Reporterin außer Fachliteratur auch ein paar Romane und eine Bibel entdeckte. Links neben der Sitzecke, auf einem hüfthohen Sideboard, summte ein Ventilator, der zwar keine Kühlung verschaffte, aber wenigstens die stickige Luft im Zimmer zirkulieren ließ. Sie bogen nach links, und Doc zeigte Sarah Küche und Bad.

»Und hier sind die Schlafräume.« Direkt gegenüber dem Badezimmer waren zwei Türen. Doc ging voraus und öffnete die linke. »Die Klimaanlage bringt leider nicht viel, wie Sie feststellen werden. Aber sie verhindert wenigstens, dass die Matratzen und unsere Klamotten in den Schränken verrotten. Sie haben übrigens eine Zimmergenossin. Später werden Sie sie noch sehen. Kate Ross-Franklin, Expertin auf dem Gebiet der Entomologie.«

Sarah sah ihn fragend an.

»Insekten«, fügte er erklärend hinzu. »Kate ist spezialisiert auf Insekten. Darin ist sie ganz große Klasse. Aber jetzt packen Sie erst einmal in Ruhe aus. Reden können wir später noch. Ich hole Ihnen in der Zwischenzeit frisches Bettzeug.« Arness ging aus dem Zimmer und kam nur wenige Sekunden später vollbepackt zurück.

»Haben Sie Hunger? Ich werde sehen, dass ich eine Kleinigkeit für Sie zubereite.«

»Bitte machen Sie meinetwegen keine Umstände«, sagte die Frau, doch Arness war bereits wieder verschwunden.

Das Zimmer sah aus, wie sie sich einen Schlafraum bei der Army vorstellte. Links und rechts jeweils ein doppelstöckiges Bett aus einem klapprigen Stahlgestell; an der Wand vor ihr vier graue Spinde, von denen bereits die Farbe abblätterte. Das Bett rechts unten war ordentlich überzogen – offenbar Kates Schlafstelle. Auf das Bett darüber hatte Doc ein frisches zusammengefaltetes Laken, ein Kissen und eine Decke samt Überzug gelegt. Oben zu liegen war Sarah ganz recht, wer konnte schon ahnen, was in der Nacht alles auf dem Fußboden herumkrabbeln würde? Je weiter sie vom Boden entfernt war, desto ruhiger würde sie schlafen können.

Da die beiden Betten zu ihrer Linken augenscheinlich nicht benutzt wurden, mussten die Männer wohl in dem Raum weiter rechts untergebracht sein.

»Ist Kate die einzige Frau hier in der Station?«, rief sie so laut, dass man es in der Küche gut hören konnte.

»Ja«, kam die knappe Antwort zurück.

»Warum sind hier dann vier Betten?«

»Wir hatten früher noch zwei weitere Frauen an Bord. Die eine konnte das Klima auf Dauer nicht vertragen. Und die andere ...« Doc machte eine kurze Pause, während er aus einem Schrank Teller und Besteck kramte. »... die ist schwanger geworden. Das vierte Bett stand schon von Anfang an leer.«

Nachdem Sarah ihr Bett bezogen und ihre Sporttasche ausgepackt hatte, kam sie in die Küche, wo ein dampfender Topf auf dem Herd stand.

»Riecht gut«, meinte sie schnuppernd. Sie hatte sich etwas Bequemeres angezogen und trug jetzt zu ihrer leichten Leinenhose ein weißes T-Shirt. Das Haar hatte sie nach hinten zu einem Pferdeschwanz zusammengebunden.

Doc servierte Sarah einen Teller Ravioli und setzte sich zu ihr an den Tisch. Während die Reporterin aß, stellte sie Doc eine ganze Reihe von Fragen, die der Wissenschaftler ihr ausführlich beantwortete. Er erzählte einiges über den Bau der

Station und über die Widrigkeiten, mit denen man im Dschungel zu kämpfen hatte. Schon bei Kleinigkeiten fing es an. Kugelschreiber und Bleistifte versagten angesichts des Klimas den Dienst, und angeblich wasserdichte Kameras beschlugen von innen. Klopapier musste in Plastiktüten verschweißt im Kühlschrank aufbewahrt werden, damit es nicht zum Nährboden für Schimmelpilze wurde. Und ... und ... und ...

Auf Sarahs Frage nach der Energieversorgung erwähnte Doc die computergesteuerten Sonnenkollektoren auf dem Dach. Je nach Tageszeit wurden sie vollautomatisch auf den Lichteinfallswinkel ausgerichtet. Überschüssige Energie wurde in Batterien zwischengespeichert, auf die bei schlechtem Wetter zurückgegriffen werden konnte. Außerdem gab es ein Notstromaggregat, das laut Arness jedoch erst zweimal eingesetzt werden musste.

»Und wie haben Sie den Vormittag verbracht?«

»Ich habe Kate, Ihre Zimmergenossin, heute Vormittag nach ›ABEL‹ gefahren. Zusammen mit MacIntyre, unserem Junior. Sie werden noch Gelegenheit haben, die beiden kennen zu lernen.« Mac wäre außer sich gewesen, wenn er gewusst hätte, dass Doc ihn als ›Junior‹ bezeichnet hatte.

»›ABEL‹?«, fragte Sarah verwundert.

»Eines unserer Lager. Wir haben dort ein paar Sachen abgeladen, die wir für ein bestimmtes Experiment benötigen, und während die beiden anderen die nötigen Vorbereitungen getroffen haben, bin ich wieder hierher zurückgekehrt und habe auf Ihre Ankunft gewartet.«

Sarah erkundigte sich genauer nach dem bevorstehenden Experiment und entnahm Docs Ausführungen, dass es etwas mit Insektenzählung und Artenbestimmung zu tun hatte. Geschickt entlockte sie ihm alle wesentlichen Informationen. Als er jedoch zu sehr ins Detail ging und sie nur noch einen Bruchteil seiner Erklärungen verstand, blockte sie ab.

Sie ist wirklich hübsch, dachte Doc, während er ihr beim Essen zusah. Bei jedem Atemzug spannte sich das weiße T-Shirt ein wenig um ihren Oberkörper, und er konnte die Musterung ihres BHs erkennen.

»Wo ist Professor Houston?«, fragte Sarah, eine Reaktion ihres Gegenübers blieb jedoch aus. »Doc?«

Arness hob seinen Blick. »Verzeihung. Ich ... ich war in Gedanken.« Er kam sich ertappt vor. Hatte sie gemerkt, dass er sie anstarrte? Besser gesagt: wohin er starrte? Schlagartig überkam ihn ein äußerst unangenehmes Schamgefühl. Vor ihm saß ein Mädchen, das er noch keine halbe Stunde kannte und das um die fünfzehn Jahre jünger war als er. Und er hatte nichts anderes im Sinn, als sie anzugaffen.

»Houston ist im zweiten Lager«, begann er, darauf hoffend, dass seine Gesichtsfarbe sein schlechtes Gewissen nicht verriet. »Sehen Sie, wir arbeiten gleichzeitig an verschiedenen Stellen. Hier, wo wir uns gerade befinden, ist die Hauptstation. Hier haben wir feste Unterkünfte, lagern Vorräte sowie Materialien und führen diverse Experimente in unserem Labor durch. Wenn es um die Klassifizierung von Tierarten geht, müssen wir jedoch vor Ort arbeiten. Wir suchen uns dazu in einem Gebiet den jeweils höchsten Baum aus und errichten dort ein einfaches Lager mit den wichtigsten Ausrüstungsgegenständen, einem Zelt und so weiter. Die ersten beiden Lager nannten wir ›ADAM‹ und ›EVA‹. Allerdings wird in keinem der beiden heute noch gearbeitet. Die Forschungen dort sind schon lange abgeschlossen. Der Einzige, der noch regelmäßig ›EVA‹ besucht, ist der Junge. Manchmal hat er den unstillbaren Drang, in aller Herrgottsfrühe aufzustehen, dorthin zu joggen, auf den Baum zu klettern und den Sonnenaufgang anzusehen. Ein bisschen verrückt vielleicht, aber das sind wir hier alle auf die eine oder andere Weise. Muss man wohl auch sein, wenn man jahrelang mitten im Urwald arbeitet.«

»Und in ›ADAM‹ und ›EVA‹ haben Sie alle Arbeiten bereits abgeschlossen?«

»Genau. Momentan gibt es zwei Lager, in denen aktiv gearbeitet wird. Beide flussaufwärts. ›ABEL‹ ist etwa acht Meilen entfernt auf der linken Flussseite. Dort sind MacIntyre und Kate, Ihre Zimmergenossin. Professor Houston arbeitet zurzeit in ›KAIN‹, noch mal zwölf Meilen weiter am rechten Ufer.«

ADAM, EVA, KAIN, ABEL, EDEN II. Sarah wunderte sich über die Namen, und als hätte Doc ihre Verwunderung erraten, fügte er hinzu: »Die Idee, der Station und den Lagern biblische Namen zu geben, verdanken wir Jim, den Sie ja bereits im Flugzeug kennen gelernt haben. Er stammt aus einer religiösen Familie, und von ihm stammt der Vergleich zwischen der Station und dem Garten Eden. Wir fanden das alle äußerst zutreffend, und so entschlossen wir uns, diesen Ort auf den Namen ›EDEN II‹ zu taufen. Der erste Mensch im Paradies war Adam, folglich benannten wir unser erstes Lager nach ihm. Danach kam Eva und so weiter.«

Sarah nickte und versuchte, sich Docs Ausführungen einzuprägen. Ihr Schreibzeug befand sich noch in ihrer Tasche, aber später würde sie sich Notizen machen. Als sie gegessen hatte, schwenkte Doc den Teller und den Löffel mit Wasser aus.

»Wie lange haben Sie vor zu bleiben?«, fragte er, während Sarah sich neben ihn an die Spüle stellte.

»Weiß noch nicht. Kommt darauf an.«

»Und worauf?«

»Wie interessant es hier wird.«

Der Unterton in Sarahs Stimme ließ Doc aufhorchen. War das eine Andeutung? Eine zögernde erste Annäherung? Oder entsprang dieser Eindruck nur seinem eigenen Wunschdenken? Je genauer Doc die Frau anschaute, desto herausfordernder schien ihre Miene zu werden.

Doch so verlockend Docs Fantasien in diesem Moment

auch waren – das Risiko, dass er sich irrte, war einfach zu groß. Wenn er sie jetzt gegen ihren Willen zu küssen versuchte, würde er sich nicht nur lächerlich machen. Vielleicht würde er die Frau durch seine Aufdringlichkeit sogar verängstigen. Die Abgeschiedenheit des Dschungels war Sarah ohnehin unbehaglich. Womöglich genügte ein weiterer kleiner Anstoß – seine Zügellosigkeit! –, und sie reiste ab.

Und das wollte Doc unter allen Umständen vermeiden. Der Artikel war einfach zu wichtig.

»Wie interessant wird es hier denn?«, hakte Sarah nach.

»Interessant genug«, antwortete Doc, ohne näher darauf einzugehen.

Doktor Arness hatte ihre Anspielung verstanden, dessen war Sarah sicher. Aber für den nächsten Schritt fehlte ihr der Mut. Auf einmal ging ihr die Sache viel zu schnell, und sie entschloss sich zum Rückzug. »Wann wird Professor Houston zurück sein?«, fragte sie, um das Gespräch in eine unverfänglichere Richtung zu lenken.

»Spätestens heute Abend«, gab Doc zurück. »Ich würde ihn gerne über Ihre Ankunft unterrichten, aber Sie wissen ja – die Funkanlage ...«

»Ja richtig, die Funkanlage ...«

»Haben Sie Lust, mich nach ›ABEL‹ zu begleiten?«, schob Doc sofort hinterher. Dass der Frau der Gedanke an die defekte Anlage missfiel, wusste er. Um so wichtiger war es ihm, Sarah ein wenig abzulenken. Er wollte ihr jegliche Angst vor dem Urwald nehmen – und damit jeden Grund, ›EDEN II‹ zu verlassen, bevor sie Houston gesehen hatte. Der Bericht, den sie veröffentlichen sollte, hatte oberste Priorität. »Ich muss Kate und Mac dort abholen, da ich das Boot heute Vormittag wieder mit hierhergenommen habe. Es wäre für Sie sicher ganz interessant zu sehen, wie wir unserer Arbeit nachgehen.«

»Gern«, antwortete sie. »Wann soll's losgehen?«

»Sofort.«

# 11

Kurz darauf brachen Doc und Sarah auf. Browning wollte in der Station bleiben und einen Datencheck am Computer durchführen. Im Laufe der nächsten Tage würden sie der Reporterin ihre Forschungsergebnisse vorstellen, und Jim wollte sichergehen, dass alles reibungslos lief. Nichts war peinlicher als ein lautstark angekündigtes Experiment, das ausgerechnet während der ersten öffentlichen Vorführung nicht klappte – und da Sarah Reporterin war, konnte man durchaus von einer öffentlichen Vorführung sprechen. Jim wusste: Was sie in ihrem Artikel schrieb, war ausschlaggebend dafür, wie die Fachwelt die Arbeit des Forscherteams einschätzen würde. Ihre Reportage konnte darüber entscheiden, ob sich neue Geldgeber finden ließen, um den Forschungsetat wieder aufzufüllen. Fiel ihr Bericht negativ aus, bestand sogar die Gefahr, dass das Smithsonian das Projekt ›EDEN II‹ beenden und die Station aufgeben würde. Alles hing davon ab, dass die Vorführung der Experimente ohne Zwischenfälle verlief.

Während Jim sich im Haus zu schaffen machte, gingen Doc und Sarah zum Steg. Sie zogen die Regenplane ab, die über das Boot gespannt war, und verstauten sie, zusammengefaltet, im Bootsinnern unter der hinteren Sitzbank.

Der Rumpf des Boots war weiß gestrichen, doch die Zeit hatte ebenso wie am Flugzeug ihre Spuren hinterlassen: überall tiefe Kratzer, an denen die Farbe abblätterte. An der Außenseite des Bugs war der in grünen Buchstaben aufgemalte Name der Station eher zu erahnen als zu erkennen.

Die Reporterin hatte den Fotoapparat locker über die Schulter gehängt und machte es sich auf dem Querbalken in der Bootsmitte bequem. Arness band das Tau los und setzte sich nach hinten, um das Steuerruder am Heck bedienen zu können. Er zog einmal kräftig an der Reißleine und der 5-PS-Motor gab sofort ein sattes Röcheln von sich. Sie ließen die Station rechts hinter sich und arbeiteten sich gemächlich gegen die langsame Strömung vorwärts.

Die Fahrt verlief fast wortlos. Sarah war sichtlich beeindruckt von der üppigen Ufervegetation und ließ sich von der Formen- und Farbenvielfalt der Natur verzaubern. Mannshohe Gräser und Farne bildeten ein undurchschaubares Dickicht, ein Bollwerk gegen unliebsame Eindringlinge.

Tiere waren kaum zu sehen, abgesehen von einigen Vögeln, die hoch oben im Geäst der Bäume einen Sonnenplatz suchten. Hin und wieder schreckten einige von ihnen auf und flatterten in wilder Aufregung davon.

Jedes Mal wenn auch nur das geringste Lebenszeichen am Ufer erkennbar war, schob die Reporterin sofort die Kamera vors Gesicht. Ein kurzes Klicken, ein Summen – und das Foto war geschossen.

Für die Moskitos, die in Schwärmen über dem Wasser tanzten, waren die beiden Bootsinsassen ein gefundenes Fressen. Myriaden von Blut saugenden Quälgeistern fielen über Sarah her und ließen sie wild um sich schlagen. Doktor Arness hatte sich im Lauf der Jahre an die Belästigung gewöhnt und ertrug sie widerstandslos.

»In einem Weißwasserfluss wie diesem«, erklärte er, »gibt es viele Sedimente, denen das Wasser seine lehmige Farbe verdankt. Außerdem bieten sie reichlich Nahrung für Insektenlarven und andere Tiere. Auch für Moskitos.«

»Das merke ich.«

Doc lachte. »Für die sind wir beide nichts als zwei riesige Steaks. Noch dazu völlig umsonst.«

»Eine Art mobiles Schlaraffenland, was?«

»Ganz genau. Und es hilft auch nichts, sich dagegen zu wehren. Es sind ohnehin zu viele.«

»Dabei könnte es hier so schön sein«, sagte Sarah. »Normalerweise bin ich eher ein Großstadtmensch, aber der Fluss, der Wald, dieses unberührte Stück Natur – einfach herrlich. Man kommt sich vor wie einer jener Entdecker, die als allererste dieses Land durchquert haben. Aus purer Lust am Abenteuer.«

»Ich möchte Ihre romantischen Vorstellungen nicht zerstören«, gab Arness zurück. »Aber Abenteuerlust war mit Sicherheit der geringste Grund, weswegen die Spanier damals diesen Wald durchquerten.«

»So? Und worum ist es Ihrer Meinung nach gegangen?«

»Die Spanier vermuteten hier Gold oder seltene Gewürze. Irgendetwas Wertvolles. Auch damals ging es nur ums Geld. Sehen Sie nur uns beide an. Sie sind hier, weil Sie Ihr Geld mit Reportagen verdienen, ich, weil ich Forschung betreibe. Wir setzen uns den Strapazen aus denselben Gründen aus wie die alten Spanier.«

»So viel Geld zahlt mir das National Geographic dann auch wieder nicht, dass es all die Stiche rechtfertigen würde«, sagte Sarah und erschlug einen Moskito auf ihrem Handrücken. »Ich verstehe nicht, wie Sie diese Plage so geduldig wie ein Esel ertragen können.«

»Wie ein Esel? Na, vielen Dank!«, sagte Doc heiter. »Komplimente sind immer willkommen.«

»Oh ...« Die Wangen der Frau röteten sich ein wenig vor

Verlegenheit. »So habe ich es nicht gemeint. Sie wissen schon, was ich damit sagen wollte. Ich könnte diese Mückenplage auf Dauer nicht ertragen. Ich werde jetzt schon verrückt!« Erneut bezahlte ein Moskito mit seinem Leben.

»Glauben Sie mir, ich bin seit über drei Jahren hier, ohne verrückt geworden zu sein. So schnell geht das nicht.«

»Bei mir schon!«, beharrte sie.

Belustigt schüttelte Doc den Kopf. »Meinetwegen. Werden Sie ruhig verrückt, nur bringen Sie uns um Himmels willen nicht zum Kentern.«

Eine Dreiviertelstunde später kamen sie an. Ein umgestürzter Baum, dessen Äste man gekappt hatte, diente als Anlegestelle am linken Flussufer. Doc stellte noch während der Fahrt den Motor ab, und die letzten Meter glitten sie nur noch leise plätschernd durchs Wasser. Behutsam drehte Arness das Boot, sodass es mit der Breitseite an den Baumstamm anlegte. Das Aussteigen war hier wesentlich komplizierter als das Einsteigen am Steg, da man sich nirgends festhalten konnte und der Baumstamm glitschig war.

Der Urwald war ganz anders, als Sarah ihn sich vorgestellt hatte. Er war kein undurchdringbares Dickicht, durch das man sich Zentimeter für Zentimeter vorkämpfen musste; kein dichtes Geflecht aus Bodengräsern, Büschen, Ranken und Lianen. Der Wald war sogar recht luftig. Die Bäume standen in so großen Abständen voneinander entfernt, dass man sich bequem zwischen ihnen fortbewegen konnte, ohne den Weg ständig nach Stolperstellen absuchen zu müssen.

»Ich hatte eigentlich erwartet, dass man hier ohne Machete nicht weit kommt. Stattdessen können wir fast ungehindert herumspazieren«, stellte Sarah fest.

»Als wir ›ABEL‹ errichteten, mussten wir natürlich einen Pfad zwischen dem Lager und dem Ufer schlagen. Deswegen gibt es so gut wie keine Hindernisse auf diesem Weg. Aber abgesehen davon bietet der Urwald am Boden viel Bewegungsfreiheit. Das liegt daran, dass relativ wenig Sonnenlicht durch das Blätterdach dringt. Die Pflanzen am Boden wachsen deswegen nur spärlich und äußerst langsam.«

»Wollen Sie mir im Ernst erzählen, dass es ausgerechnet in der größten zusammenhängenden Grünzone der Welt Probleme beim Pflanzenwachstum gibt? Sie wollen mich auf den Arm nehmen!«

»Es klingt vielleicht paradox, aber es stimmt. Erst wenn beispielsweise durch einen umgestürzten Baum eine Lichtung entsteht, wuchern die Pflanzen der Sonne entgegen. Die Geschwindigkeit des Wachstums ist in diesen Breiten von existentieller Bedeutung. Gedeiht eine Pflanze schnell, bekommt sie viel Sonnenlicht ab und überlebt. Wächst sie zu langsam, wird sie von anderen überwuchert.«

»Und wo sind all die Tiere?« Sarah hatte hinter jedem Stamm einen Affen, eine Raubkatze oder etwas anderes in dieser Art erwartet.

»Hier wimmelt es nur so davon, aber viele sind entweder nachtaktiv oder verstecken sich vor uns. Das Einzige, was man hier zu sehen kriegt, sind Insekten. Affen muss man schon gezielt suchen, und andere Tierarten sind so scheu, dass man wochenlang unterwegs sein kann, bis man ein Exemplar findet.«

»Und wie sieht es mit Eingeborenen aus? Gibt es in dieser Gegend welche?«

»Ich glaube nicht, allerdings ist der Dschungel groß. Hundertprozentig weiß das wohl niemand. Aber keine Angst: Selbst wenn es hier Indios gäbe, würden sie uns nicht bedrohen, das verspreche ich Ihnen. Die Eingeborenen in Südamerika sind im Allgemeinen sehr friedliebend.«

Sarah lächelte erleichtert, als sie sich von Doc abwandte, um wieder den Fluss, das Ufer und die Vögel zu beobachten.

»Keine wilden Tiere, keine Eingeborenen«, murmelte sie zufrieden vor sich hin, und lauter fügte sie hinzu: »Ich bin froh, dass es hier offenbar weniger gefährlich ist, als ich befürchtete.«

»Glauben Sie mir: Hier sind Sie absolut sicher.«

# 12

Nach kurzem Fußmarsch kamen Doc und Sarah in ›ABEL‹ an. Das offene Zelt und die Ausrüstungsgegenstände waren um einen Baumstamm von gigantischem Durchmesser angeordnet, dessen Brettwurzeln nach allen Seiten herausragten und dem Riesen einen festen Stand ermöglichten. Unter dem Zeltdach befanden sich mehrere Stahlkoffer und zwei Holzkisten. Auf einem ausgedienten Campingtisch lagen diverse Werkzeuge, Schraubenschlüssel, Meißel, eine langstielige Axt, aber auch Gegenstände, die Sarah noch nie zuvor gesehen hatte.

Es sah auf den ersten Blick genauso aus, wie sie es sich in Gedanken ausgemalt hatte, und dennoch war da etwas, das nicht zu ihrer Vorstellung von einem typischen Lager passte: Seile. Fingerdicke Stahlseile, die an mehreren Stellen senkrecht von den Ästen herabhingen und an deren Enden Seilwinden mit Kurbeln befestigt waren.

»Die Kamera sollten Sie lieber hierlassen«, sagte Arness. »Sie brauchen ohnehin gleich zwei freie Hände, der Apparat würde Sie nur stören. Ich lege ihn zu unserer Ausrüstung.« Doc hielt ihr auffordernd eine Hand entgegen, und nach kurzem Zögern gab sie ihm den Fotoapparat.

»Das Ding hat fast tausend Dollar gekostet.«

»Keine Angst, ich lege die Kamera unter die Plane, da ist sie vor Regen geschützt.«

»Wollen Sie den Apparat nicht wenigstens in eine der Kisten einschließen?«, fragte Sarah besorgt.

Doc sah sie lächelnd an. »Ich lege meine Hand dafür ins Feuer, dass die Kamera noch da ist, wenn wir wieder zurück sind. Diebstähle sind hier im Dschungel nicht allzu häufig.«

Die Spitze hatte gesessen, und Sarah war sichtlich bemüht, sie einfach zu ignorieren. »Wo sind Ihre beiden Teamkollegen?«, erkundigte sie sich rasch.

Arness war schon unter die Zeltplane gegangen und hatte die Kamera abgelegt. Er klappte einen der Stahlkoffer auf, beugte sich darüber und antwortete: »Zwei oder drei Etagen höher.«

»Sie meinen auf dem Baum?« Die junge Frau blickte staunend an dem mächtigen Stamm hinauf. Durch die vierzig oder fünfzig Meter hohe Blätterschicht, die wie ein gigantischer Baldachin über ihr lag, war es jedoch unmöglich, jemanden zu erkennen. Doc kam zu ihr und drückte ihr etwas in die Hand. Es war ein Gewirr aus verschiedenen Gurten, Seilen und Ösen, die irgendwie miteinander verbunden waren.

»Wozu soll das denn gut sein?«, fragte sie.

»Sie wollen die anderen doch kennen lernen, oder etwa nicht?« Doc gefiel sich in der Rolle des Urwaldexperten. »Es ist ganz leicht. Machen Sie es mir einfach nach.«

Erst jetzt merkte Sarah, dass Doc ein ähnliches Gurtknäuel in den Händen hatte wie sie.

»Nehmen Sie es so ...« Er hielt eine Doppelschlaufe vor seinen Körper. »... und steigen Sie mit beiden Beinen in die Schlingen.« Er beobachtete sie genau, ein winziger Fehler konnte tödlich sein. Sarah streifte den Gurt über wie einen Slip.

»Sitzt er?«, vergewisserte er sich.

»Ja, danke. Ausgezeichnet.«

»Gut. Dann nehmen Sie jetzt die beiden anderen Gurte, die hinter Ihnen wie Hosenträger baumeln ... Genau die ... und schnallen Sie sie um Bauch und Schultern.« Er machte es vor, und sie machte es nach. »Sie sollten besser einen Helm tragen.«

Er machte sich auf den Weg zum Zelt, um ihr einen zu holen.

»Wird es denn so gefährlich? Ich dachte, die Seile wären einigermaßen stabil«, rief sie ihm hinterher.

»Sind sie auch – aber man kann nie wissen, was passiert. Ein hervorstehender Ast, eine herabfallende Frucht, ein angreifendes Tier ...«

Offensichtlich wollte Doc ihr ein bisschen Angst einjagen, doch so leicht war Sarah nicht zu erschrecken. »Setzen Sie denn auch einen Schutzhelm auf, Doktor?«

»Nein – aber das ist etwas anderes. Ich lebe schon seit Jahren hier und war schon weiß Gott wie oft auf den Bäumen«, gab Arness zurück, und er fragte sich, ob er nicht ein wenig zu dick auftrug. Zwischen Selbstdarstellung und Angeberei gab es einen feinen Unterschied. »Klettern kann hier wirklich gefährlich sein, verstehen Sie?«

»Und für Sie nicht?«, konterte die Frau. »Ist die Gefahr eines herabstürzenden Astes bei Ihnen geringer als bei mir? Glauben Sie, eine fallende Frucht unterscheidet zwischen dem Kopf eines Urwaldexperten und dem eines Laien?«

Reden konnte sie, so viel musste Doc ihr lassen. Er unternahm einen letzten Versuch, sie zu überzeugen. Wo Argumente versagten, half vielleicht Humor. »Sarah, Sie sind noch keine drei Stunden im Urwald, und höchstwahrscheinlich sind Sie noch nie geklettert, jedenfalls nicht auf diese Weise.« Ihr Schweigen interpretierte er als Zustimmung. »Mich hingegen bewundern selbst die Affen.« Unter seinem Schnauzer wuchs ein breites Lächeln, und er streckte ihr auffordernd den Helm entgegen.

Die Frau konnte sich ein Grinsen nicht verkneifen, doch in der Sache blieb sie hart: »Wenn Sie keinen Helm tragen, dann werde ich das auch nicht tun!« Tatsächlich machte sie keinerlei Anstalten, den Helm entgegenzunehmen.

»Und wenn ich darauf bestehe?«

»Rufen Sie meinetwegen die Polizei.«

Doc gab kopfschüttelnd auf »Also schön, meinetwegen. Gegen so viel Sturheit bin ich machtlos. Einer von uns beiden muss ja nachgeben, sonst stehen wir übermorgen noch hier. Verzichten Sie auf den Helm – aber auf Ihre Verantwortung.«

»Natürlich.«

Arness legte den Helm beiseite und widmete sich wieder dem Sitzgurt: »Sie haben jetzt nur noch hier vorn am Bauch einen losen Riemen, an dessen Ende ein Stahlring eingelassen ist. Nehmen Sie ihn, und klinken Sie ihn in den Karabinerhaken vor sich an der Seilwinde.«

Mit metallischem Klicken rasteten die Stahlringe ein. Arness begann an seiner Kurbel zu drehen und zog sich dadurch langsam selber in die Höhe. Bei jeder Drehung schnappte eine Sicherung ein, die verhinderte, dass man wieder nach unten rutschte, falls man die Kurbel einmal losließ. Leicht hin- und herpendelnd, schwebte er schließlich zwei Meter über dem Boden. »Kommen Sie, es ist einfacher als Sie denken«, log er und winkte Sarah mit der Hand herauf. Aus eigener Erfahrung wusste er, wie schwer es beim ersten Mal war, die Höhenangst zu überwinden und sein Leben einer Kletterausrüstung anzuvertrauen.

»Bereuen Sie schon, dass Sie keinen Helm aufgesetzt haben?«, stichelte er triumphierend. Die Provokation verfehlte ihre Wirkung nicht: Die Frau biss die Zähne zusammen und kurbelte sich in die Höhe. Mit erstaunlich geringem Kraftaufwand hob Sarah vom Boden ab. Es ging fast von allein.

»Ich hätte nicht gedacht, dass es so leicht ist«, meinte Sarah, während sie mit Doc gleichzog.

»Die Kurbeln werden durch einen eingebauten Elektromotor unterstützt. Auch die Batterien sind in der Winde untergebracht«, erklärte Doc. »Und wie fühlen Sie sich?«

»Ganz gut«, sagte Sarah tapfer. »Ein bisschen komisch, aber ganz gut.«

»Na prima, dann wollen wir uns noch etwas weiter nach oben wagen, okay?«

»Okay!«

Zwanzig Meter über der Erde erreichten sie ein Zwischendeck aus Brettern, gerade groß genug für sie beide. Hier endeten ihre Seile. Sie lösten ihre Sitzgurte aus den Karabinerhaken und klinkten sich in zwei andere Kurbelvorrichtungen ein, die sie um weitere dreißig Meter nach oben führten bis zum nächsten Halt. Von dort konnte man das Zeltdach am Boden nicht mehr erkennen. Sie standen mitten in einem grünen, von Sonnenstrahlen durchfluteten Meer aus Blättern. Auf ihren Körpern tanzten Schatten- und Lichtflecke.

»Bis hierher ging es leicht. Jetzt müssen wir klettern«, meinte Doc ganz selbstverständlich.

Leicht?, schoss es Sarah durch den Kopf Worauf hatte sie sich da nur eingelassen? Ein unangenehmes Gefühl machte sich in ihrer Magengrube breit, doch sie würde diesen Ausflug bis zum Schluss durchstehen, so viel stand fest. Sie war nicht bis hierher gekommen, um jetzt zu kapitulieren.

Doc deutete auf die Strickleiter, die neben ihm herabhing. »An dem Stahlseil neben der Leiter werden wir uns absichern.« Das Seil hing nicht lose herab, sondern war zwischen zwei Äste gespannt. Sarah klinkte sich ein.

»Laufen Sie schon. Ihnen kann nichts passieren. Und sehen Sie nicht nach unten. Behalten Sie immer die Strickleiter im Auge.« Es klang alles so einfach.

Sprosse für Sprosse schob sie sich weiter in die Höhe. Sie fühlte, wie ihre Handflächen feucht wurden, und mit jedem Schritt klammerte sie sich fester, um nicht abzurutschen. Am Ende der Leiter klinkte Sarah sich wieder aus. Jetzt waren es nur noch wenige Zentimeter, die sie ohne Sicherung hinter sich bringen musste.

Das Durchbrechen der obersten Blätterschicht war wie die

Geburt in eine andere Welt: klare Luft, die einen dazu einlud, tief durchzuatmen. Dunkelblauer Himmel mit kräftigen, weißen Kumuluswolken, die sich in der Ferne auftürmten.

Und Urwald.

Nichts als Urwald, so weit das Auge reichte. Ein unendlicher grüner See, der sich bis zum Horizont erstreckte.

Das rote Kunststoffrondell, auf dem Sarah stand, war nicht mehr als ein verschwindend kleiner Farbklecks in der Weite der Landschaft. Dicke Nylonseile umgaben es wie die Reling eines Schiffes, damit man nicht in die Tiefe stürzte. Der Durchmesser betrug nicht mehr als drei Meter. Allerhöchstens! Auf dem Boden des Rondells war ein kreisförmiger Schriftzug angebracht. ›Smithsonian Institute, Washington‹ stand dort und irgendeine Jahreszahl, die Sarah aber nicht mehr entziffern konnte. Vermutlich 1888. In der Mitte ein rundes Loch, durch das Doc Arness sich gerade emporarbeitete.

»Hallo, wen haben wir denn da?«, drang eine Stimme von weitem zu ihr.

Sarah drehte sich um. Im ersten Moment hatte sie gar nicht gemerkt, dass nur einen Steinwurf entfernt eine noch viel größere Plattform auf den Nachbarbäumen lag, mindestens zwanzig Meter im Durchmesser. Ein Gebilde aus vielen roten Plastikschläuchen, die aufgepumpt waren und aussahen wie ein Spinnennetz. Darauf ruhte eine lichtdurchlässige Kunststoffplatte, auf der man sich ungehindert bewegen konnte. Das Gebilde erinnerte Sarah an eine gigantische Rettungsinsel. Eine Rettungsinsel mitten im Blättermeer.

Ein junger Mann mit blondem, strähnigem Haar und einer Nickelbrille auf der Nase kam über eine Hängebrücke zu ihnen herüber. Das Erste, was Sarah an ihm auffiel, war ein dunkelbrauner Fleck um den Reißverschluss seiner Jeans.

»Es ist nur Kaffee«, sagte Mac, um jedes Missverständnis auszuräumen. »Eine Ungeschicklichkeit beim Frühstück. Das Leben im Dschungel ist gefährlich. Vor allem bei solchen Kollegen.« Dabei schielte er auf Doc, der inzwischen neben der Frau stand; ihm hatte er den Kaffeefleck zu verdanken.

Doc überging die Anspielung und stellte den Neuankömmling vor: »Das ist Sarah Boulder. Sie ist eine Reporterin vom National Geographic.«

Mac zog wie zur Begrüßung seinen rechten Arbeitshandschuh aus, doch als Sarah ihm die Hand schütteln wollte, hielt er inne. Statt ihre Geste zu erwidern, legte er die Stirn in Falten und schob sein Gesicht näher an sie heran. Sarah kam sich vor wie ein Studienobjekt, das aufs Genaueste beäugt wurde.

»Nicht bewegen!«, murmelte der Mann konzentriert, wobei er seine Hand vorsichtig auf ihre Schulter legte. Sarah wusste nicht, wie sie sich verhalten sollte, doch eins stand fest: In New York hätte sie ihn für eine solche Dreistigkeit geohrfeigt.

»Können Sie mir verraten, was das werden soll?«, fragte Sarah mit einer Mischung aus Unsicherheit und Empörung, doch ihr Gegenüber gab ihr mit einem kurzen »Sssst ...« zu verstehen, dass sie sich ruhig verhalten solle.

Noch bevor Sarah sich darüber im Klaren war, was das sonderbare Verhalten des jungen Mannes zu bedeuten hatte, schnappte seine Hand plötzlich nach ihrem Ohr. Einen Sekundenbruchteil später hielt er seine geschlossene Faust vor ihr Gesicht.

Erwartungsvoll blickte Sarah auf die sich langsam öffnenden Finger, die zuerst ein paar lange, feingliedrige Fühler freigaben und danach einen grünen, blattähnlichen Körper. »Cyclopetra speculata. Ein ganz normales Heupferd. Schade, ich hatte eigentlich auf etwas Außergewöhnliches gehofft«, sagte der Mann enttäuscht und katapultierte das Insekt mit einem Fingerschnippen über die Reling des Rondells. Dann – als wäre nichts gewesen – gab er Sarah die Hand. »Ich bin Mac. Willkommen an Bord.«

»Freut mich«, entgegnete Sarah, und bei dem Gedanken an das Tier, das sich in ihrem Haar verfangen hatte, bekam sie eine Gänsehaut.

»Sein voller Name ist Sean Gabriel MacIntyre. Ein echtes irisches Vollblut. Manchmal ist er ein richtiger Hitzkopf.« Doc wollte den Jungen ein wenig foppen. Er wusste, dass er seine beiden Vornamen nicht besonders leiden konnte. Vor allem gegen ›Gabriel‹ hegte er eine Abneigung, da er wegen des Namens und wegen seines blonden Haars in der Schule immer als ›Engelchen‹ gehänselt worden war.

Mac ging jedoch gar nicht darauf ein, sondern tat, als hätte er es überhört – was allerdings keineswegs der Fall war.

»Beeindruckend, diese Aussicht, nicht wahr?« Eine rhetorische Frage, denn man konnte Sarah das Erstaunen am Gesicht ablesen.

»Ja, das ist es. Einfach unglaublich«, stimmte sie ihm zu, und nach einer kurzen Pause, in der sie noch einmal die Landschaft in sich aufsog, fuhr sie fort: »Sie sind also hier der Junior? Doc hat schon von Ihnen erzählt.«

Junior! Das fehlte ihm gerade noch! Hatte er die Spitze mit ›Gabriel‹ noch ignorieren können – bei ›Junior‹ quoll das Fass über. Er warf Doc einen vielsagenden Blick zu und verschob seine Rache auf später. Vielleicht würde er ihm beim Frühstück Salz in den Kaffee schütten oder vielleicht ...

»Wo ist Kate?«, riss Doc ihn aus seinen Gedanken. Sie war nirgends zu sehen. »Tauchen?«

»Ja, tauchen!«, bestätigte Mac knapp, immer noch auf Rache sinnend.

»Tauchen?«, wiederholte Sarah in der Hoffnung, die Wissenschaftler würden es ihr erklären.

»Kommen Sie mit, ich werde es Ihnen zeigen.« Der junge Mann drehte sich um und stiefelte mit sicherem Tritt über die Hängebrücke zur großen ›Insel‹. Sarah und Doc folgten ihm.

Obwohl die Brücke, die an die zehn Meter lang sein mochte, bedrohlich schaukelte, konnte man nicht in die Tiefe fallen. Links und rechts waren in Hüfthöhe zwei Seile gespannt, an denen man sich festhalten und Schritt für Schritt entlanghangeln konnte. Ein aus kräftigen Nylonschnüren geflochtenes Netz zwischen den Halteseilen und dem Brückenboden schützte vor dem Abstürzen.

Um kein Risiko einzugehen, tastete sich Sarah dennoch sehr vorsichtig vorwärts, und um sich von dem Kribbeln in der Magengegend abzulenken, fragte sie Arness: »Sie sagten, es gäbe derzeit zwei Lager, in denen gearbeitet wird. Dieses hier und noch ein weiteres, zwölf Meilen weiter flussaufwärts. Sieht das andere ebenso aus?«

»Nein. In ›KAIN‹ gibt es keine derartigen Plattformen, dort sind wir noch in der Vorbereitungsphase. Erst wenn wir die Forschungsarbeiten hier abgeschlossen haben, wird das ganze Zeug dorthin verfrachtet. Das wird voraussichtlich in zwei bis drei Monaten der Fall sein.«

»Wie transportieren Sie denn die Plattformen?«, fragte Sarah und wagte einen weiteren Schritt auf der schwankenden Brücke. Die Blätterschlucht unter ihr kam ihr vor wie ein gigantisches grünes Maul, das nur daraufwartete, sie zu verschlingen.

»Mit einem Blimp. Das Smithsonian besitzt einen.«

»Ein Blimp, aha ...« Mehr brachte Sarah nicht heraus. Es fiel ihr schwer, sich zur gleichen Zeit aufs Sprechen und auf ihre Beinarbeit zu konzentrieren. Sie hatte die kleinen Zeppeline aber schon oft über New York, ihrer Heimatstadt, Runden drehen sehen, meist als Reklame für Sportschuhe, Hamburger oder High-Tech-Geräte. Dass ein solches Miniluftschiff auch bei Forschungsarbeiten im Urwald zum Einsatz kam, überraschte sie allerdings.

»Sehen Sie«, führte Doc seine Erläuterungen fort, »mit einem solchen Ding haben wir diese künstlichen Inseln hierher gebracht. Nicht gerade besonders schnell, aber praktisch die einzige Möglichkeit. Ein Hubschrauber erzeugt solche Wirbel, dass die Plattformen wie in einem Orkan hin- und hergeschleudert würden. Mit einem Blimp ist es anders. Man kann die Insel einfach irgendwo auf dem Boden zusammenbauen, an den gewünschten Ort fliegen und dann in einem Stück auf den Baumkronen absetzen. Und wenn wir mit unserer Arbeit hier fertig sind, werden wir sie zu ›KAIN‹ fliegen. An den sechs Ecken der Plastikschläuche sind Vorrichtungen angebracht, an denen man Seile befestigen kann, die von der Führergondel herabhängen. Beim Fliegen hängt der Ballast dann direkt darunter.«

Die große Plattform war erstaunlich stabil. Zwar wurden ihre Schritte durch die nachgebenden Äste und die Luftschläuche unter ihnen abgefedert, aber man hatte auf der durchsichtigen Kunststoffplatte einigermaßen festen Boden unter den Füßen. In der Mitte des ›Spinnennetzes‹ befand sich wie auf dem kleinen Rondell ein rundes Loch, und jetzt verstand Sarah auch, was Mac mit ›tauchen‹ gemeint hatte.

»Kate!«, rief er durch die Öffnung. »Beeil dich! Wir haben Besuch.«

»Bin gleich fertig«, kam die gedämpfte Antwort von unten. »Ich will nur noch die Kameras überprüfen, dann komme ich hoch.«

Wenig später raschelte es im Laub, und Kate kam durch die Luke geklettert.

»Kate Ross-Franklin«, stellte sie sich vor. »Freut mich.«

Doc machte sie mit Sarah bekannt. In ihrem glatten, knapp schulterlangen Blondschopf hatte sich ein kleines Blatt verfangen. Sie schwitzte von der körperlichen Anstrengung, und Stirn und Wangen waren braun verschmiert.

»Ich bin froh, endlich wieder weibliche Gesellschaft zu bekommen. Hier herrscht nämlich absoluter Männerüberschuss«, sagte sie mit gespielter Empörung und zwinkerte Sarah wie einer alten Bekannten zu.

»Du wirst von uns allen viel zu sehr verwöhnt«, rechtfertigte sich Mac stellvertretend für sein ganzes Geschlecht.

»Selbst so charmante Bengel wie ihr könnt eine Frau nicht ersetzen. Bestimmte Dinge verstehen Männer einfach nicht. Hab ich nicht recht, Sarah?«

»Stimmt absolut«, pflichtete die Reporterin ihr bei, noch bevor Mac oder Doc etwas sagen konnten.

»Hervorragend!«, sagte Kate lachend. »Ich sehe, wir verstehen uns. Beide Männer sprachlos – dass ich das noch erleben darf! Hoffentlich bleiben Sie eine Weile hier. Wie lange wollen Sie uns denn über die Schulter schauen?«

»Kann ich noch nicht genau sagen«, antwortete die Reporterin. »Professor Houston hat dem National Geographic vor kurzem geschrieben, dass er ein Interview geben möchte. Ich soll es aufzeichnen und einen Bericht für unsere Zeitschrift erstellen. Morgen, spätestens übermorgen wollte ich wieder in Manaus sein.«

»Tun Sie mir das nicht an«, sagte Kate. »Ich habe hier viel zu selten Unterstützung. Außerdem ist das, was wir zu bieten haben, für jemanden von der Presse recht interessant, könnte ich mir vorstellen. Sie bereuen es garantiert nicht, wenn Sie noch ein paar Tage bleiben.«

»Bisher habe ich noch nicht einmal eine grobe Ahnung, worum es in dem Interview gehen soll. Vielleicht können Sie mir ein paar Hinweise geben?«

»Es geht um Computer«, sagte Kate. »Wir haben da ein paar Programme entwickelt, die inzwischen vorführungsreif sind.«

»Programme?« Sarah hoffte auf weitere Einzelheiten, doch Kate blockte ab: »Lassen Sie sich überraschen. Das soll Ihnen der Professor persönlich erklären. Wenn ich Ihnen jetzt schon zu viel erzähle, ist die ganze Spannung raus, und Walter wird sauer. In solchen Dingen ist er verdammt sensibel.«

# 13

Zwölf Meilen weiter stromaufwärts tobte ein stiller Kampf ums Überleben. Ein Kampf, dessen Ausgang bereits feststand, obwohl er noch nicht ausgefochten war.

Blut.

Überall war rotes, klebriges Blut.

Walter Emerald Houston wusste, dass es bald mit ihm zu Ende gehen würde. Sehr bald. Trotz aller Anstrengungen gab es keine Rettung. Es war ein Wunder, dass er es überhaupt so weit geschafft hatte.

Die anfangs unerträglichen Schmerzen, die seinen Schädel und seinen ganzen Oberkörper durchdrungen hatten, waren inzwischen einem tauben, pelzigen Gefühl gewichen. Ein beängstigend wohliges Kribbeln durchdrang sämtliche verletzten Stellen und linderte sein Leiden. Seine rechte Hand mit dem abgebissenen Finger spürte er schon gar nicht mehr.

Schmerzen waren ihm dennoch lieber gewesen, denn sie hatten in ihm ungeheure Kräfte mobilisiert. Das behagliche Kribbeln verlockte ihn dazu, einfach liegen zu bleiben und friedlich einzuschlafen.

Und zu sterben.

Verzweiflung keimte in ihm auf Er wollte noch nicht sterben. Sein Überlebenswille hatte ihn zum Durchhalten gezwungen, die ganze Nacht und den ganzen Tag. Mit schier übermenschlicher Anstrengung hatte er sich Stück für Stück über den feuchten Boden geschleppt, hatte seine Finger – seine neun Finger – in die Erde gekrallt und seinen Körper zentimeterweise weitergezogen.

Er ließ den Kopf zu Boden sinken, um sich für einen Moment auszuruhen. Die Abkühlung auf der Stirn weckte in ihm neuen Lebenshunger und veranlasste ihn, trotz aller Hoffnungslosigkeit weiterzukriechen.

Irgendwann erreichte er den Fluss, und der Gedanke kam ihm, dass hier in der Nähe sein Boot am Ufer liegen musste. Wenn er es fände und den Motor zum Laufen bringen könnte, hatte er vielleicht noch eine Chance. Dann schaffte er es möglicherweise zurück zur Station.

Aber wo war das Boot?

Unvermittelt stieg Panik in ihm auf. Wenn er das Boot nicht fand, war alle Anstrengung umsonst gewesen. Nein! Er würde das Boot niemals finden! Resigniert sackte er zusammen. Sein Atem rasselte.

Kämpfe!, befahl er sich. Denke an deine Frau und deine Kinder. Gib nicht auf, kämpfe um dein Leben! Und in irgendeinem versteckten Winkel seines verletzten Gehirns formte sich ein absurder Hoffnungsschimmer: Noch gibt es eine Möglichkeit. Eine Möglichkeit hast du noch! Du musst schwimmen!

Diese Worte waren wie ein verführerischer Lockruf.

Schwimmen ... ja ... schwimmen ...

Die Vorstellung, sich im erfrischenden Wasser schwerelos stromabwärts treiben zu lassen, hatte von ihm Besitz ergriffen. Zu keinem klaren Gedanken mehr fähig, hatte Houston nur noch ein Ziel vor Augen: den Fluss.

## 14

Wir sollten wieder runtersteigen«, sagte Mac mit Blick zum Himmel. »Sonst wird alles, was wir am Leib tragen, in zwanzig Minuten mächtig nass sein.«

In der Tat war eine dichte Wolkenwand aufgezogen. Sarah und die drei Wissenschaftler traten den Rückweg an, liefen von der großen Plattform über die Hängebrücke hinüber zu dem kleinen Rondell und seilten sich von dort nach unten ab – auf dieselbe Weise, wie sie hinaufgekommen waren.

Als hätte der Regen auf sie gewartet, begann es genau in dem Moment zu schütten, als Mac seinen Fuß auf die Erde setzte. Er war der Letzte, die anderen drei waren bereits unter der Zeltplane versammelt. Die Holz- und Stahlkisten, in denen die meisten der Ausrüstungsgegenstände aufbewahrt wurden, boten notdürftige Sitzgelegenheiten. Wie ein Maschinengewehrhagel trommelten die Regentropfen auf das imprägnierte Zeltdach. An allen Seiten stürzte das Wasser zu Boden. Es sammelte sich in dem flachen Graben, den die Wissenschaftler rundherum ausgehoben hatten, und floss dann in den Wald ab, irgendwohin ins Nichts. Sie waren gefangen hinter einem Vorhang aus silbernen, plätschernden Fäden.

Doc gab Sarah den Fotoapparat mit einem süffisanten Schmunzeln zurück. »Wie versprochen: Er wurde nicht gestohlen!«

Die Frau ging nicht darauf ein.

»Hat jemand Lust auf einen Kaffee?« Kate hatte eine Thermoskanne in der Hand. »Ich denke, er wird noch einigermaßen heiß sein.«

»Vorsicht, den hat Kate gemacht!«, witzelte Mac, ließ sich aber einen kräftigen Schluck einschenken. »Egal. Was nicht tötet, härtet bekanntlich ab. Wem er nicht schmeckt, der kann ihn sich ja über die Hose kippen!«

Da nur zwei Becher vorhanden waren, teilten sich Männer und Frauen jeweils einen.

»Haben Sie hier ein Funkgerät?« Sarah nippte an ihrem Becher und reichte ihn Kate.

»Natürlich«, antwortete Mac. »Ein Walkie-Talkie. Aber nur mit geringer Reichweite. So etwa zwanzig Meilen.«

»Können Sie damit eine Verbindung zu Professor Houston herstellen?«

»Klar. Vorausgesetzt, er ist auf Empfang.«

Mac stand auf und ergriff das Gerät, das auf einer der unbesetzten Ausrüstungskisten lag. Abgesehen von der armlangen Antenne war es nicht größer als ein Telefonhörer, und er hielt es sich auch genauso ans Ohr.

»›KAIN‹, hier ›ABEL‹, bitte kommen. Ich bin's, Mac.«

Keine Antwort.

»›KAIN‹, bitte kommen.«

Nichts.

Warum antwortete Houston nicht?

»Möglicherweise hat er sein Funkgerät gar nicht angeschaltet, oder die Batterien sind im Eimer«, mutmaßte Mac.

»Kann auch sein, dass der Regen die Verbindung blockiert«, fügte Kate hinzu. »Kein Grund zur Sorge, unsere Technik versagt ständig. Ich schätze, ich habe hier noch keine Woche ohne eine Panne erlebt. Mal streikt der Funk, mal klemmen die Seilwinden, dann setzt ein Bootsmotor aus, und schließlich schimmelt einem sogar das Sofa unter dem Hintern weg. Glauben Sie mir, irgendwann gewöhnt man sich daran.«

Die Häufigkeit, mit der hier etwas schiefging, beunruhigte Sarah weitaus weniger, als sie vermutet hätte, und sie wusste, dass sie das den Wissenschaftlern zu verdanken hatte. Sie waren so unerwartet natürlich und menschlich, gleichzeitig strahlten sie aber auch Gelassenheit und Kompetenz aus. Sie schienen jeder Situation gewachsen zu sein, egal, was passierte. In ihrer Gegenwart fühlte Sarah sich sicher. Den Gedanken, mit Professor Houston zu sprechen, ließ sie fürs Erste fallen. Auf seine Bekanntschaft würde sie eben bis zum Abend warten müssen.

# 15

Sie trafen um 18.00 Uhr in ›EDEN II‹ ein.

Schon vor einer Stunde hatte es zu regnen aufgehört, und Browning genoss den Sonnenuntergang, so gut es die Moskitos zuließen. Er hatte sich einen Stuhl an das matschige Ufer gestellt, ein Buch zur Hand genommen und gelesen. Nichts Wissenschaftliches, sondern etwas zum Entspannen und Abschalten: eine Biografie über Abraham Lincoln.

Der Hund lag faul neben dem Schwarzen auf dem nassen Lehmboden und döste vor sich hin. Als er das Boot kommen sah, sprang er freudig auf, kläffte und rannte den Ankömmlingen entgegen.

Sie gingen an Land, und Chico begleitete die Frauen bis hoch zum Haus, während Doc den Benzintank nachfüllte und Mac die Regenplane über das Boot zog. Browning wollte noch das Kapitel über die Sezessionskriege und die Unterwerfung der Südstaaten beenden, bis die Sonne vollends untergegangen war.

Zuerst durfte Kate unter die Dusche – sie hatte es weiß Gott auch am dringendsten nötig. Sarah nutzte die Zeit, um sich ein paar Notizen zu machen. Anschließend durfte sie ins Bad, und nach ihr waren die beiden Männer an der Reihe.

Inzwischen hatte Kate das Essen zubereitet und Browning gerufen. Es gab ein paar Büchsen Hühnerfleischsuppe.

»Wir holen uns alle vier Wochen neue Vorräte aus Manaus«, erklärte sie Sarah. »Browning, Mac und Doc können fliegen. Meistens gibt's Dosenfutter, weil es nicht so leicht verdirbt.«

Dosenfutter hin oder her, alle hatten kräftigen Appetit und verdrückten mehrere Portionen. »Schmeckt gut!«, schlürfte Sarah. Nach dem abwechslungsreichen und anstrengenden Tag war es genau das richtige, um wieder zu Kräften zu kommen.

»Diese Hühnerfleischsuppe wäre noch besser, wenn wenigstens ein kleines bisschen Hühnerfleisch drin wäre«, flachste Browning und rührte mit dem Löffel demonstrativ in seinem Teller. Kate schöpfte ihm noch einmal nach.

»Sind Sie zum ersten Mal im Dschungel?«, fragte Mac.

»Ja. Bisher habe ich vor allem über Nordamerika berichtet. Es war reiner Zufall, dass ich meinen Urlaub in Rio verbrachte. Würde man Coolidge nicht in Libyen festhalten, wäre ich jetzt nicht hier.« Während des Regenschauers unter dem Zeltdach hatte Sarah die Geschichte mit ihrem vorlauten Kollegen schon erzählt.

»Und wie ist Ihr erster Eindruck?«, wollte Mac wissen.

»Anders als erwartet. Ich habe es mir rauer und unwirtlicher vorgestellt, stattdessen ist alles so ruhig und friedlich. Das Einzige, was wirklich stört, sind diese verdammten Moskitos!«, sagte sie und kratzte sich am Arm.

Während die anderen es sich im Wohnraum gemütlich machten, übernahmen Kate und Browning den Abwasch. Kate spülte Besteck und Geschirr, der Schwarze trocknete ab und räumte alles in die Schränke ein.

»Dein Hintern wird von Tag zu Tag strammer, meine Süße.« Browning schielte aus der Küchentüre in den Wohnraum, um sicherzugehen, dass sie nicht zufällig von den anderen beobachtet wurden.

»Ist zwar gelogen«, entgegnete sie. »Aber solche Lügen höre ich gern, du alter Schmeichler.«

Browning schmiegte sich von hinten an sie und presste sie gegen die Spüle. Sie saß fest, eingequetscht wie in einem Schraubstock, und für einen viel zu kurzen Moment versank der Rest der Welt um sie herum. Jim schob ihr das blonde Haar zur Seite und küsste sie auf den nackten Hals. Wie er diesen Hals liebte! Kate legte den Kopf in den Nacken und genoss den Augenblick, genoss es, wie seine Hände sich von ihren Hüften langsam zum Bauch vortasteten.

Obwohl sie sich gerne hätte weiter verwöhnen lassen, blockte sie ab: »Lass uns lieber aufhören. Wenn uns jemand sieht ...«

»Uns sieht aber niemand«, knurrte er sanft und strich mit seinen Händen hinauf zu ihren Brüsten.

»Nun hör schon auf. Sei vernünftig!«, bettelte sie, doch ihr Tonfall verriet, dass es ihr selbst alles andere als leichtfiel, vernünftig zu sein.

Nur widerwillig ließ er von ihr ab – es war tatsächlich kein günstiger Zeitpunkt dafür.

Um halb neun saßen alle in der Sitzecke im Wohnraum und unterhielten sich angeregt. Jeder hatte schon seine zweite Halbliterdose Bier vor sich, und sogar Chico bekam von Mac und Browning immer wieder etwas in seinen Napf nachgeschenkt. Sarah interessierte sich für die Entstehungsgeschichte der Station. Doktor Arness, der dienstälteste Anwesende, erzählte ihr gerne davon. »Ich selbst kenne Walter – Professor Houston – schon seit etwa zehn Jahren«, begann er. »Wir lernten uns seinerzeit am Smithsonian in Washington kennen. Er war dort einer der führenden Biologen, eine Kapazität auf dem Gebiet tropischer Botanik. Und er war engagierter Ökologe. Bei jeder Gelegenheit reiste er zu Fachtagungen und Symposien, um sich für die Erhaltung der Regenwälder einzusetzen.« Doc hielt kurz inne, trank einen Schluck Bier und fuhr dann fort: »Wie auch immer, eines Tages kam er zu mir und fragte aus heiterem Himmel, ob ich Lust hätte, mit ihm in den Dschungel zu gehen. Das war vor rund dreieinhalb Jahren. Er fürchtete, dass es in naher Zukunft keinen unangetasteten Regenwald mehr geben würde, und er wollte unbedingt Gebiete erforschen, die von Menschen bislang verschont geblieben waren. Ich habe nicht lange gezögert und bin ihm gefolgt. Die anderen Teammitglieder hatte er sich auch schon ausgesucht. Kate, Mac und ich sind schon von Anfang an dabei. Browning kam etwas später, um Nancy Quaids Arbeiten fortzuführen, die schwanger geworden war.«

Sarah nickte; Doc hatte ihr bereits davon erzählt. »Sagten Sie nicht, dass außer Kate ursprünglich noch zwei Frauen in der Station waren?«

»Das ist korrekt. Die andere hat das Klima nicht vertragen. Als sie ausschied, wurde ihr Platz nicht mehr besetzt.«

»Wie wird die Station finanziert?«, erkundigte sich Sarah weiter. »Die technische Ausrüstung, die Plattform auf dem Baum, das Boot ...«

»Zwei Boote! Mit dem anderen ist Houston unterwegs«, unterbrach Arness sie. »Sie haben Recht: zwei Boote, das Haus, die Einrichtung, das Flugzeug ... Das alles kostet natürlich viel Geld. Einen Teil davon übernimmt das Smithsonian. Der Rest wird von privater Hand finanziert.«

»Privat?«

»Ich meine damit, wir versuchen, Geldgeber zu finden, die uns unterstützen. Ein paar Pharmakonzerne beispielsweise lassen uns beträchtliche finanzielle Mittel zukommen. Dafür stellen wir denen unser Wissen zur Verfügung, testen verschiedene Pflanzenarten auf ihre medizinische Brauchbarkeit, produzieren Seren und Gegengifte für Schlangenbisse, Insektenstiche und so weiter. Der Urwald strotzt geradezu vor Pflanzen, die Heilkräfte besitzen. Die Indios kennen schon seit Jahrhunderten die Wirkungsweise vieler Blüten, Blätter und Wurzeln. Allerdings benutzen sie sie nicht nur zum Behandeln von Krankheiten, sondern auch, um Pfeilgifte, Rauschmittel und so weiter herzustellen. Die Anwendungsgebiete sind vielseitig. Unsere Auftraggeber beschränken sich jedoch auf den medizinischen und pharmakologischen Bereich, und bislang klappt die Zusammenarbeit mit ihnen auch ganz gut. Was natürlich nicht heißen soll, dass wir keine Gelder mehr benötigen. Spenden sind uns immer willkommen.«

Es trat eine kurze Pause ein, die Kate aber sofort überbrückte: »So, Freunde! Genug übers Geschäft gequatscht! Damit können wir morgen noch weitermachen. Mal sehen, ob wir in den Laden nicht ein bisschen Stimmung kriegen ... Jim, wie wär's ...?« Sie stoppte mitten im Satz und warf Browning einen bittenden Blick zu.

Der wehrte jedoch ab: »O nein, muss das sein?«

»Warum nicht«, fiel Mac ihm ins Wort. »Ich finde, das ist eine gute Idee. Sarah wird es bestimmt gefallen.«

Die Reporterin verstand leider gar nichts. Wovon redeten die bloß? Was würde ihr bestimmt gefallen?

Widerwillig stand der schwarze Riese auf und verschwand in Richtung der Schlafräume, um kurz darauf mit einer Gitarre in den Händen zurückzukehren. Das Instrument wirkte in seinen Händen wie ein Spielzeug.

»Er war früher Amateurboxer in Richmond, Virginia. Schwergewichtler. Bringt satte zweihundertzwanzig Pfund Lebendgewicht auf die Waage«, erklärte Kate der Reporterin, und etwas lauter, sodass Browning sie auch ganz sicher hören konnte, fügte sie hinzu: »Auch wenn unser Muskelprotz nicht so aussieht, Gitarre spielen kann er.«

»Ja, Mann, ›Blues‹ ist mein zweiter Vorname.« Browning tänzelte betont lässig hin und her und ließ sich dann rückwärts in seinen Sitz fallen.

»Genau«, stimmte Kate ihm bei. »Einen kräftigen Applaus für Mister Jim ›Blues‹ Browning.« Durch das Bier in Stimmung versetzt, klatschten alle wie bei einem großen Konzert. In Sprechchören riefen sie immer wieder seinen Namen. Schließlich hob der große Meister beide Hände wie ein Bandleader, der zu seinen Fans sprechen wollte: »Meine sehr verehrten Damen und Herren! Ich heiße Sie heute Abend herzlich willkommen bei unserem Dschungelkonzert, einer Veranstaltung, die ihresgleichen sucht. Es freut mich, dass so viele den weiten Weg hierher gefunden haben, und ich garantiere Ihnen jetzt die absolute musikalische Ekstase!«

Die anderen spendeten erneut kräftigen Beifall, und Kate pfiff anerkennend durch die Finger. »Danke, liebe Freunde, danke! Ich kann Ihnen versprechen, der Applaus lohnt sich, denn hier ist ... live für Sie ... Mister Jim ›Blues‹ Browning, der unumstrittene Meister des schwarzen Jazz ...«

Mitten im Freudengejohle der anderen stimmte Mister Blues seine ersten Akkorde an und begann dazu zu singen: »Sitting on a dock of a bay« von Otis Redding. Anschließend brachte er zwei alte Songs von Sam & Dave dar, und auch eine Louis-Armstrong-Imitation gelang ihm perfekt. Browning konnte wirklich spielen; nicht nur Jazz, wie sich herausstellte, sondern auch englischen Pop. Bei der dritten Dose Bier fielen alle in seinen Gesang ein, und die Stimmung erreichte ihren Höhepunkt mit »I can't get no satisfaction« von den Rolling Stones. Sarah und Kate, die zunehmend Gefallen an der Ausgelassenheit fanden, gingen nahtlos zum Freistil über und klopften den Rhythmus wie wild mit den flachen Händen auf den Tisch, sodass die Bierdosen bei jedem Schlag bebten. Als Mac aufstand, fiel das im allgemeinen Trubel gar nicht auf. Erst nachdem er zwanzig Minuten später immer noch nicht zurück war, ging Doc ihn suchen. Er fand ihn im Labor mit dem Walkie-Talkie am Ohr.

»›KAIN‹, bitte kommen, hier ›EDEN II‹.«

Keine Reaktion.

Am Regen konnte es also nicht gelegen haben. Und dass

der Professor die ganze Zeit über das Gerät abgeschaltet ließ, war unwahrscheinlich. Allmählich machte Mac sich Sorgen um Houston, da es überhaupt nicht seine Art war, zu spät zu kommen. Auf seine Pünktlichkeit konnte man sich hundertprozentig verlassen. Er hätte schon längst hier sein müssen. Was war da draußen nur los? Entweder ein technischer Defekt oder vielleicht ein Motorschaden am Boot.

Er hörte Arness hinter sich, der langsam näher kam und väterlich eine Hand auf seine Schulter legte.

»Kopf hoch, Junge, ihm wird schon nichts passiert sein«, sagte er, doch so richtig überzeugend klang seine Stimme nicht.

Spät in der Nacht gingen sie schließlich zu Bett. Trotz der ausgelassenen Stimmung fühlte Sarah, dass irgendetwas mit Mac nicht stimmte. Ihr erster Tag in der Station war ruhig verlaufen, aber sie hatte die sichere Ahnung, dass etwas Fürchterliches bevorstand.

## 16

*Sonntag, 14. Juni 1998*

Am frühen Morgen drang das Piepsen der Armbanduhr wie eine glühende Nadelspitze in Macs Unterbewusstsein. Jäh riss es ihn aus dem Schlaf, und es dauerte einen Moment, bis er so weit wach war, dass er sich an den Vorabend erinnerte; an die Ausgelassenheit, an Mister Jim ›Blues‹ Browning, an das Bier.

Und an die Sorge um den Professor.

Houston war für Mac weit mehr als ein Vorgesetzter; im Lauf der Jahre war er ihm Freund und Vaterersatz geworden. Er hatte gute Menschenkenntnis bewiesen, als er Mac seinerzeit von den Labortischen in Washington weggeholt hatte, um ›EDEN II‹ aufzubauen. Bei Routinearbeiten im Labor hatte Mac Zeit gehabt, an andere Dinge zu denken. Böse Erinnerungen aus der Vergangenheit waren aufgetaucht. Dann hatte er vor seinem geistigen Auge einen Jungen in einem Auto sitzen sehen, und ein anderer hatte von außen an die Fensterscheibe geklopft. Der Wagen, ein alter, hellblauer VW-Bus, hatte am Straßenrand gestanden. Es war ein warmer Tag gewesen, der viele Menschen aus ihren Häusern gelockt hatte. Und dann war dieser schöne Tag auf einen Schlag zum dunkelsten Punkt in seinem Leben geworden. Wie aus dem Nichts war auf einmal überall Feuer gewesen. Jemand hatte geschrien, doch das Flammenmeer hatte jedes Geräusch verschluckt.

Diese Visionen hatten Mac früher ständig verfolgt. Erst als Professor Houston ihn mit nach Südamerika genommen hatte, waren die Albträume seltener geworden. Das Unbekannte, die Schönheit der Natur und die latente Gefahr, die sie barg, das alles hatte Macs Schreckensbilder vertrieben, zumindest am Tage.

Nur in der Nacht, wenn er seine Gedanken nicht seinem Willen unterwerfen konnte, wurden alte Ängste wieder wach wie entfesselte Dämonen.

Mit Daumen und Zeigefinger rieb Mac sich die Augen. Er wollte nicht mehr an all das denken. Er wollte es endlich vergessen.

Der Schlafraum der Männer war stockdunkel. Nur mühsam konnte Mac die schwach schimmernden Zeiger seines Leuchtzifferblatts erkennen: 5.30 Uhr.

Im Bett über ihm wälzte sich Browning. »Bist du wach?«, flüsterte er.

»Wach würde ich es nicht unbedingt nennen. Aber zumindest schlafe ich nicht mehr«, wisperte Mac zurück.

Am Vorabend hatten die Wissenschaftler ausgemacht, dass Mac und Browning nach ›KAIN‹ fahren und dort nach dem Rechten sehen sollten. Unfälle waren im Urwald nie ganz auszuschließen.

Die beiden Männer tasteten sich in der Finsternis zu ihren Spinden und zogen sich wortlos an. Doc schlief noch, wie sein langsamer, gleichmäßiger Atem verriet.

Im Gang konnten sie etwas lauter sprechen.

»Geh schon mal vor«, murmelte Browning. »Ich komme sofort nach.«

»Was hast du vor?«, fragte Mac, doch seine Frage blieb unbeantwortet, denn der Schwarze hatte sich bereits in Richtung Labor aufgemacht.

Draußen dämmerte es bereits. Nebelschwaden krochen langsam aus dem umliegenden Wald und streiften schwerelos über den Fluss.

Der düstere Anblick war Mac durchaus vertraut. Oft genug war er im Morgengrauen aufgestanden, um sein Laufpensum zu absolvieren. Aber an diesem Tag strahlte der Nebel eine mysteriöse, nicht greifbare Bedrohung aus, die Mac einen kalten Schauer über den Rücken jagte. Bei dem Gedanken an Professor Houston fröstelte ihn. Nachdem er die Regenabdeckung des Boots abgezogen hatte, kramte er aus der Gerätekiste am Ufer zwei Paddel. Er legte sie ins Boot und wartete auf seinen Kollegen. Kurz darauf kam Browning den Hang herunter. Zuerst vernahm Mac nur das Schmatzen der Stiefel im nassen Lehmboden, dann war auch schon die schemenhafte Silhouette des ehemaligen Boxers im trüben Dunst auszumachen. Als er am Steg angelangt war, konnte Mac erkennen, dass er in der Hand einen Erste-Hilfe-Koffer trug. »Ich hoffe nicht, dass wir ihn brauchen«, sagte er, stieg ins Boot und stellte den kleinen Koffer auf den Boden. »Aber vielleicht ist es besser, wenn wir ihn dabeihaben.«

Er löste das Anlegetau und stieß das Boot mit einem kräftigen Ruck vom Steg ab. Jeder nahm ein Paddel, und mit leisem Platschen arbeiteten sie sich bis zur nächsten Flussbiegung vor. Erst hier, da sie außer Hörweite waren, starteten sie den Außenborder, der sie mit hellem Surren über den nebelbedeckten Fluss trieb.

Im Verlauf der Fahrt ließen sie irgendwann ›ABEL‹ links hinter sich, und zwölf Meilen später kamen sie an der Anlegestelle von ›KAIN‹ an. Houstons Boot lag ruhig im Fluss, angebunden an einem überhängenden Ast, der bis zur Wasseroberfläche herabreichte. Eine große, blaue Plastikfolie diente als improvisierte Regenplane.

Browning und Mac legten am rechten Ufer an und stiegen aus. Von hier aus führte ein schmaler Trampelpfad direkt ins Lager, doch bis dorthin hatten sie noch etliche Schritte zu Fuß zurückzulegen.

Je näher sie dem Lager kamen, desto ruhiger wurde es. Das Rascheln ihrer Schritte im Laub war das einzige Geräusch weit und breit. Kein Tier war zu sehen, nicht einmal zu hören. Kein Krächzen von Vögeln, kein Affengebrüll.

Nichts.

»Irgend etwas stimmt hier nicht. Ich hab ein ungutes Gefühl.« Browning sprach Mac damit aus der Seele. Noch nie zuvor hatten die Männer eine derart intensive, erdrückende Stille wahrgenommen. Sie war geheimnisvoll, bedrohlich, unheimlich – wie auf einem Friedhof. Trotzdem hatten die Männer den Eindruck, dass etwas Lebendiges um sie herum war, etwas, das sie beobachtete wie ein Jäger seine Beute. Oder war es nur Einbildung?

Wenige Minuten später trafen sie ein – und was sie vorfanden, jagte ihnen das blanke Entsetzen durch die Glieder. Der Ort, der einmal ihr Lager gewesen war, war eine Stätte der Zerstörung. Die Zeltplane war herabgerissen worden, und die Stahlkoffer lagen weit verstreut und demoliert am Boden, ebenso wie der Tisch und die Stühle, die man nur noch anhand der Trümmer erahnen konnte. Die Hängematte hing in Fetzen von einem Ast herunter. Mikroskopteile, Bruchstücke von Reagenzgläsern und Zeltstangen steckten im Boden wie Granatsplitter. Es sah aus wie auf einem Schlachtfeld.

Bei dem Gedanken an den Professor krampfte sich eine eiserne Hand um Macs Herz. Lebte er noch? Konnte er diesen Vernichtungsangriff unbeschadet überstanden haben? Niemals. Das war ausgeschlossen! Dennoch weigerte sich

Mac, es zu glauben. Wer oder was aber mochte diese Verwüstungen angerichtet haben?

Ein wildes Tier?

Mac konnte sich nicht vorstellen, dass ein Jaguar, ein Puma oder ein anderes Raubtier dazu in der Lage war.

Ein ganzes Rudel wilder Tiere?

Aber was konnte die Tiere zu einer solchen Reaktion veranlassen? Er wusste es nicht. Langsam, fast ehrfürchtig – als hätte er es mit einer Macht zu tun, die er nicht zu begreifen im Stande war – murmelte er: »Unheimlich. Was um Himmels willen ist hier nur geschehen?«

»Keine Ahnung.« Der Farbige zuckte geistesabwesend die Schultern. Seine Aufmerksamkeit konzentrierte sich auf die Umgebung. Noch immer hatte er das Gefühl, beobachtet zu werden. »Ich weiß nicht, was passiert ist, und ich bin mir nicht mal sicher, ob ich das wirklich wissen will.«

»Kann ich gut ...«

›... verstehen‹ wollte Mac sagen, doch ein plötzliches Zischen ließ den Jungen zusammenzucken.

Was war das?

Und noch ein Zischen, ganz nah, direkt vor ihm. Wie angewurzelt blieb er stehen. Er blickte zu Boden und sah auf einem Stück Holz, das einmal ein Teil des Tischs gewesen sein musste, eine Vogelspinne sitzen. Sie war ausgewachsen, und ihr Hinterleib wies inmitten der dichten Behaarung eine große, kahle Stelle auf, die wie eine Glatze aussah. Mac schloss daraus auf das Alter der Spinne: zwischen fünfzehn und zwanzig Jahre, also ein Weibchen. Männliche Tiere wurden in der Regel höchstens zwölf.

Das Tier stellte den Oberkörper auf und spreizte die Maxillipalpen, die wie ein zusätzliches Vorderbeinpaar aussahen, weit vom Körper ab, um größer und eindrucksvoller zu wirken. Eindeutig eine Drohgebärde.

Mac wusste, dass ein einzelner Vogelspinnenbiss einen

Menschen nicht töten konnte. Was aber, wenn es dem Tier gelang, mehrere Male zuzuschnappen? Normalerweise flüchteten Vogelspinnen vor Menschen, aber diese hier schien zu allem entschlossen. Mac spürte ein merkwürdiges Kribbeln in der Magengegend.

»Hey, Brown'!«, warf er dem Schwarzen zu. »Komm her und sieh dir das an. Und bring ein Glas mit.«

»Ein Glas?«

»Ja, und zwar ein großes. Meinetwegen auch einen Topf oder etwas anderes – völlig egal. Aber mach schnell.« Er ließ das Tier nicht aus den Augen. Scheinbar war es ein ganz gewöhnliches Exemplar der Gattung Theraphosa leblondi.

Scheinbar!

Browning fand einen geeigneten Glasbehälter und reichte ihn vorsichtig Mac.

»Du musst sie ablenken«, sagte der Junge ganz selbstverständlich, während er vorsichtig in die Hocke ging.

»Ich muss was?«

»Lenk sie ab, damit ich ihr das Glas überstülpen kann, bevor sie es bemerkt und uns entwischt. Geh im Kreis um sie herum und beweg deine Arme ein bisschen dazu. Das zieht ihre Aufmerksamkeit auf dich. Pass aber auf, dass du nicht zu dicht an sie herankommst.«

»Keine Sorge, darauf achte ich schon!« Browning setzte sich in Bewegung, hielt aber gebührenden Abstand zu dem Tier.

Die Spinne schien zunächst unentschlossen, auf wen sie ihre Aufmerksamkeit richten sollte, entschied sich dann aber für das bewegte Objekt, das ihren Jägerinstinkt offensichtlich mehr ansprach. Ihre acht winzigen, dunklen Augen auf einer kleinen Erhebung am Vorderleib schienen Browning wie Zielvorrichtungen zu fixieren. Mit jedem seiner Schritte drehte sie sich ein Stück weiter um ihre eigene Achse, weg von Mac. Dabei fauchte sie wie wild, schob sich immer wieder zwei, drei Schritte zurück, um kurz darauf in einem ruckartigen Scheinangriff nach vorne zu stoßen und wieder abzubremsen.

»Für mich sieht es ehrlich gesagt nicht so aus, als wolle sie uns *ent*wischen«, witzelte der Schwarze, doch in seiner Stimme schwang Nervosität mit. »Auf mich macht sie eher den Eindruck, als wolle sie uns *er*wischen.«

Mac war sich unschlüssig, ob Brown' möglicherweise Recht hatte. Anstatt sich zu verkriechen, wie es ihrem Instinkt entsprochen hätte, hielt die Theraphosa ihre Stellung. Sie betrachtete Browning eher als Beute denn als Bedrohung. Keiner der beiden Männer hatte jemals ein derart aggressives Auftreten bei einer Spinne beobachtet. Besonders Mac, der sich von allen Teamkollegen am besten mit Spinnen auskannte und in diesem Fachgebiet promoviert hatte, war irritiert von dem sonderbaren Verhalten des Tiers.

»Soll ich noch lange das Opfer spielen? Ich mach mir vor Angst gleich ins Hemd.«

Browning fühlte sich tatsächlich nicht wohl, auch wenn er versuchte, sein Unbehagen durch Übertreibung zu überspielen.

Die Theraphosa leblondi hatte sich jetzt vollkommen auf ihre Beute konzentriert. Sie stand reglos da, wie erstarrt. Kein Zweifel: Das Tier würde in den nächsten Sekunden zuschnappen.

Mac hatte sich das Glas in der Hand zurechtgelegt. Jetzt war der richtige Augenblick! Blitzschnell schoss er nach vorne, stülpte den Behälter über die Spinne und zog seinen Arm wieder zurück. Geschafft! Das Tier saß fest. In wilder Panik betastete es die durchsichtige Umwandung seines Gefängnisses, doch Flucht war ausgeschlossen. »Okay, das hätten wir«, meinte er und drehte den Glasbehälter mitsamt dem Holzstück, auf dem die Spinne saß, um. Erst nach mehrmaligem Schütteln fiel die Spinne mit dem Rücken nach unten. Zappelnd gelang es ihr, sich umzudrehen, doch als sie merkte, dass es kein Entkommen gab, blieb sie reglos am Glasboden sitzen. Sie stellte sich tot.

Der Junge verschloss den Behälter mit einer Gummimembran, die er neben einem der umgeworfenen Ausrüstungskoffer fand. Für die Sauerstoffzufuhr stach er mit seinem Taschenmesser zwei kleine Löcher hinein.

»Lass uns jetzt Houston suchen.« Browning war in die Mitte des Lagers gegangen und ließ seinen Blick kreisen. »Wir halten dabei ständig Sichtkontakt. Du gehst da entlang, und ich übernehme die Seite dort drüben.« Er deutete mit einer Hand in die entsprechenden Richtungen. »Los jetzt!«

»Einen Moment noch!« Mac bückte sich und hob zwei armdicke Prügel auf. »Hier!« Er warf einen der beiden Prügel Browning zu, der ihn sicher fing. Und bemerkte, dass es nicht irgendein Ast war, sondern ein abgebrochenes Tischbein. Es lag schwer in seiner Hand.

»Nicht gerade die beste Waffe, aber ich denke, besser als nichts«, meinte Mac und schwang sein Stück Holz wie einen Baseballschläger durch die Luft. Hoffentlich würde es ausreichen, falls sie angegriffen wurden.

Wenn er nur gewusst hätte, was vorgefallen war.

# 17

Sarah erwachte erst gegen zehn Uhr aus dem Schlaf, und das Aufstehen war eine Tortur. Sie war verschwitzt und fühlte sich wie gerädert, so als hätte sie gerade einen Marathonlauf absolviert. Hals, Rücken und eigentlich auch alle anderen Körperpartien waren verspannt und taten weh. Wahrscheinlich war ihr die Matratze zu weich.

Nein! Tatsache war wohl eher, dass ihr die drei Dosen Bier des Vorabends noch immer in den Knochen steckten. Sie dehnte sich nach allen Seiten und ließ den Kopf kreisen, um die verhärteten Muskeln zu lockern, doch viel halfen die Entspannungsübungen nicht. In ihrem Leben hatte sie schon schlimme Nächte erlebt, aber dass Schlaf so wenig erholsam sein konnte, war ihr bisher nicht bewusst gewesen. Ein Bad würde sie hoffentlich wieder auf die Beine bringen.

Außer ihr schien keiner in der Station zu sein, nur Chico lag – mit dem Kopf auf den Vorderpfoten – faul im Gang. Er fühlte sich allem Anschein nach ähnlich wie Sarah, da er nur träge eine Augenbraue hob, sonst aber keine Reaktion zeigte. Sarah konnte sich beim besten Willen nicht daran erinnern, wie oft Mac und Browning den Napf des Hundes mit Bier gefüllt hatten, aber eins stand fest: Es war offenbar einmal zu viel gewesen.

»Wir beide fühlen uns heute ganz schön beschissen, was?« Ihre Stimme hörte sich rau und kratzig an. Es war nicht zu fassen, dass nur drei Dosen Bier eine solch niederschmetternde

Wirkung auf sie hatten. Sie erinnerte sich, dass sie mit zwanzig Jahren die doppelte Menge mühelos verkraftet hatte.

»Wir sind den Alkohol nicht mehr gewöhnt, hab ich Recht?«, krächzte die Frau den Hund an, als warte sie auf eine Antwort. Tatsächlich schien Chico ihr mit seinem treuesten Blick zuzustimmen. Schließlich schloss er die Augen, um weiterzudösen, und Sarah entschied sich, ihre Suche nach den anderen fortzusetzen.

Auf ihr Rufen reagierte niemand. Die plausibelste Erklärung dafür war, dass die Wissenschaftler sie hatten ausschlafen lassen wollen, da der Tag gestern für sie relativ anstrengend gewesen war. Der Flug nach ›EDEN II‹, der Abstecher nach ›ABEL‹ und nicht zuletzt das bis tief in die Nacht reichende Gesangsspektakel hatte sie ganz schön geschlaucht.

Na gut, dachte sie. Wenn schon niemand da ist, dann machen wir eben das Beste draus!

Sie ging zurück ins Schlafzimmer, zog sich einen Badeanzug an und schlenderte hinunter zum Fluss. Das Flugzeug lag reglos neben dem Steg. Die Sonne schien bereits mit ganzer Kraft, nur der feuchte Lehmboden erinnerte noch an den gestrigen Wolkenbruch. Ein schöner Tag lag vor ihr.

Es kostete Sarah einige Überwindung, in das unappetitliche, hellbraune Wasser zu waten und einzutauchen, doch als sie erst einmal drinnen war, genoss sie die Erfrischung. Träge, jede überflüssige Bewegung vermeidend, ließ sie sich an der Oberfläche treiben und von der Sonne wärmen.

Den Tag auf diese Weise zu beginnen ist eine hervorragende Idee!, gratulierte sie sich selbst zu ihrem Entschluss. Sie schloss die Augen, um sich zu entspannen und alles andere zu vergessen. Vor allem ihre Gliederschmerzen. Schwerelos mit dem Bauch nach oben im Wasser zu liegen war ein Zustand, der noch stundenlang hätte anhalten dürfen. Alles um sie herum versank in völliger Ruhe. Allerdings viel zu kurz.

»Guten Morgen!«

Sie zuckte zusammen, geriet mit dem Kopf unter Wasser und verschluckte sich. Hustend wischte sie sich das Wasser aus dem Gesicht und sah Doc Arness vor sich auf dem Holzsteg stehen. Völlig unbemerkt war er näher gekommen.

»Tut mir Leid, ich wollte Sie nicht erschrecken«, entschuldigte er sich und ging in die Hocke.

»Schon gut, Doktor ... Doc.« Sie hustete noch einmal und lächelte über ihre eigene Schreckhaftigkeit. »Alles in Ordnung.«

»Das freut mich. Aber eins muss man sagen: Mut haben Sie, alle Achtung! Sie leben gerne gefährlich, was?« An Docs Gesichtsausdruck, der jeden Pokerspieler verunsichert hätte, konnte sie nicht erkennen, ob er es ernst meinte oder nicht.

»Wieso gefährlich?«

»Weil Sie im Fluss baden«, gab er zurück. »Wir sind hier im Dschungel, schon vergessen?« Trotz Docs unverändert starrer Miene war Sarah davon überzeugt, dass er sich nur einen Spaß mit ihr erlaubte. O nein, so leicht würde sie sich nicht von ihm verunsichern lassen! »Kate hat mir gestern gesagt, dass es hier keine Piranhas gibt. Ich habe sie nämlich danach gefragt. Sie dachten wohl, der dumme Großstadtmensch geht Ihnen auf den Leim?«, triumphierte Sarah – der erste Punkt ging eindeutig an sie. Leider sollte das ihr einziger bleiben.

»Piranhas?« Docs verniedlichender Tonfall klang, als spreche er von kleinen Schoßhunden. »Die sind sowieso nicht so schlimm, wie immer behauptet wird. Zwar können sie innerhalb weniger Minuten ein Beutetier skelettieren, das kommt jedoch selten vor. Ich kenne keinen einzigen Fall, in dem ein Mensch von ihnen angefallen wurde.« Er machte eine abfällige Handbewegung. »Aber wissen Sie, in Brasilien gibt es über dreitausend Fischarten. Da sind natürlich nicht nur Piranhas gefährlich. Haben Sie zum Beispiel schon einmal etwas von Pygiidae gehört?«

»Nein, garantiert nicht!« Sarah war sicher, diesen Namen noch nie zu Ohren bekommen zu haben.

»Kleine Flusswelse«, führte Doc weiter aus. »Schmarotzer, die nicht viel länger als ein Fingernagel und dünner als ein Streichholz sind.«

»Wollen Sie mich verschaukeln? Wie soll mich ein so winziger Fisch auffressen?« Sarah, die vorübergehend recht ernst gewirkt hatte, gewann ihr Lachen zurück.

»Auffressen vielleicht nicht gerade. Er hat sich darauf spezialisiert, bei Menschen und Tieren in die winzigsten Körperöffnungen einzudringen und sich dort festzusetzen. Vor allem der Geruch von Urin lockt ihn an. Am liebsten nistet er sich folglich in der Harnröhre ein, gelegentlich auch im After. Und wenn er sich erst einmal festgebohrt hat, kann man ihn nur noch operativ entfernen.« Doc verzog das Gesicht, um zu unterstreichen, wie unangenehm diese Prozedur sein musste, und Sarahs Lust am Baden sank von Sekunde zu Sekunde. Sie fragte sich, ob der winzige Fisch auch durch einen Badeanzug schlüpfen konnte.

»Und dann gibt es noch den Arapaima, den angeblich größten Fisch im Amazonasbecken. Kann bis zu vier Meter lang werden und fünfhundert Pfund auf die Waage bringen. Dagegen sieht selbst Browning mager aus.«

Sarah bewegte sich nicht, sondern schwebte nur im Wasser, um ja keine dieser Bestien anzulocken. Von Haien wusste sie, dass sie über enorme Strecken die Bewegungen eines Schwimmers registrieren konnten, und woher sollte sie wissen, ob die von Doc erwähnten Fische nicht über dieselben Fähigkeiten verfügten? Selbst das schleimige Flussbett unter ihren Füßen kam ihr auf einmal wie eine tödliche Bedrohung vor, und sie wollte es auf keinen Fall mehr mit ihren Zehen berühren. Hätte man wenigstens etwas sehen können! Doch durch das trübe Wasser wäre ein Riesenfisch auch dann nicht zu erkennen gewesen, wenn er direkt neben Sarah geschwommen wäre.

Die Vorstellung, von einem gigantischen Wasserkoloß zerfleischt zu werden, der vielleicht schon ganz dicht neben ihr lauernd im Fluss lag, bereitete Sarah Unbehagen, auch wenn sie genau wusste, dass Arness mit seinen Erzählungen übertrieb. Wie herrlich waren doch die unbekümmerten Badetage an der Copacabana gewesen!

Doc fuhr fort: »Der Fisch hat so viel Kraft wie ein ausgewachsenes Krokodil, allerdings keine Zähne.« Das beruhigte Sarah enorm, allerdings nicht lange.

»Zähne braucht er auch gar nicht, da er seine Nahrung einfach zerdrückt. Er hat eine Reibeisenzunge aus Knochen, mit der er seine Beute am Gaumen zerquetscht. Es gibt Eingeborene, die behaupten, sie hätten mit eigenen Augen gesehen, wie ein solches Tier einem Schwimmer ein Bein ausgerissen hat. Ich persönlich glaube solche Geschichten ja nicht.« Er konnte sich das Lachen jetzt nicht mehr verkneifen, aus den Blicken der Frau sprach blankes Entsetzen. »Wenn Sie sich jetzt sehen könnten!«

»Sie wollten mir also ein bisschen Angst machen, was? Ich will Ihnen eines sagen: Das ist Ihnen verdammt noch mal gelungen!« Sarah wirkte zunächst ein wenig empört, lachte dann aber ebenfalls. »War also alles nur gelogen! Und ich dumme Gans falle auch noch darauf rein!« Sie schlug sich mit der flachen Hand auf die Stirn. »Mit Ihren Märchen können Sie einem das Baden ganz schön vermiesen, Sie Spielverderber!«

»Das mit dem Bein stimmt«, widersprach Doc. »Wenn es auch nur Legenden sind, die sich die Indianer erzählen, etwas Wahres ist immer daran.«

»Und Ihr Mini-Monster?«

»Den Schmarotzerwels? Den gibt es auch. Allerdings haben wir weder das eine noch das andere bislang hier entdeckt.«

»Es freut mich aufrichtig, das zu hören.«

»Ich rate Ihnen trotzdem davon ab, im Fluss zu schwimmen«, sagte Doc. »Das hier ist etwas anderes als ein öffentliches Freibad oder das Meer. Hier gibt es Wasserschlangen, Kaimane und so weiter. Ich möchte nicht, dass Ihnen Ihre Nase abgebissen wird.«

Auf diese Warnung hin zog Sarah es dann doch vor, an Land zu gehen. Sie schwamm zum Steg, drückte sich mit beiden Armen und einem schwungvollen Beinschlag nach oben und saß schließlich neben Doc. Nur noch ihre Füße baumelten im Wasser.

Sie war wirklich schön. Das nasse Haar und die Wasserperlen auf ihrer nackten Haut hatten etwas Sinnliches. Sie legte sich zurück und schloss die Augen, um sich von der Sonne trocknen zu lassen. Durch den Stoff des Badeanzugs zeichneten sich ihre Brustwarzen ab.

»Ist Ihnen die Entscheidung, hierher zu kommen, leichtgefallen?«, wollte sie von Doc wissen.

»Ja. Ziemlich.«

»Aber wenn man hier lebt, muss man doch auf vieles verzichten. Theater, Kino, Fernsehen, Lokale, Baseballspiele ... Was veranlasst einen Menschen dazu, sich von all dem zu verabschieden? Kultur und Luxus aufzugeben und in einem menschenfeindlichen Klima wie diesem zu arbeiten? Noch dazu fast vollkommen isoliert von der Zivilisation. Für mich ist das unvorstellbar.«

»Es ist eine reizvolle Aufgabe. Wir leisten hier Pionierarbeit. Wie viele Gelegenheiten hat man dazu schon?«

»Dann haben Sie wohl keine Familie, oder?«

»Ich war einmal verheiratet. Wir haben uns aber vor acht Jahren scheiden lassen.«

»Kinder?«, fragte Sarah weiter. In ihrer Eigenschaft als Frau und Reporterin war sie vermutlich die neugierigste Person auf Gottes Erdboden.

»Einen Sohn, Bobby. Das Sorgerecht wurde meiner Frau zugesprochen. Und wie steht es mit Ihnen, sind Sie liiert?«

»Nein.. Ich bin zu viel unterwegs. Mein letzter Freund ist daran schier verzweifelt. Am Ende haben wir uns nur noch alle paar Wochen gesehen, und dann haben wir meistens darüber gestritten, ob ich meinen Beruf aufgeben soll oder nicht.«

Es entstand eine kurze Pause, in der beiden erst klar wurde, dass keiner von ihnen gebunden war. Plötzlich lag eine angenehm-erregende Spannung in der Luft. Sarah, die ihre Augen noch immer geschlossen hatte, stellte sich vor, wie es wäre, von Doc berührt zu werden. Seine Hand auf ihrem Bauch zu spüren und zu fühlen, wie sie sich auf dem nassen Stoff des Badeanzugs langsam bewegte. Hätte er es in diesem Moment probiert – sie hätte sich nicht gewehrt. Sie hätte ihn gewähren lassen und sich ihm völlig hingegeben. Ja, sie sehnte sich sogar danach, dass er ihren Körper erforschte. Doch es geschah nichts dergleichen, und so wechselte sie schließlich das Thema: »Wo sind die anderen?«

»Kate ist im Labor. Die beiden Männer wollten nach Professor Houston sehen«, antwortet Doc, und Sarah glaubte, einen Hauch von Enttäuschung in seiner Stimme zu vernehmen. Hatte er ebenfalls mit dem Gedanken gespielt, seine Hand auf ihren Bauch zu legen?

»Denken Sie, es ist etwas passiert?«

»Nein, das glaube ich nicht«, beruhigte er sie. »Das wäre das erste Mal!«

# 18

Noch immer lastete Stille auf ›KAIN‹. Browning und Mac hatten die ganze Umgebung systematisch abgesucht, aber von Houston fehlte jede Spur. Nach einer Stunde kehrten sie resigniert zum Lager zurück und beschlossen aufzuräumen. Sie wollten wenigstens die empfindlichen Geräte in die Koffer packen und die Reste der Zeltplane als Regenschutz darüberlegen. Während sie die auf dem Boden verstreuten Ausrüstungsgegenstände einsammelten, entdeckte Browning das Notizbuch des Professors. Der ehemals rote Einband war schmutzig, und die Blätter klebten aneinander. Browning schlug die letzte Eintragung auf. Ein dunkler Fleck erstreckte sich über beide Seiten – kein Dreck, sondern getrocknetes Blut, wie er vermutete. Houstons letzte Notiz endete mitten im Satz. Er musste so plötzlich überrascht worden sein, dass ihm keine Zeit mehr geblieben war, seine Worte zu Ende zu schreiben.

Und da lag noch etwas auf dem Boden, versteckt unter ein paar welken Blättern. Zuerst hielt Brown' es für einen Stift. Erst als er sich bückte und das Laub mit der Hand beiseite wischte, erkannte er, was es war: ein Finger. Angeekelt betrachtete er das tote Stück Fleisch, und ihm wurde schlagartig klar: Er würde Houston lebend nicht wieder sehen.

Automatisch schichtete er das Laub wieder über das abgebissene Körperteil. Dem Jungen würde er nichts von seinem grausigen Fund erzählen. Doch von jetzt an, das war ihm klar, musste er auf der Hut sein.

Sie nahmen den Behälter mit der Spinne und ein paar Geräte, die sie reparieren wollten, mit zum Boot. Den Rest ließen sie vorläufig zurück, bis sie wussten, was los war, und bis sich das Forscherteam entschieden hatte, ob das Lager aufgegeben oder neu eingerichtet werden sollte. Browning war schon am Boot angekommen und lud gerade seinen Ballast ab, als er merkte, dass Mac ein paar Meter hinter ihm wie angewurzelt stehenblieb und auf den Fluss starrte. Der Junge war auf einmal nur noch ein Schatten seiner selbst; blankes Entsetzen stand ihm im Gesicht.

Browning verstand sofort: Houston!

Der Leichnam lag nur wenige Meter entfernt bäuchlings am schlammigen Ufer. Der Oberkörper schwamm mit dem Gesicht nach unten im Wasser, beide Beine waren an Land. In dem lehmigen Grund konnte man Houstons Spur deutlich ausmachen. Es sah ganz so aus, als wäre er auf allen vieren bis hierher gekrochen und dann tot zusammengebrochen. Sein silbergraues Haar bewegte sich im Fluss, und einige kleine Fische versteckten sich darin wie in einem Algenteppich. An der rechten Hand, die wie ein Stück Holz an der Wasseroberfläche trieb, fehlte dem Toten der kleine Finger. Mac kniete nieder und drehte Houston auf den Rücken. Was er zu sehen bekam, übertraf seine Befürchtungen. Das Gesicht war aufgedunsen, die Lippen geplatzt. Ein Auge starrte ausdruckslos ins Leere, das andere hatte sich verdreht, sodass man nur noch das Weiße sah. Ein tiefer Riß zog sich quer über die Schädeldecke. Trotz der klaffenden Wunden gab es kaum Blut zu sehen. Das Wasser hatte es weggespült. »Allmächtiger!« Browning, der inzwischen neben dem Jungen stand, bekreuzigte sich. Angewidert betrachteten beide ihren entstellten Kollegen, unfähig, sich von dem grausigen Anblick loszureißen. Wie hypnotisiert stierten sie auf den Leichnam, als müssten sie die Flut der Gefühlsregungen, die in diesem Moment über sie hereinbrach, erst einmal verkraften, bevor sie wieder in die

Realität zurückkehren konnten. Schließlich wich Mac langsam, fast vorsichtig zurück. Den Blick unverwandt auf Houston gerichtet, hockte er sich auf den matschigen Boden. Dass seine Hose dabei durchgeweicht wurde, störte ihn nicht. Er merkte es nicht einmal.

Minuten verstrichen, ohne dass einer der Männer sprach. Jeder versuchte für sich, die Schreckensbilder loszuwerden und wieder einen klaren Gedanken zu fassen. Mac wollte weinen, aber es gelang ihm nicht. Der Schock saß zu tief.

»Was um alles in der Welt ist nur passiert?« Macs Zunge klebte trocken am Gaumen. Obwohl die Temperatur am frühen Vormittag bereits bei 25°C lag, begann der Junge zu frösteln. Seine Nackenhaare sträubten sich, und eine Gänsehaut überzog seinen Körper.

»Das ...« Er unterbrach sich selbst und starrte wieder auf den Toten. »Das hat er nicht verdient.«

»Nein ... das hat er nicht. Weiß Gott nicht.«

»Brown', ich meine, das hat er einfach nicht verdient!«, wiederholte Mac mechanisch, ohne die Antwort des Schwarzen wahrgenommen zu haben. In seiner Stimme lag nicht nur Kummer, auch ein Hauch von Aggressivität schwang in ihr mit, und Browning konnte den Jungen gut verstehen. Er fühlte dasselbe.

Mac hockte auf dem Boden und umklammerte mit beiden Armen die angewinkelten Knie. Wie ein Kind, das sich angsterfüllt in irgendeine schützende Zimmerecke zurückgezogen hatte. O Gott, wie gerne hätte er seiner Trauer und seinem Zorn freien Lauf gelassen, wenn er nur hätte weinen können.

»Was kann ihn nur so zugerichtet haben?«

»Ich weiß es nicht. Aber was es auch war, es muss ihn eiskalt überrascht haben. Und es war verdammt kräftig.« Brownings Worte schienen unendlich weit weg zu sein, drangen nur zögernd in Macs Bewusstsein vor. Er sah nur das Bild des toten

Mannes, der qualvoll umgekommen sein musste und jetzt wie ein Stück Abfall vor ihm im Dreck lag.

»Wir müssen ihn von hier wegbringen«, sagte Browning. Er konnte den Blick ebensowenig von der Leiche abwenden wie der Junge. Das Grausame übte eine magische Anziehungskraft auf sie aus.

»Ich will nicht weg von hier. Noch nicht.« Mac saß nach wie vor zusammengekauert auf dem Boden.

»Wir müssen«, beharrte der Schwarze. »Wir können hier nichts mehr für ihn tun.«

Obwohl Mac wusste, dass Browning Recht hatte, fühlte er sich provoziert. »Hast du denn gar keinen Respekt vor einem Toten?« Mit jedem Wort schwoll seine Stimme an. »Bist du so gefühlskalt, dass du ihn einfach ins Boot schmeißen und nach Hause fahren willst?«

»Wir müssen das tun. Wir müssen ihn zurückbringen, damit wir gemeinsam entscheiden können, was geschehen soll«, antwortete Browning, aufgebracht über Macs vorwurfsvollen Ton. Er wollte sich nicht mit dem Jungen streiten, aber auch seine Nerven waren angespannt.

»Du kotzt mich an!«, warf Mac ihm verächtlich zu.

»Und was, bitte, schlägst du vor?«, kam die scharfe Antwort. Browning kniete sich neben Mac nieder und packte ihn an seinem T-Shirt: »Was sollen wir deiner Meinung nach tun? Hier warten? Auf was?«

»Du kotzt mich an!« Macs Antwort war eine pure Trotzreaktion.

»Du verdammter irischer Sturkopf!« Der ehemalige Schwergewichtler verstärkte seinen Griff und rüttelte Mac hin und her. »Irgend etwas hat ihn umgebracht, und dieses Etwas läuft noch irgendwo da draußen frei herum, hörst du? Ich weiß nicht, was es war, aber ich weiß, dass ich eine Scheißangst davor habe! Kapiert?« Er dachte an den mit Laub bedeckten kleinen Finger auf dem Boden und ließ von Mac ab. »Glaube mir, ich konnte Houston genauso gut leiden wie du. Doch jetzt ist er tot. Wir sollten ihn nach Hause fahren. Und wir sollten uns in Sicherheit bringen.«

Ein paar Augenblicke lang herrschte Schweigen.

»Er hat es nicht verdient«, flüsterte Mac schließlich. »Er hat es nicht verdient!«

Endlich konnte er weinen.

»Das hat er nicht«, stimmte Browning zu. »Wirklich nicht.«

»Tut mir Leid, Brown'.« Der Junge nahm seine Nickelbrille ab und wischte sich die Tränen aus den Augen.

»Schon gut.« Als Zeichen seiner Freundschaft legte Jim seine mächtige schwarze Hand um Macs Nacken. »Alles klar?«

Mac nickte traurig, setzte seine Brille wieder auf und seufzte. Gemeinsam packten sie den entstellten, leblosen Körper und trugen ihn zur Anlegestelle. Wie konnte das alles nur passieren?

Sie hüllten Houston in die Abdeckplane seines Boots und vertäuten es mit ihrem. Dann legten sie ab und traten schweigend den Rückweg an.

# 19

Wieso ausgerechnet Insekten?«, fragte Sarah. Sie stand mit Kate im Labor und sah ihr bei der Arbeit zu. Die Wissenschaftlerin präparierte gerade einen bläulich schimmernden Käfer mit fleischigen Beinen und Fühlern für die Betrachtung unter dem Rasterelektronenmikroskop.

»Gefallen Ihnen keine Hamster oder Kaninchen? Ich meine, den meisten Menschen gefallen doch flauschige Tiere, die man in die Hand nehmen und streicheln kann. Ich kenne niemanden, der Insekten mag. Wirklich niemanden! Außer Ihnen hier in der Station.« Sarah konnte Kates Vorliebe für diese winzigen Bastarde nicht teilen. Allein der Gedanke an Flöhe, Zecken, Läuse oder ähnliches verursachte bei ihr ein unangenehmes Kribbeln auf der Haut.

»Natürlich mag ich auch Hamster und Kaninchen. Sie haben es ja schon gesagt: Die mag fast jeder. Aber sie haben auf mich nie dieselbe Faszination ausgeübt wie das Krabbelzeug.« ›Krabbelzeug‹ klang aus ihrem Munde wie Fachterminologie. »Mir haben die kleinen Mistviecher noch nie etwas ausgemacht. Liegt wahrscheinlich daran, dass ich auf einer Rinderfarm aufgewachsen bin. In Montana. Wir lebten auf dem Land, und dort hat es nur so von Kleintieren gewimmelt.«

Nachträglich war Sarah froh, als Stadtkind groß geworden zu sein, und sie war dankbar dafür, in New York zu wohnen. Wenn sie aus ihrem Dreizimmerappartement hinunter auf die dicht befahrene Straße blickte, wusste sie, wohin sie gehörte. Das idyllische Leben auf dem Lande, das viele Menschen für erstrebenswert halten mochten, war nichts für sie. Erstens wegen der Langeweile und zweitens wegen des allgegenwärtigen Ungeziefers. »Ich habe nie zu den Frauen gehört, die beim Anblick einer Spinne vor Schreck zu schreien beginnen«, fuhr Kate fort. Gedankenversunken lächelte sie. »Als ich noch ein Kind war, ärgerte ich meine Schwester oft damit, ihr Wanzen ins Bett zu legen. Mann, war das ein Spaß ... Manchmal hat sie so laut geschrien, dass man sie bis runter nach Wyoming hören konnte.« Sie schüttelte seufzend den Kopf und widmete sich wieder ihrer Arbeit.

Interessiert beobachtete Sarah, wie die Wissenschaftlerin den Käfer in einen Glastubus setzte und mit einer Pipette eine Flüssigkeit hineinträufelte, die exakt in dem Moment verdampfte, als sie auf den Gefäßboden traf. Mit einer runden Plastikscheibe deckte sie das Gehäuse ab und wartete.

Das eingenebelte Insekt krabbelte aufgeregt hin und her, offenbar spürte es die unmittelbare Bedrohung durch das entstehende Gas. Es tastete wild zappelnd die Gefäßwand ab und versuchte vergeblich zu fliehen. Ein Flugversuch scheiterte am Plastikdeckel. Der Käfer stürzte ab, zuckte noch einige Male und blieb dann reglos am Boden liegen.

»Er ist nur betäubt. Öffnen Sie bitte das Fenster«, sagte Kate, und Sarah folgte der Aufforderung. »Das Zeug ist für Menschen zwar nicht gefährlich, aber es verursacht unangenehme Schleimhautreizungen.« Sie hielt das Glas aus dem Fenster, nahm den Plastikdeckel ab und fächerte damit den Nebeldampf ins Freie hinaus. Mit einer Pinzette, deren gebogene Vorderenden schaumstoffgepolstert waren, ergriff sie das Insekt und ging damit zum Mikroskop. »Ich schätze, mein Freund hier ist für etwa dreißig Minuten außer Gefecht gesetzt. Danach wird er zweifellos wieder putzmunter weiterkrabbeln.« Sie öffnete das Rasterelektronenmikroskop und schob das Tier auf einem rechteckigen Glasplättchen hinein. Auf Knopfdruck erklang ein fast lautloser, heller Summton, wie bei einem Fernseher, dessen Lautstärkeregler bis zum Anschlag zurückgedreht war. Eine rot aufleuchtende Diode zeigte an, dass das Gerät jetzt angeschaltet war.

»Unglaublich, was die Viecher alles aushalten!«, sagte Kate mit anerkennender Stimme. »Echt verrückt!«

»Aushalten?«, wiederholte die Reporterin.

»Ein REM ...« – Sarah ahnte, dass Kate damit das Rasterelektronenmikroskop meinte – »ein REM tastet das Untersuchungsobjekt mit kurzwelligen Elektronenstrahlen ab. Mit dieser Methode können zwei Punkte auch dann noch scharf abgebildet werden, wenn sie nur 160 Milliardstelmillimeter voneinander entfernt liegen. Damit sind bis zu einmillionenfache Vergrößerungen möglich.«

»Sind die Elektronenstrahlen für Insekten gefährlich?«, hakte Sarah nach. »Meinten Sie das mit ›aushalten‹?«

»Die Elektronenstrahlen an sich sind unbedenklich. Das Problem ist, dass man ein Vakuum benötigt, damit die Strahlen nicht von Gasmolekülen abgelenkt werden, die das Bild verfälschen. In einem Vakuum lösen sich jedoch sehr leicht Wassermoleküle aus Flüssigkeiten, auch aus den Flüssigkeiten in einem organischen Körper.«

»Sie meinen, wie wenn man schwitzt?«

»Schwitzen ist vielleicht das falsche Wort dafür«, entgegnet Kate belustigt. »Explodieren trifft die Sache eher. Es ist wie bei einem Dampfkochtopf, der unter Hochdruck steht. Irgendwann zerreißt es ihn.«

Die Wissenschaftlerin sah mit beiden Augen in das REM. »Nur bei sehr niedrigen Spannungen – so zwei bis vier Kilovolt – können die Tiere überleben. Ich weiß nicht, wie, aber offenbar können sie zumindest für kurze Zeit in einer Umgebung existieren, in der ein Mensch schon lange Fischfutter wäre. Das meinte ich mit ›aushalten‹!«

Sarah begann zu begreifen, welch ungeheuren Belastungen ein Insekt unter diesen Extrembedingungen standhalten musste. »Und wie lange können die Tiere diese Prozedur unbeschadet überstehen?«

»Kommt darauf an. Mit Spinnen, Zecken und Flöhen haben wir ganz gute Erfahrungen gemacht. Die sind robust und können dem Unterdruck unter Umständen bis zu einer Stunde widerstehen. Tiere mit dünnerer Panzerung, meinetwegen Fliegen, überleben dagegen höchstens ein paar Minuten. Ein Problem ist auch der Sauerstoff. In einem absoluten Vakuum würde selbst ein Insekt ersticken. Andererseits leidet die Bildqualität, wenn Luft im REM ist. Man muss eben einen Kompromiss finden.« Sie konzentrierte sich wieder auf ihr Studienobjekt, und nach einer kurzen Pause fragte sie Sarah: »Haben Sie schon einmal einen lachenden Käfer gesehen? Manche Viecher sehen unter dem Mikroskop wirklich ulkig aus.« Sie stellte die Vergrößerung auf einhundertfünfzigfach um und schaltete einen der Monitore an. Nach kurzem Aufflackern erschien auf dem Bildschirm das überdimensionale Porträt des Käfers.

»Macht ja einen äußerst gefährlichen Eindruck!« Was Sarah vor Augen hatte, glich eher einem urzeitlichen Monster als einem gewöhnlichen Insekt. Das Schwarzweißbild zeigte einen furchteinflößenden, mit zwei mächtigen Kieferklauen besetzten Kopf. Aus ihm wuchsen vereinzelt borstige Haare, die wie Nägel aus dem Chitinpanzer ragten. Die beiden Facettenaugen sahen aus wie feinmaschige Küchensiebe. Die Fühler konnte Sarah nur noch ansatzweise erkennen, sie ragten nach oben aus dem Bildausschnitt. Das Maul des Viehs schien wie zu einem breiten Grinsen verzogen. Einem Grinsen, das dümmlich und lustig aussah, gleichzeitig aber auch sadistisch und böse.

»Dieses REM ist unsere neueste technische Errungenschaft«, erklärte die Wissenschaftlerin. »Früher dauerte es ein bis zwei Minuten, bis ein Bild komplett aufgebaut war, doch mit diesem Ding geht es in wenigen Sekunden.«

Sarah hatte den Käfer lange genug betrachtet und wandte sich wieder Kate zu. »Weshalb arbeiten Sie ausgerechnet im Urwald? Gibt es nicht genug Insekten woanders?«

»Natürlich, aber nirgends in der Vielfalt wie hier. Wussten Sie, dass man die Anzahl der Insektenarten auf der ganzen Welt nicht einmal auf ein paar Millionen genau schätzen kann? Ich spreche nicht von einzelnen Insekten, sondern von Insektenarten! Vielleicht gibt es zehn Millionen, vielleicht auch zwanzig oder dreißig. Diese Ungenauigkeit liegt vor allem daran, dass der tropische Regenwald noch zum Großteil unerforscht ist. Nicht nur hier in Brasilien, sondern rund um den Äquator. Bei Untersuchungen in den achtziger Jahren entdeckte man auf einem einzigen Baum in Peru allein vierundfünfzig verschiedene Ameisenarten! Mehr als auf den gesamten Britischen Inseln. Erstaunlich, nicht wahr? Wir finden hier praktisch täglich neue Lebensformen.«

»Klingt interessant, aber woran liegt das? Ich meine, warum gibt es ausgerechnet in diesen Breitengraden mehr Insekten als anderswo?«

»Ein Grund ist sicher, dass durch das Vorrücken der Zivilisation viele Tierarten ausgerottet wurden. Hier im Dschungel dagegen können sie wie eh und je in ihrer natürlichen Umgebung leben. Zumindest in den Teilen, die bislang unberührt geblieben sind. Aber auch unabhängig von der Ausbreitung des Menschen gibt es in den Tropen mehr Tierarten als in anderen Teilen der Erde.«

»Liegt am Klima, oder?«

»Natürlich spielt das Klima dabei auch eine wichtige Rolle. Konstante Temperaturen und ständig hohe Luftfeuchtigkeit – das sind ideale Lebensbedingungen für Insekten. Der Hauptgrund für die Artenvielfalt ist aber ein anderer, nämlich der, dass viele Urwaldtiere in biologischen Nischen leben. Sie haben sich auf bestimmte Pflanzen spezialisiert und kommen nur dort vor. Einige ernähren sich davon, andere benötigen sie als Tarnung oder als Unterschlupf. Spezialisierung ist in den Tropen ein Überlebensprinzip der Natur. Fangen Sie einen Käfer in den USA und setzen ihn hundert Meilen weiter wieder irgendwo ab, wird er aller Voraussicht nach überleben, weil er keine so hohen Ansprüche an seine Umgebung stellt. Er findet sich fast überall zurecht. Er ist ein Allround-Talent, ein Überlebenskünstler. Ein Tropenkäfer konzentriert sich dagegen auf einen genau definierten Lebensraum. Setzt man ihn nur einen Baum weiter aus, so stirbt er sehr schnell. Er verhungert oder wird leicht von seinen Feinden entdeckt und gefressen, wenn er seinen Stammbaum – oder wenigstens dieselbe Baumart – nicht wieder findet. Aber das ist relativ unwahrscheinlich. Auf einem Hektar Wald kommt eine Baumart manchmal nur ein- oder zweimal vor. Und für jede gibt es eine eigene Bevölkerungsstruktur. Deshalb gibt es in den Tropen mehr Insektenarten als irgendwo sonst auf der Welt.«

»Und Ihre Kollegen arbeiten ebenfalls mit Insekten?«, fragte Sarah.

»Nur Mac und ich. Der Junge kennt sich außerdem ganz gut mit Spinnen aus, ich stehe mehr auf Käfer, Wespen und Ameisen.«

»Und die anderen?«

»Houston ist Pflanzenexperte. Macht den ganzen Tag nichts anderes als Farne, Gräser, Büsche und Bäume zu untersuchen. Doc und Browning haben sich auf Säugetiere spezialisiert.« Meggan Miller, fuhr Kate fort, die Frau, die die Hitze nicht vertragen konnte, war auf tropische Fische spezialisiert gewesen. Nach ihrem Ausscheiden habe man vergeblich nach gleichwertigem Ersatz gesucht. Es gab zwar durchaus genügend Kapazitäten auf diesem Forschungszweig, aber niemand hatte sich bereit erklärt, für mehrere Monate oder gar Jahre in den Dschungel zu ziehen.

»Jedem von uns stehen pro Jahr zwei Monate Heimaturlaub zu, aber die restliche Zeit verbringen wir komplett hier. So was schreckt natürlich ab, vor allem, wenn man Familie hat. Tja, was soll's?«, schloss sie das Thema ab. »Bleiben die Fische eben unerforscht!« Danach unterhielten sie sich nur noch über trivialere Dinge – über Kochen, Sport und Kunst. Und natürlich über Männer. Außerdem stellten sie fest, dass Kate mit vierunddreißig Jahren nur zwei Jahre älter war als Sarah.

Die Frauen waren so in die Unterhaltung vertieft, dass keine von beiden merkte, wie die Labortür geöffnet wurde, bis Browning plötzlich vor ihnen stand.

»Hey, Jim!« Kates freudig überraschtes Lächeln erstarb augenblicklich, als sie das – trotz schwarzer Hautfarbe – aschfahle Gesicht des Mannes sah. »Verdammt, ihr habt Houston gefunden, nicht wahr?«

Jim nickte wortlos. Er brauchte nichts zu erklären. Beide Frauen verstanden sofort.

## 20

Was soll nun geschehen?«

Doc blickte fragend in die Runde. Alle waren im Wohnzimmer versammelt, jeder saß apathisch da, tief in Gedanken versunken. Unbehagen und Trauer hingen lähmend in der Luft.

Kate kaute nervös auf ihrer Unterlippe herum, die sie hin und wieder mit der Zunge befeuchtete. Den anfänglichen Schock hatte sie ganz gut überstanden, doch es würde eine Weile dauern, bis sie diese Sache verdaut hatte. Browning saß nach vorn gebeugt in einem Stuhl und vergrub sein müdes Gesicht in den Händen. Auch Mac war sichtlich erschöpft. Er hatte die Brille abgenommen und massierte mit zwei Fingern seine Augen.

Es war so still, dass man außer dem leisen Summen des Ventilators auf dem Sideboard nichts, absolut gar nichts hören konnte. Selbst der Hund gab keinen einzigen Laut von sich. Der Reihe nach sah er jeden mit treuherzigem Blick an, und es schien, als leide er am meisten unter der gedrückten Stimmung.

Doc streichelte Chico beruhigend zwischen den Ohren. »Wir müssen uns entscheiden, was wir jetzt tun sollen!«

Kate ließ von ihrer Unterlippe ab und sah ihn mit leeren Augen an. »Wie meinst du das? Worüber sollen wir entscheiden?«

»Darüber, was mit Walters Leiche geschehen soll.«

Doktor Arness hielt einen blauen Ordner in der Hand, auf dem in alphabetischer Reihenfolge die Namen der Wissenschaftler vermerkt waren. Er schlug ihn auf und blätterte ein paar Seiten um. »Es ist eindeutig seine Handschrift, von einem Notar beglaubigt«, sagte er, und für Sarah fügte er erklärend hinzu: »Jeder von uns hat sein Testament gemacht, als er hier zu arbeiten begann. Nicht weil wir besonders pessimistisch wären, sondern weil im Urwald natürlich immer etwas passieren kann. Das Risiko, das mit dieser Arbeit verbunden ist, haben wir alle bewusst in Kauf genommen.« Doc hielt kurz inne. Dann las er aus dem blauen Ordner vor:

*»Im Vollbesitz meiner geistigen Kräfte verfüge ich, Walter Emerald Houston, geboren am 4. Juli 1943 in Jacksonville, Florida:*

*Mein Haus mitsamt Anwesen in Atlantic City, New Jersey, sowie den Betrag von 400 000,– Dollar vermache ich meiner lieben und treuen Frau Mary-Ann, die mich in all den Jahren ständig unterstützt hat und meinen Beruf, bei dem ich viel unterwegs war, nicht nur tolerierte, sondern auch akzeptierte.*

*Mein Sohn Jason erhält 50 000,– Dollar, ebenso meine Tochter Meggan. Bis zu ihrer Volljährigkeit soll das Geld treuhänderisch von meiner Frau verwaltet werden.*

*Mein restliches Vermögen vermache ich dem Smithsonian Institute in Washington, das mir großzügige finanzielle Mittel zur Verfügung stellte, um mir meine Forschungsarbeiten zu ermöglichen. Möge es das Geld zur Erhaltung des Regenwalds verwenden.*

*Nach meinem Ableben bitte ich meinen langjährigen guten Freund ...«*

Doc stockte einen Augenblick lang und setzte dann neu an:

*»... bitte ich meinen langjährigen guten Freund und Kollegen, Doktor Benjamin Arness, die alleinige Leitung des Projekts* ›EDEN II‹ *zu*

*übernehmen, um zu Ende zu führen, was wir gemeinsam begannen. Ich wünsche ihm und meinen anderen Mitarbeitern, die viele Monate mit mir im Dschungel verbrachten, von ganzem Herzen viel Erfolg. Lasst meine Arbeit nicht umsonst gewesen sein.*

*Begrabt mich an dem Ort, der mir zu Lebzeiten am meisten bedeutete: In* ›EDEN II‹. *Ich bitte dich, Mary-Ann, diesen Willen zu akzeptieren. Auch wenn meine letzte Ruhestätte weit weg ist, im Geiste werde ich immer bei dir und den Kindern sein.*

*Gezeichnet ›Walter Emerald Houston‹ am 12. Mai 1995.«*

Andächtiges Schweigen lag über der Runde. Sogar Sarah war innerlich tief bewegt, obwohl sie Professor Houston gar nicht gekannt hatte.

Nach einer Minute unterbrach Browning als Erster die Stille: »So wie ich das sehe, gibt es nur zwei Möglichkeiten: Entweder wir bringen die Leiche nach Manaus, um sie ordnungsgemäß in die Vereinigten Staaten überführen und bestatten zu lassen, oder wir befolgen Professor Houstons letzten Willen und beerdigen ihn hier.«

»Wir müssen ihn hier begraben, das sind wir ihm schuldig.« Kate sprach allen Anwesenden aus der Seele.

Dennoch gab Doc zu bedenken: »Wenn wir das tun, haben wir mit Sicherheit früher oder später die Behörden auf dem Hals und müssen uns rechtfertigen. Möglicherweise exhumieren sie die Leiche sogar.«

»Das gibt's doch nicht!« Browning schüttelte fassungslos den Kopf. »Ist der letzte Wille eines Toten so wenig wert?«

»Hier geht es nicht nur um den letzten Willen eines Toten. Hier geht es um Vorschriften und Gesetze. Selbst wenn wir ihn hier begraben, müssen wir das auf jeden Fall bei nächster Gelegenheit in Manaus melden, sonst machen wir uns strafbar, denke ich«, entgegnete Doc.

»Scheiß auf die Behörden! Geben wir dem alten Mann, was

er wollte.« Mac mischte sich erst jetzt in die Diskussion ein. »Was kann uns schon groß passieren? Glaubt ihr, sie sperren uns ins Gefängnis, nur weil wir die Wünsche in seinem Testament befolgt haben? Wenn es unbedingt nötig sein sollte, dann holen wir eben bei nächster Gelegenheit einen Mediziner aus Manaus, der einen Totenschein ausstellt. Vielleicht müssen wir ihn nicht einmal mehr ausbuddeln. Garantiert finden wir auch einen Arzt, der uns glaubt, ohne die Leiche mit eigenen Augen gesehen zu haben. Immerhin können fünf Menschen den Tod von Houston bestätigen. Das sollte doch genügen! Houston hat es verdient, hier begraben zu werden. Könnt ihr euch vorstellen, dass er auf einem Friedhof in Washington liegt?«

Das konnte wirklich niemand. Der Professor gehörte nicht in eines unter Tausenden von piekfein gepflegten Gräbern mit weißen Marmorgrabsteinen, die alle in strenger Symmetrie angeordnet waren. Sein Platz war hier im Urwald, inmitten der lebendigen Natur, selbst wenn ihm diese zum Verhängnis geworden war. Das Testament mit seinem ausdrücklichen Wunsch, in ›EDEN II‹ beerdigt zu werden, hatte er ja gerade für diesen Fall verfasst.

»Trotzdem müssen wir Mary-Ann benachrichtigen«, sagte Doc. Er kannte Houstons Frau schon seit vielen Jahren. Es würde ein harter Schlag für sie und die Kinder werden.

»Sobald wir das nächste Mal nach Manaus kommen, werde ich ihr ein Telegramm schicken.«

»Ich finde, wir sollten lieber das Smithsonian informieren, damit sie jemanden bei seiner Frau vorbeischicken«, meinte Kate. »Ein Telegramm ist so ... unpersönlich. Wenn ich verheiratet wäre ...«, sie schielte zu Browning, was jedoch niemandem auffiel, »... würde ich den Tod meines Mannes nicht durch ein Telegramm erfahren wollen.«

»Sie hat Recht«, stimmte Mac ihr zu. »So etwas muss unter vier Augen geschehen.«

Doc war einverstanden.

»Und was machen wir jetzt mit Houston?« Die bislang noch ungeklärte Frage kam von Browning.

»Ich schlage vor, wir stimmen ab«, sagte Arness. »Wer ist dafür, dass wir ihn hier bestatten?«

Jeder hob die Hand bis auf Sarah, die sich schon die ganze Zeit aus der Unterhaltung herausgehalten hatte.

»Das ist allein Ihre Sache«, meinte sie. »Ich kannte Professor Houston ja nicht einmal.« Arness nickte bedächtig mit dem Kopf. Die Entscheidung war getroffen.

# 21

Wie bereits am Tag zuvor goss es nachmittags wieder in Strömen, was die trübe Stimmung nur noch unterstrich. Die Männer hoben mit Schaufeln und Hacken eine Grube aus. Das war gar nicht so einfach, denn der schlammige Boden rutschte leicht nach und schüttete das Loch immer wieder teilweise zu. Aber keiner beklagte sich bei dieser Sisyphusarbeit. Eine christliche Beerdigung hatte Houston redlich verdient.

Als das Grab ausgehoben war, holten Arness und Mac die in ein dickes Leinentuch gewickelte Leiche aus dem Schuppen, wo sie vorübergehend untergebracht worden war. Durch das Tuch konnte man die menschlichen Umrisse nur erahnen, doch niemand verspürte das Bedürfnis, noch einen letzten Blick auf den Toten zu werfen.

Mit Seilen, die sie unter den leblosen Körper hindurchgelegt hatten, ließen sie Houston in die Grube hinab. Chico stand pitschnass neben Mac und verfolgte interessiert die Zeremonie. Mit hellem Winseln bekundete er, dass er wusste, worum es hier ging: um Abschied.

Die kleine Trauergemeinde stand mit gefalteten Händen und völlig durchnässt im Kreis um das Grab und schwieg. Minutenlang hörte man nur das gleichmäßige Prasseln des Regens und das Rauschen der Sturzbäche, die über den nassen Lehmboden hangabwärts zum Ufer schwappten. Doc Arness sprach schließlich die letzten Worte: »Du warst uns allen immer ein Vorbild,

Walter. Du hast für deine Überzeugungen gekämpft, hast dich bis zuletzt für deine Arbeit eingesetzt. Du hast uns alle durch deine Begeisterung mitgerissen, und du hast uns in den letzten Jahren einen neuen Lebenssinn gegeben. Ich bereue es nicht, dass ich dir hierher gefolgt bin, und ich bin stolz und froh, in dir einen Freund gehabt zu haben.« Arness hielt kurz inne und fasste sich mit einer Hand an die Stirn, als hätte er Kopfschmerzen und Konzentrationsprobleme. Wer konnte ihm das verdenken? Kate schluchzte und suchte in ihrer Hosentasche nach einem Taschentuch. »... Ich ... wir alle ... können es immer noch nicht richtig fassen, wie dein Leben so abrupt zu Ende gehen konnte, aber wir respektieren deinen Wunsch, hier beerdigt zu werden«, fuhr Arness fort, während Kate sich schneuzte. »Walter, ich verspreche dir, unsere Arbeit in deinem Sinne fortzuführen. Wir werden dich vermissen ... Amen!«

Alle bekreuzigten sich. Die anschließende Gedenkminute wurde nur vom Regen gestört, der sich inzwischen noch verstärkt hatte und in dichten Fäden niederprasselte. Das Wasser durchtränkte ihre Haare, lief ihnen in kleinen Rinnsälen am Gesicht hinunter und tropfte an Nase und Kinn zu Boden, vermischt mit ihren Tränen.

Die Frauen warfen ein paar Orchideenblüten, die sie aus dem Gewächshaus geholt hatten, in die Grube, und Mac, Browning und Arness füllten das Loch wieder mit Erde auf. Keiner sagte ein Wort, jeder wollte mit seinen Erinnerungen allein sein.

Zu guter Letzt holte Mac ein aus Holzbrettern gefertigtes Kreuz, auf dessen Querbalken Houstons Name eingeritzt war. Während Mac das Kreuz aufrecht hielt, schlug Arness es mit einer Schaufel in den aufgeweichten Lehmboden. Das dumpfe Hämmern drang weit in den Urwald hinein und weckte in Sarah die Assoziation, jemand schlage Nägel in einen Sarg.

Sie hatte das unbestimmte Gefühl, dass Houstons Tod erst der Anfang war.

# 22

Das müsst ihr euch anhören«, durchbrach Browning die gedämpfte Atmosphäre am Abendtisch. Als er aus dem Labor kam, saßen die anderen bereits in der Küche und stocherten unlustig in ihren Tellern herum. Wie so oft gab es Ravioli, doch das war nicht der Grund für den geringen Appetit. Eine Unterhaltung wollte an diesem Abend einfach nicht glücken, kein Thema erschien ihnen wichtig genug, um darüber zu sprechen.

Obwohl ihm niemand Beachtung schenkte, fuhr Jim fort: »Ich habe mir gerade Houstons Tagebuch mit seinen Aufzeichnungen angesehen. Schon als ich es im Lager gefunden habe, fiel mir auf, dass er seinen letzten Satz nicht mehr beendet hat und dass die Seiten blutverschmiert waren. Ich war mir nicht hundertprozentig sicher und habe es deswegen im Labor genauer untersucht. Es ist tatsächlich Blut ...«

»Jim!«, fuhr Kate ihn schroff an. »Muss das wirklich sein?« Sie wollte keine Einzelheiten über den Tod des Professors hören. Jedenfalls nicht, solange die Erinnerungen an ihn noch so frisch waren.

»Ich weiß, dass es schmerzt, Kate. Es tut mir genauso weh wie dir ...«

»So? Das sieht aber nicht danach aus!«, unterbrach ihn die Frau grob. »Du redest wie einer von der Spurensicherung. Ist ja ekelhaft!«

Unbeirrt fuhr Browning fort: »Wir müssen den Tatsachen

ins Auge sehen. Einer von uns ist gestorben. Er wurde regelrecht abgeschlachtet. Vielleicht ist morgen schon der Nächste dran! Ich will wissen, was da draußen passiert ist.«

»Das kann doch alles Mögliche gewesen sein. Eine Raubkatze oder ...« Tränen schossen Kate in die Augen und zwangen sie innezuhalten.

»Den Verletzungen zufolge können wir eine Raubkatze ausschließen, denke ich. Wie hätte ein Jaguar oder ein Puma ihm den Schädel spalten können?«

Kate war sichtlich angewidert von der Art, wie Browning die Dinge beim Namen nannte. Doc, Mac und Sarah ging es, nach den Gesichtern zu urteilen, nicht anders. »Ein wild gewordener Affe vielleicht?«, meinte Kate, die verzweifelt nach einer plausiblen Erklärung suchte. »Oder er hat sich den Kopf bei einem Sturz aufgeschlagen. Ein wildes Tier fällt ihn an, und er stürzt unglücklich gegen einen Baum. Das Tier legt ›KAIN‹ in Schutt und Asche, verschwindet wieder, und Houston kann sich noch zum Fluss schleppen, bevor er stirbt.«

»Schon möglich«, sagte Browning, aber es hörte sich nicht so an, als würde er Kate wirklich beipflichten. »Passt auf! Ich bin davon überzeugt, dass er unerwartet angegriffen worden ist, während er in seinem Buch Notizen machte.«

»Und was hat ihn deiner Meinung nach angegriffen?«, fragte Doc.

Browning zögerte. »Keine Ahnung. Ich wünschte, ich wüsste es, aber da bin ich überfragt. Kann sein, dass es tatsächlich ein wild gewordener Affe war, aber ich persönlich glaube das nicht. Ich habe mir Houstons Eintragungen ab Donnerstag angesehen, also von dem Zeitpunkt an, wo er von dir das Lager übernommen hat.« Er sah Doc an. »Größtenteils sind es die üblichen Notizen über die Klassifizierung irgendwelcher Pflanzen. Nichts Erwähnenswertes, soweit ich das beurteilen kann. Nur an einer Stelle wird es interessant. Ah, hier ist es ... Es ist wie gesagt eine Eintragung vom letzten Donnerstag«, und als Erklärung für Sarah fügte er hinzu: »Professor Houston hatte sein Notizbuch fast überall dabei. Er hielt darin alles fest, was ihm aufschreibenswert erschien. Nicht nur Berufliches, auch Privates. Vielleicht wollte er anhand seiner Notizen irgendwann einmal seine Memoiren schreiben.« Browning strich die Seite glatt und las daraus die im Telegrammstil gehaltene Eintragung vor:

»17.30 Uhr. Unheimliche Stille lastet auf dem Lager. Keine Tiere weit und breit, abgesehen von einem äußerst angriffslustigen Gecko. Weiß nicht, was um mich herum vorgeht, fürchte mich aber davor.« Browning schloss das Buch, sein Vortrag war beendet. »Irgend etwas stimmt da nicht«, meinte Mac. »Ein ähnliches Verhalten haben Browning und ich heute Morgen bei der Spinne erlebt, die wir mitgebracht haben. Ich hatte leider noch keine Gelegenheit, sie zu untersuchen. Aber auch sie war angriffslustig, was ganz und gar außergewöhnlich ist. Fast ebenso außergewöhnlich wie bei einem Gecko. Spinnen sind bei weitem nicht so aggressiv, wie man behauptet.«

»Steht sonst noch etwas in Houstons Tagebuch?«, wollte Doc wissen. »Ein Gecko, der nicht einmal so groß wie eine Handspanne ist, wird wohl kaum das ganze Lager zerlegt haben.«

»Nein, sonst steht nichts mehr drin. Nur noch die Ergebnisse seiner mikroskopischen Untersuchung.«

Ein paar Augenblicke verstrichen wortlos, bis Doc endlich meinte: »Wir sollten uns ›KAIN‹ nochmals genauer ansehen.« Damit sprach er den anderen aus dem Herzen. Jeder wollte wissen, was tatsächlich vorgefallen war.

# 23

*Montag, 15. Juni 1998*

Diesmal nehmen wir das Flugzeug!« Docs Stimme klang entschieden. »Das geht schneller als mit dem Boot. Und die hier nehmen wir auch mit!«

In den Händen hielt er zwei Schusswaffen: Ein Betäubungsgewehr und eine Schrotflinte. Das Betäubungsgewehr hatte einen einfachen, schlanken Lauf und sah mit seinem aufmontierten, zwanzig Zentimeter langen 4 – 12 x 42-Zielfernrohr wie die Waffe eines Scharfschützen aus. Die Schrotflinte war kürzer und wirkte äußerst kompakt. Der klobige Griff aus braunem Hartkunststoff umschloss den Vorderlauf mitsamt Röhrenmagazin. Durch kurzes Hin- und Herreißen wurde die Waffe nachgeladen. Sarah hatte ein solches Gewehr schon oft in Filmen gesehen. Genaues Anvisieren war damit nicht mehr nötig – der Schütze musste nur noch die grobe Richtung anpeilen und abdrücken, um sein Ziel zu treffen.

»Woher haben Sie das denn?«, fragte Sarah erstaunt.

»Das Betäubungsgewehr?«

»Nein, das andere.«

Doc erzählte es ihr: »Nancy Quaid, eine der Frauen, die anfangs in unserem Team waren, hat sie auf dem Schwarzmarkt in Manaus erstanden. Eigentlich waren wir in der Stadt, um Besorgungen zu machen: Vorräte einkaufen, Post abholen und so weiter. Wir hatten uns die Arbeit aufgeteilt und uns getrennt. Als wir uns wieder beim Flugzeug am Ufer trafen, hatte sie die Flinte im Rucksack. Sie fühle sich damit sicherer, meinte sie.«

»Und Sie meinen, dass das Ding auch funktioniert?« Einen besonders intakten Eindruck machte die Waffe auf Sarah nicht. Der Lauf war zerkratzt, und der Griff, der ihn zur Hälfte umschloss, war abgewetzt.

»Gott sei Dank mussten wir sie bisher nie gebrauchen, aber wir pflegen sie genauso wie das Betäubungsgewehr. Um zu vermeiden, dass die Waffen von innen rosten, werden sie mehrmals pro Woche gereinigt und eingeölt, egal, ob damit geschossen wurde oder nicht. Ich bin sicher, dass beide Gewehre funktionieren.«

Es war zehn Minuten nach neun, und die Morgensonne entfaltete schon jetzt ihre volle Wärme. Man entschied, dass Doc und Browning sich auf den Weg machen sollten. Beide hatten den Pilotenschein, und falls einer von beiden ausfallen sollte – was inzwischen niemand mehr ausschließen konnte –, wäre der andere in der Lage zurückzufliegen.

Sarah ließ es sich nicht nehmen, ebenfalls mitzukommen. Zwar konnte es gefährlich werden, doch ihre reporterhafte Neugier siegte über die Angst. Schließlich war sie nur in der Station, weil Professor Houston ihr ein Interview hatte geben wollen. So war es nur recht und billig, dass sie an der Aufklärung seines mysteriösen Todes mitwirkte. Falls das, was er und sein Team ausgetüftelt hatten, tatsächlich so revolutionär wie angekündigt war, konnte sie ihm wenigstens posthum zu der Anerkennung verhelfen, die ihm gebührte.

Auf der Rückbank des Cockpits war es bequemer als vorn, denn Sarah hatte zwei Plätze für sich allein. Arness flog die Maschine, und Browning saß neben ihm.

Während des Flugs verknipste Sarah einen kompletten

Film. Sechsunddreißig Bilder vom immergrünen Laubdach des Urwalds.

Doc und Browning sahen sich schmunzelnd an, während die Reporterin konzentriert durch den Sucher blickte und abwechselnd links und rechts aus den Seitenfenstern fotografierte. Was für die Wissenschaftler zum gewohnten Anblick geworden war, übte auf Außenstehende einen magischen Reiz aus.

Nach fünfzehn Minuten kamen sie an. Während Doc die Nase der Skyhawk sanft nach unten drückte, sah Sarah etwas im rechten Fenster. »Was ist das denn?«

»Was?« Browning drehte suchend den Kopf.

Die Frau zeigte mit dem Finger auf eine winzige Stelle im Wald, die wie gerodet aussah.

»Ich seh's. Ist wirklich eigenartig«, knurrte Browning. »Flieg doch mal dorthin, Doc.«

Arness wollte gerade einwilligen, als ein unterdrücktes Fluchen nach vorn drang. Sarah, die ihre Entdeckung fotografieren wollte, hatte zu spät festgestellt, dass der Film voll war. Schnell wechselte sie ihn aus.

Klick.

Mit aufheulendem Motor zog Doc die Maschine wieder nach oben und kippte sie nach rechts, sodass sie einen weiten Bogen beschrieb und dicht über den Baumwipfeln auf die kahle Schneise zuhielt. Beim ersten Überflug erkannte Sarah nur ein paar umgekippte Bäume mitten im Dschungel.

Klick.

»Ich glaube, da unten hat irgendetwas geglitzert«, meinte sie. »Ich bin mir nicht ganz sicher.«

Doc drückte den Steuerknüppel zur Seite und drehte eine weite Schleife. Diesmal erkannte Sarah es eindeutig.

Klick. Klick. Klick.

»Es ist ein Flugzeug!« Browning hatte es also auch gesehen. »Ist von den Bäumen ziemlich verdeckt gewesen, aber es gibt keinen Zweifel: Dort unten liegt ein Flugzeug.«

»Wir werden auf dem Fluss wassern und die Stelle mal genauer unter die Lupe nehmen. Hat jemand etwas dagegen?«, fragte Doc, doch das war nicht der Fall.

Behutsam setzte die Cessna auf dem Fluss auf. Arness steuerte sie so nah wie möglich ans Ufer, was wegen der vielen tief herabhängenden Äste, die teilweise sogar die Wasseroberfläche berührten, nicht gerade leicht war.

Die letzten paar Meter mussten sie durch seichtes Wasser waten, sodass ihre Hosen bis zu den Knien nass wurden. Eine angenehme Erfrischung in der morgendlichen Hitze.

Mit der Schrotflinte in der einen und einem Kompass in der anderen Hand ging Browning voraus in Richtung der Absturzstelle. Ihm folgten im Gänsemarsch Sarah und Doc, der mit dem Betäubungsgewehr im Anschlag und einer Taschenlampe in der hinteren Hosentasche das Schlusslicht bildete. Doc hatte Sarah das Gewehr zur Sicherheit angeboten, was sie aber dankend abgelehnt hatte, da sie mit Waffen ohnehin nicht umgehen konnte.

»Ich schieße lieber damit«, sagte sie und tippte mit der Hand auf ihre Canon. »Fotos!«

Der kurze Pilgerzug kam auf dem lichten Waldboden gut voran, nur hin und wieder mussten sie über schlangenähnliche Wurzeln steigen und unter dichtem Blattwerk und umgestürzten Baumstämmen hinwegtauchen. ›KAIN‹ konnte nicht weit von ihnen entfernt sein. Auch wenn man es durch die Bäume hindurch nicht erkennen konnte, musste es irgendwo links von ihnen liegen.

Vom Fluss aus waren es circa zwei Meilen zu Fuß durch den Wald. Nach etwas mehr als einer Stunde erreichten sie das düstere Szenario.

# 24

Kate war an diesem Morgen mit einem der Boote nach ›ABEL‹ hinausgefahren, um die Arbeit von vorgestern wieder aufzunehmen. Auch wenn ihr der Gedanke, alleine im Urwald zu sein, unangenehm war, biss sie die Zähne zusammen und versuchte sich einzureden, dass Houstons Tod eine Art Unfall gewesen sein musste.

Selbst wenn da draußen etwas Unheimliches vor sich ging, so hatte es sich laut Tagebuch des Professors doch wenigstens durch auffallende Stille angekündigt, und davon war in ›ABEL‹ nichts zu bemerken. Die Tiere verhielten sich wie immer. Käfer und Mücken summten mit Hartnäckigkeit um Kate herum. Vögel zwitscherten und krächzten in allen Tonarten, und gelegentlich war wie üblich das Gekreische von Affen zu hören, die sich unsichtbar irgendwo im dicht bewachsenen Geäst der Bäume zankten. Da Doc und Browning die Schusswaffen mitgenommen hatten, blieb Kate zur Verteidigung nur noch ihr Jagdmesser, das sie am Gürtel trug. Natürlich war die Aufgabe ihrer beiden Kollegen um etliches gefährlicher als Kates Arbeit in ›ABEL‹. Hier hatte es bislang keinen tödlichen Zwischenfall gegeben, und in der Tat schien nichts darauf hinzudeuten, dass es in naher Zukunft einen solchen geben würde. Dennoch konnte Kate nicht leugnen, dass ihr unbehaglich zu Mute war.

Immer wieder unterbrach sie abrupt die Arbeit, um nach den Tieren zu lauschen.

Und jedes Mal atmete sie erleichtert auf, wenn sie feststellte, dass alles in Ordnung war.

# 25

Mac war lieber in der Station geblieben, um sich die Spinne näher anzusehen, die er am Vortag zusammen mit Browning gefangen hatte.

Das Labor war – passend zum Rest der Station – fast ausschließlich in Weiß gehalten. Kam man in den Raum, so befand sich zur Linken die Fensterfront, durch die jetzt die Sonne hereinschien.

Mac ließ die Jalousien herunter und kippte die Lamellen, sodass sich die Streifen aus Sonnenlicht und Schatten über das gesamte Zimmer verteilten. So war es angenehmer.

An den vier Wänden waren in Hüfthöhe Arbeitstische angebracht, auf denen technische Geräte standen: verschiedene Mikroskope, Monitore, ein Computer mit Bildschirm, Zentrifugen und Unmengen von Reagenzgläsern, Pipetten und Waagen. Auf der den Fenstern gegenüberliegenden Seite befanden sich durchsichtige Behälter, in denen die Versuchstiere aufbewahrt wurden, vor allem Würmer und Insekten. Über den Arbeitsflächen hingen mit Glastüren ausgestattete Schränkchen, in denen weitere Laborgegenstände lagerten. Hier waren auch die Computerdisketten und diverse handschriftliche Aufzeichnungen untergebracht. In der Mitte des Raums stand wie ein mächtiger Altar der Labortisch, an dessen Querseite sich eine Spüle mit Wasseranschluss befand. Der Tisch war die einzige Stelle im Raum, die wenigstens einigermaßen aufgeräumt aussah.

Mac führte seine Untersuchung auf der Arbeitsplatte an der Fensterseite durch und rückte sich einen Hocker zurecht, um es sich bequemer zu machen. Die Beobachtungen konnten erfahrungsgemäß eine Weile dauern.

»So, meine Kleine, dann wollen wir mal.« Der Junge sprach zu der Spinne, als könne sie ihn verstehen. »Du bist ja ein richtiges Prachtexemplar.«

Die Theraphosa leblondi würdigte Macs Komplimente nicht. Sie stellte sich tot und saß in sich zusammengekauert auf dem Boden ihres Glasgefängnisses. Mit angezogenen Gliedmaßen sah sie aus wie ein kleines, braunes Wollknäuel, nicht größer als ein halbierter Tennisball, doch mit ausgestreckten Beinen hätte sie sicherlich einen Kuchenteller überragt.

Als Mac mit seinem Gesicht näher an das Glas kam, begann die Spinne, sich langsam zu entfalten und drohend auf- und abzuwippen – ein Zeichen ihrer Nervosität. Um sie zu provozieren, tippte er mit den Fingern mehrmals von außen gegen die durchsichtige Wand, und tatsächlich verfehlte das leichte Klopfen seine Wirkung nicht: Immer wieder versuchte das Tier, sich gegen den vermeintlichen Angriff zu verteidigen, indem es durch einen kurzen Ruck Reizhaare abstieß, die auf seinem Hinterleib angebracht waren. Mac wollte lieber keine Bekanntschaft mit der Wolke aus Spinnenhaaren schließen, die zwar niemanden töten, jedoch unangenehme Hautreizungen hervorrufen konnten.

Nachdem die Spinne die Prozedur mehrmals ausgeführt und ihren Vorrat an Verteidigungsgeschossen verbraucht hatte, öffnete Mac die Gummimembran und kippte die Theraphosa leblondi vorsichtig in eine aquarienähnliche leere Glasvitrine. Nach kurzem Zögern entschied sie sich schließlich, ihr neues Revier genauer zu begutachten und schritt es mit majestätischer Trägheit ab. Die acht dichtbehaarten, langgliedrigen Beine hoben und senkten sich wie die Finger eines Pianisten.

Mac war von der Würde, die dieses Tier ausstrahlte, fasziniert. Ähnlich wie Kate hatte er keinerlei Angst vor Kleintieren. Nicht einmal das wuselige Krabbeln einer Kellerassel auf seinem Gesicht machte ihm etwas aus. Diese Erfahrung hatte er als Dreizehnjähriger in der Schule von Dublin gemacht, und sie hatte ihm satte zehn Pfund eingebracht – eine für ihn damals unglaubliche Summe.

Anlass für diese Geschichte war Annie Wheeler gewesen, ein ebenso hübsches wie freches Mädchen, das in seine Klasse ging. Sie war eine von denen gewesen, derentwegen Mac seinen zweiten Vornamen hasste. Ständig hatte sie ihn mit ›Gabriel, das Engelchen‹ gehänselt, und – viel schlimmer! – sie hatte andere zur Nachahmung angestiftet. Da sie nichts unversucht gelassen hatte, Mac in der Klasse bloßzustellen, hatte sie ihm eines Tages eine Wette angeboten; eine Mutprobe zum Einsatz von zehn Pfund. Umringt von seinen Kameraden, hatte Mac die Herausforderung unmöglich ablehnen können.

Am nächsten Tag hatte Annie eine Assel in einer leeren Zuckerdose mitgebracht. In der Pause hatten alle um sie und Mac herumgestanden. Dem Jungen war klar gewesen, dass er die Wette gewinnen musste; nicht wegen der Schande, sich vor allen Freunden – und vor Annie – zu blamieren, sondern weil er gar nicht das Geld gehabt hätte, um das Mädchen auszubezahlen. Hätte er abends seinen Vater um die zehn Pfund gebeten, wäre er windelweich geprügelt worden. Denn Geld war knapp gewesen in der siebenköpfigen Arbeiterfamilie. Somit war Mac gar nichts anderes übrig geblieben, als die Wette zu gewinnen und den Ekel vor der Assel zu überwinden.

Noch heute sah er Annies angewidertes Gesicht vor sich, als das Tier von der Stirn aus an seiner Wange heruntergekrabbelt war. Erleichtert hatte Mac festgestellt, dass der direkte Kontakt mit dem Insekt weniger schlimm war als befürchtet. Das Geheimnis hatte darin gelegen, rational an die Sache heranzugehen und alle Ängste beiseite zu schieben. Was geblieben war, war lediglich ein Prickeln auf der Haut.

Schließlich war das Tier über seine Unterlippe gekrochen, und Mac hatte sogar gewagt, den Mund zu öffnen und die Assel einzusaugen. Annie Wheeler hatte ihr süßes Gesicht verzogen, als hätte sie in eine saure Zitrone gebissen, und ihm wortlos das Geld gegeben. Triumphierend hatte Mac ihr daraufhin die Zunge herausgestreckt, auf der die bewegungslose Assel gesessen hatte. Auf seine Frage, ob er sich zu seinen zehn Pfund nicht auch noch einen Kuss verdient hätte, hatte sie ihm eine gewaltige Ohrfeige verpasst. Dennoch war sie etwas später seine erste feste Freundin geworden. Vielleicht hätte diese Freundschaft sogar länger als drei Wochen dauern können, dachte Mac. Aber Annie Wheeler hatte einen entscheidenden Fehler begangen: Sie hatte sich absolut nicht abgewöhnen können, Mac ›Gabriel, mein Engelchen‹ zu nennen. Und das war für den Jungen damals Grund genug für eine Trennung gewesen.

Mac schmunzelte über seine Erinnerungen und konzentrierte sich wieder auf seine Untersuchungen. Bisher hatte sich die Spinne völlig normal verhalten, es gab kein Anzeichen für gesteigerte Aggressivität. »Na schön, dann wollen wir mal sehen, ob du Hunger hast.«

Aus einer durchsichtigen Kunststoffdose holte er mit einer Pinzette eine fette Zikade mit transparenten Flügeln. Er setzte sie im ›Aquarium‹ ab und schloss es wieder, damit das Insekt nicht davonfliegen konnte. Die Dose mit den restlichen Tieren stellte er daneben ab, vielleicht würde er noch mehr Futter für die Spinne brauchen.

Anstatt sich jedoch auf die Beute zu stürzen, verkroch sich die Spinne in eine Ecke und zog sich zusammen, gerade so, als fürchtete sie sich vor der Zikade.

Merkwürdig.

Nun ja, möglicherweise irritierte sie das unkoordinierte Geflatter des Beutetiers, oder sie hatte gerade keinen Appetit. Wenn es sein musste, konnten Vogelspinnen ein Jahr lang ohne Nahrungsaufnahme überleben.

Mac ging in die Küche, um sich etwas zu trinken zu holen. Im Kühlschrank fand er eine Flasche Mineralwasser. Ein ordentlicher Schluck Bier wäre ihm jetzt lieber gewesen, doch im Dschungel musste man eben manchmal darben: Der letzte Tropfen Alkohol war zu Sarahs Willkommensfeier ausgeschenkt worden, und der nächste Supermarkt war weiß Gott wie weit entfernt.

Als er zurück ins Labor ging, lag die Zikade tot in der Mitte der Vitrine. Ihr Körper war gekrümmt und in sich verdreht, als hätte sie versucht, sich dem Tod zu entwinden. Ein Flügel stand zerfetzt vom Rumpf ab, zwei Gliedmaßen lagen abgebissen daneben.

Die Spinne saß aber keineswegs über ihrem Opfer, um es zu verspeisen, sondern attackierte wie wild die Vitrinenglaswand, hinter der sich die Dose mit den restlichen Insekten befand. Immer und immer wieder nahm die Spinne Anlauf, um sich mit weit geöffneten Kieferklauen gegen die Scheibe zu werfen. Und jedes Mal prallte sie dumpf an ihr ab.

In der Dose schwirrten die Zikaden aufgeregt und ziellos umher. Offensichtlich waren sie sich der Gefahr bewusst, in der sie schwebten.

Als Mac näher kam, um das sonderbare Verhalten genauer zu studieren, wechselte die Spinne ihr Ziel und ging auf Mac los. Mit aller Kraft versuchte sie nach ihm zu greifen und ihm ihr Gift einzuimpfen. Der Junge war so dicht an der Glasscheibe, dass sein Atem auf der Oberfläche kondensierte, keine fünf Zentimeter von dem rasenden Tier entfernt. Noch nie zuvor hatte er ein solches Verhalten beobachtet. Er hatte keine Erklärung dafür. Noch nicht, doch er war sich sicher, dass es eine Verbindung gab zwischen der Abnormität der Spinne und dem Tod von Professor Houston.

Natürlich war es absurd, den Tod der Zikade mit dem eines Menschen zu vergleichen; und natürlich waren es zwei grundverschiedene Situationen. Dennoch gab es auffallende Parallelen: Beide Male war das Opfer ungewöhnlich brutal getötet, ja massakriert worden und beide Male ohne erkennbaren Grund. Oder gab es vielleicht doch einen? Aber welchen?

Hunger? Kam nicht in Frage. Houston war nicht angefressen worden, ebenso wenig wie die Zikade. Provokation? Aber der Professor kannte den Dschungel, er hatte mehr als drei Jahre hier verbracht und war mit den Tieren und ihren Gewohnheiten vertraut. Es war unwahrscheinlich, dass er gestorben war, weil er ein Tier versehentlich provoziert hatte. Und dass sich die Spinne durch die *Zikade* bedroht gefühlt haben könnte, war ebenfalls auszuschließen. Aber was konnte es sonst gewesen sein? Mac hatte keine Ahnung, und das machte ihm Angst. Solange die Ursachen für das Fehlverhalten der Spinne und für Houstons Tod nicht geklärt waren, konnte man nichts dagegen unternehmen. Bei dem Gedanken, dass alle anderen irgendwo draußen im Dschungel waren, lief ihm ein kalter Schauer über den Rücken.

## 26

Der vom Vortagsregen noch feuchte Boden dampfte in der Hitze. Träge zogen die Schwaden nach oben, wie von Geisterhand bewegt, um sich dann in nichts aufzulösen. Nur vereinzelt drangen Sonnenstrahlen durch das Dickicht.

Vorsichtig näherten sich Browning, Sarah und Doc dem Flugzeugwrack. Wie ein riesiger toter Fisch lag der silberne Rumpf im Wald. Das Ungetüm war mindestens fünfundzwanzig Meter lang und vier Meter hoch. Die Tragflächen waren abgerissen und lagen zerfetzt einige Schritte entfernt. Die Unglücksstelle war übersät von abgesplitterten Bauteilen, Ästen und umgeknickten Baumstämmen. Und obwohl durch den Absturz eine Schneise im Wald entstanden war, fiel kaum Licht auf die kahle Fläche.

Die graugrüne Düsternis wirkte bedrückend auf Sarah. Aber noch etwas anderes beunruhigte sie: Stille.

Absolute, beklemmende Stille.

»Ich habe kein gutes Gefühl bei der Sache«, sagte sie.

»Ich auch nicht«, raunte Browning ihr zu. »Irgendwie unheimlich, oder?«

»Haben Sie eine Erklärung dafür?«, fragte die Reporterin. »Es muss doch einen Grund geben, dass es so still ist.«

»Ich bin mir nicht sicher.«

»Aber Sie haben eine Vermutung?«

»Allerdings. Meiner Meinung nach kann es nur zwei vernünftige Erklärungen geben. Die erste ist, dass alle Tiere gestorben sind. Nicht nur hier, sondern auch in ›KAIN‹, denn dort war es gestern genauso ruhig. Aber dann müssten überall in der Gegend Kadaver herumliegen, und das ist nicht der Fall.«

»Und wie lautet Erklärung Nummer zwei?«

»Wenn die Tiere nicht gestorben sind, müssen sie abgewandert sein. Zumindest die meisten.«

»Abgewandert?« Sarahs Stimme klang skeptisch. »Warum sollten sie?«

»Es ist erwiesen, dass viele Tiere Gefahr spüren können. So eine Art Frühwarnsystem. Hunde reagieren zum Beispiel vorzeitig auf Naturkatastrophen, noch bevor diese von technischen Instrumenten registriert werden. Ich schätze, dass die Tiere vor irgendetwas geflohen sind.«

»Vor dem Wrack vielleicht?«

»Ich weiß nicht«, sagte Browning. »Würde mich zwar wundern, ist aber nicht auszuschließen.«

»Wollt ihr lieber wieder umkehren?« Docs Frage war rhetorisch. Er glaubte nicht, dass seine beiden Begleiter so weit gelaufen waren, um unverrichteter Dinge wieder zur Station zurückzukehren. »Wie steht es mit Ihnen, Sarah?«

»Nein.«

»Brown'?«

»Ich denke, wir sollten uns die verdammte Kiste mal näher ansehen. Wir sind es Houston schuldig.«

Doc nickte. »Also gut, dann los.«

Die Dreiergruppe, die sich dicht beieinander hielt, näherte sich dem Wrack von achtern. Die Verkleidung des Seitenruders war aufgerissen, aber abgesehen davon schien der hintere Teil des Rumpfs noch intakt zu sein.

»Eine Frachtmaschine«, stellte Browning fest. »Möchte wissen, was die transportiert hat.«

Sie gingen weiter. Die Seitenfenster waren größtenteils unversehrt, aber der abgerissene Tragflächenansatz klaffte wie eine offene Wunde in der Mitte des Flugzeugs. Die unmittelbar darunterliegende Einstiegsluke stand offen.

»Ich werde mir das Ding mal von innen ansehen.« Doc hatte die Taschenlampe angeschaltet und leuchtete in den Bauch des Wracks. Der Lichtkegel zerschnitt die Dunkelheit im Frachtraum und wanderte suchend herum. Außer einigen umgestürzten Kisten und Stahlfässern mit unleserlichen, zerkratzten Aufschriften war nicht viel zu sehen. Und vor allem war nach wie vor nichts zu hören.

»Hier, nehmen Sie!« Er drückte Sarah das Betäubungsgewehr in die Hand. »Ich kann nicht gleichzeitig leuchten und mit der Waffe zielen.« Ganz wohl war ihm nicht bei dem Gedanken, sein Gewehr aus der Hand zu geben und einer eventuellen Gefahr schutzlos ausgeliefert zu sein. Er hatte sogar eine Scheißangst. Hoffentlich hatte Browning Recht mit seiner Theorie, dass die Tiere den Ort verlassen hatten.

Er stieg in die Luke und verschwand im Innern des Wracks. Sarah und Browning warteten draußen und sahen ihm hinterher, doch im Flugzeug war es so dunkel, dass man außer dem hin- und herschwenkenden Lichtstrahl der Taschenlampe nichts erkennen konnte.

Der Boden war übersät mit weißem Puder, und überall lagen Holz- und Glassplitter, die bei jedem Schritt unter Docs Schuhsohlen knirschten. Da die meisten Fenster heil waren, mussten die Splitter von der Bordladung stammen. Im Schein der Lampe nahm Arness immer wieder hastig zuckende Bewegungen wahr. Waren es nur Schatten? Oder waren es Kleintiere, die im Flugzeug Schutz gesucht hatten?

Doc erinnerte sich an Houstons Tagebucheintragung über den angriffslustigen Gecko und an die Spinne, die Mac und Browning aus ›KAIN‹ mitgebracht hatten. Wenn es hier also doch noch Tiere gab und wenn diese Tiere aggressiver als üblich waren – wie mochte dann die Attacke einer Schlange oder eines Jaguars aussehen? Mit einem tiefen Atemzug versuchte Doc, sich zu beruhigen und auf die zerstörte Fracht zu konzentrieren. Der weiße Puder, der den Boden bedeckte, machte ihn neugierig. Arness kniete nieder und leuchtete in eine der umgekippten Tonnen, aus der das Pulver quoll. Er fasste hinein und ließ es durch die Finger rieseln. Styroporkugeln. Unmengen von winzigen Styroporkugeln, die dazu dienten, die Fracht vor Stößen zu schützen.

Aber da war noch etwas. Etwas, das im Licht der Taschenlampe glitzerte. Arness wischte die Kügelchen mit der Hand beiseite, vorsichtig, Schicht für Schicht. Und da glitzerte es wieder: eine Glasampulle so groß wie sein Zeigefinger. Und noch eine und noch eine. Dutzende ... Hunderte. Mit denen, die noch in den Tonnen lagern mussten, waren es sogar Tausende.

Doc entschied sich, ein paar unbeschädigte Fläschchen mitzunehmen. Vorsichtig, um sich nicht an den unzähligen Glassplittern zu verletzen, fischte er sie aus der lockeren, weißen Masse und steckte sie in seine Hemdtasche.

Sorgfältig darauf bedacht, keine der am Boden verstreuten Ampullen zu zertreten, leuchtete er mit der Taschenlampe vor sich her und ging weiter.

Die Tür zum Cockpit ließ sich nur mit einiger Anstrengung öffnen, da sich durch den Absturz der ganze Rumpf verschoben hatte. Als sie nach kräftigem Ziehen schließlich nachgab, traute er seinen Augen nicht: Keine zwei Meter vor ihm stand ein Mann. Er hatte Doc den Rücken zugekehrt und machte keine Anstalten, sich umzudrehen. Hatte er Doc nicht gehört?

Langsam streckte Doc seine Hand aus, um dem Fremden auf die Schulter zu tippen. Er wollte ihn nicht erschrecken. Falls der Mann unter Schock stand – und davon musste man nach einem Flugzeugabsturz wohl ausgehen –, war nicht abzusehen, wie er reagieren würde.

Als Doc ihn mit der Fingerspitze berührte, sackte der Körper leblos in sich zusammen und fiel rückwärts in den Pilotensitz. Docs Puls schnellte in die Höhe.

Der Anblick war Ekel erregend. Beim Aufprall des Flugzeugs musste der Mann mit dem Kopf gegen die Frontscheibe geschleudert worden sein. Sein Gesicht war zerfetzt und von schwarzroter Blutkruste verklebt. Ein glatter Schnitt hatte die Halsschlagader durchtrennt. Oberkörper und Arme waren vollgespickt mit Glasscherben. Es war ein Bild des Grauens.

Der andere Sitz im Cockpit war leer. Der Copilot, der auf diesem Platz gesessen haben musste, musste irgendwo da draußen liegen. Wahrscheinlich war er ebenso zugerichtet wie der Pilot. Doc versuchte, seinen Herzschlag unter Kontrolle zu bringen, und machte sich auf den Weg zurück ins Freie. Dort erzählte er den anderen, was geschehen war. Alle drei machten sich auf die Suche nach der Leiche des Copiloten. Erfolglos. Der zweite Flugzeuginsasse war wahrscheinlich Opfer wilder Tiere geworden. Wilder Tiere, die nicht aus der Gegend geflohen waren.

Auf dem Weg zurück zum Fluss machten sie einen kleinen Umweg über ›KAIN‹, in der Hoffnung, doch noch irgendeinen Hinweis auf die Geschehnisse mit Professor Houston zu finden. Aber sie entdeckten nichts, was Aufschluss über den Unglücksfall hätte geben können. Schließlich einigten sie sich darauf, die Suchaktion abzubrechen und zum Flugzeug zurückzukehren. Kurz darauf marschierte die kleine Patrouille wieder schweigend durch den Wald.

Auf halbem Weg ließ sie ein plötzliches Rascheln augenblicklich erstarren. Das Geräusch war so kurz gewesen, dass keiner von ihnen es lokalisieren konnte. Sarah wagte kaum zu atmen, regungslos vor Angst. Ihre Augen suchten die Umgebung ab. Aber es war nichts Außergewöhnliches zu erkennen. Eine Minute lang herrschte wieder Stille. Unheilverkündende Stille. Dann erneut ein Rascheln!

Diesmal war eindeutig, aus welcher Richtung es kam: von oben. Sarah hob den Kopf, und noch im selben Moment krachte eine dunkle Gestalt durch das Geäst direkt auf Browning herunter, der keine drei Meter vor ihr stand. Obwohl er das Gewehr sofort hochgerissen hatte, war es zu spät! Er wurde zu Boden geschleudert, das Ding direkt über ihm. Ein ohrenbetäubender Schrei ließ die Luft erzittern. Browning fühlte auf seinem Gesicht etwas Schweres, Haariges, und ein unangenehmer Gestank stieg ihm in die Nase. Etwas schlug wie wild auf ihn ein, wieder und wieder. Sosehr der ehemalige Boxer sich auch wehrte, es war überall gleichzeitig und vereitelte jeden Befreiungsversuch. Unvermittelt fühlte er einen stechenden Schmerz im rechten Oberarm. Dann, endlich, löste sich ein Schuss aus seiner Großkaliberwaffe.

Der mächtige Knall rollte über sie hinweg. Die Wucht des Treffers katapultierte das haarige Ding nach hinten, und es blieb einen Meter von Browning entfernt leblos auf der Erde liegen. In seiner Brust klaffte ein riesiges Loch, aus dem das Blut auf den Boden tropfte. Es war ein Brüllaffe.

Die Szene hatte drei oder vier Sekunden gedauert – zu kurz, als dass Sarah oder Doc hätten reagieren können. Nur auf Browning hatte der Angriff wie eine Ewigkeit gewirkt. »O Gott!« Der Schwarze rappelte sich auf. Sein Oberarm schmerzte. Das Tier hatte ihn mit einem kräftigen Ast bearbeitet, den es immer noch in der krampfhaft geballten Faust hielt. Am vorderen Ende des Prügels ragten einige Dornen heraus, die sich bei den Hieben in Brownings Fleisch gebohrt hatten. »Was ist nur in dieses Scheißvieh gefahren?« Außer sich vor Wut schrie er das Tier an. »Das Biest hätte mich fast umgebracht. Ein Affe fällt doch keinen Menschen an!«

Arness sah die Situation gelassener. »Jetzt wissen wir wenigstens mit Sicherheit, dass die Flinte funktioniert«, sagte er, um den Schwarzen ein wenig aufzuziehen.

»Magerer Witz! Als Komiker würdest du glatt verhungern!«, gab Browning zurück. Sarah sah sich die Wunde an. »Das sollten wir lieber verbinden. Es wird über eine halbe Stunde dauern, bis wir in der Station sind, und ich möchte nicht, dass Sie viel Blut verlieren. Haben Sie ein Taschenmesser dabei?«

»Ich habe eins!« Doc reichte es ihr. Ohne zu zögern, klappte sie die größte Klinge auf, setzte sie zu Docs Entsetzen an seiner Schulter an und trennte ihm mit zwei Schnitten und einem kurzen Ruck den rechten Ärmel vom Hemd. Völlig perplex starrte er die Frau an. Damit hatte er nicht gerechnet.

Diesmal musste Browning über Doc lachen. »O Mann, wenn du nur dein Gesicht sehen könntest. Du glotzt wie ein Chamäleon ... hey, was soll das?« Das Lachen verging ihm, als Sarah ein Feuerzeug aus ihrer Hosentasche kramte, es anknipste und in der Flamme das Messer desinfizierte.

»Nur keine Panik«, versuchte sie ihn zu beruhigen. »Ich bin in erster Hilfe ausgebildet. Während meines Studiums in New York war ich drei Jahre lang im Krankenhaus tätig. Ich habe schon Hundert Mal mehr Verletzte gesehen als Sie beide zusammen. Und jetzt halten Sie still. In der Wunde ist noch Dreck, und den werde ich jetzt entfernen, damit sie nicht eitert.« Langsam näherte sich die Klinge Brownings Oberarm.

»Autsch!« Die Stimme des Schwarzen klang gequält. »Seien Sie vorsichtig! Oder wollen Sie den Arm gleich amputieren?«

»Ich habe Sie noch nicht mal berührt!« Sarah schüttelte ungläubig den Kopf. »Ich weiß zwar, dass Männer wehleidiger sind als Kinder, aber ich dachte, ein ehemaliger Boxer wäre vielleicht eine Ausnahme.«

»Falsch gedacht! Boxen ist okay, aber vor einer Frau, die

mit einem glühenden Messer an mir herumschnippeln will, hab ich gewaltigen Respekt.«

»Ich will Ihnen nur helfen.«

»Das weiß ich.« Browning nickte. »Also los, bringen wir's hinter uns.«

Der Farbige hielt still, als Sarah die Klinge ansetzte und behutsam ein paar Holzsplitter aus der Wunde holte.

»So, das hätten wir«, sagte sie nach wenigen Minuten. Sie nahm Docs Hemdärmel und wickelte ihn als Verband um den Oberarm des Verletzten. »Gut so?«

»Sitzt perfekt«, gab Browning mit breitem Grinsen zurück. »Danke, Lady. Ich muss zugeben: Mit glühenden Messern können Sie wirklich gut umgehen.«

# 27

Metallisches Klopfen lag in der Luft. Es klang, als würde jemand mit einem schweren Hammer ein Stück Eisen bearbeiten. Bis zum Ufer waren es höchstens fünfzig Meter, und durch die überhängenden Äste konnten sie bereits die Umrisse der Cessna erkennen.

Wieder ertönte das Klopfen.

Browning drehte sich um und sah Doc fragend an. Der nickte nur, und als wäre dieses Nicken ein geheimes Zeichen gewesen, sprinteten die beiden Männer zum Fluss. Das Wasser spritzte auf, und mit ihren Waffen im Anschlag arbeiteten sie sich so schnell wie möglich durch den Laubvorhang, bis sie bis zu den Oberschenkeln im Fluss standen.

»Das Flugzeug!« Browning konnte es nicht fassen. Wie in Zeitlupe driftete die Maschine vom Ufer ab. Zentimeter für Zentimeter entfernte sie sich von ihnen. Wie konnte das passieren?

Erst jetzt bemerkte er den Mann, der, vom Rumpf der Maschine verdeckt, auf dem hinteren Schwimmer stand und mit einer Stahlstange das Flugzeug demolierte. Wie von Sinnen schlug der Mann auf den Propeller der Cessna ein.

»Hey, aufhören! Sofort aufhören!«, brüllte Doc, doch eine Reaktion blieb aus. Browning hob sein Gewehr und schoss in die Luft. Eine Schar Vögel erhob sich mit wildem Geflatter aus dem gegenüberliegenden Ufergebüsch und flog davon.

Der Warnschuss verfehlte seine Wirkung nicht. Augenblicklich verstummte das Hämmern. Der Mann senkte seine Hand, ohne jedoch die Stange loszulassen, und starrte die beiden im Wasser stehenden Wissenschaftler an.

Eine halbe Minute lang passierte nichts. Durch die Strömung war das Flugzeug nun schon knapp zwanzig Meter vom Land entfernt; sie mussten schnell handeln, wenn sie die Skyhawk ohne weiteren Schaden wiedererlangen wollten.

»Ich werde rüberschwimmen und mit ihm reden«, raunte Doc dem Schwarzen zu. »Nimm mein Gewehr und behalte ihn im Auge. Und wenn er wieder ausrastet, dann benutze es, ohne zu zögern, kapiert?« Browning nickte und schulterte seine Flinte, um Docs Waffe in Empfang zu nehmen. Den Mann mit einer Schrotladung zu erschießen war wohl nicht nötig, doch nach allem, was sich ereignet hatte, war Browning sofort bereit, einen Betäubungspfeil in sein Opfer zu jagen. Ein Risiko würde er nicht eingehen. Beim geringsten Anzeichen von Angriffslust war er willens abzudrücken.

Doktor Arness watete noch ein paar Schritte weiter, bis ihm das Wasser über die Hüften reichte. Um dem Unbekannten seine freundlichen Absichten zu demonstrieren, hielt er seine Hände hoch. Doch wie friedselig mochte er mit einem abgeschnittenen Hemdsärmel und mit einem bewaffneten Schützen im Hintergrund wirken?

»Ich werde jetzt zu Ihnen rüberkommen!«

Doc glitt langsam ins Wasser und kraulte mit kräftigen Arm- und Beinschlägen auf das Flugzeug zu. Der Fremde beobachtete ihn dabei, bewegte sich aber kaum, vielleicht weil er wusste, dass Browning ihn die ganze Zeit über im Visier hatte.

An der Cessna angekommen, zog Doc sich auf den anderen Schwimmer und tastete sich zur Schnauze vor, sodass er dem Mann nun gegenüberstand, nur durch den Motorblock von ihm getrennt. Er war etwa vierzig Jahre alt, hatte graues, kurz geschorenes Haar und Bartstoppeln, die die Falten in seinen Wangen noch tiefer erscheinen ließen. Das Hemd war durchgeschwitzt, die Jeans zerschlissen und die schwarzen Lederstiefel hatten schon bessere Tage gesehen. Die hagere Gestalt machte auf Doc einen absolut ungefährlichen Eindruck, sie schien so schwach, als könne sie sich kaum noch auf den Beinen halten.

»Ich bin Doktor Arness ... und wie heißen Sie?«

Der Mann stierte Doc mit ausdruckslosen Augen an.

»Können Sie mich verstehen? Ich will Ihnen helfen. Geben Sie mir die Stange, und sagen Sie mir Ihren Namen.« Doc sprach so leise wie möglich, um sein Gegenüber nicht zu erschrecken, und er hatte Erfolg damit: Langsam, mit zitternder Faust, legte der Mann das Eisen auf den zerbeulten Motordeckel. Erleichtert und überrascht zugleich nahm Doc die Stange an sich. So einfach hatte er es sich nicht vorgestellt.

»Okay, wir nehmen Sie mit zu uns ins Lager, bis Sie wieder bei Kräften sind. Wir haben eine Forschungsstation ein paar Meilen flussabwärts. Dort können Sie sich ausruhen. Das heißt – natürlich nur, wenn Sie damit einverstanden sind.«

Wieder reagierte der Mann nicht.

Doc erhob die Hand in Richtung Ufer, um Browning Entwarnung zu geben. Der ließ das Gewehr sinken und winkte zurück. Doc schaute wieder über den Motorblock, sah, wie die Blicke des Fremden zwischen ihm und Browning hin- und herwanderten. Das hektische Zucken seiner Pupillen verhieß nichts Gutes. Was hatte er vor?

Ehe Doc seinen Gedanken beenden konnte, griff der Mann mit einer blitzschnellen Bewegung hinter seinen Rücken, um einen großen Revolver hervorzuzaubern, der im Sonnenlicht bedrohlich glänzte. Doc blickte direkt in die Mündung der Waffe. Hilfe suchend drehte er sich zu Browning, der im selben Augenblick sein Gewehr hochriss und in Anschlag brachte.

Schieß schon, Jim!, schrie Doc in Gedanken. Herrgott

noch mal, Jim, schieß endlich! Jim reagierte. Mit dumpfem Ploppen traf der Betäubungspfeil den Mann mitten in die Brust. Er senkte den Kopf, betrachtete fassungslos den Pfeil, der in seinem Körper steckte, und sah hinüber zu Browning. Er konnte nicht fassen, dass der Schwarze wirklich auf ihn gefeuert hatte.

Für Doc, der sich nicht zu bewegen wagte, schien es eine Ewigkeit zu dauern, bis der Unbekannte endlich die Waffe fallen ließ und wie ein gefällter Baum rückwärts in den Fluss stürzte. Der Schreck und die Erschöpfung hatten ihm wohl mehr zugesetzt als das Betäubungsmittel.

Hart und mit lautem Klatschen schlug der Fremde auf dem Fluss auf. Wasser spritzte nach allen Seiten, schwappte über seinen Bauch und sein Gesicht, und mit einem Gurgeln ging er unter.

Doc sprang ihm nach, zog ihn wieder auf das Flugzeug und hievte ihn auf die hintere Sitzbank. Obwohl die dünne Gestalt nicht viel mehr als sechzig Kilogramm wiegen konnte, war ihre Bergung ein reiner Kraftakt. Der ohnmächtige Körper wand sich unter Docs Griffen und war nur schwer zu fassen.

Inzwischen war die Maschine weiter stromabwärts gedriftet. Mit etwas Glück glaubte Arness, den Motor anlassen zu können, um auf diese Weise zum Ufer zurückzugelangen. Er betätigte Hauptschalter und Anlasser, und der Propeller begann schwerfällig wie ein verbogenes Wagenrad zu rotieren. Die wenigen Meter schaffte das Flugzeug gerade noch, dann war es aus. Zischend entwichen der Motorklappe helle Dampfwolken, und Doc musste die Zündung ausdrehen, um Schlimmeres zu vermeiden.

»Fliegen ist ausgeschlossen«, murrte er Browning an. »Der Propeller ist im Arsch, und ich schätze, der Motor hat auch etwas abbekommen! Verfluchte Scheiße!«

Ohne Antrieb konnte man die Cessna auf dem Fluss nicht

manövrieren, das stand fest. Wenn sie nicht wie ein Stück Holz willenlos im Wasser treiben wollten, dann benötigten sie so etwas wie ein Ruder. Deswegen wateten die beiden Männer noch einmal zurück an Land, von wo aus Sarah die Rückeroberung des Flugzeugs mitverfolgt hatte. Zu dritt fanden sie schnell geeignetes Material, mit dem man die Maschine im Wasser auf Kurs halten konnte. Sarah und Browning hatten Holzstücke aufgelesen, die wie natürlich gewachsene Paddel aussahen, und Arness schleifte einen Baumstamm hinter sich her, etwa fünf Zentimeter dick und vier Meter lang. Damit konnte man sich vom Grund des Flusses abstoßen. Langsam trieben sie im Wasser flussabwärts. Nachdem sich die anfänglichen Steuerprobleme gelegt hatten, arbeiteten sie zusammen wie ein eingespieltes Ruderteam. Ab und zu sah Sarah nach dem Bewusstlosen, den sie auf die Seite gedreht hatte, damit er nicht an seiner Zunge erstickte. Vorläufig konnte sie nicht mehr für ihn tun. Erst nach vier Stunden erreichten sie ›EDEN II‹.

# 28

Sein Name ist Valdéz. José Valdéz. Am 5.1.1958 in Belo Horizonte geboren. Wohnt zurzeit in Belém, Avenida Pedro Miranda 324«, erklärte Doc, der einen verwaschenen Ausweis in den Händen hielt und nur mühsam die Schrift entziffern konnte. Das Papier hatte unter dem Bad im Fluss erheblich gelitten, die einzelnen Seiten klebten aneinander, und teilweise waren die Buchstaben verlaufen.

Aus Gewohnheit notierte die Reporterin sich die Adresse des Brasilianers auf einem herumliegenden Zettel. Sie faltete ihn zusammen und steckte ihn in ihre Hosentasche. Der Mann lag auf eine Seite gedreht auf dem Tisch in der Mitte des Labors. Die nassen Kleider und die schweren Lederstiefel hatten sie ihm ausgezogen und ihn in mehrere Handtücher und Decken eingewickelt, die ihn wärmen sollten, falls er aufwachte und unter Schockeinfluss fror.

»Wie geht es Ihrem Arm?«, erkundigte sich Sarah bei Browning.

»Kann nicht klagen.«

»Zeigen Sie mal her.«

Die Frau öffnete den durchgebluteten Verband, tupfte mit einem angefeuchteten Tuch die Wunde ab und begutachtete sie. »Scheint nicht weiter schlimm zu sein. In ein paar Tagen sind Sie wieder ganz der alte.« Gegen die Infektionsgefahr hatte sie dem Schwarzen bereits ein Antibiotikum aus der Hausapotheke verordnet. Und um ganz sicher zu gehen, behandelte sie ihn nun mit Jod. Das Angebot, ihm eine Schmerztablette zu holen, lehnte er dankend ab.

Sarah ließ sich von Mac eine frische Binde geben und wickelte sie straff um Brownings Arm. Damit hatte sie ihr Möglichstes getan.

Valdéz' Atem ging ruhig und gleichmäßig, ein Zeichen dafür, dass sein Gesundheitszustand einigermaßen stabil war. Sarah bestand darauf, den Patienten genauer zu untersuchen. Wer konnte schon wissen, was der Mann in den letzten Tagen alles durchgemacht hatte? Als ehemalige Ersthelferin konnte sie es nicht verantworten, nur ruhig dazustehen und abzuwarten, bis Valdéz wieder zu sich kam. Sie drehte ihn mit Macs Hilfe auf den Rücken, um ihn auf Verletzungen zu untersuchen. An der Stelle, an der der Betäubungspfeil seine Brust getroffen hatte, prangte ein rotvioletter Bluterguss, doch der war nicht weiter schlimm. Ansonsten konnte sie außer leichten Schnittwunden an Hals und Brust und einigen Schürfungen an den Armen nichts entdecken.

»Er hat keine ernsthaften Verletzungen, soweit ich das beurteilen kann«, meinte Sarah. »Trotzdem sollte er natürlich so schnell wie möglich in ein Krankenhaus eingeliefert werden, um sicherzugehen. Möglich, dass er innere Verletzungen hat. Das kann ich hier nicht feststellen.«

»Das nächste brauchbare Krankenhaus ist in Manaus«, gab Browning zu bedenken. »Möglicherweise gibt es auch eins in Caravari. Das liegt etwa hundert Meilen nordwestlich von hier. Aber wenn er ernsthaft verletzt ist, wird man ihn sowieso nach Manaus bringen müssen. Wenn das Flugzeug funktionieren würde, wäre es kein Problem.«

»Wie lange wird die Reparatur denn dauern?«, fiel Sarah ihm ins Wort.

»Bis das Baby wieder fliegt, kann es noch Tage dauern«, schätzte Browning. »Das hängt ganz davon ab, wie viel Schaden der Mann angerichtet hat. Und mit einem der Boote sind wir auch nicht viel schneller.«

»Falls er innere Verletzungen hat, würde er die Fahrt im Boot nicht überleben«, sagte Sarah. »Dann ist es noch besser, wir behalten ihn hier und legen ihn ruhig in ein Bett, bis wir sicher sind, dass er transportfähig ist. Vielleicht ist bis dahin das Flugzeug wieder in Ordnung.« Für einen Moment schoss der Frau die Möglichkeit durch den Kopf, einen Rettungshubschrauber kommen zu lassen, doch dann fiel ihr sofort wieder ein, dass die Funkstation ja genauso defekt war wie die Cessna. Und die kleinen Walkie-Talkies hatten nur eine begrenzte Reichweite.

Die anderen waren mit Sarahs Vorschlag einverstanden.

Browning widmete seine Aufmerksamkeit schon wieder etwas ganz anderem. Er stand am Tisch und beugte sich über den Glaskasten, in dem die Spinne hockte. »Ist das unser kleines Biest?«

»Ja«, stimmte Mac zu. »Aber ich werde aus ihrem Verhalten nicht ganz schlau. Als ich ihr heute Morgen eine Zikade vorgesetzt habe, hat sie das zunächst gar nicht interessiert. Sie hat sich verkrochen und totgestellt. Doch nur fünf Minuten später griff sie das Tier an. Was mich wundert, ist, dass sie die Zikade nicht getötet hat, um sie zu fressen, sondern um ...« Er brach mitten im Satz ab.

»Um was«?«, fragte Browning nach.

»Ich würde sagen, um sich an der Zikade abzureagieren!«

»Abreagieren? Was soll das denn heißen?«

»Was wird ›abreagieren‹ schon heißen? Abreagieren – Aggressionen abbauen, zerstören, zerfetzen, töten. Sie hat die Zikade gewissermaßen in ihre Bestandteile zerlegt. Und nicht nur das. Sie hat durch das Glas auch versucht, mich zu kriegen.«

»Wollte dir wohl einen fetten Kuss geben?«, lachte der Schwarze, doch Mac ignorierte den Scherz.

»Ich habe ihr auch etwas Gift abgenommen und es untersucht«, fuhr der Junge fort. »Keine Anomalien. Es ist ganz gewöhnliches Spinnengift.«

»Kann dieses Gift einen Menschen töten«?«, erkundigte sich Sarah.

»Durchaus möglich. Ein Biss reicht dafür normalerweise nicht aus. Aber wenn die Spinne Zeit für zwei oder drei Bisse hat – und das ist nur eine Sache von Sekunden –, dann ist's aus.«

Browning war diese Tatsache sichtlich unangenehm, denn er dachte gerade daran, wie sorglos sie in ihrer Unwissenheit die Spinne gefangen hatten. Ein blitzschneller Angriff hätte ihn also ins Jenseits befördern können.

»Und du hast von mir verlangt, sie abzulenken!«, warf er Mac wütend vor. »Du hast zu mir gesagt, ich soll um sie herumgehen und sie ablenken! Ich fasse es nicht!« Es war nicht nur die Sache mit der Spinne, die Jim so sensibel reagieren ließ. Auch der Kampf mit dem Brüllaffen sowie die Erinnerungen an Houstons Leiche und den abgebissenen Finger zehrten an seinen Nerven und zermürbten ihn.

»Einen Brocken wie dich hätte sie ein halbes Jahr lang beißen können, ohne dass etwas passiert wäre«, schwächte der Junge den Vorwurf ab.

»Quatsch! Ich könnte schon lange tot sein!« Die raue Stimme des Schwarzen überschlug sich. »Du hast mich praktisch ins offene Messer laufen lassen.«

»Nun reg dich wieder ab. Ich gebe zu, es war gefährlich, okay?«, sagte Mac. »Aber einer von uns beiden musste sie ja ablenken. Oder hättest du ihr lieber den Glasbehälter übergestülpt?«

Browning schwieg. Er wusste, dass Mac sich selbst in viel größere Gefahr gebracht hatte, als er die Spinne fing. Doch statt Erleichterung spürte er nur noch mehr Wut in sich aufsteigen. Er mochte seinen jüngeren Kollegen, der ihm in den letzten Jahren ein guter Freund geworden war, und er wollte ihn nicht verlieren.

In diesem Moment unterbrach ein leises Stöhnen die hitzige Debatte: Valdéz kam zur Besinnung. Er rollte den Kopf immer wieder hin und her, als hätte er einen Albtraum, fasste sich an die Stirn und fuhr mit der Zunge über seine Lippen. Sarah trat sofort an den Tisch: »Senhor Valdéz?«

Der Mann schluckte trocken und faselte etwas auf portugiesisch.

»Versteht jemand von Ihnen, was er sagt«?, fragte Sarah, doch alle verneinten. Zwar war jeder von ihnen in der Lage, sich mit ein paar Wörtern der Landessprache verständlich zu machen; doch das reichte höchstens aus, um in einer Stadt nach dem Weg zum nächsten Hotel zu fragen. Das meiste hatten sie von den Arbeitern gelernt, die ihnen beim Aufbau der Station geholfen hatten. Aber um einen Mann zu verstehen, der halb in Trance lag und verworrenes Zeug von sich gab, reichte es bei weitem nicht aus.

»Doc, bringen Sie mir bitte etwas Wasser«, bat Sarah.

Der Angesprochene reagierte sofort und brachte aus der Küche ein volles Glas. Sie gab dem Verletzten etwas zu trinken, und er öffnete langsam die Augen.

»Senhor Valdéz, können Sie mich verstehen«?, fragte Sarah, jedoch ohne eine Antwort zu erhalten. »Wie fühlen Sie sich?«

Der Mann starrte sie ausdruckslos an, sah regelrecht durch sie hindurch. Sie richtete sich auf und wollte gerade etwas sagen, als Valdéz begann, seine Lippen zu bewegen.

»Wasser ... mehr Wasser, bitte«, sagte er schwach. Er sprach mit leichtem Akzent und rollte das ›r‹ bei ›mehr‹ und bei ›Wasser‹, aber man konnte ihn gut verstehen. Sarah setzte ihm sofort wieder das Glas an den Mund und stützte mit der freien Hand seinen Nacken. Valdéz trank so hastig, dass das Wasser links und rechts aus seinen Mundwinkeln quoll und über Sarahs Hand auf den Tisch lief.

»Bleiben Sie einfach liegen und ruhen Sie sich etwas aus.« Sarahs Worte klangen nicht wie ein Vorschlag, sondern wie ein sanfter Befehl.

»Wo bin ich?« Der Mann blickte orientierungslos um sich.

Doc klärte ihn darüber auf und erzählte ihm auch die Umstände, unter denen man ihn hierhergebracht hatte. »Waren Sie auch in der abgestürzten Maschine?«, schloss er.

Der Blick des Mannes trübte sich wieder. Offenbar durchlebte er in Gedanken noch einmal die letzten Tage. Minutenlang starrte er völlig apathisch vor sich hin.

Die anderen warteten geduldig, bis er den Nebel seiner Erinnerungen hinter sich gelassen hatte und wieder in die reale Welt zurückgekehrt war.

»Wo ist Pedro?«, wollte er wissen.

Wahrscheinlich meinte er den toten Piloten. Glücklicherweise wartete er die Antwort nicht ab – Doc wollte ihm diesen Schock ersparen, bis er wieder einigermaßen auf dem Damm war.

»Ich bin José Valdéz, Copilot der ›Santa Clara‹.«

# 29

Im Laufe der nächsten Stunden erholte sich Valdéz erstaunlich schnell, und er äußerte den Wunsch, etwas zu essen. Das Angebot, ihm einen Teller Suppe zu bringen, lehnte er ab, denn er fühlte sich stark genug, um aufzustehen und mit den anderen am Tisch zu sitzen.

»Bitte Sie mir geben meine Kleider wieder. Oder Ihnen vielleicht würde gefallen, wenn ich esse nackt«?, sagte er mit einem Augenzwinkern zu Sarah, die auf seine Anzüglichkeit jedoch nicht einging.

»Ihre Kleider sind nass und dreckig«, schaltete Doc sich ein. »Wenn Sie einverstanden sind, gebe ich Ihnen ein T-Shirt und eine Hose von mir, bis wir Ihre Sachen gewaschen und getrocknet haben.«

»Vielen Dank, das sehr freundlich.«

Doc verschwand kurz aus dem Labor und tauchte kurze Zeit später wieder mit frischer Wäsche auf. Dem ausgezehrten Brasilianer war sie etwas zu weit, doch er beklagte sich nicht.

Noch ein wenig unsicher auf den Beinen, schlurfte er den Gang entlang zur Küche. Die anderen folgten ihm wie eine Eskorte, immer bereit, ihn aufzufangen, falls seine Kräfte ihn verlassen sollten. Aber er hielt sich wacker und nahm beim Laufen keine fremde Hilfe in Anspruch. Mit typisch südländischem Stolz lehnte er vor allem die Unterstützung Sarahs ab. Einer Frau gegenüber Schwäche zu zeigen, kam für ihn nicht in Frage.

»Das ist sehr gut«, lobte er das Essen. »Wer hat gemacht?«

»Das war ich«, antwortete Browning etwas verlegen, denn er hatte wie üblich nichts weiter getan, als die Dose zu öffnen, ihren Inhalt in einen Topf zu schütten und diesen zu erhitzen. »Freut mich, wenn es Ihnen schmeckt.«

»Wirklich ausgezeichnet. Schon seit Tagen ich habe nicht gehabt ein so hervorragendes Essen.« Der Brasilianer lachte über sein Scheinkompliment, war es doch klar, dass er seit seinem Absturz keine Mahlzeit mehr zu sich genommen haben konnte. Jim kam sich vor wie ein Idiot.

»Wann sind Sie abgestürzt?« erkundigte sich Mac, bevor Browning aus der Haut fahren konnte. Der Junge wollte nun endlich genau wissen, was vorgefallen war. »Können Sie sich daran erinnern?«

»Welcher Tag heute ist?«

»Der 15. Juni. Ein Montag.«

Valdéz, der bislang geschlungen hatte wie ein Schaufelbagger, hielt plötzlich inne.

»Segunda-feira, 15 de Junho ...«, wiederholte er geistesabwesend in seiner Muttersprache. »Wir sind gestartet vor fast einer Woche am Mittwoch. Das war der 10 de Junho. Ich noch genau weiß. Wir sind gestartet von Manaus. Das muss sein über vierhundert quilómetros nordöstlich von hier. Pedro und ich waren auf Weg nach Rio Branco. Wir gemeinsam fliegen schon seit zehn Jahren, egal, ob durch Wind, durch Regen, durch Gewitter oder durch Hölle. Was wir nicht haben schon alles erlebt!«

Sarahs Mundwinkel umflog ein süffisantes Lächeln. Sie hatte nicht viel für Angeberei übrig.

»Der Dschungel«, fuhr Valdéz wie ein Gelehrter fort, »ist wie eine Frau: schön, launisch und gefährlich. An diesem Tag vor allem gefährlich. Ich war hinten im Frachtraum, um ein wenig zu schließen die Augen. Ich hatte hinter mir eine lange Nacht mit Juanita. Mit meiner süßen, kleinen Juanita.« Dreckig lachend deutete er mit seinen Händen an, wie üppig diese Frau gebaut sein musste. Er zwinkerte den anderen Männern zu und fuhr dann fort: »Sie verstehen, was ich meine? Ein echtes Prachtweib. Haare – schwarz wie die Nacht, blaue Augen – leuchtend wie ein Bergsee, und ein Körper – schön wie die Sünde ... Wie auch immer, ich also lag auf meiner Bank und machte kleines Nickerchen. Dann Pedro schrie auf einmal, ich soll endlich aufwachen und das Paket rausschmeißen.«

»Ein Paket? Was für ein Paket?«

»Sie nicht werden glauben, aber ich habe keine Ahnung. Ein Paket eben. Mit einem ... Fall ... Fall ... wie sagt man?«

»Fallschirm«?, half Sarah nach.

»Ja, natürlich! Mit einem Fallschirm daran. Unser Auftrag es war, das Paket an einer bestimmten Stelle von Bord zu werfen, und ich das habe gemacht. Danach ich mich legte wieder hin, um zu schlafen weiter, als die Maschine plötzlich wurde durchgeschüttelt, wie von unsichtbarer Hand des Teufels. Zuerst ich mir dachte, Pedro wieder hat Blähungen von seinem scharfen Essen. Er liebt Chili mehr als seine Frau. Frisst den ganzen Tag nichts anderes.« Bei dem Gedanken an den Piloten lachte er wieder in sich hinein. »Egal, ich jedenfalls nicht wusste genau, was war los, da ich lieber ging nach vorne, um nachzusehen. Und dann es passierte. Das Flugzeug krachte in die Bäume, und ich weiß nur noch, dass ich geschleudert wurde nach vorne gegen die Instrumente.«

Er nahm einen Löffel Suppe und genoss sichtlich, der Mittelpunkt des Interesses zu sein. Die anderen saßen schweigend am Tisch und hörten seiner Erzählung zu. Selbst wenn nicht alles stimmte, was er sagte, so konnten sie sich doch wenigstens ein ungefähres Bild vom Geschehen machen.

»Als ich wieder kam zu Bewusstsein, ich sah, dass Pedro stand neben mir, aber das Gesicht in der Vorderscheibe. Da ich wusste, was war geschehen.«

Offensichtlich hatte er die Erinnerung an seinen toten Gefährten wiedererlangt, was ihn aber nicht zu berühren schien. Ohne Pause erzählte er weiter: »Ich konnte nichts mehr tun für Pedro, überall er hatte Glassplitter in seinem Körper. Natürlich ich konnte nicht bleiben in Flugzeug, deswegen ich habe mich gemacht auf den Weg, um zu finden Nahrung und Menschen. Zum Glück ich habe euch gefunden.«

Auf die Diskussion, wer wen gefunden hatte, wollte sich Sarah lieber nicht einlassen. Das hätte ihn mit Sicherheit in seiner Ehre gekränkt, und er wäre vielleicht eingeschnappt gewesen, vor allem wenn der Einwand von einer Frau kam. Stattdessen wollte sie lieber seinen Redefluss ausnutzen, um ihm noch mehr Informationen zu entlocken.

»Wäre es nicht besser gewesen, bei dem Flugzeug zu warten?«

Für einen Moment schien Valdéz verdutzt zu sein. Die Stirn in Falten gelegt, betrachtete er Sarah. »Warten? Und auf was, wenn ich darf fragen, kleine Lady?« Er sprach zu ihr wie zu einem Kind.

»Auf einen Rettungstrupp oder auf ein Suchkommando natürlich!«

»Ein Suchkommando? Ha! Ein guter Witz!« Er lachte schallend los, wobei seine schlechten, gelbbraunen Zähne zum Vorschein kamen. »Wollen Sie mich bringen um? Wollen Sie, dass ich mich lache zu Tode, kleine Lady? Kein Mensch sucht mich. Der Dschungel ist groß, aber –«, er suchte nach einem passenden Vergleich, der ihm leider missglückte, »– aber das Flugzeug ist klein! ...« Er wollte fortfahren, stockte kurz und griff sich mit einer Hand an die Stirn. »Mein Kopf, ich habe das Gefühl, er platzt.« Er biss die Zähne zusammen, sodass die Backenknochen deutlich hervortraten. Sarah tippte auf eine Gehirnerschütterung, was nach dem Absturz nicht weiter verwunderlich gewesen wäre. Sobald sie wussten, was vorgefallen war, würde sie ihm Bettruhe verordnen und ein Schmerzmittel verabreichen.

»Woher Sie kommen?«, fragte der Mann, dessen Kopfweh scheinbar schon wieder abklang.

»Wer? Ich?«, gab Sarah zurück.

»Selbstverständlich, wer sonst?«

»New York.«

»Sehen Sie, kleine Lady, das ist, wie wenn Sie aus einer Höhe von vinte ... zwanzig quilómetros fallen lassen würden einen Kugelschreiber über New York, und anschließend Sie müssten ihn suchen.«

»Wusste denn niemand, wohin Sie flogen?«

Wieder brach er in Gelächter aus und gab Sarah zum zweitenmal das Gefühl, dumm und unwissend zu sein. Aber weswegen sollte sie sich dieser Frage schämen? Wenn die exakte Flugroute bekannt war, dann musste es selbst in den unendlichen Weiten des Amazonasbeckens möglich sein, ein Wrack zu finden.

Valdéz' Lachen ging in trockenes Husten über, und nachdem er sich wieder gefangen hatte, beantwortete er ihre Frage: »Kleine Lady, ...«

»Sarah!«, gab die Reporterin scharf zurück. »Mein Name ist Sarah Boulder!«

Sie war nahe dran zu platzen. Wollte er sie provozieren? Die Bezeichnung ›kleine Lady‹ empfand sie schon als abwertend genug, aber die Art, wie er es betonte, war Ausdruck seiner Geringschätzung gegenüber Frauen. Falls er sie noch einmal, nur ein einziges Mal, ›kleine Lady‹ nannte, würde sie sich ohne Rücksicht auf seinen Gesundheitszustand vergessen.

Mit einem frechen Grinsen überging der Brasilianer sie und fuhr fort: »Wie soll ich sagen? Unser Flug war nicht gerade das, was man nennt ›offiziell‹. Sie verstehen?«

»Warum sind Sie bei so schlechtem Wetter überhaupt gestartet? Ich meine, hätte man den Flug nicht verschieben können, wenn es so gefährlich war?«

»Zeit ist Geld in meinem Beruf«, gab er zurück.

»Was für Fracht hatten Sie denn geladen, wenn Ihr Flug nicht ›offiziell‹ war, wie Sie sagen?« Mac war inzwischen hinzugetreten.

»Wir haben mehrere Fässer im Laderaum gesehen«, ergänzte Browning.

»Leider ich kann nicht sagen, was war in den Fässern.«

»Können Sie nicht, oder wollen Sie nicht?«

»Ich kann nicht, weil ich nicht weiß. Wir sollten nur transportieren die Fracht nach Rio Branco, und das möglichst schnell. Nur das Paket wir sollten unterwegs abwerfen. Die Bezahlung war gut, da man stellt keine unnötigen Fragen, das ist schlecht fürs Geschäft.«

»Sie transportieren Fässer und ein Paket und kennen nicht einmal den Inhalt?« Browning konnte es kaum glauben.

»Genau so es ist!«, stimmte Valdéz zu. Einer genaueren Erklärung bedurfte es nicht, jeder am Tisch hatte verstanden, dass dieser Flug mehr oder weniger illegal war.

Bevor Sarah an diesem Abend einschlief, machte sie sich noch einige Notizen. Auf ihrem Stockbett liegend, kritzelte sie ihre Eindrücke von den vergangenen Tagen stichwortartig auf den Block. Das Bett unter ihr war leer, und sie dachte an Kate, die momentan wohl in ihrer Hängematte in ›ABEL‹ schlief. Der Mut dieser Frau war wirklich bewundernswert. Hoffentlich war ihr nichts passiert!

Sarah rieb sich die müden Augen und versuchte, sich wieder auf ihre Notizen zu konzentrieren. Nach zwanzig Minuten hatte sie das Gefühl, alles Wesentliche zu Papier gebracht zu haben. Sie warf ihr Schreibzeug auf den Boden und löschte vom Bett aus das Licht.

Trotz Müdigkeit konnte sie nicht sofort einschlafen. Immer wieder kreisten ihre Gedanken um die vielen ungeklärten Fragen, die die letzten Tage aufgeworfen hatten: Was war mit Professor Houston geschehen? Weswegen waren fast alle Tiere aus der Umgebung von ›KAIN‹ geflüchtet? Hatte die abgestürzte Frachtmaschine etwas damit zu tun? Und wie vertrauenswürdig war Valdéz? Er hatte etwas von einem Paket erwähnt, das er über dem Dschungel abgeworfen hatte. Was hatte es damit auf sich?

Mehr als alle diese Fagen interessierte sie allerdings etwas ganz anderes: Was um Himmels willen würde noch passieren?

# 30

Dichter Frühnebel lag auf dem Fluss und hüllte die sieben Brigantinen, die am Ufer vertäut waren, in einen weißen Schleier. Mit den Schiffen kamen die conquistadores gut voran; nur nachts war die Fahrt zu gefährlich, weswegen sie immer an Land festmachten, um die Reise am nächsten Tag fortzusetzen.

Noch schliefen alle in ihren Kajüten oder an Deck. Manche zogen es sogar vor, am Ufer zu übernachten.

Abgesehen von den Wachen, die um das Lager postiert waren, war Dona Inéz an jenem Morgen die Erste, die auf den Beinen war. Die Hitze der Nacht und das Summen der allgegenwärtigen Mücken hatten sie früh geweckt. Sie hatte sich entschlossen, den Umstand, dass die Männer noch schliefen, zu nutzen und ein Bad im Fluss zu nehmen.

Sie entfernte sich nicht allzu weit von der Anlegestelle, denn im Wald konnte überall Gefahr lauern. Gleichzeitig gab ihr die Distanz zu den Schiffen das Gefühl, unbeobachtet zu sein. Hinter einem Gebüsch entledigte sie sich ihrer halb zerrissenen Kleider. Den Vorsatz, die Löcher zu stopfen, hatte sie schon lange wieder aufgegeben, die Arbeit hätte nie ein Ende gefunden.

Mit nackten Füßen balancierte Dona Inéz über das steinige Ufer bis zum Wasser. Vorsichtig watete sie in das trübe Nass, zuerst nur bis zu den Knien, dann weiter, bis zu den Hüften, ihren Brüsten, ihren Schultern. So lange, bis nur noch ihr Kopf – das hübsche Gesicht mit dem hochgesteckten, schwarzen Haar – aus dem Wasser schaute.

Dona Inéz wusste nicht, dass Lope de Aguirre sie durch die Luke seiner Kajüte beobachtete. In der Nacht war der Schmerz in seinen Schläfen beinahe unerträglich geworden, sodass er kaum eine Stunde lang geschlafen hatte. Irgendwann hatte er dann das Knarren der Holzplanken gehört, als die Frau aufgestanden war und die Brigantine verlassen hatte. Er hatte geahnt, was sie vorhatte, und er hatte mit lüsternen Blicken verfolgt, wie sie im Gebüsch verschwunden war, um kurz darauf wieder zu erscheinen, so wie Gott sie erschaffen hatte.

Das Bad war erfrischend, doch Dona Inéz blieb nur kurz im Wasser. Sie wollte auf der Brigantine zurück sein, bevor die Männer ihr Bad bemerkten.

Sie schwamm zurück zum Ufer und tippelte zu dem Gebüsch, hinter dem ihre Kleider lagen. Nass wie sie war, schlüpfte sie in ihre Unterwäsche.

Doch als Dona Inéz sich nach ihrem Kleid bückte, packte sie plötzlich ein kräftiger Arm an den Hüften, und eine Hand presste sich auf ihren Mund. Sie versuchte, um sich zu schlagen, nach ihrem Peiniger zu treten. Aber jede Gegenwehr schien vergeblich. Unerbittlich wurde Dona Inéz in den Wald gezerrt. Und mit ungeheurer Wucht auf den Boden geschleudert.

Der Aufprall raubte ihr die Sinne. Bis sie wieder einen Gedanken fassen konnte, lag auch schon ein mächtiger Männerkörper auf ihr. Sein Gewicht trieb ihr die Luft aus den Lungen, und die leisen Hilferufe wurden von der Hand erstickt, die sich erneut auf ihren Mund gepresst hatte. Dona Inéz fühlte, wie die andere Hand an ihrer Wäsche zerrte, ihre Brüste knetete und ihre Beine auseinanderdrückte. Sie hörte widerliches Keuchen über sich und erkannte, dass es Fernando Garcilasco war.

»Du Hexe!«, stieß er zwischen seinen fauligen Zähnen hervor; es hörte sich eher an wie das Grunzen eines Schweins. Sein Unterleib drückte sich mit roher Gewalt gegen den ihren. »Heute kannst du dich hinter niemandem verstecken, Hure! Niemand wird dich retten!«

Doch er hatte kaum ausgesprochen, da packte ihn eine Hand und zerrte ihn auf die Beine. Noch ehe er wusste, wie ihm geschah, traf ihn eine Faust, und benommen taumelte er zu Boden. Aufrappeln konnte er sich nicht mehr, denn schon warf sich Dona Inéz' Beschützer auf ihn – Lope de Aguirre. In der Hand hielt er ein Messer, dessen Spitze nur zwei Fingerbreit von Garcilascos linkem Auge entfernt war. Sofort erkannte der Unterlegene, wie gefährlich jede weitere Bewegung sein konnte.

»Wagt es noch einmal, Garcilasco, nur noch ein einziges Mal, Dona Inéz auch nur anzusehen, dann werde ich euch persönlich die Augen ausstechen.« Abermals rückte die Stahlspitze näher an Garcilascos linke Pupille. »Und glaubt mir: Würden wir nicht jeden Mann auf dieser Expedition benötigen, wäre es mir eine Freude, euch noch heute aufhängen zu lassen. Doch wir können uns diese Extravaganz nicht leisten; jede Hand, die ein Schwert führen kann, wird gebraucht. So fällt meine Strafe viel zu milde für euch aus: fünfundzwanzig Peitschenhiebe. Seid euch dennoch stets gegenwärtig, dass diese Frau unter meinem Schutze steht. Und ich schwöre euch, eine weitere Schandtat werde ich euch nicht so leicht durchgehen lassen.«

Noch bevor die Sonne den Morgennebel komplett vertrieben hatte, wurde das Urteil vollstreckt. Vom Deck seiner Brigantine aus beobachtete Lope de Aguirre, wie Fernando Garcilasco mit dem Bauch an einen Baumstamm gebunden wurde. Gaspar de Carvajal, der Mönch, steckte ihm ein Stück Leder zwischen die Zähne, worauf er beißen konnte, wenn der Schmerz übermächtig würde.

Schließlich war alles vorbereitet, und Aguirre kam von seiner Brigantine herunter, um die Peitsche höchstpersönlich zu schwingen. Er wollte zwar keinen seiner Leute verlieren, doch Garcilasco hatte eine harte Strafe verdient.

Nach fünfzehn Hieben spuckte Garcilasco das Lederstück aus und begann, seinen Schmerz laut hinauszuschreien. Nach zwanzig wurde er ohnmächtig. Doch selbst nach fünfundzwanzig Peitschenhieben hörte Aguirre nicht auf zu schlagen. Immer wieder schwang er den Lederriemen, mit immer mehr Schwung führte er die Hiebe aus.

Erst als drei seiner eigenen Männer sich auf ihn stürzten und ihm mit vereinten Kräften die Peitsche entrissen, hörte das grausame Schauspiel auf. Aguirre war, als wäre er gerade aus einem Traum erwacht. Er sah die angewiderten Gesichter der ihn umringenden Männer, und in diesem Moment wusste er, dass er zu weit gegangen war.

»Bindet Garcilasco los!«, befahl er, irritiert über sich selbst. Welcher Dämon hatte nur von ihm Besitz ergriffen, dass er so sehr außer sich geraten war? Kraftlos sagte er: »Bringt ihn auf seine Brigantine. Der Mönch soll sich um seine Wunden kümmern.«

## 31

*Dienstag, 16. Juni 1998*

Mac und Arness waren schon seit zwei Stunden wach und führten Versuche im Labor durch.

Valdéz, den man wegen Platzmangels im ehemaligen Bett von Professor Houston untergebracht hatte, schlief noch. Die makabre Entscheidung, Houstons Bett möglicherweise seinem eigenen Mörder zur Verfügung zu stellen, war den Wissenschaftlern weiß Gott nicht leicht gefallen, vor allem Doc war dagegen gewesen. Doch Valdéz hatte am Vorabend nicht jähzornig oder gar böswillig gewirkt. Als das zerstörte Lager und Houstons Tod erwähnt worden waren, hatte Valdéz keine besondere Reaktion gezeigt. Sarah hatte den Eindruck gehabt, dass der Brasilianer gar nicht gewusst hatte, wovon überhaupt die Rede gewesen war.

Nach dem Frühstück machte Browning sich mit Sarah auf den Weg nach ›ABEL‹. Die Flussfahrt verlief ohne besondere Vorkommnisse, und im Lager trafen sie schließlich auf Kate, die die Nacht hier draußen verbracht hatte. Besonders gut schien sie jedoch nicht geschlafen zu haben, das konnte man ihr an den dunklen Ringen unter den Augen ansehen. Obwohl sie schon häufig alleine im Dschungel übernachtet hatte, war es diesmal etwas anderes gewesen.

Während sie sanft in ihrer Hängematte geschaukelt hatte, hatte sie geistesabwesend in das nächtliche Lagerfeuer gestarrt, bis es schließlich hinuntergebrannt war und nur noch rot in der Dunkelheit geglimmt hatte. Erinnerungen an den Professor waren immer wieder aufgeflackert und hatten sie daran gehindert, Ruhe zu finden. Sie hatte auf ihre Art versucht, von Houston Abschied zu nehmen. Vor allem das Bild der verregneten Beerdigungszeremonie hatte sich in ihrem Gedächtnis festgesetzt. Die Lehmgrube mit der in Leinentuch gewickelten Leiche, die Orchideenblüten, das Grabkreuz – das alles hatte sie in tiefe Trauer gestürzt. Doch Trauer allein war nicht der Grund für Kates unruhigen Schlaf gewesen. Sie hatte auch Angst gehabt.

Solange sie in der Gesellschaft anderer war, hatte sie ihre Gefühle im Griff und fühlte sich beschützt. Wenn sie sich tagsüber auf ihre Arbeit konzentrieren musste, war sie abgelenkt. Aber die nächtliche Einsamkeit hatte ihr schwer zu schaffen gemacht. Trauer und Furcht waren zum Vorschein gekommen, und sie hatte sich in den Schlaf geweint.

Erst als Browning und Sarah an diesem Morgen auftauchten, fühlte Kate sich wieder sicher. Sie lief ihnen entgegen, fiel dem schwarzen Hünen um den Hals und drückte ihn fest an sich. Von Sarahs Anwesenheit ließ sie sich dabei nicht stören. Die Erleichterung, endlich das vertraute Gesicht des Mannes zu sehen, den sie liebte, war einfach zu groß.

»Alles klar, Baby?« Brownings Arme legten sich um Kate, wobei sich der Verband um seinen rechten Oberarm straff spannte.

Kate nickte und ließ von ihm ab. »Alles klar! Und bei euch?«

»Auch alles okay. Allerdings gibt es ein paar interessante Neuigkeiten.«

»Was für welche denn?«

»Doc, Sarah und ich waren gestern noch mal in ›KAIN‹«,

sagte Browning, und weil er nicht von sich aus weitererzählte, drängte Kate: »Und? Lass dir nicht alles aus der Nase ziehen.«

Browning schilderte ihr, wie sie das Flugzeugwrack entdeckt und später José Valdéz gerettet hatten. Während seiner Ausführungen hörte sie konzentriert und ohne die geringste Reaktion zu. Lediglich bei der Passage mit dem Angriff des Affen verzog sie ungläubig das Gesicht, wahrscheinlich, weil der Schwarze seine Geschichte ein wenig überdramatisierte.

»Meinst du, dieser Valdéz weiß wirklich nichts?«, fragte Kate, nachdem Browning geendet hatte.

»Ich weiß nicht. Ich glaube nicht, dass er gelogen hat. Was denken Sie, Sarah?«

»Ich bin mir auch nicht sicher.« Sarah wischte sich mit dem kurzen Ärmel ihres T-Shirts den Schweiß von der Stirn. »Er scheint die Wahrheit zu sagen, aber ich habe schon Leute interviewt, die logen, ohne auch nur mit der Wimper zu zucken. Solange wir von der Außenwelt abgeschnitten sind, wird es auch schwer sein, seine Aussagen zu überprüfen. Ich habe mir schon überlegt, ob wir nicht das Paket suchen sollten, das Valdéz angeblich abgeworfen hat. Denken Sie, wir hätten eine Chance, es zu finden?«

»Ausgeschlossen!«, widersprach Browning. »Bevor wir dieses Paket finden, richtet der Papst sich einen Harem ein!«

Die Vorstellung amüsierte Sarah und Kate gleichermaßen.

»Was mag wohl in diesem Paket gewesen sein?«, fragte die Reporterin schließlich.

»Ich habe keinen blassen Schimmer«, gab Jim zurück. »Das ist aber auch gar nicht so wichtig, finde ich. Etwas anderes beschäftigt mich viel mehr.«

»Na dann raus mit der Sprache!«, forderte Kate.

»Valdéz hat gesagt, es sei sein Auftrag gewesen, das Paket an einer genau bezeichneten Stelle abzuwerfen. Diese Stelle kann nicht weit von ›KAIN‹ entfernt sein, denn der Brasilianer hat erzählt, er habe das Paket hinausgestoßen, sich wieder hingelegt und kurz danach sei die Maschine abgestürzt. Ich frage mich, für wen dieses Paket bestimmt war, ihr euch nicht? Irgendwo um ›KAIN‹ herum müssen Menschen leben, von denen wir bisher nichts wussten. Aber da ist ein Punkt, der nicht passt: der Fallschirm.«

»Was hat denn der Fallschirm damit zu tun?«, fragte Kate. »Was gefällt dir daran nicht?«

»Es hat keinen Sinn, ein Paket mit einem Fallschirm über diesem Teil des Urwalds abzuwerfen. Der Schirm und die Seile würden sich garantiert in den Bäumen verheddern. Die Chance, dass das Paket auf dem Boden ankommt, wäre gleich Null. Selbst wenn die Zielkoordinaten beim Abwurf genau eingehalten wurden, könnte es Wochen dauern, bis man ein Paket zwischen all den Blättern und Zweigen findet. Es wäre doch viel leichter zu finden gewesen, wenn man es über dem Fluss abgeworfen hätte. Ich kapier das nicht. Warum über dem Dschungel?«

Eine Antwort auf diese Frage hatten auch die beiden Frauen nicht.

Nach einer kurzen Pause kam Kate noch einmal auf Houstons Tod zu sprechen: »Jim, meinst du, Valdéz könnte den Professor umgebracht haben?«

»Er könnte schon, aber weswegen sollte er das getan haben?«

»Was weiß ich? Er schmuggelt Drogen oder sonst was, und er hat eine kriminelle Vergangenheit. Mörder brauchen nicht immer ein Motiv. Vielleicht bereitet ihm Gewalt einfach Spaß. Weswegen sollte er den Propeller der Cessna demoliert haben?«

»Willst du damit behaupten, ein Flugzeug stürzt im Dschungel ab, und der Copilot, der überlebt, hat nichts Besseres zu tun, als den ersten Menschen, den er nach Tagen findet, umzubringen? Das ist doch absurd!«

»Ich will gar nichts behaupten, aber findest du es nicht genauso merkwürdig, dass er auf dem Fluss ein Flugzeug findet, die Halteseile kappt und es dann kurz und klein schlägt?«

»Zugegeben, aber es ist ein Unterschied, ob man auf einen Propeller einschlägt oder auf einen Menschen«, entgegnete Browning. »Ich glaube, der Absturz, sein toter Freund, der Mangel an Nahrung, die bedrohliche Umgebung – das alles hat ihn seelisch fürchterlich mitgenommen, und der Flugzeugpropeller war nichts weiter als ein Ventil, um seine angestauten Ängste abzubauen.«

Kate, die bislang sehr ernsthaft diskutiert hatte, war belustigt. »Wow! Seit wann bist du denn unter die Psychologen gegangen? ... ein Ventil, um die angestauten Ängste abzubauen«, ahmte sie seinen Tonfall nach.

»Klingt ziemlich wissenschaftlich, was?«

»Hochwissenschaftlich, wenn du mich fragst. Jim Browning, der bekannte Psychologe. Entdecker des Angst-Ventils«, flachste Kate. »Also schön, vielleicht brauche ich auch mal so ein Ventil, um meine Ängste abzubauen.«

»Was für ein Ventil denn?«

»Ich wüsste da schon eins«, gab sie schnippisch zurück, und der Blick, den sie an Jims Oberkörper herabwandern ließ, sagte alles. »Jetzt sollten wir aber zur Abwechslung mal ein bisschen arbeiten. Sonst bekommt Sarah noch den Eindruck, dass wir den ganzen Tag faulenzen. Noch einen Kaffee gefällig, bevor wir loslegen?«, fragte sie und begann, geschäftig unter der Zeltplane herumzukramen. »Der Topf hängt über der Feuerstelle. Bedient euch!«

Browning lehnte dankend ab, doch Sarah nahm das Angebot gerne wahr und goss sich eine Tasse voll ein.

»Was steht heute denn auf dem Programm?«, fragte sie.

»Hat Jim nichts gesagt?«, Kate lachte und löste damit den letzten Rest ihrer inneren Anspannung. »Das ist sonst gar nicht seine Art. Normalerweise quatscht er wie ein altes Waschweib.«

»Bin eben ein offenherziger Typ!«, rechtfertigte sich Browning.

»Sag ich doch. Du quatschst wie ein altes Waschweib!« Die Wissenschaftlerin tätschelte ihm liebevoll den kurz geschorenen Kopf. Zu Sarah gewandt, fuhr sie fort: »Wir haben vor, heute ein paar neue Tierarten zu entdecken!« Aus ihrem Mund klang das ganz selbstverständlich. »Ich habe Ihnen ja schon erzählt, dass das bei uns an der Tagesordnung ist.«

»Was für neue Tierarten?«, fragte Sarah, obwohl sie die Antwort bereits kannte – nein: befürchtete!

»Insekten! Wir nehmen uns einen Baum vor und schauen uns die Viecher mal etwas näher an«, lautete die Antwort, und Sarah bekam eine Gänsehaut. Alle weiteren Fragen der Reporterin wehrte Kate ab. Sie wollte die Spannung in die Höhe treiben, um Sarahs Neugier zu wecken, was ihr durchaus gelang.

Nachdem Sarah ihren Kaffee ausgetrunken und ihren Fotoapparat geschultert hatte, setzten sich die drei in Bewegung. Die Frauen trugen jeweils zwei leichte Stahlkoffer mit Ausrüstungsgegenständen, und Browning schleppte ein Gerät, das aussah wie ein fossiler Staubsauger. Aus dem angerosteten, mit ein paar Hebeln und Knöpfen bestückten Stahlgehäuse führte ein Gummischlauch, an dessen Ende eine Art Düse angebracht war. Wofür die Forscher das Gerät benötigten, sollte Sarah noch früh genug erfahren.

Nach kurzem Fußmarsch kamen sie an eine Stelle, die Kate schon am Vortag vorbereitet hatte. Um einen Baumstamm herum war der Boden bedeckt mit teppichgroßen Stücken weißer Plastikfolie, die an den Rändern mit Eisenpflöcken fixiert waren. Kreisförmig um die Folie herum waren drei kleinere Scheinwerfer angeordnet. Schwarze Kabel, die sich wie dünne Schlangen auf dem Boden wanden, verbanden sie mit einem Stromaggregat. Noch waren die Strahler ausgeschaltet.

»Warum haben Sie ausgerechnet diesen Baum ausgesucht?«, wollte Sarah wissen. »Für mich sieht er ganz gewöhnlich aus!«

»Das ist es ja gerade«, kam die Antwort von Browning. »Seine Gewöhnlichkeit macht diesen Baum für uns so interessant. Wir betreiben Artenzählung, das heißt, wir versuchen herauszufinden, wie viele verschiedene Insektengruppen es – annäherungsweise – in dieser Region gibt. Dazu zählen wir die Arten, die auf einem bestimmten Baum leben. Um ein brauchbares Ergebnis zu erzielen, müssen die ausgesuchten Bäume natürlich repräsentativ sein. Ein ungewöhnlich großer oder kleiner Baum würde die Auswertung verfälschen. Und diese Untersuchung machen wir für alle wichtigen Baumarten.«

Browning hatte während seiner Erklärungen den ›Staubsauger‹ direkt am Stamm unter dem Baum plaziert und sich eine Atemschutzmaske aufgesetzt.

»Nehmen Sie auch eine. Und treten Sie ein bisschen zur Seite, es wird gleich anfangen zu regnen.« Kate reichte Sarah einen Mundschutz und streifte sich selbst ebenfalls einen über.

Regnen? Anstatt nachzufragen, ließ sich die Reporterin lieber überraschen.

Browning startete das Gerät per Knopfdruck, und sofort durchdrang ein helles Knattern den Wald, wie das eines Rasenmähers. In der Linken hielt er das Gehäuse, in der Rechten den Schlauch mit der Düse. Dicker, weißer Rauch quoll heraus, der sich träge am Baumstamm nach oben wälzte. Browning ließ die Maschine so lange laufen, bis die Pflanze komplett eingenebelt war. Danach herrschte wieder Stille.

Gespannt blickte Sarah am Stamm hinauf. Mit ein paar Handgriffen machte sie ihre Canon fertig, aber noch geschah nichts. Für eine Ewigkeit lag der Baum wie tot in dem hellen Dunst. Die ausladenden Äste krallten sich wie starre Finger in den dampfenden Milchnebel, hielten ihn fest, hinderten ihn daran, sich aufzulösen oder davonzuschweben. Schwerelos und gemächlich schlich der Qualm um Zweige und Blätter, umwob sie wie ein feiner, weißer Schleier, durch den nichts entkommen konnte. Minuten verstrichen.

Dann fiel etwas wie ein Wassertropfen herab und traf klatschend auf die Kunststoffunterlage. Und noch etwas und noch etwas, und plötzlich wurde Sarah klar, was Kate mit ›regnen‹ gemeint hatte: Insekten.

»Was ist das für Rauch, den die Maschine produziert?« Dass Sarah diese Worte fast ehrfürchtig flüsterte, fiel ihr erst auf, als Kate in normalem – und dennoch unnatürlich laut erscheinendem – Tonfall antwortete: »Arthrin 3-98. Wurde maßgeblich von Mac und mir entwickelt. Wir nennen das Zeug so, weil es für Arthropoden, also Insekten, Spinnen, Skorpione und so weiter hergestellt wurde. Das Patent wurde im März dieses Jahres angemeldet, deswegen die Zahl 3-98. Früher verwendete man für diese Art von Untersuchungen Pyrethrum, aber wir nehmen seit einem halben Jahr nur noch unser Mittel. Das schläfert die Tiere für mehrere Stunden ein, und man hat genug Zeit, sie in aller Ruhe zu klassifizieren und auszuzählen. Danach sind sie wieder wie neu geboren. Das einzige Problem ist, sie wieder an ihren angestammten Platz zurückzubringen. Es gibt momentan noch keine andere Möglichkeit, als den entsprechenden Baum vorher genau zu untersuchen und die Tiere, die man am Boden in irgendwelchen Blättern gesammelt hat, wieder in ihrem ursprünglichen Lebensraum abzusetzen. Deswegen haben wir den Baum auch mit unseren Seilkonstruktionen präpariert. Allerdings nur provisorisch. Das hier ist nichts im Vergleich zu unserem Baumriesen in ›ABEL‹, wie Sie sehen.«

»Und was tun Sie, wenn Sie tatsächlich eine neue Art entdecken?«, fragte Sarah.

»Wir behalten ein paar Exemplare und nehmen sie mit in die Station, um sie genauer zu studieren, vor allem ihre Anatomie. In der Regel schicken wir auch ein paar davon ans Smithsonian nach Washington. Das heißt, Browning, Mac oder Doc fliegen die Proben nach Manaus und senden sie von dort aus per Eilkurier in die Staaten. Tja, und um ihr natürliches Verhalten zu erforschen, beobachten wir sie tage- und manchmal wochenlang vor Ort, nehmen sie mit der Kamera auf, führen diverse Laborversuche durch und werten das Material dann per Computer aus.«

»In ›EDEN II‹?«

»Ja, mit unseren Geräten ist es möglich, unter bestimmten Umständen tierische Verhaltensmuster zu entschlüsseln. Vielleicht kennen Sie das von Honigbienen: Hat eine Biene ein Futtervorkommen entdeckt, fliegt sie zurück zu ihrem Stock und meldet ihren Artgenossinnen durch einen Tanz, wo die Pflanzen zu finden sind. Dabei krabbelt sie mit zuckenden Bewegungen im Kreis oder in Form einer Acht. Der Tanz beinhaltet für die anderen Bienen so viele Informationen, dass sie genau wissen, wohin sie fliegen müssen. Solche – äußerst einfachen – Verhaltensmuster gibt es vor allem bei Arthropoden sehr häufig, und wenn man den Computer mit ausreichendem Bildmaterial füttert, kann er sie erkennen. Damit ist es uns sogar schon oft gelungen, mit verschiedenen Arten von Arthropoden zu kommunizieren.« Und mit belegter Stimme sagte sie: »Das ist auch der Grund, weswegen Walter das Interview geben wollte.«

»Sie können also mit Tieren sprechen?« Das fand Sarah tatsächlich sensationell.

»Nun, zu behaupten, wir könnten mit Tieren wirklich sprechen, wäre wohl übertrieben. Wir stecken damit noch in den Kinderschuhen, aber es ist uns beispielsweise durchaus möglich, einer Ameise mitzuteilen, dass sie soundso viele Meter weit in einem bestimmten Winkel zur Sonneneinstrahlung gehen muss, um Futter zu finden. Und selbstverständlich kann der Computer das Verhalten eines Tiers genauso einwandfrei interpretieren. Dazu gehört allerdings mehr als nur ein guter Computer, denn Bilder allein reichen nicht aus. Man muss außerdem die Geräusche berücksichtigen und die Duftstoffe analysieren, um brauchbare Ergebnisse zu erzielen. Aber wir haben den Anfang gemacht! Ich muss dazusagen, dass der Bienentanz schon seit langem bekannt ist. Auch die Orientierungsweise der Ameisen. Unser Verdienst liegt vielmehr darin, ein Computerprogramm entwickelt zu haben, mit dessen Hilfe man sehr schnell artspezifisches Verhalten verstehen und sogar perfekt simulieren kann.«

Dass man einem Hund beibringen konnte, einen Stock zu apportieren oder einen Blinden zu führen, war Sarah noch einleuchtend. Sie hatte auch schon davon gehört, dass man sich durch Zeichensprache wenigstens rudimentär mit Affen und Delphinen verständigen konnte. Aber dass es möglich war, mit Insekten Informationen auszutauschen, hätte sie nicht gedacht.

»Unser nächstes Ziel ist es natürlich, Möglichkeiten zu finden, wie man sich mit komplizierteren Lebensformen als Insekten austauschen kann«, erklärte Kate weiter. »Mit Vögeln, Reptilien und Säugetieren. Leider ist deren Verhalten aber um einiges komplexer, sodass bis heute kein Computerprogramm in der Lage ist, es zu entschlüsseln. Es wird wahrscheinlich noch einige Jahre dauern, bis wir so weit sind. Aber auch unsere bisherigen Erkenntnisse lassen sich in der Praxis anwenden. Stellen Sie sich nur vor, man könnte ganze Herden von Nutzinsekten dazu abrichten, Getreidefelder nach Schädlingen abzusuchen. Man gibt ihnen ein genau definiertes Revier vor, und sie patrouillieren von morgens bis abends auf dem Acker, um nach dem Rechten zu sehen. Und das alles auf einem chemiefreien, umweltfreundlichen Weg. Klingt ziemlich verrückt, ich weiß. Aber ich halte das in naher Zukunft durchaus für möglich.«

Nach einigen Minuten hörte der Insektenregen auf, und durch den Tierteppich konnte man die weiße Farbe der Abdeckfolie nur noch stellenweise erkennen. Browning beugte sich über das Stromaggregat und schaltete es an, um für die bevorstehende Auswertung bessere Lichtverhältnisse zu schaffen. Obwohl die drei aufgestellten Strahler recht unscheinbar aussahen, überfluteten sie die Szenerie mit unerwarteter Helligkeit. Sogleich machten sich die beiden Wissenschaftler an die Arbeit. Vorsichtig, um kein Tier zu zerdrücken, arbeiteten sie sich von außen in Richtung Baumstamm vor. Auf allen vieren krochen sie über die Plastikplane und bildeten für jede Tierart ein Häufchen, sodass die Kunststoffplane nach einiger Zeit aussah wie eine miniaturisierte Pyramidenlandschaft.

Um nichts in der Welt hätte Sarah diese Arbeit verrichten wollen. Auch wenn sie genau wusste, dass die Insekten betäubt waren und sich nicht bewegen konnten, bereitete ihr der Gedanke, inmitten dieser Ungezieferschar herumkrabbeln zu müssen, äußerstes Unbehagen. Für sie war es schlimm genug, danebenzustehen und Fotos zu schießen. Nachdem die Sortierarbeiten erledigt waren, folgte die Auszählung. Die Hauptarbeit verrichtete dabei Kate, da sie die Expertin war. Browning ging ihr nur hier und da ein wenig zur Hand. Sie kamen auf 204 verschiedene Arten: 87 bei den Käfern, 49 bei den Ameisen, 42 bei den Schmetterlingen. Der Rest verteilte sich auf andere Arthropoden, vor allem kleinere Spinnen- und Fliegenarten.

Eine Stunde später waren die Tiere in Plastikbecher gefüllt

worden, und die beiden Wissenschaftler glitten mit elfenhafter Leichtigkeit an den Seilkonstruktionen auf und ab, um die Becher an den Stellen des Baums zu befestigen, an denen die Tiere lebten. Bei ein paar Arten waren sie sich nicht ganz sicher, gestand Kate später, aber sie war zuversichtlich, dass die Tiere sich auf ihrem Wirtsbaum zurechtfinden und ihren ursprünglichen Lebensraum wieder entdecken würden.

Schließlich waren nur noch sechs verschiedene Plastikbecher am Boden.

Kate hatte aus einem der Behälter einen Käfer genommen und hielt ihn in der flachen Hand. Er war kugelrund und so groß wie ein Dollarstück. Sein Rückenpanzer hatte eine rotgrüne Maserung, und aus seinem Kopf wuchsen zwei Fühler, die mindestens doppelt so lang waren wie sein Körper.

»Ich tippe auf einen nekrophagen Aaskäfer«, sagte sie und schob ihre Hand dicht vor die Augen, um das Insekt genauer zu begutachten. »Ernährt sich von tierischen Abfallprodukten und Kadavern. Vorigen Monat haben wir ein ähnliches Exemplar auf einem Baum ganz in der Nähe gefunden. Allerdings hatte das Tier wesentlich kürzere Fühler und eine andere Färbung der Deckflügel. Wie ist noch mal Ihr Nachname?«

»Meiner? ... Boulder«, antwortete Sarah. »Warum?«

»Boulderkäfer. Oder besser noch: Necrophorus boulderi. Jedenfalls so ähnlich. Meine Lateinkenntnisse sind schon ein bisschen eingerostet. Klingt aber nicht schlecht, oder?« meinte Kate. »Wer kann schon von sich behaupten, dass nach ihm eine Käferart benannt ist?«

Sarah lachte und sah sich ›ihren‹ Käfer auf Kates Handfläche noch mal etwas genauer an. »Danke«, sagte sie nicht ohne Stolz. Noch lieber hätte sie allerdings ihren Namen einer neuen Meerschweinchenart verliehen.

Aus jedem der noch auf der Erde stehenden sechs Plastikbecher entnahm Kate ein paar Tiere und steckte sie in Aufbewahrungsgläser, die sie mit einer luftdurchlässigen Membran verschloss. Die verbleibenden Käfer in den Bechern brachte Browning zurück auf den Baum.

»So, das hätten wir!« Kate war mit Recht zufrieden mit ihrem Tagewerk. »Sechs neue Spezies, gar nicht so schlecht. In den nächsten Tagen kommen wir noch mal her und entfernen die Becher und die Seile wieder von dem Baum.«

Auf dem Weg nach ›EDEN II‹ trug Sarah die Dose mit dem neuentdeckten Boulderkäfer. Vielleicht würde sie sich dazu durchringen können, den Käfer einmal auf ihrer Hand krabbeln zu lassen, doch ganz sicher war sie sich dessen nicht.

## 32

Die kleine Expedition kam erst am Nachmittag wieder zur Station zurück. Sarah, Kate und Browning waren während der Insektenzählung so vertieft gewesen, dass sie das Essen völlig vergessen hatten. Erst als Kate den Kühlschrank öffnete, fiel ihr auf, dass sie einen Mordshunger verspürte, und sie steckte die anderen mit ihrem Appetit an. Auch Mac und Doktor Arness, die sich keine Minute von ihren Laborversuchen entfernt hatten, genehmigten sich jetzt eine Pause und gesellten sich zu ihnen an den Küchentisch. Valdéz sei im Verlauf des Vormittags zwar aufgestanden, habe sich aber nicht besonders wohl gefühlt und sei wieder zu Bett gegangen, erzählten sie.

Sarah kam auf das zu sprechen, was Kate bereits in ›ABEL‹ angedeutet hatte: die computergesteuerte Kommunikation mit Insekten.

»Sie haben also schon davon gehört«, nickte Doc. »Es stimmt. Mit Hilfe moderner Computertechnik – und vor allem mit der von uns entwickelten Software – können wir mit manchen Arthropoden gewissermaßen sprechen. Nicht nur mit Insekten, auch beispielsweise mit Spinnen. Der Computer ist dabei sozusagen das Medium, der Übersetzer.«

»Könnten Sie mir das einmal vorführen?« Als Reporterin wollte sich Sarah mit eigenen Augen davon überzeugen.

»Sicher. Professor Houston hat das Interview gerade deshalb arrangiert.« Doc machte eine kurze Pause, bevor er seinen Gedanken wieder aufnahm: »Wir haben heute Morgen schon einige Versuche mit der Spinne durchgeführt, die Mac und Jim in ›KAIN‹ gefunden haben. Eigentlich wollten wir erst morgen damit fortfahren, aber wenn Sie möchten, zeigen wir Ihnen gerne heute schon, wie unsere Programme funktionieren. Nicht war, Mac?«

Der Junge nickte. »Selbstverständlich.«

»Jim und ich werden währenddessen das Boot ausräumen und die Geräte versorgen«, bestimmte Kate, und mit einem Augenzwinkern fügte sie hinzu: »Du hilfst mir doch, Jim?«

Der lächelte sie an, sagte aber nichts.

Am Steg konnte Browning sich dann nicht mehr bremsen. Er stieg ins Boot zu Kate, die gerade dabei war, die Nebelmaschine auf den Steg zu wuchten.

»Jim und ich werden währenddessen das Boot ausräumen und die Geräte versorgen«, imitierte er sie.

Sie drehte sich um und lächelte ihn an: »War ein guter Trick, um uns von den anderen abzusetzen, was?«

»Mhm ...« Brownings Knurren hieß eindeutig ›Ja‹.

»Jim?« Kates Gesichtsausdruck wurde ernst, und sie legte ihm beide Hände auf die Schultern.

»Ja, Baby?«

»Möchtest du auch in ›EDEN II‹ begraben werden? Falls du hier stirbst, meine ich.« Man sah ihr an, dass sie sich seit Houstons Unglück viel mit dem Gedanken an den Tod beschäftigt hatte.

Jim zögerte. »Ich denke schon, obwohl ich das nicht ausdrücklich in mein Testament geschrieben habe. Aber uns wird nichts geschehen, glaub mir«, versuchte er sie zu beruhigen. »Und wie steht's mit dir?«

»Ich möchte nirgendwo anders beerdigt werden«, sagte sie. »Falls ich hier sterben sollte –«

»Kate!« So kräftig Jim war, so sensibel reagierte er in Gefühlsdingen. Der Gedanke, dass Kate etwas zustoßen könnte, war ihm unerträglich. Und je mehr sie vom Sterben sprach, desto bedrohlicher schien es näher zu rücken, wie eine sich selbst erfüllende Prophezeiung. »Ich möchte davon nichts mehr hören!«

»Ich meine ja nur, falls es passiert, dann möchte ich direkt neben Houston begraben werden. Versprichst du es mir?«

»Kate, du wirst nicht –«

»Bitte versprich es mir!«

Jim verdrehte genervt die Augen und brummte: »Also gut, ich verspreche es.« Er hätte ihr in diesem Augenblick alles versprochen, um nur nichts mehr davon hören zu müssen und um Kate die Furcht zu nehmen.

Doch Kate hatte sein unwilliges Augenrollen registriert.

»Hey, mir ist es ernst damit«, sagte sie leise, und mit großen, bittenden Augen sah sie Jim an. Sie wusste, dass er gegen diesen Blick machtlos war.

»Ich weiß ja, Kleines.«

»Versprichst du es mir wirklich?«

»Ich verspreche es wirklich. Ehrenwort!«

Damit war das Thema für Kate erledigt, und ihr Lächeln kehrte zurück. Die Art, wie sie Browning ansah, änderte sich von einer Sekunde auf die andere. Ihr Blick war nicht länger bittend, er war fordernd. Provozierend.

Ohne zu zögern, machte sie sich an Jims Gürtelschnalle zu schaffen; sofort lag eine erregende Spannung in der Luft. Jim konnte sich ihr nicht widersetzen, und er wollte es auch gar nicht. Gierig streifte er Kates T-Shirt nach oben – einen Büstenhalter trug sie nicht – und legte ihre Brüste frei. Kurz darauf hatte er ihr bereits Hose mitsamt Slip bis zu den Knien heruntergezogen und sie auf den Steg gesetzt, wobei das Boot bedenklich schwankte. Die Erregung der beiden war inzwischen jedoch so groß, dass sie nicht mehr darauf achteten. Auch war es ihnen egal, ob irgendjemand sie von der Station aus sehen konnte.

# 33

Obwohl die Jalousien heruntergelassen waren, herrschte im Labor schweißtreibende Hitze, und Sarah klebten die Kleider am Leib. Die Glasvitrine mit der Spinne stand auf dem Tisch in der Raummitte, neben ihr Bildschirm und Tastatur. Von den Geräten führten zwei Kabel am Boden entlang quer durch das Zimmer zum Rechner, der unter einer der Arbeitsplatten plaziert war.

»Wir haben die Verhaltensmuster von siebenundsechzig verschiedenen Arthropoden gespeichert«, begann Doc seine Ausführungen. Er öffnete einen Schrank, der voll gestopft war mit Disketten. »Hier lagert das Wissen von dreieinhalb Jahren intensiver Forschungsarbeit. Natürlich hat das Smithsonian Kopien davon.«

Er nahm ein von einem Gummiring zusammengehaltenes Diskettenbündel aus dem Schrank und kam zurück zum Tisch. »Das hier sind die Aufzeichnungen, die wir benötigen. Wie Sie sehen, haben wir das Verhaltensschema dieser Spinnenart bereits vor dreizehn Monaten analysiert.«

Die 3,5-Zoll-Disketten waren von 1 bis 16 durchnumeriert und mit der Beschriftung ›Theraphosa lebl. – Mai/1997‹ gekennzeichnet. Während Doc das Laufwerk des Rechners nacheinander mit den Disketten fütterte, übernahm Mac die weiteren Erklärungen: »Und hier ist unsere Armee.« Er zog eine in viele kleine Kästchen unterteilte Schublade auf, worin sich unzählige Arthropodenkörper befanden.

»Die sehen ganz schön echt aus, nicht wahr?«, grinste Mac. »Sind sie aber nicht. Setzen sich alle aus -zig verschiedenen Kunststoff- und Latexverbindungen zusammen. Ihr Innenleben besteht aus mechanischen Konstruktionen, die technologisch auf höchstem Stand sind.« Er nahm eines der kleinen Kunstwerke aus der Lade, das der Spinne in der Glasvitrine auf den ersten Blick glich wie ein Ei dem anderen, abgesehen vielleicht von der Größe. Er legte den künstlichen Tierkörper mit dem Rücken auf die Arbeitsfläche und öffnete mit einer Klammer einen schmalen Spalt auf der Bauchseite.

»Darf ich bekannt machen? Das ist Marcy«, sagte er.

»Marcy?« Sarah war überrascht, dass die Attrappe einen Namen hatte.

»Genau«, stimmte Mac zu und begann, der Reporterin das Innenleben des Spinnenroboters zu erklären. »Das hier ist die Batterie. Sechs Volt. Die reicht für etwa zwei Stunden Dauerbetrieb, obwohl sie nicht größer ist als ein Stecknadelkopf. Wir haben sie erst vorhin ausgewechselt; sie wird also noch eine Weile ausreichen. Direkt daneben sehen Sie gewissermaßen das Herz der Maschine.« Mac zeigte mit einer Pinzette auf einen winzigen Motor, von dem aus sich ein unüberschaubares Gewirr an filigranen Stahlröhrchen und Leitungsdrähten in die einzelnen Gliedmaßen verzweigte.

»Jedes Bein dieser Spinnenart wird von etwa dreißig Muskeln bewegt. Es war gar nicht so einfach, diesen Aufbau mechanisch nachzubilden. Hier vorne sehen Sie einen kleinen Lautsprecher; daneben ist der Empfänger. Wir arbeiten mit Infrarotfernsteuerung. Der Computer sendet Signale aus, und Marcy setzt sie in Bewegungen und Geräusche um, so einfach ist das.«

»Und wie funktionieren die Duftstoffe? Kate erwähnte, dass Duftsignale eine wichtige Rolle spielen.«

»Richtig! Sehen Sie das Ding, das aussieht wie eine rote

Erbse, aus der die winzigen roten Schläuche in den Hinterleib führen?«

»Ja, sicher.«

»Das ist sozusagen der Vorratskanister, der sämtliche von dieser Spinnenart produzierten Duftstoffe enthält. Der Computer signalisiert, welcher Duftstoff in welcher Situation ausgeschüttet werden soll. Die Chemikalien werden dann durch die Schläuche zu einer künstlichen Drüse am Hinterleibsende geleitet. Marcy ist also lediglich der Körper. Der Computer ist die Schaltzentrale, gewissermaßen ein ausgelagertes Gehirn.«

»Und wer baut all die künstlichen Tierkörper? Sie?«

»Nein, nein. Natürlich können wir die Dinger hier im Dschungel nicht selbst herstellen, dazu fehlen uns die Materialien. Außerdem hätten wir gar keine Zeit dafür. Wir geben dem Smithsonian einfach bekannt, welche Attrappen wir benötigen, und einen Monat später haben wir, was wir wollen.«

Sarah war gespannt darauf, Marcy in Aktion zu sehen. Nachdem alle Disketten geladen waren, setzte Mac die Attrappe in den Glaskasten, und es ging los.

»Diesen Versuch haben wir heute früh in fünfzehnminütigem Abstand achtmal durchgeführt«, erklärte Doc. »Er ist ziemlich simpel. Die Frage ist, wie die Spinne sich verhält, wenn ein Artgenosse zu nahe kommt. Wir führen Ihnen das gleich mal vor.«

Doc gab ein paar Befehle in den Computer ein und startete das erste Programm. Langsam und ein wenig ungelenk begann Marcy, sich auf das andere Tier zuzubewegen.

»Wir haben im Kopf der Attrappe eine winzige Kamera eingebaut, die ihre Bilder in den Rechner überträgt. Damit kann der Computer das Verhalten seines Gegenübers identifizieren und darauf reagieren. Schauen Sie ...«

Der Bildschirm erinnerte die ausgebildete Ersthelferin an einen Krankenhausmonitor, mit dem die Körperfunktionen von Patienten überwacht wurden. Die obere Hälfte zeigte die

Schwarzweißprojektion der Kamera im Kopf der Attrappe. Darunter hüpfte ein grüner Lichtpunkt auf einer Skala ständig von links nach rechts, und in einem grau unterlegten Rechteck wurden diverse Zahlen eingeblendet, unter anderem die ›33‹.

Mac konnte Sarahs Gedanken ahnen und erklärte ihr, was sie schon vermutet hatte: »Das ist der Herzschlag der Spinne: dreiunddreißigmal pro Minute. Für eine Spinne dieser Größe ist das durchaus normal. Warten Sie ab, wie sie bei Erregung reagiert. Wir können den Puls anhand eines Richtmikrofons messen, das in den Kopf des Roboters integriert ist. Die Bewegungen der Attrappe werden so fein koordiniert, dass das übertragene Bild kaum wackelt, wie Sie sehen.«

Das stimmte. Obwohl Marcy ein wenig holprig auf ihr Opfer zukrabbelte, lag das Bild sehr ruhig auf der Mattscheibe. »Die anderen Anzeigen geben Blutdruck, Körpertemperatur und so weiter an.«

Gespannt beobachtete Sarah, wie das Tier sich verhalten würde. Zuerst geschah nichts, so als hätte die Spinne den Eindringling gar nicht wahrgenommen. Doch dann duckte sie sich plötzlich und begann in ihrer typischen Art auf- und abzuwippen – ein sicheres Zeichen für steigende Nervosität. Ihr Herzschlag schnellte auf 50 ... 100 ... 150 ... und erreichte seinen Höhepunkt bei einer Frequenz von 204 Schlägen pro Minute. Der grüne Punkt schlug auf dem Bildschirm aus wie die Nadel eines Seismografen.

Noch bevor Marcy sie erreicht hatte, warf die Theraphosa leblondi sich auf die Attrappe und malträtierte sie wie eine alte Erzfeindin. Ihre acht Beine betippelten wie wild den Körper des künstlichen Tiers, ihre Kieferklauen schnappten immer wieder nach dem Eindringling.

Endlich gab der Computer den Befehl zum Rückzug, und Marcy stakste von dannen. »Auch unsere Versuche heute Morgen sind allesamt so ausgegangen. Das ist auch gut so, denn genau diese Reaktion wollten wir provozieren. Beides – die Theraphosa und Marcy – sind Weibchen. Die Spinne musste ihr Revier verteidigen, denn das entspricht ihrem natürlichen Instinkt.«

Nun schaltete sich Mac ein: »Aber es entspricht ganz und gar nicht ihrem Instinkt, wie sie sich vorgestern mir und Browning gegenüber verhalten hat. Normalerweise flüchtet eine Vogelspinne vor großen Gegnern. Ihr Selbsterhaltungstrieb zwingt sie dazu. Aber auch in gefährlichen Situationen reagiert unser Exemplar hier aggressiv.«

Doc strich sich nachdenklich über den Schnurrbart und fuhr fort: »Ein anderer Versuch hat das bestätigt. Wir haben ihr die Nachbildung einer bestimmten Wespenart, einer Wegwespe, vorgesetzt. Das ist einer der wenigen natürlichen Feinde, die die Spinne hat, denn die Wespe kann sie durch einen Stich lahmen. Dann legt sie ihre Eier an ihr ab, und wenn die Jungen schlüpfen, verzehren sie die Spinne bei lebendigem Leib. Der Kampf zwischen den beiden Gegnern geht in den meisten Fällen zu Gunsten der Wespe aus. Deswegen versuchen die Spinnen, einem Kampf aus dem Weg zu gehen, wann immer das möglich ist. Unsere Spinne hat von zehn Wespenangriffen aber nur ein einziges Mal mit Flucht reagiert. Neunmal hat sie angegriffen!«

»Ich weiß nicht, was ich davon halten soll«, sagte Mac ratlos. »Sie greift einfach alles an, egal, was es ist. Wenn es um Flucht geht, sind ihre Instinkte wie ausgeschaltet. Ich weiß zwar noch nichts Genaues, aber ich denke, die Ampullen, die du, Doc, in dem Wrack gefunden hast, haben etwas damit zu tun. Davon bin ich absolut überzeugt.«

# 34

Während die beiden Frauen im angrenzenden Wald spazieren gingen, verbrachten Browning und Doc den Rest des Nachmittags am Steg, um das angeschlagene Flugzeug zu reparieren. Sie montierten den verbogenen Propeller ab und untersuchten den Motor auf undichte Stellen. Valdéz' Attacken hatten an der Maschine eventuell kleine Risse verursacht, aus denen womöglich Öl leckte, und keiner der Männer legte Wert darauf, zu erleben, dass die Kolben aus Mangel an Gleitmittel plötzlich mitten über dem Dschungel aussetzten.

Der Kühlerschlauch und die Benzinleitung waren gerissen und mussten ausgewechselt werden, wie Browning mit fachmännischer Miene feststellte. Auch die Verteilerkappe hatte etwas abbekommen, was schon kritischer war, denn dafür hatten sie keinen Ersatz in der Station. Folglich mussten sie improvisieren, und das würde einige Zeit in Anspruch nehmen. Dem Propeller wollten sie sich ein andermal widmen, wenn der Motor wieder flugtauglich war.

Mac hatte sich vorgenommen, die Ampullen, die Doc von der Absturzstelle mitgebracht hatte, näher unter die Lupe zu nehmen. Den Glaskasten mit der Spinne räumte er zur Seite, auf einen der Arbeitstische an der Wand. Der Junge war davon überzeugt, dass diese Ampullen irgendwie in Verbindung mit dem sonderbaren Verhalten der Tiere standen.

Er nahm eines der Fläschchen zwischen Daumen und Zeigefinger und hielt es prüfend gegen das Licht. Es war etwa zur Hälfte gefüllt mit einer giftgrünen, milchigen Flüssigkeit, die bei den vorherrschenden Temperaturen offenbar sehr schnell verdampfte: Wie in einem Miniaturtreibhaus war der grüne Nebel im oberen Bereich der Ampulle kondensiert und hatte feine Tröpfchen gebildet, die in dünnen Fäden an der Glasinnenwand hinunterrannen, um sich wieder im unteren Teil zu sammeln.

Der Junge legte das kleine Fläschchen in einen wesentlich größeren, robusten Kunststofftubus, verschloss ihn sorgfältig mit einem Gummipfropfen und begann, ihn wie einen Cocktailbecher zu schütteln. Mit einem splitternden Knacken zerplatzte die Ampulle im Innern des Tubus, dessen durchsichtige Umwandung sofort beschlug. Mit einer Hohlnadel, die er auf eine Spritze schraubte, durchstieß er den Gummiverschluss und saugte etwas von der Flüssigkeit auf.

Als Versuchsobjekt wählte er eine Zikade; mit diesen Tieren hatte er die ersten Kommunikationsversuche unternommen. Seine Arbeitsergebnisse waren schon vor drei Jahren von Smithsonian geprüft und als korrekt bestätigt worden. Das hieß, die computergesteuerte Attrappe konnte mit einer Wahrscheinlichkeit von mehr als 98 Prozent ein im Voraus festgelegtes Verhaltensmuster des Tiers auslösen.

Vorsichtshalber öffnete Mac die Fenster und setzte sich einen Mundschutz auf. Wenn seine Vermutung sich als richtig erwies, war die Substanz in den Ampullen äußerst gefährlich.

Er durchstach die Membran des Glases, in der sich die Zikade befand und drückte etwas von der Flüssigkeit aus der Spritze. Die Substanz verdunstete zischend.

Mac setzte das Tier zusammen mit einer Zikadenattrappe in eine leere Glasvitrine, verschloss sie und nahm den Atemschutz wieder ab. Als er gerade dabei war, die Disketten in den Computer zu laden, erschien Valdéz in der Tür.

»Guten Morgen, Junge!«, begrüßte er ihn mit rollendem ›R‹, wobei er sich verschlafen die Augen rieb.

»Guten Abend!«, entgegnete Mac prompt. »Es ist bereits fünf Uhr.«

»Schon so spät?« Der Mann schien sich nicht mehr daran zu erinnern, dass er bereits wach gewesen war und sich wegen Unwohlseins wieder hingelegt hatte. Er reckte genüsslich die Glieder, um den letzten Rest Müdigkeit aus seinen Knochen zu vertreiben, und kratzte sich mit einer Hand über das stoppelige Kinn. Eine Rasur hätte er weiß Gott nötig gehabt. »Was dagegen, wenn ich Ihnen schaue ein bisschen über die Schulter?«

»Keineswegs«, log Mac. Ganz wohl war ihm bei der Anwesenheit des Copiloten nicht. Immerhin waren bei der Bruchlandung Tausende von Ampullen zerbrochen, und Valdéz musste die Dämpfe eingeatmet haben. Falls Macs Annahme richtig war und die grüne Milch tatsächlich etwas mit den schrecklichen Geschehnissen der letzten Tage zu tun hatte, war er möglicherweise in Gefahr. Valdéz' Unschuld bezüglich Houstons Tod war noch keineswegs erwiesen.

Mac simulierte mit der Zikade abwechselnd ›Paarungsverhalten‹ und ›Rivalitätskampf‹, jeweils sechsmal. Während der Testreihe schlich Valdéz um den Tisch herum wie ein hungriger Wolf um eine Schafherde. Immer wieder erkundigte er sich nach den Ergebnissen der Computerauswertung, schien aber aus den vagen Antworten des Jungen nicht recht schlau zu werden.

Die Unruhe, die Valdéz nicht eine Sekunde stillstehen ließ, übertrug sich auch auf Mac. Er wurde immer nervöser, je mehr der Brasilianer um ihn herumscharwenzelte. Vor allem wenn er Macs Blickfeld verließ und hinter seinem Rücken verschwand. Mac versuchte, auf Spiegelungen in der Vitrine und ungewöhnliche Geräusche zu achten, um einen vermeintlichen Angriff rechtzeitig parieren zu können. Alle

Vorsichtsmaßnahmen waren jedoch überflüssig – es geschah nichts. Pausenlos erzählte Valdéz Abenteuer aus seinem Leben, prahlte mit irgendwelchen Weibergeschichten, die er fantasievoll ausschmückte. Mac glaubte ihm kein Wort, ließ den Mann jedoch reden, solange dieser ihn nicht bei der Arbeit behinderte. Auch wenn er das Blaue vom Himmel herunterlog, gefährlich war Valdéz nicht. Zumindest im Augenblick.

Nach einer Stunde verließ Valdéz das Labor aus Langeweile. Eine weitere Stunde später hatte Mac seine Versuche beendet, aber er war alles andere als zufrieden. Er ließ sich einige Computeraufzeichnungen ausdrucken und betrachtete kopfschüttelnd die vor ihm ausgebreiteten Schwarzweißdiagramme. Normalerweise hätte er mit diesen Ergebnissen gerechnet – heute hingegen wunderte er sich darüber: Alle Messwerte entsprachen der Norm. Es gab nicht eine einzige Abweichung. Wie vom Computer prognostiziert, hatte sich die Zikade sechsmal auf Paarung und sechsmal auf Rivalitätskampf eingelassen. Mac war verwirrt. Er hätte darauf gewettet, dass die Ampullenflüssigkeit für die Verhaltensstörung der Spinne verantwortlich war. Aber seine Tests hatten eindeutig das Gegenteil bewiesen.

Ausgehend von dieser neuen Erkenntnis, suchte Mac nach Antworten. Wenn die grüne Ampullensubstanz unschädlich war, dann musste es einen anderen Grund für das merkwürdige Verhalten der Theraphosa leblondi geben. Aber welchen? Und warum hatte Valdéz das Flugzeug demoliert? Konnte es sein, dass das Fallschirmpaket, das der Brasilianer aus dem Flugzeug abgeworfen hatte, damit in Zusammenhang stand? Aber was war dann in diesem Paket? Und für wen war dieses Paket bestimmt gewesen? Oder war Valdéz' Geschichte nur eine Lüge?

Je mehr ungelöste Fragen auf ihn einstürmten, desto mehr steigerte sich das Unwohlsein des Jungen. Bis vor kurzem hatte er immer den Eindruck gehabt, hier, im unberührten Herzen des Waldes, sicher zu sein. Jetzt fühlte er sich bedroht.

## 35

Die abendliche Diskussion war inzwischen schon zu einer Art Tradition geworden. Alle vier Männer – einschließlich Valdéz – und die beiden Frauen saßen am Küchentisch, der überhäuft war mit Tellern, Schüsseln, Gläsern und Besteck.

Mac hatte seinen Kassettenrekorder neben der Kaffeemaschine aufgestellt und Mozarts ›Zauberflöte‹ eingelegt, ein Musikgeschmack, den Sarah nicht von ihm erwartet hätte. Der Rekorder war im Vergleich zur modernen technischen Ausstattung der Station absolut veraltet: ein Gerät mit breiten Druckknöpfen, die man mit sanfter Gewalt bedienen musste, um sie einrasten zu lassen. Der abgegriffenen Kassette sah man die häufige Benutzung an – entsprechend ›berauschend‹ war die Klangqualität.

Chico lag faul an einer Wand und beobachtete mit gelassener Neutralität das Geschehen am Tisch. Er hatte sein Fressen in einem Napf vor sich, auf dem sein Name stand, doch verspürte er keinen Hunger. Ein gelangweiltes Gähnen mit weit aufgerissenem Maul war alles, was das Tier zu Stande brachte.

»Waren Sie schon einmal in der Oper?«, wollte Mac von Sarah wissen, während im Hintergrund die helle, durch Mark und Bein dringende Sopranstimme der Königin der Nacht zu vernehmen war.

»Ein paar Mal. In New York«, antwortete Sarah. »In der Met. ›La Traviata‹, ›Othello‹«, ›Carmen‹ ...«

»Sie sollten einmal ins Teatro Amazonas in Manaus gehen.«

Sarah lehnte das jedoch kategorisch ab. »Nach Manaus? In die Oper? Nein, danke! Nicht, solange der Verrückte dort noch frei herumläuft.«

»Welcher Verrückte denn?«, wollte Kate wissen.

»Ein Amokläufer«, erklärte Sarah. »Er hat vor eineinhalb Wochen vor der Oper dreizehn Menschen erschossen. Ein paar Tage später zwei weitere. Der Polizei ist er durch die Lappen gegangen.«

»Vielleicht ist er inzwischen schon geschnappt und in den Knast geworfen worden«, warf Valdéz ein. »Oder er hat die Stadt verlassen.«

Sarah blieb hart. »Ist mir egal«, sagte sie. »Mich bringen keine zehn Pferde dorthin.«

»Schade«, sagte Mac. »Sie verpassen etwas, denn das Gebäude ist ein Schmuckstück. Es wurde Ende des letzten Jahrhunderts errichtet und der Oper in Paris nachempfunden. Soweit ich weiß, wurden die meisten Einrichtungsgegenstände aus Europa herübergeholt. Wirklich imposant.« Doch auch von seiner Schwärmerei ließ Sarah sich nicht beeindrucken.

Eine Weile unterhielten sie sich noch über Musik, und Valdéz ließ es sich nicht nehmen, ein Lied aus seiner Heimatstadt Belo Horizonte vorzutragen und dabei in der engen Küche mit Kate zu tanzen. Langsam löste sich die Anspannung der letzten Tage.

Zum allgemeinen Vergnügen erzählte Browning noch einmal die Geschichte, wie Doc und er das Flugzeug zurückerobern mussten.

»Senhor Valdéz hat vom Propeller nicht viel übrig gelassen, und auch den Motor hat es ganz schön erwischt! Morgen oder übermorgen werde ich versuchen, die Kiste wieder in Ordnung zu bringen, und mit etwas Glück fliegt sie wieder. Sie haben wirklich ganze Arbeit geleistet, Mister!«

Browning prostete dem Brasilianer mit einem Glas Mineralwasser zu, und Valdéz freute sich sichtlich, dass ihm der Schaden, den er angerichtet hatte, nicht nachgetragen wurde. Er lachte und alberte mit den anderen herum: »Ich habe euch eingejagt einen ganz schönen Schrecken, was?«

»Das kann man laut sagen!«, stimmte Browning zu. »Hält der Kerl doch plötzlich eine Pistole in der Hand! Ich war mir nicht sicher, ob er Doc ein drittes Loch in die Nase schießen würde.«

»Ich auch nicht!«, lachte Doc, obwohl er sich noch sehr gut an die Panik erinnerte, die ihn in dieser Situation ergriffen hatte.

Valdéz setzte noch einen drauf: »Ich auch nicht!« Und erneut brach Gelächter aus. Der Brasilianer schien sich dabei verschluckt zu haben, denn er schnappte nach Luft und hustete fürchterlich. Doc, der neben ihm saß, schlug ihm auf den Rücken, dann hatte er sich offensichtlich wieder gefangen.

»Danke!« Er nickte Doc zu. »Ich werde lieber wieder gehen zu Bett. Ich fühle nicht mich so gut.« Beim Aufstehen taumelte er, stützte sich stöhnend am Tisch ab und stand für einen Augenblick still, bis er das Gleichgewicht wieder gefunden hatte.

Der Hund bemerkte als Erster die Veränderung, die in Valdéz vorging, und er begann, heftig zu knurren. Noch bevor die anderen wussten, was geschah, ergriff der Mann mit beiden Händen seinen Stuhl, wuchtete ihn in die Höhe und schlug ihn mit ohrenbetäubendem Krachen auf den Tisch. Besteck und Tellerscherben flogen durch die Küche; jeder hielt sich schützend die Arme vors Gesicht. Chico riss den Kopf hoch, stand sofort auf allen vieren und bellte Valdéz wie wild an. Ein weiterer Hieb ließ den Stuhl auf der Tischplatte zerbersten. Die abgebrochene Lehne polterte dumpf gegen den Küchenschrank, und eine Plastikschüssel sauste zischend an Macs Ohr vorbei. Sie klatschte in eine Ecke, fiel herunter und rollte noch ein Stück weit, ehe sie endgültig umkippte und liegen blieb.

Kate handelte geistesgegenwärtig. Sie schnappte sich ihren Stuhl und ging damit auf Valdéz los. Vielleicht würde es ihr gelingen, ihn in eine Ecke zu drängen, um damit seinen cholerischen Anfall zu bremsen. Der Mann war jedoch schneller, packte sie und schleuderte sie mitsamt dem Stuhl an die Wand. Sie prallte ab und sank benommen zu Boden.

Mit weit aufgerissenen Augen und geballten Fäusten stand der Brasilianer da.

»Senhor Valdéz!« Doc wollte ihn beruhigen, doch der Angesprochene reagierte nicht. Stattdessen lief er auf Browning zu, der im Kücheneingang stand. Wie ein Angreifer beim Rugby rannte er den Schwarzen regelrecht um und verschwand im Gang. So viel Kraft hatte ihm niemand zugetraut – vor allem Browning nicht.

»Er läuft ins Labor!«, schrie Mac und rannte hinterher. Er musste ihn unbedingt erwischen, bevor der Amokläufer die teuren Geräte zertrümmerte.

Doch es war zu spät. Valdéz hatte bereits begonnen, die Vitrine mit der Zikade, die Computertastatur und den Bildschirm in Einzelteile zu zerlegen. Mit einer Stahlstange, offenbar ein Teil des kaputten Küchenstuhls, hämmerte er nun auf den Tisch ein.

»Aufhören!«, befahl Mac mit fester Stimme, ohne Erfolg. Der Mann sah ihn nur böse an und machte weiter. Wie besessen zerschlug er alles, was in Reichweite lag: Becher, Zentrifugen, Messgeräte.

Auch die Gläser mit den Versuchstieren.

Die Luft verdunkelte sich und begann zu leben. Der ganze Raum war eine einzige verwaschene Bewegung, ein tanzender, grauer Schleier. Überall schwirrten Fliegen, Käfer und andere Insekten umher, und der Boden schien unter ihren Füßen zu knistern.

Valdéz hörte noch immer nicht auf. Jetzt war er an dem Arbeitstisch, unter dem sich der Computer befand. Keuchend schlug er auf den Rechner ein, bis das Gehäuse platzte und das Belüftungsgitter absprang. Als Valdéz sich umdrehte, um auf die Fensterscheibe loszugehen, nutzte Mac die Gelegenheit. Er nahm Anlauf, stürzte sich auf den Mann und warf ihn zu Boden. Beide wälzten sich in dem Durcheinander von Scherben und Insekten und droschen aufeinander ein.

Valdéz gelang es, Mac unter sich zu begraben und ihm einige Hiebe in die Seite zu versetzen. Ein Fausthagel hämmerte dem Jungen die Luft aus der Lunge. Mac stöhnte unter dem Schmerz laut auf. Endlich gewann er die Oberhand, und er schwang sich auf den tobenden Brasilianer. Die Kraft und Wendigkeit, mit der sich der hagere Mann zur Wehr setzte, war erstaunlich.

Auf einmal flog Mac etwas ins Auge, und für einen Moment war er unaufmerksam. Es brannte scheußlich, da traf ihn mit voller Wucht eine Faust am Kinn. Sein Kopf wurde zur Seite gerissen, seine Brille flog in die Ecke, und um ihn herum verschwamm alles.

Plötzlich waren Doc und Browning da. Arness warf sich auf den wild zappelnden Valdéz, der noch immer auf dem Boden lag.

»Halt ihn fest!«, brüllte Browning inmitten des ohrenbetäubenden Summens unzähliger Insekten. »Hast du ihn?«

»Ja!«

»Lass ihn um Gottes willen nicht los!«

»In Ordn...« Irgendetwas Weiches war Doc beim Luftholen in die Kehle geraten. Prustend drehte er sich zur Seite und spie das Tier wieder aus. »Beeil dich!«

Browning ging in die Knie, wich Valdéz' Fußtritten geschickt aus und stieß ihm eine Beruhigungsspritze in den Leib. Kurze Zeit später war der Spuk vorbei, der Wahnsinnige lag reglos am Boden.

»Sieg durch K. o. in der zweiten Runde!«, triumphierte der ehemalige Schwergewichtler erschöpft und gab Valdéz einen anerkennenden Klaps auf die Wange. »Hast dich gut geschlagen, mein Alter.«

Doc rappelte sich mühsam auf und öffnete die Fenster, so weit es ging, damit die Insekten ins Freie gelangen konnten. »Sind die Ampullen noch heil?«, fragte er besorgt.

»Alle«, sagte Mac. Mit einer Kopfbewegung deutete er zur Arbeitsplatte, wo die Fläschchen so unversehrt lagen, wie er sie vor dem Essen zurückgelassen hatte. »Außerdem ist ihr Inhalt ungefährlich. Wir sollten uns die grüne Flüssigkeit zwar einmal genauer ansehen, aber meine Versuche haben eindeutig erwiesen, dass sie keine Verhaltensstörung auslöst.«

»Das ist ja eine gute Neuigkeit«, sagte Doc freudlos. »Dennoch haben wir ein Problem: die Spinne!«

»Wieso?« Mac, der seine Brille noch nicht wieder gefunden hatte, kniff die Augen zusammen, konnte aber kaum etwas erkennen. Grinsend meinte er: »Was ist mit ihr? Ich kann sie nirgends sehen.«

»Ich auch nicht«, gab Doc ernst zurück. »Und das ist der springende Punkt. Sie ist nämlich weg!«

Tatsächlich war bei dem Kampf auch die Vitrine mit der Theraphosa leblondi zu Bruch gegangen. Allen war klar, wie gefährlich ihnen das giftige Tier werden konnte.

»Wir müssen sie suchen«, sagte Mac. »Es bleibt uns keine andere Wahl. Sonst sind wir hier nicht mehr sicher!«

# 36

Der Versuch, die Spinne wieder zu finden, scheiterte. Eine Stunde lang kämmten sie die gesamte Station ab und durchleuchteten mit Taschenlampen alle verborgenen Winkel und Ecken. Sie durchstöberten die Töpfe und Pfannen in der Küche genauso wie die Bücherregale im Wohnraum. Nichts. Selbst die Schränke wurden von den Wänden gerückt. Sie begutachteten die Kopfkissen und Decken ihrer Betten und drehten sogar die Matratzen um – keiner wollte ein unnötiges Risiko eingehen.

Mac ließ es sich nicht nehmen, alle Abwasserrohre zu kontrollieren, indem er sie mit einem Becher Benzin ausgoss und es anzündete. Das Feuer loderte kurz auf und erstarb sofort wieder. Nur in der Spüle des Labors brannte es wegen der chemischen Rückstände weiter, und er musste den Wasserhahn aufdrehen, um die Flamme zu löschen. Auch hier hatte sich die Spinne nicht versteckt.

Widerwillig brach man die Suche nach ihr ab. Es gab nichts, was sie noch hätten tun können. In den nächsten Tagen war äußerste Vorsicht geboten, wenn sie nicht unnötig ihr Leben riskieren wollten. Die Chance, dass das Tier zwischenzeitlich ins Freie gekrabbelt war, war gering, das wussten sie. Jedenfalls viel zu gering, als dass sie sich Unachtsamkeit leisten konnten.

Der ohnmächtige Valdéz wurde abgeduscht, und Doc brachte ihm neue Kleidung. Nachdem sie ihn wieder angezogen hatten, entschieden sie sich, ihn vom Männerschlafraum in die ›Kammer‹ umzuquartieren. In dem schmalen Raum zwischen Badezimmer und Labor stapelten sich diverse Essensvorräte, Maschinenteile, Öl- und Benzinkanister, Ersatzteile und alles, was anderswo nicht unterzubringen war. Fenster gab es nicht, einzige Lichtquelle war eine 60-Watt-Glühbirne, die nackt von der Decke hing und nur schummrige Beleuchtung bot.

Da die Kammer kein Türschloss hatte, wurde Valdéz mit Hand- und Fußgelenken an die vier Ecken seines Stahlbetts gefesselt. Man wollte sichergehen, dass er nicht in einem neuerlichen Tobsuchtsanfall die ganze Station zerstörte.

Als die anderen ebenfalls geduscht hatten, machten sie sich daran, das Labor aufzuräumen. Es glich einem Schlachtfeld. Eimerweise kehrten sie Glas- und Kunststoffteile zusammen. Wie hoch der Schaden war, konnte niemand sagen, das hing davon ab, wie viel der Computer abbekommen hatte. Tastatur und Bildschirm konnte man ersetzen. Aber wenn die zentrale Recheneinheit beschädigt war, gingen die Kosten gleich in die Millionen.

Mac war von dem Kampf noch recht mitgenommen. Er hatte sich einige kleinere Schürf- und Schnittwunden zugezogen, die Sarah mit Jod behandelte.

»Würden Sie mir einen Gefallen tun?«, sagte Mac, als Sarah fertig war. »Helfen Sie mir, zwischen all dem kaputten Gerumpel meine Brille wieder zu finden. Ohne die sehe ich nicht viel mehr als Stevie Wonder.« Beide lachten, doch ihm war es ernst.

»Na, dann wollen wir mal«, sagte Sarah und machte sich daran, den Boden abzusuchen. Sie fand das Nickelgestell unter einem der Arbeitstische und gab es dem Jungen.

»Verdammte Scheiße!«, zischte er.

»Ich bitte Sie! Ein einfaches ›Danke‹ hätte es doch auch getan!«, gab Sarah zurück.

Mac entschuldigte sich und zeigte ihr die Brille. Das linke Glas hatte nicht einen Kratzer abbekommen, aber das rechte sah aus wie ein Spinnennetz. Die Bruchstücke saßen nicht mehr passgenau in der Fassung, und es bestand die Gefahr, dass sie bei einer Kopfbewegung oder Erschütterung aus dem Gestell fielen.

Um das zu vermeiden, schnitt Mac aus einem Stück durchsichtiger Klebefolie zwei kreisrunde Plättchen aus und drückte sie von beiden Seiten auf das zersprungene Glas. Die überstehenden Ränder falzte er einfach um.

»Besser als nichts, aber auch nicht gerade perfekt«, maulte der Junge, als er die notdürftig reparierte Brille wieder aufgesetzt hatte. »Auf dem rechten Auge sehe ich wie durch ein Kaleidoskop.«

»Haben Sie keine Ersatzbrille dabei?«, fragte Sarah.

»Das ist meine Ersatzbrille!«

Während sie aufräumten, erzählte Mac der Reporterin die Geschichte, wie ihn der Hund aus dem Gleichgewicht gebracht hatte und er vom Steg in den Fluss gestürzt war. Sie plauderten auch noch über allerlei andere Dinge, und eine halbe Stunde später war das Labor wieder einigermaßen sauber.

Durch die sich überschlagenden Ereignisse waren alle innerlich noch so aufgewühlt, dass keiner ins Bett gehen wollte. An Schlaf war sowieso nicht zu denken.

Doc hatte die Idee, einen kleinen Schlummertrunk zuzubereiten, was allgemeine Zustimmung fand.

Nur Browning meldete Bedenken an: »Ich dachte, wir hätten keinen Alkohol mehr im Haus. Und heute brauche ich etwas Stärkeres zum Einschlafen als Tomatensaft.«

»Wart's einfach ab.« Doc lächelte geheimnisvoll und ließ die anderen im Labor zurück. Keiner wurde aus seinem Benehmen so recht schlau.

Aus der Küche hörte man leises Klappern; kurz darauf erschien Doc wieder in der Tür und bat den Rest der Mannschaft in den Wohnraum. Auf dem Tisch standen bereits fünf Gläser. Wie der Ober auf einer eleganten Dinnerparty reichte Doc mit wichtiger Miene jedem sein Glas. Als alle versorgt waren, prosteten sie sich gegenseitig zu und kippten den Drink, der eine undefinierbare Farbe hatte, in einem Zug hinunter.

»Was ist das denn?« Kate röchelte nach Luft, aber den anderen ging es nicht besser.

»Willst du uns vergiften?«

»Ich wette, von dem Zeug wird man blind!«, hustete Browning. »Das heißt, falls man Glück hat und es überlebt!«

»Hey, ihr wolltet einen Schlummertrunk, schon vergessen?«, rechtfertigte sich Doc heiser.

»Was ist denn da drin?«, erkundigte sich Sarah.

»Nun ja ...«, stammelte Doc verlegen und kratzte sich über sein kurz geschorenes, graues Haar. »Alles was ich finden konnte: Papaya-, Ananas- und Mangosaft, ein Schuss ausgepresste Limette ...« Er zauberte neben der Sitzbank eine schlanke Flasche hervor. »... und ein ordentlicher Schluck von dem da: echter mexikanischer Tequila aus meinem Privatbestand. Der pfeift ganz schön rein, was?«

»Ja, Mann, ich schätze, dieser Drink greift gar nicht erst die Leber an. Der steigt direkt in den Kopf und zersetzt einem das Hirn.« Browning schüttelte sich. Sie alberten noch eine Weile ausgelassen herum, doch der Reihe nach setzte bei Kate, Sarah, Mac und Brown' die Müdigkeit ein. Als auch Doc ausgiebig zu gähnen begann, beschlossen sie, ins Bett zu gehen.

Die Schlafzimmer wurden noch einmal nach der frei herumlaufenden Vogelspinne durchsucht, jedoch auch diesmal ohne Erfolg. Erst als sie sicher waren, dass das Tier sich nicht in ihren Räumen aufhielt, legten sie sich hin. Durch die verschlossenen Türen konnte die Spinne nicht eindringen.

Die Nacht verlief ruhig.

Bis zu einem gewissen Zeitpunkt.

## 37

*Mittwoch, 17. Juni 1998*

Um 6.30 Uhr in der Früh piepste Macs Armbanduhr. Entgegen seiner Befürchtung hatte er nicht geträumt. Weder von den beiden Jungen, die vom Feuer verschlungen wurden, noch von Professor Houstons Leiche.

Dennoch fühlte er sich miserabel. Sein Kopf war schwer wie Blei, und als er sich mit einer Hand schlaftrunken übers Gesicht strich, fühlte sich seine Haut weich und schwammig an. Sein Kinn, das während des Kampfs im Labor Bekanntschaft mit Valdéz' Faust gemacht hatte, schmerzte. Am liebsten hätte er sich wieder hingelegt. Eine Sekunde lang war er versucht, diesem Bedürfnis nachzugeben, dann entschied er sich aber doch anders. Für diesen Morgen hatte er sich vorgenommen, wieder einmal joggen zu gehen – die Ereignisse der letzten Tage drohten ihn zu zermürben. Er brauchte Ablenkung, um auf andere Gedanken zu kommen.

Im Dunkeln setzte er die behelfsmäßig reparierte Brille auf, dann tastete er sich zu seinem Spind und zog seine Sportkleidung an. Sehen konnte er seine beiden Kollegen nicht, doch er vernahm ihre gleichmäßigen Atemzüge. Mac schlich sich aus dem Zimmer. Er zog so leise wie möglich die Tür hinter sich zu und wollte sich gerade auf den Weg nach draußen machen, als ihn etwas an der Schulter streifte. Mac zuckte zusammen.

»Kate? ...«, flüsterte er.

Keine Antwort.

»Sarah? ...«

Stille.

Da Brown' und Doc noch schliefen, blieb nur noch eine Alternative – aber nein, das konnte nicht sein!

»Senhor Valdéz?« In Mac verkrampfte sich alles. War es möglich, dass der Brasilianer sich von seinen Fesseln hatte befreien können?

Es war so finster, dass man die Hand nicht vor Augen sehen konnte. Aber warum zum Teufel antwortete keiner? Irgendetwas stimmte nicht. Vorsichtig streckte Mac seinen Arm aus, bis er an etwas stieß, das vor ihm zurückwich und ihn gleich darauf wieder berührte.

Was war das?

Irgendwie kam ihm dieses ›Etwas ‹ bekannt vor, vertraut, weich und hart zugleich. Als das Ding erneut auf ihn stieß, kratzte es ihn wie mit Fingernägeln am Arm. Macs Nackenhaare sträubten sich, und eine fürchterliche Vorahnung überkam ihn. Er wich einen Schritt zurück und betätigte den Lichtschalter. Die plötzliche Helligkeit blendete ihn, doch er erkannte sofort, was er vor sich hatte. Starr vor Entsetzen stand er da, unfähig, sich auch nur einen Millimeter zu bewegen.

Es war der Hund. Das strangulierte Tier hing an einer Kette von der Decke herab wie ein Stück Fleisch in einem Schlachthof. Durch Macs Berührungen angestoßen, schaukelte es langsam hin und her. Sein Gesicht war zu einer hässlichen Fratze verzogen. Ein Spiegelbild der Schmerzen, die das Tier beim Ersticken durchgemacht hatte. Die Zunge hing seitlich zwischen den Zähnen aus dem Maul heraus, die Augen waren weit aufgerissen, und alle vier Beine standen steif vom Körper ab.

Durch die kaputte Brille wirkte alles nur noch grausiger.

Mac fühlte, wie er zu zittern begann. Wer konnte einem Hund nur so etwas antun?

Hass stieg in ihm auf. Hass und Verachtung. Wie von selbst ballten sich seine Fäuste, sodass die Knöchel sich weiß färbten. Mit entschlossenen Schritten ging er in die Küche. Er riss sich seine Brille von der Nase, brach alle verfügbaren Eiswürfel aus dem Gefrierfach, schüttete sie in die Spüle und tauchte seinen Kopf hinein. Die Kälte und die scharfen Kanten der Eiswürfel stachen wie Nadeln in sein Gesicht, doch er wollte einen starken körperlichen Schmerz spüren, um sich von dem seelischen zu befreien. Erst als sein Gesicht allmählich taub wurde, konnte er wieder klar denken.

Verdammt!

Hart schlug er mit der Faust auf die Spüle, so fest, dass er sich die Finger aufschürfte.

Verdammt! Verdammt! Verdammt!

Als er mit gerötetem Gesicht und nassen Haarsträhnen aus der Küche kam, stand Doc im Gang, der ihn wohl gehört haben musste. »Das ist ja grauenhaft!« Seine Stimme war so leise, dass man ihn kaum hörte.

Mac sah Arness an. Es war ein Blick voller Abscheu und unberechenbarem Zorn. Mit diesem Blick hätte er töten können.

Lange Zeit betrachtete Mac den Hund ohne die geringste Regung – als wolle er sich diesen Anblick für alle Zeiten einprägen. Dann riss er sich los und ging auf die Kammer zu.

»Ich bringe ihn um!« Es war nicht mehr als ein Murmeln – aber dieses Murmeln drückte mehr Entschlossenheit aus als jede Brüllerei. Mit aller Kraft stieß er die Tür auf, sodass sie schwungvoll gegen die Wand krachte. Der Aufprall hatte eine solche Wucht, dass einzelne Dosen und Kanister aus den Regalen fielen. Jetzt schrie Mac, schrie sich seinen Hass von der Seele: »Ich bringe dieses verdammte Schwein um! Ich bringe ihn um!« Plötzlich stockte er, schien sich für eine halbe Ewigkeit nicht zu bewegen und drehte sich schließlich um.

Die anderen waren inzwischen wach geworden und starrten mit Ekel und Entsetzen den erhängten Hund an.

»Er ist weg!«, stotterte Mac geistesabwesend.

Valdéz' Bett war leer, die Seile, mit denen er gefesselt worden war, baumelten lose an den Pfosten.

»Weg?«, wiederholte Browning. »Wie konnte das passieren?«

»Keine Ahnung. Wahrscheinlich waren die Fesseln zu locker.« Auch wenn es der Junge nicht offen aussprach, war Browning klar, dass er ihm die Schuld gab am Tod des Hundes, denn er hatte Valdéz die Stricke angelegt. Obwohl Jim davon überzeugt war, Valdéz korrekt gefesselt zu haben, wusste er, dass es keinen Sinn hatte, sich auf eine Diskussion einzulassen. Es war besser zu schweigen und abzuwarten, bis sich die Aufregung gelegt hatte.

Der Junge schaufelte das Grab direkt neben dem von Professor Houston. Hilfe wollte er nicht annehmen. Auch wenn Chico schon seit drei Jahren in der Station war und jeder ihn ins Herz geschlossen hatte, so war es doch sein Hund. Ihm war er nachgelaufen, er allein war für ihn verantwortlich, und er allein würde ihn begraben.

Als er wieder ins Gebäude zurückging, um den Hund abzuhängen, standen die anderen schweigend Spalier. Sie sahen ihm zu, wie er den leblosen Körper auf seinen Armen nach draußen trug, und sie folgten ihm ans Grab. Mac legte den Hund hinein, schaufelte es mit dem Spaten wieder zu und verzierte es mit einem Holzkreuz.

# 38

Da Mac in seiner Trauer ohnehin keinen Wert auf menschliche Gesellschaft legte, erschien es Sarah angebracht, ihren Fotoapparat zu nehmen und ein wenig spazieren zu gehen. Sie folgte dem schmalen Pfad neben dem Geräteschuppen in den angrenzenden Wald und erkundete auf eigene Faust die Umgebung. Sehr weit entfernte sie sich aber nicht von der Station – die Gefahr, von Valdéz überrascht zu werden, war ihr zu groß.

Über zwei Stunden lang saß Mac schweigend auf der Holzbank im halbdunklen Wohnraum und starrte vor sich hin. Für niemanden ansprechbar, hockte er einfach nur da und stierte ins Leere. Er nahm nicht die geringste Notiz von dem, was um ihn herum vorging.

Trauer und Wut kämpften in ihm. Der Mord an Chico hatte ihn niedergeschmettert. Aber so gerne er sich seiner Schwermut überlassen hätte – es war ihm nicht möglich. Sein Zorn war stärker.

Schließlich hatte er das Gefühl, explodieren zu müssen, wenn er noch länger untätig auf seiner Holzbank saß. Deswegen schluckte er seine Wut herunter und verkündete, er wolle nach ›ABEL‹ fahren.

Kate wusste, dass das eine Art Beschäftigungstherapie für ihn war, und sie entschloss sich, ihn zu begleiten, wogegen er nichts einzuwenden hatte. Sehr gesprächig würde er nicht sein, das war ihr klar, doch sie kannte den Jungen länger als irgendjemand sonst in der Station, da sie schon vor der Zeit hier im Dschungel mit ihm zusammengearbeitet hatte. Sie wollte Mac Gesellschaft leisten, falls er jemanden zum Reden brauchte. Und falls nicht, konnte sie ihm durch ihre Anwesenheit vielleicht das Gefühl von Zusammengehörigkeit geben. Mehr noch: von Freundschaft. Abgesehen davon wollte sie sowieso nach ›ABEL‹, um den Baum wieder herzurichten, den sie am Vortag zusammen mit Browning untersucht hatte. Dazu musste sie die Becher und die Seilkonstruktionen von den Ästen abmontieren und den Plastikteppich entfernen.

Doc war einverstanden, dass sie den Jungen begleitete. Er selbst wollte in ›EDEN II‹ bleiben und sehen, ob der Computer noch funktionierte.

Browning versuchte inzwischen, die defekte Funkstation wieder in Gang zu bringen. Zu diesem Zweck hatte er die Anlage auf dem Küchentisch postiert und ein paar Werkzeuge bereitgelegt. Hier herrschten die besten Lichtverhältnisse, und Platz war auch vorhanden.

»So, du kleiner Bastard«, murmelte er vor sich hin. »Jetzt wollen wir doch mal sehen, wer von uns beiden zuletzt lacht.« Das schwarze Gehäuse war so groß wie ein Schuhkarton. An der Vorderseite war links oben eine Lautstärkenskala und eine digitale Frequenzanzeige angebracht. Rechts davon befanden sich mehrere Knöpfe, mit denen man die programmierten Kanäle anwählen konnte – allerdings nur, wenn das verdammte Ding funktionierte! Im unteren Teil, etwa in der Mitte, befand sich ein klobiger Drehregler zur stufenlosen Frequenzeinstellung zwischen 100 Kilohertz und 30 Megahertz. Links und rechts daneben standen einige kleinere Knöpfe hervor, die unter anderem zur Lautstärkeeinstellung und zur Passbandabstimmung dienten.

Browning schraubte den oberen Gehäusedeckel ab und legte das Innenleben der Maschine frei. Eine Unzahl von Kabeln kam zum Vorschein und dämpfte sofort seinen Optimismus, das Gerät jemals wieder in Schuss bringen zu können.

Was soll's. Es gibt nichts zu verlieren! Jim machte sich selber Mut. Nach wenigen Minuten hatte er alle Steckplatinen herausmontiert und nahm sich eine nach der anderen vor. Der Küchentisch wurde zu einer Deponie aus Widerständen, Transistoren, Kondensatoren und sonstigem technischen Material.

Er prüfte, ob die Steckverbindungen oxidiert waren und ob irgendwelche Lötstellen sich gelöst hatten, doch trotz intensiver Suche fand er nichts. Es war zum Verzweifeln! Selbst als er jede einzelne Platine mit einem Spannungsmessgerät untersuchte, kam er zu keinem Ergebnis.

Obwohl er beim Tüfteln normalerweise sehr ausgeglichen war, fluchte er jetzt aus ganzer Seele, doch das Gerät ließ sich davon nicht beeindrucken. Er setzte den Kasten frustriert wieder zusammen und stellte ihn zurück auf ein Regal im Wohnraum. Wenn er ihn nicht reparieren konnte, dann konnte es auch kein anderer in der Station. Höchstens Doc, aber der verstand von diesen Dingen auch nicht mehr als er. Bei nächster Gelegenheit musste man die Anlage nach Manaus bringen und reparieren lassen.

Aber verfluchter Dreck! Das Flugzeug funktionierte ja genauso wenig! Alles was recht war, aber den Motor nochmals zu überprüfen und den Propeller wieder gerade zu biegen, dazu hatte er jetzt nicht die geringste Lust. Er würde lieber mit dem zweiten Boot zu Kate und Mac fahren und sehen, ob er ihnen in ›ABEL‹ behilflich sein konnte.

# 39

Die Schäden, die Valdéz bei seinem Tobsuchtsanfall an der Computertastatur und am Bildschirm angerichtet hatte, waren irreparabel. Zumindest mit den technischen Mitteln in der Station gab es keine Chance, die Geräte wieder in Ordnung zu bringen. Aus der Kammer holte Doc deshalb eine Ersatztastatur und den alten, in Plastikfolie eingeschweißten Schwarzweißbildschirm, der schon seit über zwei Jahren nicht mehr gebraucht worden war.

Zurück im Labor, verkabelte er beides mit dem Computer, der unter einem der Wandtische stand. Nachdem alles angeschlossen war, schaltete er die Geräte ein. Die rote Kontrolllampe am Rechner leuchtete auf, ein gutes Zeichen. Wenn jetzt auch noch der Bildschirm seine Eingabebereitschaft signalisierte, konnte der Schaden nicht so groß sein. Tatsächlich zeigte das Gerät das erhoffte »C:\« an. Sehr erfreulich!

Arness gab den Befehl »cd art« als Abkürzung für das Verzeichnis ›Arthropoden‹ ein und betätigte die Returntaste. Dieses Programm enthielt alle bisher erfassten Tierarten mit Angaben zu Lebensgewohnheiten, Paarungsverhalten, Beutefang, anatomischem Aufbau und so weiter. Doch es geschah nichts; der Bildschirm blieb schwarz. Arness startete den Rechner von neuem und wiederholte den Versuch, das Programm zu laden, jedoch mit demselben Ergebnis. Jetzt begann der schwierige Teil der Arbeit.

Er würde Werkzeug benötigen. Deswegen ging er nochmals in die Kammer, um den Werkzeugkasten zu holen. Auf dem Weg zurück zum Labor kam Sarah ihm aus der Küche entgegen. In der Hand hielt sie ein Glas Wasser.

»Wo sind die anderen?«, fragte sie. »Ich war spazieren, um Fotos zu machen, und jetzt ist keiner mehr da.«

»Kate und der Junge wollten heute in ›ABEL‹ aufräumen. Ich nehme an, Browning ist ihnen nachgefahren.«

»Sieht so aus, als ob wir allein wären«, meinte Sarah. »Darf ich Ihnen Gesellschaft leisten?«

»Gern. Ich möchte den Computer reparieren.« Sie gingen ins Labor. Doc plazierte den Werkzeugkasten auf dem Boden und setzte sich im Schneidersitz daneben – so konnte er am besten arbeiten. Sarah stellte ihr Glas auf den Tisch und kniete sich neben Arness.

Das Gehäuse des Rechners sah wirklich Mitleid erregend aus. Teile davon waren abgesplittert und von Rissen durchzogen, andere Stellen waren zerkratzt und mit großen Dellen übersät.

»Am besten kommt man von hinten ran«, sagte Arness. »Dort sind die Kabeleingänge, und man kann die Abdeckung in einem Stück abmontieren. So hat man genug Spielraum.« Arness packte das Gerät und versuchte, es vorsichtig unter dem Wandtisch hervorzuziehen, doch ohne Erfolg. Selbst als sie es zu zweit probierten, gab es keinen Millimeter nach. Der Rechner musste sich durch Valdéz' Schläge verkantet haben. Er saß bombenfest. Damit wurde die Reparatur bedeutend diffiziler, denn man musste von der Vorderseite aus arbeiten.

»Das fehlte gerade noch!«, zischte Arness verärgert. Er kramte aus dem Werkzeugkasten einen Kreuzschlitzschraubenzieher und löste damit die vordere Abdeckplatte vom Gehäuse. Die Öffnung war nicht viel größer als zwei aneinander gelegte Handflächen. Arness leuchtete mit einer schmalen Stabtaschenlampe in das Innere des Rechners und kontrollierte, ob etwas abgebrochen war. Er konnte nichts entdecken, zumindest nicht auf den ersten Blick.

Sarah sah ihm aufmerksam zu. Zwar konnte sie nicht viel erkennen, da Doc mit seinem Gesicht fast das gesamte Gehäuse verdeckte, andererseits interessierte sie sich weniger für den Rechner als für den, der ihn reparierte.

»Mit etwas Glück ist nur eines der Steckmodule durch die Schläge gelockert worden«, meinte Doc und leuchtete in einen anderen Winkel hinein. »Vielleicht haben wir ...« Stirnrunzelnd hielt er inne. Irgendetwas bewegte sich da drinnen. Vorsichtig sah er genauer hin, aber es waren nur ein paar Insekten. Durch die Helligkeit aufgeschreckt, stoben sie hin und her.

Doc widerstrebte es, in das Loch zu greifen und zu prüfen, ob die Module in der Halterung festsaßen. Er hatte keine Abneigung gegen Insekten – sonst hätte er die Arbeit im Dschungel niemals angenommen –, aber direkt mit ihnen in Kontakt zu kommen, vermied er, so gut er konnte.

Leicht verunsichert, steckte er den rechten Arm bis zur Schulter in die Öffnung. Das Loch war jetzt fast komplett ausgefüllt, sodass er nicht sehen konnte, was seine Hand tat. Er musste sich ganz auf seinen Tastsinn verlassen. »Was, wenn die Spinne in dem Gerät sitzt und nur darauf wartet, dass ihr das Mittagessen serviert wird?«, scherzte Sarah, doch dieser Gedanke war Doc auch schon gekommen. »Ich schätze, ich werde es als Erster erfahren«, antwortete er trocken. Natürlich hatte er genau hingesehen, bevor er seinen Arm in den Computer gesteckt hatte.

»Und die Bisse können wirklich einen Menschen töten?«, erkundigte sich die Reporterin mit scheinheiliger Miene. Die Frage war nicht ernst gemeint, Sarah wollte den Mann nur ein wenig aufziehen. Gewissermaßen als Revanche dafür, dass er ihr am Sonntagmorgen das Bad im Fluss vermiest hatte. Er hatte sie damals mit Geschichten von Schmarotzerweisen und Riesenfischen verunsichert, jetzt würde sie seine Nervenstärke testen. »Denken Sie, es wäre ein sehr qualvoller Tod, durch die Bisse einer Spinne zu sterben?«

»Ich weiß nicht.« Docs Gesichtsausdruck verriet, dass ihm die Unterhaltung nicht besonders gut gefiel. Er versuchte vergeblich, seine Angst zu verstecken, und genau darauf hatte Sarah hingearbeitet. Ihr war es ähnlich gegangen, als er ihr von dem Wasserkoloss erzählt hatte, der einem Schwimmer ein Bein ausgerissen haben sollte.

Mit unverhohlener Freude fuhr Sarah fort: »Ich könnte mir vorstellen, dass es ziemlich lange dauert, bis man daran stirbt. Und sicher ist es kein angenehmes Gefühl, wenn man merkt, wie sich das Gift nach und nach im ganzen Körper ausbreitet.«

»Vielen Dank! Sie verstehen es wirklich, einem Mut zu machen«, gab Doc zurück. »Ich kann nur hoffen, dass ...«

Doc stockte. Noch bevor er seinen Satz beendet hatte, prallte er gegen den Rechner, als hätte ihn etwas am Arm gepackt und mit ungeheurer Kraft in das Loch gezerrt. Entsetzt sah er die Frau an. Er schien sich losreißen zu wollen, doch erneut krachte er gegen die Öffnung. Sein Arm steckte bis zur Schulter in dem Loch. Er schrie, verdrehte die Augen, riss sich vom Computergehäuse los und sank rückwärts auf den Fußboden.

Vor Schreck war Sarah wie gelähmt. Sie schaute auf den Arm, sah aber kein Blut. Was war los?

Sie beugte sich über Arness und zog ihm die Augenlider nach oben, um zu sehen, ob er ohnmächtig war. Bei ihrer Berührung zuckte er zusammen. Er zitterte am ganzen Körper, schnappte nach Luft und hustete.

Zuerst befürchtete sie, hilflos mit ansehen zu müssen, wie er starb, doch dann merkte sie, dass er nur lachte. Er zitterte, weil er versuchte, sein Lachen zu unterdrücken. Dann brach es aus ihm heraus, und er wälzte sich prustend am Boden.

Sarah war empört über diesen dummen Witz. Am meisten ärgerte sie sich allerdings darüber, auf sein Schauspiel hereingefallen zu sein. Doc freute sich, dass sie ihm die dramatische Todesszene abgekauft hatte. Schließlich konnte sie nicht länger ernst bleiben und stimmte in sein Lachen ein. Beiden wäre das Lachen im Halse stecken geblieben, wenn sie gewusst hätten, dass die Spinne tatsächlich nur wenige Zentimeter von Docs Arm entfernt auf einer Platine gesessen hatte.

Doc lag noch immer auf dem Boden und grinste. Sein Gesichtsausdruck wirkte aber nicht mehr schadenfroh und triumphierend, sondern eher mild und nachdenklich. Auch Sarah hatte sich beruhigt, und sie wusste, was sein Blick bedeutete. Aber sie war unentschlossen, weil sie nicht wusste, ob es richtig war. Er war Wissenschaftler, der wahrscheinlich noch Jahre im Dschungel verbringen würde. Sie war Reporterin und beruflich ständig unterwegs. Wenn sie die Station in ein paar Tagen verlassen würde, gab es keine große Chance, sich je wieder zu sehen.

Lange und ruhig lagen ihre Blicke aufeinander, und Sarah war sicher, dass Doc in diesem Moment dasselbe dachte. Trotz der Gewissheit, dass es keine gemeinsame Zukunft geben konnte, spürte sie ein Bedürfnis, ihm körperlich nahe zu sein, seine Haut auf ihrer zu fühlen, ihn zu riechen und zu schmecken. Selbst wenn es falsch war, konnte sie ihren Gefühlen nicht widerstehen, und sie zog vor seinen Augen langsam ihr T-Shirt aus. Wortlos sah er ihr zu, als sie auch noch ihren weißen BH, ihre Schuhe und die Strümpfe ablegte. Dann öffnete sie den Knopf und den Reißverschluss ihrer Hose. Sie fühlte, wie seine Augen über ihre Brüste wanderten. Als sie dann auch noch die Jeans und ihren Slip abgestreift hatte, saß sie völlig nackt vor ihm auf dem Boden.

Sie war schön; schön und selbstbewusst. Ihre Haut war

durch den Strandurlaub in Rio braun gebrannt, bis auf die Stellen, die ihr Bikini vor der Sonne geschützt hatte. Und genau diese Stellen waren es, die Arness' Blicke magisch anzogen.

Ein paar Minuten lang rührte sich keiner von beiden vom Fleck, doch gerade diese Ruhe war es, die Sarah erregte. Sie versuchte, sich zu beherrschen und langsam zu atmen, was ihr jedoch nicht gelang. Sie wollte sich voll in dieses prickelnde Gefühl stürzen, sich von ihrer Lust treiben lassen und jeden Augenblick dieses Spiels genießen.

# 40

Bis spät in die Nacht hinein saß Kate im Labor. Sie hatte sich vorgenommen, die neuentdeckten Arthropoden, unter anderem den ›Boulderkäfer‹, zu klassifizieren und erste Analysen über ihren anatomischen Aufbau zu erstellen. Dazu nahm sie die Tiere mit Besteck auseinander, das an die Ausrüstung eines Chirurgen erinnerte: Skalpelle, Klammern, Pinzetten.

Die einzelnen Stadien der Zerlegung hielt sie mit Fotos fest. Bei nächster Gelegenheit, sobald die Cessna wieder flugtauglich war, wollte sie die handschriftlich kommentierten Bilder zusammen mit einigen lebenden Exemplaren jeder Gattung dem Smithsonian zuschicken. Dort würden dann alle weiteren Experimente durchgeführt werden.

Trotz Kates Vorsatz, die Versuchsreihe noch in dieser Nacht abzuschließen, übermannte sie gegen halb drei Uhr die Müdigkeit, und sie schlief ein.

Auf einem Hocker sitzend, den Oberkörper über den Labortisch gebeugt, träumte sie von der Farm in Montana, auf der sie ihre Kindheit verbracht hatte. Hügeliges, saftiges Weideland, so weit das Auge reichte; Rinderherden, die donnernd durchs Gras preschten und riesige Staubwolken aufwirbelten. Ihr Dad saß hoch im Sattel auf seinem Pferd, einem schwarzen Hengst, der sein ganzer Stolz gewesen war. Die Zügel fest im Griff, ritt er zusammen mit einigen angeheuerten Cowboys immer wieder um die Herde, um einzelne Ausreißer zurückzutreiben. Kate stand auf der Veranda vor dem Haus, sah den Männern auf den Pferden zu und ließ sich von ihrem Hund die Hand lecken. Selbst im Traum spürte sie intensiv die Berührung seiner Zunge.

– Bildwechsel –

Von einer Sekunde auf die andere war sie wieder im Urwald, sah sich selbst von oben über den Labortisch gebeugt, und ein toter Hund hing im Flur.

Zwei Gräber.

Drei Gräber.

– Bildwechsel –

Ihr siebzehnter Geburtstag. Sie saß zusammen mit Marc Jason Brooth in seinem Wagen. Er küsste sie, legte zärtlich seine Hand auf ihren Unterarm und streifte sachte immer höher. Die Berührung war genauso intensiv wie das Lecken des Hundes an ihrer Hand, und auf einmal wusste Kate, dass irgendetwas sie tatsächlich berührte.

Sie war sofort hellwach und riss die Augen auf, verharrte aber starr in ihrer Position. Damit hatte sie instinktiv das Richtige getan, denn auf ihrem Arm saß die Spinne!

Sofort fühlte Kate kalte Panik in sich aufsteigen. Sie wusste: Nur zwei oder drei Bisse würden genügen, um sie zu töten.

Durch die Bewegung der Augenlider provoziert, ging das Tier sofort in Angriffsstellung. Es zischte und reckte die beiden vorderen Gliedmaßenpaare weit nach oben, um sich größer und bedrohlicher erscheinen zu lassen.

War es *die* Spinne? Oder war es vielleicht irgendeine x-beliebige Theraphosa leblondi, die sich nur zufällig hierher verirrt hatte?

Mit hundertprozentiger Sicherheit konnte sie diese Frage nicht beantworten, aber wie hoch mochte die Wahrscheinlichkeit schon sein, dass eine Spinne von gleicher Gattung und Größe durch das Laborfenster eingedrungen war?

Kate, die immer noch mit dem Kopf auf der Tischplatte lag,

sah den dicht behaarten Körper nur zwanzig Zentimeter entfernt vor sich. Das Tier wirkte riesig. Sogar die Fangklauen, die rechtwinklig vom Maul nach unten abknickten, waren zu erkennen. Kein Zweifel, es war die Spinne.

Die Wissenschaftlerin spürte jede Berührung, jedes Auf und Ab der acht fleischigen Beine auf ihrem Oberarm – ein beklemmendes Gefühl des näher kommenden Todes.

Möglicherweise hätte sie die Spinne wegschleudern können, bevor sie zustieß, doch davon wollte sie nicht ihr Leben abhängig machen. Es gab nur eine Chance: sich ruhig zu verhalten und abzuwarten, bis das Tier sich entfernt hatte.

Die Theraphosa leblondi senkte ihre Vorderbeine und krabbelte nervenzerreißend langsam weiter an Kates Arm hoch. Bein für Bein schob sie ihren schweren Körper immer näher an Kates Gesicht heran, blieb dann plötzlich wieder stehen, als hätte sie irgendetwas wahrgenommen. Irritierte sie ihr eigenes Spiegelbild in Kates Augen? Die Wissenschaftlerin wagte nicht mehr die geringste Bewegung. Schweiß brach ihr aus. Sie kämpfte gegen ihre Körperreflexe an, zwang sich, die Lider offen zu halten. Trotzdem fühlte sie, wie die Tränen an ihren Wangen entlangliefen.

Hinter ihrem Rücken hörte sie auf einmal ein Geräusch. Was war das? Vielleicht nur ein Insekt, vielleicht auch einer ihrer Kollegen. Doch sie wagte nicht, auch nur einen Laut von sich zu geben.

Dann ein deutliches Klirren, sehr leise. Valdéz?, schoss es Kate durch den Kopf. Unwillkürlich keimte Verzweiflung in ihr auf. War er zurückgekehrt und stand nun hinter ihr? Welche Bedrohung mochte größer sein: die Giftspinne oder der Wahnsinnige? Nein, das konnte nicht sein. Niemals hätte er unbemerkt in die Station eindringen können.

Hinter sich hörte sie Schritte und schweres Atmen.

Die Spinne regte sich noch immer keinen Millimeter. Die nächsten Sekunden dauerten eine Ewigkeit. Nichts geschah, jeder harrte nur bewegungslos aus. Es waren für Kate Sekunden der Ungewissheit darüber, wie lange sie noch zu leben hatte.

Exakt in dem Moment, in dem die Spinne von ihrem Oberarm krabbelte, blitzte auf einmal etwas auf. Ein Stück Stahl schnellte herab und bohrte sich nur eine Handbreit vor Kates Augen in den Körper des Tiers. Die Wucht war so stark, dass der Tisch bebte und die Instrumente in die Höhe schossen. Der Schraubenzieher hatte den Leib der Spinne durchstoßen und steckte senkrecht in der Tischplatte. Erleichtert drehte Kate sich um. Hinter ihr stand Sarah.

# 41

*Donnerstag, 18. Juni 1998*

Zum Frühstück saßen fast alle pünktlich um 8.00 Uhr in der Küche um den Tisch, nur Kate fehlte. Als sie schließlich erschien, hatte sie dicke Ringe unter den Augen und wirkte völlig übernächtigt. Nach dem Vorfall mit der Spinne war an Schlaf sowieso nicht mehr zu denken gewesen, und sie hatte die ganze Nacht über weitergearbeitet, um ihre Versuchsreihe abzuschließen. Sie sank erschöpft auf einen Stuhl und ließ sich von Doc gern eine Tasse Kaffee einschenken, den sie hastig hinunterkippte.

»Und? Wie geht's dir, Baby?«, erkundigte sich Browning, denn Sarah hatte das nächtliche Ereignis bereits geschildert.

»Bin ein bisschen müde, aber ansonsten fühle ich mich wie der Morgentau im Frühling.« Sie versuchte, tapfer zu lächeln, aber es misslang ihr kläglich. Sie fürchtete sich mehr, als sie vor versammelter Mannschaft zugeben mochte.

Brown' hielt es für angebracht, das Thema zu wechseln. Später würde er noch einmal unter vier Augen mit ihr sprechen, und dann würde sie sich ihre Ängste von der Seele reden, das wusste er. »Hast du heute Nacht noch etwas herausgefunden?«, fragte er, ein Stück von seinem Knäckebrot abbeißend.

»Ob ich etwas herausgefunden habe? Na, jede Menge!«, antwortete sie.

»Dann schieß los!«, drängte Mac, der heute sichtlich besserer Laune war als am Tag zuvor. »Das interessiert uns alle.«

»Okay. Gib mir mal das Knäckebrot und die Butter ... Danke.« Sie begann, sich ihr Brot zu streichen. »Wir hatten vorgestern sechs Neuentdeckungen. Vier verschiedene Ameisenarten sowie eine Käfer- und eine Schmetterlingsart. Marmelade bitte.«

Mac reichte sie ihr.

»Ihr Käfer, Sarah, gehört wie vermutet zur Familie der Aasfresser; der Schmetterling ist eine Heliconius-Unterart. Eine der Ameisenarten gehört zu den Eciton, eine zu den Atta. Die anderen beiden konnte ich nicht einordnen. Der Computer funktioniert zwar wieder, aber die entsprechenden Datenträger hat Valdéz zerstört.« Für die Reporterin fügte sie hinzu: »Wir haben fast unsere gesamte wissenschaftliche Literatur auf CD-Roms und Disketten. Im Allgemeinen ist das ziemlich praktisch, aber wenn die Dinger erst mal einen Knacks haben, sind sie unbrauchbar.« Dann sprach sie wieder zu allen. »Ich habe für jede Art eine Anatomiestudie angefertigt. Die Filme liegen im Kühlschrank, meine Aufzeichnungen im Diskettenschrank. Wir sollten die Unterlagen zusammen mit den Tieren so schnell wie möglich dem Smithsonian zukommen lassen.«

»Ich wollte heute sowieso nach der Cessna sehen. Mit ein bisschen Glück fliegt sie wieder«, sagte Browning.

Mac wollte von Kate wissen, ob sie auch schon die Spinne auseinander genommen hatte.

»Machst du Witze? Wann hätte ich das deiner Meinung nach tun sollen? Ich habe das Mistvieh nur in Alkohol gelegt, das ist alles!«, entgegnete die Wissenschaftlerin ein wenig ruppig, doch Mac machte sich nichts daraus.

»Gut«, murmelte er nachdenklich. »Dann werde ich mich nachher um das Biest kümmern.«

# 42

Kate beschloss, sich ein wenig hinzulegen. Nach dieser nervenaufreibenden Nacht hatte sie sich das auch redlich verdient.

Browning widmete sich dem Flugzeug. Seine Lust hielt sich eigentlich in Grenzen, doch die Vorräte gingen zur Neige, und irgendwann musste die Maschine schließlich wieder startklar gemacht werden. Außerdem sollten die von Kate untersuchten Insekten mitsamt Bildmaterial und Aufzeichnungen möglichst bald nach Washington geschickt werden.

Aber es gab noch einen weiteren – weitaus wichtigeren – Grund, die Maschine zu reparieren: Seit die Funkstation streikte, war ›EDEN II‹ von der Außenwelt abgeschnitten. Normalerweise hätte Browning dieser Zustand nicht beunruhigt. Der Funkkontakt war mehr als einmal abgebrochen gewesen, und auch das Flugzeug hatte schon oft repariert werden müssen. Doch in den letzten Tagen war einfach zu viel passiert. Und wer konnte wissen, was ihnen noch bevorstehen würde?

Die Halterungsleinen in beiden Händen, manövrierte er die Skyhawk so lange, bis die Nase über den Steg ragte. Dann zog er sie näher heran. Wegen der leichten Strömung befestigte er die Maschine mit ein paar Seilen, die er zwischen den Schwimmern der Cessna und den Holzpfeilern des Stegs spannte.

Perfekt, dachte er. Das war die ideale Arbeitshöhe.

Er öffnete die zerbeulte Frontklappe und sah sich das Triebwerk an. Seit er mit Arness vor zwei Tagen die zerrissenen Schläuche ausgewechselt hatte, war der Motor augenscheinlich in unverändertem Zustand. Das war ein gutes Zeichen. Offenbar hatte der Motorblock keine Risse abbekommen, sonst wäre an den undichten Stellen Öl ausgetreten. Valdéz hatte das Flugzeuggehäuse lädiert, das Triebwerk schien er nur angekratzt zu haben. Browning fiel ein Stein vom Herzen, denn mit den in der Station vorhandenen Mitteln wäre es unmöglich gewesen, einen größeren Motorschaden zu beheben.

Der Propeller hingegen war übel zugerichtet, und Jim wusste, es würde einige Zeit dauern, bis er repariert war.

Der Mann schraubte das Teil, eine Spezialanfertigung aus rostfreiem Leichtstahl, ab und marschierte damit den Uferhang hinauf. Sein Ziel war der Geräteschuppen links neben der Station. Aus zwei Sägeböcken und einer fingerdicken Eisenplatte – er konnte sich nicht mehr daran erinnern, wofür man die jemals gebraucht hatte – bildete er einen provisorischen Arbeitstisch, auf den er den Propeller wie einen kranken Patienten legte. Mit einer Flachzange versuchte er, die demolierten Propellerarme wieder zurechtzubiegen, und als das nicht ausreichte, half er mit einem schweren Hammer nach. Das metallische Klopfen hallte meilenweit durch den Urwald. Er hoffte, Kate dadurch nicht aufzuwecken.

Er schwitzte bei dieser Knochenarbeit aus allen Poren, und mit jedem Hammerschlag spannte sich sein rechter Bizeps. Die Wunde, die ihm der wildgewordene Affe in ›KAIN‹ beigebracht hatte, war gut verheilt, wenngleich sie bei bestimmten Bewegungen noch schmerzte. Das sieht doch ganz gut aus, beglückwünschte er sich nach einiger Zeit. Der vor ihm liegende Propeller sah wieder fast so aus wie vorher.

Durch das Biegen und Hämmern hatte das Material jedoch sichtbar gelitten. Hier und da waren die Ränder durch kleine Risse eingekerbt. Browning war sich nicht sicher, ob der Propeller den Kräften standhalten konnte, die bei einer Fluggeschwindigkeit von über 125 Meilen pro Stunde auf ihn einwirkten. Er wollte kein Risiko eingehen. Aus dem Schuppen holte er ein Handschweißgerät, das er an eine der abgewetzten Gasflaschen anschloss, die neben dem Gebäude lagerten. Auch wenn es ihm bei der Hitze nicht besonders gefiel, setzte er die Schutzmaske auf und klappte sie nach unten. Während seiner Mechanikerlehre, die er vor seinem Biologiestudium absolviert hatte, war ihm einmal ein glühender Eisensplitter ins Auge gespritzt. Obwohl er winzig klein gewesen war, hatte es höllisch weh getan, und der Splitter hatte operativ entfernt werden müssen.

Er öffnete die Düse des Schweißbrenners, entzündete mit einem Feuerzeug das pfeifend entweichende Gas und setzte am Propeller an. Unter der glühenden Hitze fauchte der Stahl.

Nach einer halben Stunde hatte er die Arbeit beendet und war sicher, dass die Skyhawk nun den Flug nach Manaus gefahrlos überstehen würde. Dort konnte man sich einen neuen Propeller beschaffen.

Er holte einen Eimer Wasser vom Fluss und goss ihn über das heiße Metallstück. Sofort bildete sich eine zischende, weiße Dampfwolke.

Gut gemacht! lächelte der Schwarze in sich hinein. Besser konnte man den Propeller nicht reparieren. Jetzt musste er nur noch auskühlen, und so lange wollte Browning ihn draußen liegen lassen.

# 43

Doc und Sarah leisteten Mac im Labor Gesellschaft. Der Junge wollte die tote Spinne untersuchen, um herauszubekommen, warum sie sich so aggressiv verhalten hatte. Mit einer großen Stahlklammer fischte er das Tier aus dem mit Alkohol gefüllten Glaskolben und legte es auf den Labortisch. Doc holte unterdessen eine Standleuchte aus einem Schränkchen und plazierte sie so, dass möglichst wenig Schatten auf das Untersuchungsobjekt fiel.

Mac streifte sich dünne Gummihandschuhe über und nahm eine Pinzette in die linke und ein Skalpell in die rechte Hand.

»Sind Sie sicher, dass Sie dabei zusehen wollen?«, fragte er Sarah.

Sicher war sie keinesfalls. Dennoch nickte sie.

»Okay – dann beginne ich jetzt mit der Sezierung.«

Konzentriert betrachtete der Junge die Spinne, die mit dem Rücken auf der Tischplatte lag. Der Stich mit dem Schraubenzieher hatte ein kleines Loch in ihrem Panzer hinterlassen. Die acht Beine und die Maxillipalpen, die wie ein weiteres, verkürztes Beinpaar neben den Mundwerkzeugen herauswuchsen, hatte das Tier weit vom Körper abgespreizt. Es war größer als ein Kuchenteller.

Indem Mac mit der Pinzette leicht auf den Bauch der Spinne drückte, fixierte er sie, während er ihr gleichzeitig mit der rasiermesserscharfen Skalpellklinge in den Hinterleib stach.

Mit einem sauberen Schnitt trennte er ein rundes Stück Chitin von der Unterseite des Tierkadavers und legte Muskelfasern und Verdauungstrakt frei. Eine blaue Flüssigkeit trat aus der offenen Stelle.

Während seiner Arbeit erklärte er seinen Zuschauern, was er gerade tat.

»Ich habe das Abdomen geöffnet, das ist der Hinterleib. Die Blaufärbung des Bluts rührt daher, dass Vogelspinnen kein Hämoglobin als Blutfarbstoff haben wie wir Menschen, sondern ein kupferhaltiges Atmungspigment: Haemocyanin. Im hinteren Körperteil der Spinne finden sich die lebenswichtigen Organe, unter anderem das Herz und der größte Teil des Verdauungsapparats.« Vorsichtig schnitt er das Fleisch um den Verdauungskanal weg.

»Ich öffne jetzt den Mitteldarm«, fuhr er fort und schlitzte das entsprechende Körperteil der Länge nach auf, bis er bei einer rundlichen Verdickung anlangte. Eine weißliche, schleimige Substanz trat aus dem Darm hervor.

»Das ist Kot, den die Spinne in der so genannten Kloake speichert. Das ist dieser knotenähnliche Darmfortsatz.« Er zeigte mit dem Skalpell auf die Stelle. Fasziniert und gleichzeitig angewidert, verfolgte Sarah, wie Mac auch noch den Rest des Darms bis zum After aufschnitt.

»Also bislang kann man nichts Außergewöhnliches feststellen. Weißer Kot ist bei Vogelspinnen wegen der hohen Anteile an Guanin, Adenin und Hypoxanthin normal«, stellte er sachkundig fest. »Ich werde jetzt den Cephalothorax untersuchen.« Er wandte sich dem wesentlich kleineren Vorderleib zu, der durch eine feste Chitinplatte gepanzert wurde.

»Normale Ausprägung der Chelizeren und der Basalglieder.« Eingehend betrachtete er die kräftigen, wenigstens einen Zentimeter langen Kieferklauen vor der Mundöffnung, bei deren Anblick Sarah klar wurde, weswegen der Biss einer Vogelspinne so schmerzhaft sein konnte. »Ich entferne jetzt das

Sternum.« Mit drei kurzen Schnitten trennte er die Chitinplatte ab und legte schichtweise das Fleisch frei. »Aha, was haben wir denn da?« Aufmerksam betrachtete er den offenen Vorderleib.

»Was ist denn so interessant?«, wollte Sarah wissen. Sie hatte noch nie die inneren Organe einer Spinne gesehen, und sie hatte auch nicht das Bedürfnis, dem zweifelhaften Vergnügen einer Sezierung noch einmal beizuwohnen.

»Schauen Sie sich das an!«, meinte der Junge verblüfft und beugte sich mit dem Gesicht näher über den Tisch, sodass sich der Spinnenkadaver in seiner Brille spiegelte. »Normalerweise machen die Ganglien, das ist das zentrale Nervensystem der Spinne, circa zehn Prozent vom Volumen des Vorderkörpers aus. Und nun sehen Sie sich die Ganglien dieses Tieres an.« Sarah brauchte keine Expertin zu sein, um zu erkennen, dass die Ganglien weit mehr als das übliche Ausmaß hatten.

»Der Umfang des zentralen Nervensystems hat sich etwa verdoppelt, würde ich sagen«, führte Mac weiter aus. »Dafür hat sich das umliegende Muskelgewebe zurückgebildet. Außerdem sehen Sie hier zerebrale Schädigungen.« Er zeigte mit der Klinge auf ein paar schwarze Stellen im Fleisch. »Totes Gewebe. Irreparable Zellzerstörungen im Nervensystem ...« Mac stockte. Sein Gesicht verriet, dass etwas in ihm vorging. Nachdenklich wiederholte er seine letzten Worte: »Irreparable Zellzerstörungen im Nervensystem? Natürlich! Natürlich, das ist es! Ich verfluchter Idiot! Dass ich darauf nicht früher gekommen bin!«

Auf einen Schlag war ihm alles klar geworden.

# 44

Würdest du mir wohl erklären, was los ist?«, bat Doc den Jungen. »Hattest du gerade eine Erleuchtung, oder was?«

»Ich hab's die ganze Zeit über geahnt«, sagte Mac mehr zu sich selbst als zu Doc. »Von Anfang an war meine Vermutung richtig.« Ohne von den anderen beiden Notiz zu nehmen, baute Mac noch einmal die Versuchsanordnung auf, die er für seine Zikaden-Experimente benötigt hatte. Innerhalb kürzester Zeit war alles erledigt. Mac brachte wie beim letzten Mal eine der Ampullen in einem zugepfropften Tubus zum Platzen und entnahm mit einer Spritze etwas von der Flüssigkeit. Anschließend träufelte er die rasch verdampfende grüne Milch in ein verschlossenes Gefäß, in das er zuvor eine Zikade gesetzt hatte. Nach einer Minute verschwand er kurz aus dem Zimmer.

»Ich habe das grüne Zeug lieber an der frischen Luft ausgeschüttet«, erklärte er, als er wieder zurück war. »Ich wollte nicht, dass wir die Dämpfe einatmen.«

»Du hast diesen Versuch doch schon einmal durchgeführt«, sagte Doc. »Warst du nicht zu dem Ergebnis gekommen, dass die Substanz ungefährlich ist?«

»In der Tat. Das war ich«, antwortete der Junge. »Und ich habe mich geirrt. Kommt her und seht zu, was passiert!«

Mac leerte die Zikade in die große Glasvitrine, in der bereits die zugehörige Attrappe saß, und deckte sie wieder mit einer Plexiglasscheibe ab. Er setzte sich an den Computer und gab eine Reihe von Befehlen in die Tastatur ein.

»Ich mache es kurz. Nur zwei Versuche, das dürfte reichen. Einmal ›Paarung‹ und einmal ›Rivalitätskampf‹. Passt auf!«

Nach wenigen Minuten war alles vorbei. Vom Schwarzweißbildschirm kam die Meldung, dass die Reaktion der Zikade in beiden Fällen dem vom Computer prognostizierten Verhaltensmuster entsprach.

»Also haben Sie sich doch nicht geirrt«, schloss Sarah daraus. »Die Substanz in den Ampullen ist ungefährlich.«

»Ganz im Gegenteil«, widersprach Mac. »Wenn man diese Ergebnisse sieht, könnte man das in der Tat glauben. Aber warten Sie noch einen Moment ab.«

Mac holte die erschöpfte Zikade mit einer Pinzette aus der Vitrine und setzte sie in ein Glas, das er verschloss. Aus einem anderen Glas holte er das nächste Versuchstier.

»Das hier ist die Zikade, die ich am Dienstag mit der Substanz behandelt habe.« Ohne ihr eine weitere Dosis zu verabreichen, plazierte er sie neben die Attrappe. Als die Vitrine wieder verschlossen war, startete er einen neuen Versuch.

»Diesmal werde ich dreimal ›Paarung‹ und dreimal ›Rivalitätskampf‹ simulieren. Nur um sicherzugehen.«

Es geschah, was er vermutet hatte. Nach allen sechs Durchläufen bestätigte das auch der Computer.

»Angriff auf der ganzen Linie«, sagte Mac. »Nicht nur beim Rivalitätskampf, sondern auch bei der Paarung. Wir könnten auch ihr Verhalten gegenüber Fressfeinden überprüfen, aber ich bin sicher, das würde an dem Ergebnis nichts ändern. Sie greift einfach immer an.«

»Ich verstehe das nicht«, gab Sarah zu. »Warum hat die andere Zikade dann normal reagiert?«

»Weil diese Ampullenflüssigkeit nur langsam wirkt. Sie führt keine kurzfristigen Verhaltensänderungen herbei, wie das bei Alkohol oder bei Drogen der Fall ist. Sie lagert sich im zentralen Nervensystem ab, im Hirn, und lässt dort die Stellen absterben, die für das Instinktverhalten verantwortlich sind. Bis die Schädigung eingetreten ist, vergehen offenbar ein oder zwei Tage. Danach hat das Opfer Regungen wie Angst oder Paarungsbereitschaft verloren. Aggressivität ist alles, was bleibt.«

Sarah dachte nach. »Meinen Sie, Valdéz leidet an denselben Symptomen?«

»So traurig es ist: ja.«

»Aber die Ganglien der Spinne sind deutlich vergrößert, wie Sie festgestellt haben«, führte Sarah ihren Gedanken fort. »Ich kann mir nicht vorstellen, dass so etwas bei Menschen möglich ist. Halten Sie das für möglich?«

Doc, der Spezialist auf dem Gebiet der Säugetiere, antwortete anstelle von Mac: »Kann ich mir eigentlich auch nicht vorstellen. Im menschlichen Kopf ist gar kein Platz für so viel Hirnmasse. Valdéz müsste der Schädel platzen, wenn sich sein Hirnvolumen verdoppeln würde. In geringerem Ausmaß wäre es jedoch denkbar.«

»Valdéz hat doch unter erheblichen Kopfschmerzen gelitten. Zum Beispiel beim Abendessen, kurz bevor er ausrastete«, sagte Mac.

Doc nickte gedankenverloren. »Ja, ich erinnere mich. Er hat sich über sein Kopfweh beklagt. Das könnte zumindest ein Indiz dafür sein, dass sein Gehirn sich ausdehnt. Bei Menschen dauert es offenbar länger als bei Insekten, bis die Symptome auftreten. Ob durch Ausdehnung oder durch Zellsterben – eins steht jedenfalls fest: Sein Hirn ist geschädigt. Ich habe vor Jahren einmal einen Untersuchungsbericht über einen Arbeiter gelesen, der bei einer Bergwerksexplosion von einem Splitter getroffen wurde. Er traf ihn an der Schläfe und drang weit ins Gehirn vor. Nachdem man ihn operiert hatte, erholte sich der Mann und schien zunächst wieder der alte zu sein. Erst nach Wochen stellte man Verhaltensänderungen fest, die sich schubweise immer weiter fortsetzten.«

»Schubweise!«, wiederholte Sarah.

»Ja. Offensichtlich kann das menschliche Gehirn kleinere Schädigungen zumindest vorübergehend verkraften. Doch auf Dauer ist das nicht möglich«, erläuterte Doc weiter. »Wenn die Nekrose, also das Zellsterben, fortschreitet – und das wird sich nicht verhindern lassen –, wird Valdéz ständig aggressiv sein. Das ist nur noch eine Frage der Zeit.«

»Das heißt, die Vergiftung kann nicht behoben werden?«, fragte Sarah resigniert.

»Ich fürchte, da ist nichts zu machen. Selbst in einer Spezialklinik würde man ihm nicht helfen können. Er hat eine gewaltige Dosis abbekommen, immerhin war er nur wenige Meter von den Ampullen entfernt, als die Maschine zu Bruch ging.«

»Dann hatte Ihr Kollege Browning also Recht«, sagte Sarah. »Die Stille um ›KAIN‹ und um die Absturzstelle rührt tatsächlich daher, dass die Tiere von dort abgewandert sind. Sie haben die Gefahr gespürt und die Gegend verlassen.«

Doc stimmte ihr zu. »Und was nicht rechtzeitig fliehen konnte, hat die giftigen Dämpfe eingeatmet.«

Mac betrachtete die übrig gebliebenen Ampullen, die in einem Holzstativ auf dem Tisch standen. Die milchige, grüne Flüssigkeit war mehr als ein Gift. Sie war der schleichende Wahnsinn.

# 45

Seit der Auspeitschung Garcilascos wurde die Stimmung in der Gruppe fast täglich schlechter. Wo immer er konnte, wiegelte er die Männer gegen Aguirre auf. Zwar kam es zu keinen gewalttätigen Auseinandersetzungen, doch unterschwellig brodelte es. Aguirre zog sich immer öfter in seine Kajüte zurück.

Das Manövrieren der Brigantine überließ er seinem Steuermann. So wie an diesem trüben, regnerischen Nachmittag. In der kleinen Kabine war es schummrig und ungemütlich. Erhellt wurde sie nur durch eine Kerze auf dem Tisch und durch das spärliche Licht, das durch die Luke am Heck hereinfiel. Regen prasselte auf die Planken, von der Decke tropfte an verschiedenen Stellen das Wasser.

Doch das störte den ›Wolf‹ wenig. Er war viel zu sehr damit beschäftigt, einen Sud zu brauen, dessen geheimnisvolle Rezeptur ihm einer der Eingeborenen verraten hatte. Einen Sud aus verschiedenartigen Blättern, Beeren, Wurzeln und Kräutern, die in Wasser gekocht wurden.

Der Baske hatte auf seinem Tisch einen Kocher aufgestellt, ein Dreibein, etwa so hoch wie eine Elle. Vom oberen Ende hing, an drei Schnüren befestigt, eine Messingschüssel herab, die von unten mit Hilfe einer Kerze erwärmt wurde. Und in der Messingschüssel brodelte die grüne Brühe.

Aguirre schloss die Augen und beugte sich über das Gestell, um die wohltuenden Dämpfe einzuatmen, die über den Schüsselrand quollen. In den vergangenen Monaten war ihm dieses Ritual schon zur Gewohnheit geworden. Beinahe augenblicklich fühlte er sich besser. Kräftiger, mutiger, furchtloser. Und auch die Schmerzen der vielen kleinen Verletzungen, die ihn geplagt hatten, waren verflogen. Nur seine Kopfschmerzen pochten härter denn je in den Schläfen. Ein rhythmisches Stechen, das ihm schier den Verstand raubte.

Als die Abenddämmerung hereinbrach, legten sie am rechten Ufer an und schlugen ihr Lager auf. Obwohl es noch hell war, entzündeten sie ein Feuer, über dem sie die Fische brieten, die sie tagsüber gefangen hatten.

Aguirre war nicht aufgetaucht, doch zum Erstaunen der Männer hatte er durch den Mönch ankündigen lassen, er wolle nach dem Essen eine Ansprache halten. Entsprechend gespannt war die Stimmung, als der ›Wolf‹ schließlich auf dem Deck seiner Brigantine erschien und mit majestätischer Würde zum Feuer schritt. Es herrschte absolutes Schweigen, als er mit seinen kleinen, dunklen Augen in die Runde blickte. Er hatte nun die ungeteilte Aufmerksamkeit.

»Männer! Soldaten!«, begann er mit lauter Stimme. »Viele Monate ist es her, dass wir Lima verließen. Viele brave Kameraden haben wir inzwischen verloren. Ihr Blut tränkt den Boden dieser unbekannten Welt. Über dreihundert waren wir zu Beginn, jetzt sind wir nur noch ein paar Dutzend. Zu viel Leid ist bereits geschehen! Doch ich frage euch: Wofür starben unsere Brüder, wofür bringen wir all die Opfer, wofür litten wir Hunger und Schmerz? Für die spanische Krone, werdet ihr sagen. Denn in ihrem Auftrag sind wir unterwegs, um El Dorado zu finden, das sagenhafte Goldland, oder El Canela, wo man Zimt und andere teure Gewürze findet.«

Der Baske sprach nun wie im Fieber. »Doch ist es wirklich unsere Pflicht, dieses Land für König Philip einzunehmen? Was ist der Lohn für unsere Entbehrungen? Was, frage ich euch, sollte Spanien das Recht geben, dieses Land sein Eigen zu nennen?«

Ein Raunen ging durch die Menge. Zwar wagte niemand, Aguirre in seiner Rede zu unterbrechen, doch alle fragten sich, was der Baske vorhatte.

Die Antwort ließ nicht lange auf sich warten: »Wer hätte mehr Anspruch auf dieses Land, auf diesen Wald, auf seine Flüsse, Bäume, Sträucher und auf all seine Schätze als wir, die wir es mit unseren eigenen Füßen durchquert, es entdeckt und erobert haben, wir allein? Deswegen hört mich an! Ich entsage hiermit der spanischen Krone, und ich fordere euch auf, es mir gleichzutun. Mein Name ist Lope de Aguirre, und ich will nicht länger spanischer Bürger sein.« In seinen Augen schien ein Leuchten, als er seine Rede beendete. »Ich, Lope de Aguirre, sage mich los von der spanischen Gerichtsbarkeit und ernenne mich hiermit selbst zum Prinzen von Peru.« Die letzten Worte schrie er förmlich hinaus, sodass sie weit in den Wald hineindrangen.

»... Ich, Lope de Aguirre, Prinz von Peru, will euer neuer Herr sein. Folget mir und entsaget Philip! Loyalität zum spanischen König gilt von jetzt an als Hochverrat! Tod allen Königstreuen!« Der Baske hatte seine Worte mit wilden Gesten unterstrichen. Doch sein Auftritt war nicht einstudiert. Es war der Beginn eines neuerlichen Anfalls. Aguirre wusste – nicht mehr lange, und er verlor die Kontrolle über seinen Willen. Es gab nichts, was er dagegen tun konnte, und auch nichts, was er dagegen tun wollte. Er empfand ein Gefühl der Größe, der Kraft – der Allmacht. Ein seliges Gefühl, das mit jedem Anfall stärker wurde.

Nachdem Aguirre seine Rede beendet hatte, herrschte für einige Sekunden Schweigen. Dass der ›Wolf‹ es wagen würde, sich von der spanischen Krone loszusagen, hatte niemand erwartet. Am wenigsten Gaspar de Carvajal, der Mönch.

»Lope, mein Sohn«, sagte er behutsam, wobei er aus der Menge trat und einen Schritt auf Aguirre zu machte. »Ihr wisst nicht, was ihr redet. Ich bitte euch, nehmt Vernunft an.«

Doch dazu war der Baske nicht mehr in der Lage. Es war, als würde sich alle Kraft auf einmal in ihm entfesseln, als er auf den Geistlichen zustürzte und ihn zu Boden zerrte. »Verdammter Pfaffe!«, schrie er, während alle anderen unschlüssig um sie herumstanden. »Dies ist mein Land, sage ich! Mein Wald und meine Flüsse. Spart euch eure klugen Sprüche! Mehr Ehrfurcht vor eurem neuen Herrn – das ist es, was ich von euch erwarte. Küsst den Boden, den meine Füße berührt haben. Dies ist heilige Erde!« Dabei drückte er Carvajals Gesicht tief in den lehmigen Dreck.

Nun wachten die Männer aus ihrem Schockzustand auf.

»Lang lebe Lope de Aguirre, der Prinz von Peru!«, rief einer.

»Der Wahnsinn hat von ihm Besitz ergriffen!«, schrie ein anderer.

Für Fernando Garcilasco war dies der Moment, auf den er schon lange gewartet hatte. »Nieder mit ihm! Nieder mit dem baskischen Tyrannen!«, forderte er, und es gelang ihm damit, die Gruppe endgültig zu spalten. »Tötet den ›Wolf‹! Bringt mir seinen Kopf!«

Er hatte noch nicht geendet, da entspann sich auch schon wildes Kampfgetümmel. Zwei Gruppen prallten mit aller Macht aufeinander – Garcilasco mit seinen königstreuen Royalisten und Aguirre mit seinen rebellischen Anhängern.

Inmitten des Getümmels hörte Aguirre plötzlich den Schrei einer Frau. Er sah, dass seine Tochter und Dona Inéz von einem Königstreuen bedrängt wurde. Mit mächtigen Sätzen bahnte er sich den Weg durch das Schlachtfeld. Ein Hieb trieb dem Angreifer die Stahlklinge in die Seite, sodass er zusammenzuckte und schwer verwundet zu Boden sackte.

»Folgt mir!«, schrie Aguirre den beiden Frauen zu, um den Kampflärm zu übertönen. »Zur Brigantine! Dort seid ihr in Sicherheit. Beeilt euch!«

Er selbst gab den Frauen Deckung, während sie sich zu dritt zum Ufer zurückzogen. Doch Garcilasco setzte ihnen nach:

»Dort sind sie!«, rief er. Und schon stand er mit zweien seiner Gefolgsleute vor Aguirre, um ihm den Weg abzuschneiden. Aber Pedro Gonzales, einer von Aguirres Vertrauten, erkannte die Gefahr und kämpfte sich zu ihm vor.

Der kleine Pulk – die fünf Männer und die beiden Frauen – bewegte sich langsam auf den Fluss zu.

Schließlich gelangten die Frauen tatsächlich an Bord ihrer Brigantine, während Aguirre und Gonzales auf der glitschigen Planke zwischen Ufer und Boot standen und ihre Stellung verteidigten. Obwohl sie sich wacker schlugen, wurden sie immer weiter auf die Brigantine zurückgedrängt, und irgendwann waren sie alle an Deck.

Während Aguirre versuchte, die Frauen in Sicherheit zu bringen, hielt Gonzales die Gegner in Schach. Aguirre stieß die Holztür zur Kajüte auf, drängte seine Tochter und Dona Inéz hinein und befahl ihnen, die Tür hinter sich zu verriegeln, bis er Entwarnung gab. Dann stürzte er sich wieder an die Seite des inzwischen arg verletzten Pedro Gonzales. Und je mehr Blut und Kraft der Gefährte verlor, desto mehr Kampfgeist und Enthusiasmus setzte Aguirre den drei Feinden entgegen.

Inzwischen war das Seil durchtrennt worden, mit dem das Boot am Ufer festgemacht war. Die Brigantine drehte sich langsam in der Strömung und trieb wie eine Nussschale vom Waldrand weg. Die Kämpfer merkten es nicht.

In der Kajüte kauerten die Frauen nebeneinander auf einem der Betten. Dona Inéz hatte beruhigend einen Arm um die schluchzende Maria gelegt, doch sie hatte genauso viel Angst wie das Mädchen. Von draußen war das Klirren der Waffen zu hören.

Irgendwann ließ der Lärm nach, und kurz darauf war es ganz still.

»Vater?« Marias Stimme klang ängstlich. Erst leise, dann immer lauter rief sie: »Vater! Vater!«

Eine Ewigkeit schien zu vergehen, bis an Deck der Brigantine schwere, schlurfende Schritte zu vernehmen waren. Sie näherten sich der Kajüte.

»Seid ihr es, Aguirre?«, fragte Dona Inéz. Sie saß noch immer auf dem Bett und drückte das Mädchen an sich. Doch statt einer Antwort hörten die Frauen nur ein Scharren an der Tür.

»Vater?« Maria unterdrückte ihr Zittern.

Das Scharren wurde nun zu einem unangenehmen Kratzen und ging schließlich in ein ungestümes, brutales Hämmern über.

»Hört auf!«, schrie Dona Inéz. »Wer auch immer ihr seid, haltet ein!«

Abermals kam keine Antwort. Im Gegenteil – das Hämmern steigerte sich noch. Dona Inéz wusste, dass es kein Entrinnen gab. Wenn man sie umbringen wollte, so würde es nun geschehen. Deshalb sagte sie: »Wir sind in eurer Gewalt und werden keinen Widerstand leisten. Wenn ihr mich töten wollt, so werde ich mich meinem Schicksal ergeben. Doch das Mädchen hier ist frei von Schuld. Deshalb bitte ich euch, verschont sie. Sie ist noch ein

Kind.« Mit diesen Worten ging sie zur Kajütentür und öffnete sie.

Draußen stand Lope de Aguirre. Er lehnte an der dünnen Holzwand, blutüberströmt und eingehüllt in dicke Qualmwolken, irgendjemand musste das Boot in Brand gesteckt haben. Es dauerte einen Moment, bis Dona Inéz bemerkte, dass sie sich vom Ufer entfernt hatten und frei in der Strömung trieben. Ihr Blick streifte das Deck der brennenden Brigantine, wo vier tote Soldaten lagen. Sie war überwältigt vor Angst, Abscheu und Erleichterung. Angst wegen des offenen Feuers, das bereits den Bug des Bootes ergriffen hatte; Abscheu wegen der verstümmelten Leichen und Erleichterung darüber, dass ihr Beschützer, Lope de Aguirre, den Feind besiegt hatte.

Obwohl er mit seinen unzähligen Wunden fürchterlich aussah, konnte sie ihm nur um den Hals fallen. »Habt Dank!«, schluchzte sie, während sie ihr Gesicht an die Schulter des Basken legte. »Habt tausendfachen Dank. Zum zweitenmal habt ihr mein Leben gerettet. Man nennt euch den ›Wolf‹, doch in Wahrheit seid ihr ...«

Weiter kam sie nicht. Ein brennender Schmerz hinderte sie daran, den Satz zu beenden. Sie löste sich von dem Basken, taumelte einen Schritt zurück und sah den blutigen Dolch in seiner Hand.

Sie verstand nicht. Was hatte das zu bedeuten? Obwohl sie bereits spürte, wie ihr die Kräfte schwanden, sah sie Aguirres irren Blick. Ein Grinsen entstellte sein Gesicht zu einer hässlichen Fratze. Dona Inéz hörte ein Geräusch hinter sich und sah, wie Maria zu ihr stürzte. Sie wollte das Kind warnen, doch ihr versagte die Stimme. Hilflos musste sie mit ansehen, wie der Baske seine Tochter an den Haaren packte und ihr seinen Dolch in die Brust stieß. Die fassungslose, ungläubige Miene des tot zu Boden sinkenden Mädchens verriet ihre Überraschung, ihr Entsetzen, vom eigenen Vater ermordet worden zu sein.

Und dann widmete sich Lope de Aguirre wieder Dona Inéz. »Ich? Euch das Leben retten?«, schrie er unbeherrscht. Trotz seiner zahlreichen Wunden fühlte er keinen Schmerz. Nur Wut, unbändige Kraft und die Gier nach Blut. »Niemand rettet euch das Leben! Ich bin der Prinz von Peru, der Herrscher über diesen Wald! Ich rette euer Leben nicht; ich nehme es euch, weil es mir so gefällt. Genauso, wie ich Ursúas Leben genommen habe.« Seine Stimme war heiser, und seine Augen glühten, als er den Dolch hob. Dona Inéz war ihm ausgeliefert. Vier Stiche in Bauch und Brust spürte sie noch, bevor sie ihr Leben ließ.

Blutverschmiert stand Lope de Aguirre an Deck der brennenden Brigantine auf dem Fluss. In irgendeinem Winkel seines entrückten Geistes wusste er, dass er eine Schandtat, ein Verbrechen begangen hatte. Doch das Bewusstsein, Macht über Leben und Tod zu besitzen, hatte von ihm Besitz ergriffen. Zu anderen Gedanken war er nicht mehr in der Lage.

# 46

Mac, Arness und Sarah verließen die Station, um nach ›ABEL‹ zu fahren. Die Reporterin wollte dort noch ein paar Bilder schießen, und sie hatte zu diesem Zweck ihren Fotoapparat mit dem 200-Millimeter-Objektiv dabei.

Die Bootsfahrt verlief ohne Zwischenfälle. Ruhig und friedlich lag der Fluss vor ihnen, hellbraun und glatt. Einzig das monotone Brummen des Motors störte die Idylle.

Doc lehnte in einer Ecke am Heck, die Hand locker auf den Griff des Außenbordmotors gestützt, mit dem er das Boot steuerte. Mac hatte es sich in der Mitte bequem gemacht, und Sarah saß am Bug.

Gedankenverloren starrte sie nach vorne auf das trübe Wasser. Seit sie nach ›EDEN II‹ gekommen war, hatten sich die Ereignisse überstürzt. In den wenigen Tagen ihrer Anwesenheit war das Verderben über die Station hereingebrochen. Katastrophen waren keine Ausnahme mehr, sie waren zum Alltag geworden. Trotz der Hitze lief Sarah ein kleiner Schauer über den Rücken. Sie wusste, dass sie sich nichts vorzuwerfen hatte. Sie konnte nichts dafür, dass Houston und Chico unter der Erde lagen, dass ein Irrer sie umgebracht hatte.

Und dennoch: Aus irgendeinem unerklärlichen Grund fühlte Sarah sich dafür verantwortlich. Sie kam sich vor wie ein dunkler Unheilsengel, der das Paradies zur Hölle hatte werden lassen.

Irgendwo in der Nähe des rechten Ufers blubberte das Wasser und riss sie aus ihren Gedanken. Ein Fisch hatte Beute gemacht und ein an der Wasseroberfläche treibendes Insekt geschnappt. Leben und Tod lagen in diesem Wald eng beieinander.

# 47

Mac, Doc und Sarah hatten Browning erzählt, was sie herausgefunden hatten. Sie hatten ihn auch gefragt, ob er Lust habe, sie nach ›ABEL‹ zu begleiten, doch der Schwarze hatte abgelehnt. Er wollte Kate, die noch immer schlief, nicht alleine in der Station zurücklassen.

So machte er sich also im Labor zu schaffen, um ein paar Experimente mit dem Ampullengift durchzuführen. Nachdem die Wirkungsweise der Substanz klar war, wollte er versuchen, etwas über ihre Zusammensetzung herauszufinden. Welches Gift konnte das Verhalten von Mensch und Tier so nachhaltig beeinflussen? Um mehr über die chemische Struktur der Flüssigkeit zu erfahren, setzte Brown' verschiedene Reagenzien an und vermengte sie jeweils mit ein paar Tropfen der grünen Milch – immer mit äußerster Vorsicht und unter luftdichtem Verschluss. Aus den Farbausfällungen und aus der Art des Gemischs – schlierig, homogen oder heterogen – konnte er Schlussfolgerungen auf den Aufbau des Gifts ziehen.

Eine Computeranalyse hätte die Arbeit zwar wesentlich schneller und vor allem exakter durchführen können, doch Valdéz hatte die dazu notwendige Software bei seinem abendlichen Tobsuchtsanfall zerstört. Was blieb Jim also anderes übrig als gute, alte Handarbeit?

Beim nächsten Besuch in Manaus würde er die Ampullen mitnehmen, um sie genauer untersuchen zu lassen, doch bis es soweit war, wollte er nicht ahnungslos herumsitzen. So verging die Zeit wie im Flug, und allmählich konnte er sich ein Bild machen von der Zusammensetzung der unbekannten Substanz.

## 48

Inzwischen waren Doc, Mac und Sarah in ›ABEL‹ angekommen. Das Emporziehen am Kletterseil klappte diesmal hervorragend, und Mac, der mit Sarah in die Höhe schwebte, überprüfte nur sicherheitshalber den festen Sitz der Tragegurte. Doc blieb am Boden zurück, wurde immer kleiner und kleiner und verschwand schließlich, als sie die erste Laubschicht durchbrochen hatten. Über die beiden Walkie-Talkies, die sie auf Bereitschaft gestellt hatten, blieben sie in Funkkontakt.

Auf halber Höhe entdeckte Mac auf einem Ast ein paar Aras, kaum fünf Meter entfernt. Ihr buntes Gefieder hob sich deutlich vom Grün der Blätter ab. Es waren majestätische Tiere, beinahe einen Meter lang, die Hälfte davon Schwanzfedern. Plötzlich stieß einer der Vögel einen unangenehm lauten Schrei aus, und noch bevor er im Urwald verhallt war, flatterte die Schar davon.

»Aras?« Doc hatte sich die ganze Zeit still verhalten. Erst jetzt hörten sie ihn mit leicht verzerrter Stimme aus dem Funkgerät.

»Ja«, antwortete Mac. »Ist bei dir da unten alles okay?«

»Ich kann nicht klagen. Bis auf ...«

»Bis auf was?«

»Es ist nur so ein Gefühl. Mir scheint, alles, was auf dem Boden lebt, macht sich auf und davon. Flüchtet vor irgendetwas.«

Flüchten!, schoss es Sarah durch den Kopf. Wie bei der Absturzstelle des Flugzeugs! Wie in ›KAIN‹! Stand ihnen hier ein ähnliches Schicksal bevor?

Macs Vermutung war viel trivialer: »Vielleicht flüchten die Viecher vor Ameisen. Kate hat doch erwähnt, eine der neuentdeckten Arten sei eine Untergruppe von Eciton. Falls sie auf dem Weg hierher sind, solltest du auf der Hut sein.«

Das Walkie-Talkie knackte. »Ich halte die Augen offen.«

»Alles klar. Wenn du willst, kannst du ja zu uns raufkommen«, schlug der Junge vor.

»Das wird nicht nötig sein«, kam die Antwort per Funk. »Zur Not kann ich mich auf die Hängematte zurückziehen. Over und vorläufiges Ende.«

Erneut ertönte ein kurzes Knacken im Gerät, dann herrschte wieder Sendepause.

Sarah war indessen noch nicht beruhigt. »Sie denken wirklich, dass die Tiere dort unten vor gewöhnlichen Ameisen fliehen?«

»Ganz und gar nicht«, antwortete Mac zu ihrem Erstaunen. »Eciton – das sind keine gewöhnlichen Ameisen. Es sind Treiberameisen, die gefährlichsten ihrer Art. Schlimmer als die Heuschreckenplage im Alten Testament. Sie schwärmen in Herden von über einer Million Tieren durch den Wald und fressen alles auf, was nicht fliegen kann oder schnell genug auf den Bäumen ist. Sie umzingeln ihre Opfer, meistens Spinnen oder Insekten, und greifen von allen Seiten an, um sie mit ihren Bissen zu töten, zu zerreißen und anschließend zu ihrem Stamm zu bringen. Tagsüber durchstreifen sie den Waldboden nach Futter, und abends biwakieren sie an irgendeiner Stelle, indem sie sich wie ein lebender Kokon um ihre Königin scharen.«

»Und ...« Sarah zögerte, denn sie wollte ihre Sorge um Doc nicht offen zeigen. »Und können diese Ameisen auch einen Menschen töten?« Nach allem, was sie in den letzten Tagen erlebt hatte, hielt sie nichts mehr für ausgeschlossen.

Mac blieb unerwartet ernst: »Kommt darauf an, wie viele über einen herfallen. Die Bisse sind sehr schmerzhaft, vergleichbar mit Bienenstichen. Aber da Ameisen nur krabbeln können, ist es relativ einfach, sich vor ihnen in Sicherheit zu bringen. Sie haben Doc ja gehört: In einer Hängematte hat man vor ihnen nichts zu befürchten. Wollen wir weiterklettern?«

»Ja, gern«, stimmte die Frau zu. Sie war froh, dass Doc nicht in Gefahr war.

Von dem kleinen Ausguck aus fotografierte sie die große Plattform, die noch immer wie eine farbenfrohe Insel inmitten eines grünen Meers auf sie wirkte. Im Vordergrund war die Hängebrücke zu sehen.

Sarah bat Mac, auf die Insel hinüberzugehen und so zu tun, als wäre er bei der Arbeit. Auf seine Verwunderung hin meinte sie, es wäre egal, ob er wirklich beschäftigt sei oder nicht, auf dem Bild könne das sowieso niemand erkennen. Sie benötigte lediglich einen Menschen zum Größenvergleich. Der Junge lachte und schüttelte den Kopf.

»Sind die Reporter beim National Geographic alle so gewissenhaft?«, fragte er seufzend, wobei er dem Wort ›gewissenhaft‹ einen ironischen Unterton gab.

Sofort überkam Sarah ein Gefühl der Scham. Es war ihr unangenehm, dass der junge Wissenschaftler die Seriosität ihres Berufs in Frage stellte. Und noch unangenehmer war ihr, dass sie selbst der Anlass für seine Zweifel war.

Sie wollte ihm erklären, dass Bilder für sie nur Beiwerk für die Reportage waren, Blickfänge, die das Interesse des Lesers wecken sollten, und dass es ihr vor allem um den Inhalt ging. Sie wollte ihm sagen, dass sie sehr sorgfältig recherchierte, doch Mac hatte sich bereits umgedreht. Er tastete sich über die Brücke und beugte sich über den Rand der Insel.

Sarah fotografierte, wie er eine der seitlichen Halterungsleinen nachspannte, die die Plattform an den Baumkronen festhielten. Dann schoss sie noch ein Foto, als er über den durchsichtigen Kunststoffboden ging, der über die spinnennetzartigen roten Luftschläuche gespannt war.

Sie tastete sich vorsichtig zu Mac hinüber und entschloss sich, ihn ein wenig über seine Vergangenheit zu befragen. Erstens wusste sie von ihm bislang am wenigsten, und zweitens wollte sie ein paar Sympathiepunkte sammeln, um ihren Ruf als seriöse Journalistin wiederherzustellen.

Viel ließ sich der Junge aber nicht entlocken. Er war in Dublin geboren worden und stammte aus einer irischen Unterklassefamilie. Sein Vater war Dockarbeiter gewesen und hatte gerade genug verdient, damit sie einigermaßen über die Runden kommen konnten. Ständig hatten sie Geldsorgen gehabt. Für seine Mutter musste es nicht leicht gewesen sein, ihn und seine vier Geschwister großzuziehen, meinte Mac. Später war er in ein Heim gesteckt worden, wo er sich mehr schlecht als recht mit seinen Pflegerinnen und mit den anderen Kindern verstanden hatte. Wirkliche Freunde hatte er dort nie gefunden, und so war er lange Jahre ein Einzelgänger geblieben. Das war auch ein Grund dafür, dass er später die Arbeit hier im Urwald übernommen hatte.

Als Sarah sich nach den Umständen erkundigte, die ihn ins Heim gebracht hatten, blockte Mac ab. Auch auf die Frage, was aus seinen Geschwistern geworden war, erteilte er keine weiteren Auskünfte.

Stattdessen streiften seine Augen gedankenverloren über das Blätterdach. Traurigkeit und Verbitterung schimmerten in ihnen auf, und Sarah wusste, dass sie eine alte Wunde aufgerissen hatte.

Da sie dem jungen Mann nicht weh tun wollte, wechselte sie rasch das Thema, und schon wenige Minuten später hatte Mac sich wieder gefangen. Mitten im Gespräch klickte plötzlich das Funkgerät. Mac nahm es sofort in die Hand: »Was gibt's, Doc?«

Am anderen Ende sprach niemand.

Hatte er sich das Klicken nur eingebildet? Selbst wenn Doc kein Signal gegeben hatte, müsste er Mac jetzt hören und ihm antworten.

»Was ist los?«, fragte Sarah, die dem Jungen ansah, dass etwas nicht stimmte.

»Ich ...«, setzte Mac an, als am anderen Ende der Leitung die Sprechtaste betätigt wurde. Schweres Röcheln war zu vernehmen – jemand rang nach Luft! Dann ein heiserer, unterdrückter Schrei, zwei, drei fürchterliche Sekunden lang. Danach herrschte wieder Funkstille.

»Wir müssen sofort runter!« Blitzartig rannte der Junge über die Plastikinsel. Mit einem riesigen Satz sprang er auf die Hängebrücke, von wo aus er sich zu der kleineren Plattform hinüberhangelte. Er drängte Sarah, sich zu beeilen, und mit hellem Surren ließen sie sich an den Seilen herab, so schnell, dass Sarah glaubte, die Winden könnten der Belastung womöglich nicht standhalten.

»Doc!«, schrie der Junge, noch ehe er festen Boden unter den Füßen hatte. Als Sarah kurz nach ihm ankam, hatte er sich bereits von den Gurten befreit und brüllte erneut aus voller Kehle in den Wald: »Doooooc ...!«

Keine Antwort.

Wo konnte Arness bloß stecken? Das Lager war wie ausgestorben, kein Ton war zu hören.

»Was zum Teufel ist hier los?«, murmelte Mac vor sich hin. Ihm war, als läge ein Eisblock in seinem Magen. »Wir werden die Gegend um das Lager absuchen.« Er klang entschlossen und packte das Betäubungsgewehr, das an einem Tisch unter der Zeltplane lehnte. Nach dem, was er inzwischen über die Wirkung des Ampullengifts wusste, war es ihm ratsam erschienen, eine Waffe mitzunehmen. »Bleiben Sie dicht hinter mir!«

Er hätte das gar nicht zu sagen brauchen, denn Sarah hätte sich in diesem Augenblick nirgends sicherer gefühlt. Auch wenn sie sich sonst von niemandem Anweisungen geben ließ – im Dschungel war Mac der Experte, und es ging ums nackte Überleben.

Mit dem Gewehr im Anschlag zogen sie Kreise um das Lager. Sarah blieb Mac dabei dicht auf den Fersen, klebte wie eine Klette an seinem Rücken. Genau wie er ließ sie ihren Blick hin- und herwandern, ständig auf der Suche nach Doc.

Und nach einer möglichen Gefahr!

Nach kurzer Suche fanden sie die Leiche. Sie lag auf dem Rücken und war bis zur Unkenntlichkeit verstümmelt. Vom Gesicht war die Haut fast vollständig abgetrennt worden, und aus der Brust ragte der Stiel einer Axt.

Überall wimmelte es von Treiberameisen; der ganze Leichnam war übersät davon. Selbst in Mund und Nasenlöcher waren sie eingedrungen. Durch die Myriaden von kleinen schwarzen Tieren schien der tote Körper zu flimmern.

Obwohl nicht mehr viel von dem Toten übrig geblieben war und der Rest in wenigen Tagen bis auf die Knochen abgenagt sein würde, war Mac sicher, dass es Doc war. Für einen winzigen Augenblick hatte er gehofft, Valdéz am Boden liegen zu sehen, doch an der Kleidung, am kurzgeschorenen Haar und an der Armbanduhr erkannte er seinen älteren Kollegen.

»Valdéz!«, schrie Mac so unvermittelt, dass Sarah erschreckt zusammenzuckte.

Hemmungslos brüllte er sich seine Wut von der Seele: »Du krankes Mistschwein! Ich weiß, dass du da bist. Und ich weiß, dass du mich hören kannst. Du hast ihn umgebracht, und deshalb – das schwöre ich! – werde ich dich umbringen!«

Sarah sagte nichts. Auch für sie brach in diesen Sekunden eine Welt zusammen. Die Beziehung zwischen ihr und Doc war zwar nur von kurzer Dauer und von vornherein zum Scheitern verurteilt gewesen, doch dass sie auf so grausame Art enden musste ...

Tränen standen ihr in den Augen, und die Zunge klebte ihr trocken am Gaumen, als Mac sie bei der Hand nahm und wegzerrte.

»Kommen Sie!«, befahl er. »Verschwinden wir von hier.«

Doch Sarah weigerte sich, ihm zu gehorchen, und riss sich los.

»Wollen Sie ihn hier etwa so liegen lassen? Als Fressen für diese Ameisen?«, warf sie ihm vor. »Das können Sie nicht machen. War er nicht Ihr Freund?«

»Ja, das war er, und es gefällt mir genausowenig wie Ihnen, ihn einfach so daliegen zu lassen. Aber es gibt nichts mehr, was wir für ihn tun können!« Macs Stimme hatte sich gewandelt. Sie war jetzt wesentlich sanfter als zuvor. »Hören Sie, Sarah, die Viecher haben uns sicher schon kommen hören und sind bereits im Anmarsch. Wenn Sie also nicht selber so enden wollen, dann kommen Sie jetzt! Bitte!«

Die Ameisen waren nicht der Hauptgrund für Macs Eile. Mehr als hundert, allenfalls hundertfünfzig Meter pro Stunde legten die Tiere auf dem Waldboden nicht zurück. Zur Flucht blieb also genug Zeit.

Was Mac zur schnellstmöglichen Rückkehr bewog, war die Tatsache, dass sich irgendwo in ihrer unmittelbaren Nähe ein Irrer aufhielt. Ein Irrer, der unter der Wirkung des grünen Ampullengifts zu einem kaltblütigen, unberechenbaren Schlächter geworden war. »Lassen Sie uns jetzt zurück zum Boot gehen.«

Obwohl es Sarah mit jeder Faser ihres Körpers widerstrebte, Doc seinem Schicksal zu überlassen, wusste sie, dass der Junge Recht hatte. Ein Gefühl verzweifelter Ohnmacht übermannte sie. Zögernd nahm sie Macs Hand, um ihm auf dem schnellsten Weg zum Ufer zu folgen.

Das Boot lag noch da, wie sie es angebunden hatten.

# 49

Die Nachricht von Docs unerwartetem Tod schockierte Browning ebenso wie Kate, die inzwischen aufgestanden war.

Es war verrückt.

Noch vor wenigen Tagen hatten sie in Harmonie und Frieden mit der Natur gelebt. Das Paradies, das sie kannten und nach dem sie ›EDEN II‹ benannt hatten, war komplett aus den Fugen geraten, und die Gefahr, in der sie nun steckten, hatte eine neue, bisher unbekannte Dimension erhalten.

»Wir müssen diesen verdammten Ort verlassen«, sagte Kate mit ausdrucksloser Stimme. »Hört ihr? Wir sollten nicht länger hierbleiben. Ich bin dafür, wir packen unsere Sachen und reisen sofort ab. Das Flugzeug funktioniert wieder. Nur den Propeller müssen wir noch anmontieren. In wenigen Stunden könnten wir in Sicherheit sein.«

»Und alles im Stich lassen? Kommt nicht in Frage!« Mac war strikt dagegen. Er hatte das Schreckensbild vor Augen, hatte gesehen, wie die Ameisen über den leblosen Körper hergefallen waren und wie der lange Stiel der Axt aus der gespaltenen Brust ragte. Bis an sein Lebensende würde er dieses Bild nicht vergessen können. Und er war nicht bereit, jetzt einfach aufzugeben. Er war schon zu lange davongelaufen, verfolgt von den Albträumen seiner Vergangenheit. Von dem Kind im Auto und von dem alles verzehrenden Flammenmeer.

Jahrelang hatte er versucht, die bösen Erinnerungen loszuwerden, doch immer wieder waren sie zurückgekehrt.

Wenn er diesmal wieder davonlief, würden ihn nicht nur die alten Schrecken verfolgen, sondern auch die neuen.

»Kate«, flehte er. »Lass uns hierbleiben und die Sache zu Ende bringen. Bitte!«

»Willst du uns alle umbringen?« Während der wenigen Worte schwoll die Stimme der Frau zu beachtlicher Lautstärke an. Sie konnte ihre Angst nicht verbergen. »Dir geht es doch nur um Valdéz!«, klagte sie den Jungen an.

»Das ist nicht wahr!«

»Lüg mich nicht an! Natürlich ist es wahr, und du weißt es! Du riskierst unser Leben für deine Rache, ist dir das eigentlich bewusst?«

Mac fühlte sich, als hätte ihn eine Kugel erwischt. Hatte Kate etwa Recht? Wollte er wirklich nur Rache nehmen?

Mehr als jeder andere in der Station hatte er Grund, Valdéz zu hassen: Sarah hatte Docs Tod zwar getroffen, das war ihr unschwer am Gesicht abzulesen. Dennoch war sie eine Außenstehende, eine neutrale Beobachterin, die erst wenige Tage hier verbracht hatte. Kate und Browning waren mit Sicherheit genauso bestürzt wie der Junge, aber sie hatten doch wenigstens noch sich!

Mac hingegen hatte am meisten verloren. »Ich hasse ihn«, gestand er schließlich. »Ich hasse ihn für all das, was er uns angetan hat. Ich weiß auch, dass ich gesagt habe, ich würde ihn töten. Aber ...«, fast bettelnd sah er Kate an, »... das war nur eine Affektreaktion, das schwöre ich dir. Ich konnte vor Wut nicht mehr klar denken. Jetzt will ich ihn nicht mehr umbringen, aber vielleicht können wir ihn überwältigen. Ich weiß, man wird ihn wohl nicht heilen können, aber wenn wir ihn hier zurücklassen, stirbt er mit Sicherheit. Außerdem kann man an ihm vielleicht feststellen, wie das Gift wirkt.« Mac hatte tatsächlich nicht mehr das Bedürfnis, den Brasilianer zu töten. Er wollte die Sache nur noch irgendwie zu Ende bringen.

»Ich scheiß auf das Gift. Ich will hier lebend rauskommen!« Kates heiseres Kreischen ging nahtlos in Hysterie über. Die Frau, die sonst nach außen hin so stark und robust wirkte, sank in sich zusammen und begann zu schluchzen.

»Das wirst du auch. Wir alle werden das«, beruhigte Browning sie. »Ich bin deiner Meinung. Wir sollten die Station so bald wie möglich verlassen.« Dem Schwarzen war anzusehen, dass auch er am liebsten in ›EDEN II‹ bleiben würde. Den Wunsch, schnellstmöglich von hier fortzukommen, hatte er nur Kate zuliebe geäußert.

Mac machte einen neuen Versuch, die anderen zum Bleiben zu überreden: »Interessiert euch denn gar nicht, woher das Flugzeug kam? Ich meine, irgendjemand muss die Ampullen hergestellt und den Flug arrangiert haben. Und wer auch immer es war, er ist verantwortlich für das, was passiert ist. Valdéz ist im Grunde genommen selbst nur ein Opfer. Die eigentliche Schuld trifft den, der das Gift produziert hat. Vielleicht war es eine Art Drogenkartell oder was weiß ich. Diese Leute gehören hinter Gitter! Lasst uns hierbleiben, bis Valdéz auftaucht. Ohne ihn werden wir nie erfahren, wer hinter all dem steckt. Wenn uns jemand zu den Verantwortlichen führen kann, dann ist er es. Außerdem wissen wir immer noch nicht, was das Fallschirmpaket enthalten hat und für wen es bestimmt war.« Es verstrichen ein paar Sekunden stillen Nachdenkens.

»Also gut«, fasste Browning endlich zusammen. »Kate und ich möchten gerne die Station verlassen. Du willst lieber hierbleiben. Wie steht's mit Ihnen, Sarah?«

»Ich denke, wir sollten einen Kompromiss schließen. Wir bleiben noch einen Tag hier, und falls Valdéz bis morgen Abend nicht auftaucht, verlassen wir ›EDEN II‹ und fliegen nach Manaus«, antwortete die Reporterin diplomatisch. Einerseits wusste sie, in welcher Gefahr sie schwebten, andererseits war ihr Ehrgeiz als Reporterin angestachelt. Die Frage, die Mac aufgeworfen hatte, stellte auch sie sich schon seit einer ganzen Weile: Wer waren die eigentlichen Drahtzieher, die für all das verantwortlich waren?

Ihr Kompromiss wurde von allen akzeptiert. Kate war jedoch mit den Nerven am Ende und beschloss, eine Schlaftablette zu nehmen und sich nochmals hinzulegen. Mit etwas Glück wachte sie erst morgen Mittag auf, und von da an war es nicht mehr lange bis zu ihrer Abreise.

Nachdem Kate sich zurückgezogen hatte, führte Browning die beiden anderen ins Labor. Er wollte ihnen zeigen, welche Tests er mit dem Ampullengift durchgeführt hatte, und zu welchen Ergebnissen er gekommen war.

»Dass die Flüssigkeit einen ziemlich niedrigen Siedepunkt hat, wussten wir ja bereits«, begann er. »Nach meinen Beobachtungen liegt es bei circa 10°C. Das heißt, das Zeug verdampft bei den hiesigen Temperaturen extrem rasch. Interessant ist, dass das dabei entstehende Gas schwerer als Luft ist, was bedeutet, es kriecht quasi am Boden entlang. Im Lauf der Zeit zersetzt es sich.«

»Die Flüssigkeit löst sich also von alleine auf?«, fragte Sarah.

»Die Flüssigkeit selbst zersetzt sich meines Erachtens überhaupt nicht«, korrigierte Jim. »Nicht solange sie unter Verschluss in den Ampullen ist. Was sich zersetzt, ist das Gas, das entsteht, wenn die Flüssigkeit bei Außentemperaturen über zehn Grad mit der Luft in Kontakt kommt. Nach ein paar Stunden zerfällt das Gas in verschiedene Sekundärprodukte, die ich aber noch nicht genau bestimmen konnte. Eins steht jedoch fest: Die Zerfallsprodukte sind ungiftig.«

»Das heißt«, fasste Mac zusammen, »ein Flugzeug wird von einem Unwetter überrascht und muss mitten im Urwald notlanden. Der Pilot ist wahrscheinlich auf der Stelle tot, der Copilot kommt jedoch durch einen glücklichen Umstand mit dem Schock davon. An Bord der Maschine befinden sich Ampullen mit giftigem Inhalt, wovon die beiden Insassen jedoch keine Ahnung hatten, wenn man Valdéz Glauben schenkt. Soweit korrekt?«

»Korrekt, Sherlock Holmes!«, stimmte Jim zu.

»Danke, Watson!« Mac nickte Browning verbindlich zu. »Also weiter: Bei der Notlandung geht auch ein Teil der Ladung zu Bruch. Dabei entsteht eine Giftwolke, die sich langsam über den Urwaldboden wälzt und alles, was mit ihr in Berührung kommt, verrückt macht. Oder besser gesagt: aggressiv. Der Copilot, der beim Absturz ganz sicher mit dem Giftgas in Kontakt kommt, wandert wahrscheinlich ziellos im Dschungel umher, findet den Professor und erschlägt ihn. Ein paar Stunden nach dem Absturz hat sich das Gift aber schon wieder zersetzt und ist ungefährlich geworden. Drei Tage später finden Doc, Browning und Sarah den Verrückten und nehmen ihn mit hierher. Zu diesem Zeitpunkt kann ja noch keiner wissen, was los ist. Valdéz rastet aus, erhängt Chico und verschwindet im Wald. Dann bringt er Doc um, und jetzt läuft er irgendwo dort draußen frei herum. Hab ich noch etwas vergessen?«

»Ich denke, das war alles«, sagte Browning.

»Kannst du auch sagen, wie das Gift zusammengesetzt ist?«

»Nun, ich bin kein Spezialist auf diesem Gebiet, obwohl ich auch ein paar Semester Chemie studiert habe. Aber es handelt sich meiner Meinung nach nicht um ein reines Produkt, sondern vielmehr um ein Gemisch mehrerer Stoffe. Vom Aufbau her erinnert es mich ein wenig an N,N-Dimethyl-Tryptamin, allerdings in gelöster Form.«

»An was?« Sarah hatte keine Ahnung, wovon die Rede war. »N,N-Dimenthol ...?«

»Yopo. Mancherorts auch Cohaba genannt. Eine Art Schnupfpulver, das von den Amazonasindianern aus Samen von Mimosengewächsen gewonnen wird. Kommt meines Wissens am Orinoko und auf Trinidad vor, es ist aber durchaus möglich, dass es auch woanders produziert wird.«

»Und was hat es mit dem Schnupfpulver auf sich?« Sarahs Neugier war geweckt.

»Die Indianer benutzen es, um damit einen bewusstseinsverändernden Rauschzustand hervorzurufen, meistens bei heiligen Ritualen. Ich kenne mich mit dem Eingeborenen-Hokuspokus nicht besonders gut aus, aber damit soll es dem Medizinmann möglich sein, ins Reich der Geister vorzudringen, Krankheiten zu heilen, für eine gute Ernte zu sorgen und so weiter. Doch wie gesagt: Yopo ist eigentlich ein Pulver. Meiner Meinung nach handelt es sich um einen ziemlich ähnlichen Stoff in liquider Form.«

»Und in welcher Flüssigkeit ist das Zeug aufgelöst? Hast du das schon feststellen können?«, fragte Mac.

»Nein. Dafür war die Zeit zu knapp. Aber lasst uns ein bisschen herumexperimentieren. Habt ihr Lust dazu? Ich bin noch nicht müde.«

»Ich auch nicht«, sagte Mac. »Wie steht's mit Ihnen, Sarah?«

»Ich bin putzmunter. Sagen Sie mir, wie ich Ihnen helfen kann.«

Allen dreien war klar, dass sie mit ihren Versuchen nicht mehr viel herausfinden konnten. Die Tätigkeit im Labor war vor allem Ablenkung; Ablenkung von den Gedanken an Docs Tod.

# 50

Das Schlafmittel, das Kate sich verabreicht hatte, wirkte schnell und zuverlässig. Von den anderen, die im Labor arbeiteten, hörte sie absolut nichts.

Nur einmal dachte sie im Halbschlaf, Sarah käme zu ihr ins Zimmer. Sie knurrte leise vor sich hin, um ihr zu signalisieren, dass sie sie gehört hatte, aber selbst im Unterbewusstsein bekam sie kaum noch mit, dass das Bett über ihr knarrte. Binnen weniger Sekunden übermannte Kate wieder die Müdigkeit, und alles um sie herum versank im dunklen Nichts.

Irgendwann wachte sie auf. Das Zimmer war so finster, dass man die Hand nicht vor Augen sehen konnte. Es war eigentlich gar nicht so heiß in dieser Nacht, dennoch fühlte sie sich total verschwitzt. Ihr Kopfkissen war feucht, und die Haare klebten ihr im Nacken. Als sie mit einer Hand über ihre Stirn fuhr, war sie triefend nass.

Und irgendetwas berührte plötzlich ihr Gesicht!

Sie erschrak und tastete vor ihrem Kopf die Luft ab, aber da war nichts. Zwei ... drei ... vier Sekunden verstrichen ereignislos. Dann fühlte sie es erneut. Nicht stark, nur ein kurzes Antippen. Und noch einmal ... und noch einmal.

Kate ertastete im Dunkel den Lichtschalter und rückte ihn nach oben. Obwohl die plötzliche Helligkeit ihr in die Augen stach, hatte sie mit einem Blick den Raum erfasst – aber niemand war da.

»Sind Sie wach, Sarah?«, fragte sie im Flüsterton. Als sie jedoch mit einer Hand an die Matratze über ihr klopfte, erstarrte sie vor Entsetzen.

Blut!

Ihr ganzer Arm war blutverschmiert!

Von Panik ergriffen, stürzte sie rückwärts aus dem Bett. Sie krachte auf den Boden und schob sich zappelnd an die gegenüberliegende Wand, so weit wie möglich von dem verteufelten Bett weg. Auch ihr Kopfkissen und das Laken waren voll Blut.

Dann schrie sie, schrie so laut wie noch nie zuvor in ihrem Leben. Auf den Boden gekauert, mit angewinkelten Beinen und beiden Händen vor dem Gesicht, brüllte sie wie am Spieß. Sie konnte einfach nicht mehr damit aufhören.

Für Kate verging eine Ewigkeit, bis die Tür endlich aufgerissen wurde und Browning hereinstürzte. Er sah die Frau, die kreischend und blutverschmiert auf dem Boden saß. Mit einem Satz flog er auf sie zu, warf sich vor ihr auf die Knie und riss ihr die Hände vom Gesicht weg. Vorsichtig untersuchte er ihren Arm.

Ihr Schreien stach in seinen Ohren, und er brüllte zurück: »Hör auf! Hörst du, Kate! Hör auf! Hör endlich auf!« Doch sie reagierte nicht, nahm von Jim nicht die geringste Notiz. Irgend etwas – Angst, Verzweiflung, Panik – zwang sie dazu, immer weiterzuschreien. Sie hatte einen Schock erlitten.

Brown' wusste sich nur noch auf eine Art zu helfen: Er holte aus und gab ihr mit seiner mächtigen Hand eine Ohrfeige. Augenblicklich setzte Stille ein, und Kate sah ihn fassungslos an. Sie konnte nicht glauben, dass er sie wirklich geschlagen hatte. »Beruhige dich, Baby. Es ist nicht dein Blut!« Browning drückte sie fest an sich; weniger, um Kate zu beruhigen, als vielmehr sich selbst. Für einen Moment hatte er geglaubt, sie würde sterben. Sie sahen sich an, und er bemerkte, wie sich ihre Augen mit Tränen füllten. Ihre Finger gruben sich in sein

T-Shirt. Sie presste ihr Gesicht auf seine Schulter und begann, leise zu schluchzen.

Auch die beiden anderen waren inzwischen ins Zimmer gestürzt.

»Sie ist okay!«, warf Browning ihnen entgegen. »Sie hat nur einen Schrecken bekommen. Ihr ist nichts passiert.« Das war die Hauptsache.

Doch woher stammte dann all das Blut?

Erst jetzt fiel Sarah auf, dass etwas in ihrem Bett lag, etwas Großes, Rundliches, das mit einem Laken zugedeckt war. Langsam, so als könne dieses Etwas plötzlich auffahren und ihr an die Kehle springen, näherte sie sich ihrem Bett und zog die Decke weg. Was sie sah, drehte ihr augenblicklich den Magen um. Sie rannte auf die Toilette und übergab sich.

# 51

Es war ein Affe. Ein großes, schwarzes Tier, das sie mit steinernem Grinsen anstierte. Eigentlich war es kein Grinsen, sondern eine Fratze des Todes.

Der Schädel war sauber vom Hals abgetrennt worden und lag mit dem Gesicht nach oben am Kopfende des Betts. Der Rumpf lag zwanzig Zentimeter weiter unten; die Gliedmaßen des Tiers hatten sich wie in einem epileptischen Anfall verkrampft. Um den aufgetrennten Hals herum hatte sich eine rote Lache gebildet, die durch die Matratzen sickerte und auf das darunterliegende Bett tropfte. Auf Kates Bett.

»Ist ja schon gut, Baby!« Browning hockte neben der Frau am Boden, hielt sie wie ein kleines Kind in seinen Armen und wiegte sie hin und her. »Ich bin bei dir.«

Kate beruhigte sich zusehends.

»Lass uns den Affen rausbringen«, sagte Mac. Er schob Kopf und Rumpf des Tiers zusammen, als könne er die Verletzung dadurch heilen.

Browning sagte zu Kate noch ein paar aufmunternde Worte, versprach ihr, bald wieder zurück zu sein, und raffte sich dann auf. Sie schlangen das rote, durchgeweichte Laken um den Affen, brachten das schwere Bündel hinaus vor die Station und legten es neben die Gräber. Verbuddeln wollten sie es erst am nächsten Tag.

Browning sah hinunter zum nächtlichen Fluss, dann in den Wald. Wäre er in den letzten Tagen nicht selbst Zeuge der schonungslosen Gewalt gewesen, hätte er diesen Ort für so friedlich wie immer gehalten. Doch da er wusste, was schon alles geschehen war, konnte er die Gegenwart des Bösen in seiner unmittelbaren Nähe fühlen.

»Wir müssen heute Nacht vorsichtig sein. Sehr vorsichtig«, raunte Browning auf dem Rückweg zum Gebäude Mac zu. »Er weiß genau über alles Bescheid. Was wir machen, wer sich wo aufhält und vor allem, wann einer von uns allein ist. Ich bin mir sicher, er steht jetzt gerade irgendwo da draußen und beobachtet uns. Vielleicht ist er nicht mal einen Steinwurf weit von uns entfernt.«

Der Gedanke gefiel keinem von beiden, und sie beschleunigten ihren Schritt.

Fenster und Türen wurden verschlossen. Nachdem vor drei Jahren einmal ein neugieriges Totenkopfäffchen das Innere der Station inspiziert hatte, hatte man nachträglich Sicherheitsschlösser eingebaut. Sie konnten einen Wahnsinnigen zwar nicht unbedingt davon abhalten, ins Haus einzudringen, aber lautlos war das garantiert nicht mehr möglich.

Um sicherzugehen, dass sich Valdéz nicht schon im Gebäude befand, suchte Browning Raum für Raum systematisch ab. Dabei ging er noch gewissenhafter vor als bei der Suche nach der Vogelspinne. Wenn die Situation nicht so ernst gewesen wäre, hätte Kate sich über Jim totlachen können. Mit dem Gewehr im Anschlag pirschte er von Zimmer zu Zimmer. Manche Tür öffnete er so vorsichtig, dass man sich langsamer gar nicht mehr bewegen konnte; andere stieß er mit einer solchen Wucht auf, dass Valdéz regelrecht zerquetscht worden wäre, wenn er sich dahinter versteckt gehabt hätte. Die Duschkabine wurde zurückgezogen, und auch die Schränke im Labor, im Wohnraum und in der Küche wurden sorgfältig inspiziert.

»Ich schlage vor, wir schlafen heute Nacht alle zusammen

in unserem Zimmer«, sagte Browning nach getaner Arbeit. »Wenn wir zusammenbleiben, wird er uns nicht angreifen.« Die Frauen nahmen den Vorschlag dankbar an. Beide stieß die Vorstellung ab, in einem Raum zu übernachten, in dem zwei vor Blut triefende Betten standen. Browning holte das Betäubungsgewehr und die schwere Schrotflinte und lehnte beide Waffen griffbereit an den kleinen Tisch zwischen den Stahlspinden.

Die Stahlspinde ...

Erst in dem Moment, als er die Schlafzimmertür verriegelte, wurde Jim bewusst, dass er nur eine einzige Stelle in der Station nicht durchsucht hatte: ihr eigenes Zimmer! Er stürzte blitzschnell nach vorne, ergriff eines der Gewehre und riss mit lautem Krachen eine Spindtür nach der anderen auf. Noch ehe die anderen wussten, was los war, stand er wieder in der Mitte des Raums und ließ die Waffe sinken. In keinem der Spinde lauerte Valdéz.

»Tut mir Leid«, entschuldigte er sich. »Ich drehe langsam durch.«

## 52

*Freitag, 19. Juni 1998*

Wie zu jeder vollen Stunde piepste Macs Armbanduhr um 3.00 Uhr morgens genau einmal. Es war so leise, dass man es kaum hören konnte, ebensogut hätte es das Zirpen einer Grille draußen vor dem Haus sein können.

Um 1.00 Uhr und um 2.00 Uhr war Kate das Geräusch gar nicht aufgefallen, was an den Nachwirkungen des Schlafmittels liegen mochte. Doch jetzt hatte es sie aus dem Schlaf geholt, und sie verspürte Durst. Obwohl es ihr widerstrebte, bei der Dunkelheit das Zimmer zu verlassen, war das Bedürfnis nach einem Schluck Wasser groß genug, sie aus dem Bett zu treiben.

Sie tastete sich zur Tür und drehte so leise wie möglich den Riegel zurück. Sorgfältig darauf bedacht, niemanden zu wecken, schlüpfte sie aus dem Zimmer und ging in die Küche.

Als sie zurückkam, war das Ende des Gangs eingehüllt in dämmrigen Schimmer. Warum war ihr das vorhin nicht aufgefallen?, fragte sie sich. Unwillkürlich sträubten sich ihre Nackenhaare, doch sie sprach sich selber Mut zu. Hier konnte niemand sein! Jim musste vergessen haben, das Licht im Labor auszuschalten. Sie überwand ihre Furcht und tippelte auf Zehenspitzen den Flur entlang. Die Tür zum Labor war geschlossen, nur durch den Spalt zwischen Tür und Boden drang Licht.

Kate harrte reglos aus, um auf ungewöhnliche Geräusche zu achten, doch es war totenstill. Nicht einmal ein Insekt schwirrte durch das Schummerlicht. Sie riss sich zusammen und öffnete die Tür. Ein Stein der Erleichterung fiel ihr vom Herzen, als sie feststellte, dass sie ihre Nerven umsonst strapaziert hatte – niemand war im Labor. Kein wildes Tier und schon gar nicht Valdéz. Es war genau, wie sie gedacht hatte: Browning hatte beim Absuchen der Station schlicht die Beleuchtung im Labor vergessen.

Kate knipste das Licht aus und machte sich auf den Weg zurück ins Bett. Jim Browning, du kannst was erleben!, dachte sie, verärgert über ihre sinnlose Angst. Mich so zu erschrecken!

Kurz vor der Tür zum Schlafraum geschah es dann: Wie aus dem Nichts stand die Gestalt plötzlich neben ihr. Kate fühlte die Bedrohung, die von dem schwarzen Schatten ausging, und ein kalter Schauer jagte ihr über den Rücken. Auf einmal tauchten die Bilder ihres Traums wieder vor ihr auf:

Zwei Gräber.

Drei Gräber.

Sie begann zu zittern und wollte weglaufen. Doch bis sie reagieren konnte, war es bereits zu spät.

# 53

Browning wurde durch ein dumpfes Geräusch geweckt, als würde jemand Holz fällen. Er sah auf die Leuchtanzeige seiner Armbanduhr: 3.41 Uhr. Mitten in der Nacht.

Der Mann fühlte sich wie gerädert. Jeder Muskel war verspannt, und all seine Knochen taten weh. Er hatte geschlafen wie ein Stein.

Wieder ertönte das Geräusch.

An Schlaf war sowieso nicht zu denken, bis er wusste, woher dieses eigenartige Ploppen kam. Deswegen entschloss er sich, aufzustehen und nachzusehen.

»Du willst wohl alleine den Helden spielen?«, flüsterte Mac. Schon hatte er seine Brille aufgesetzt. »Aber da hast du dich geschnitten, mein Lieber. Ich werde mitkommen!«

Jims Lächeln war in der Finsternis nicht zu sehen. Auf Mac konnte man sich eben auch in schwierigen Situationen verlassen.

»Ziemlich mutig für eine halbe Portion«, raunte der ehemalige Boxer dem Jungen zu.

»Ach ja? Und du bist ziemlich frech, schwarzer Mann! Sei froh, dass ich nichts sehen kann, sonst würde ich dich herausfordern«, alberte Mac leise. Er stand auf, ertastete im Dunkeln die beiden Gewehre, die noch immer am Tisch lehnten, und ging mit Browning hinaus.

Dass die Zimmertür nicht verriegelt war, fiel dem Jungen sofort auf. Die einzig plausible Erklärung dafür war, dass einer von ihnen in der Nacht den Raum verlassen und nach seiner Rückkehr vergessen hatte, die Tür wieder von innen abzuschließen. Wie leichtsinnig!

Auf dem Gang war es genauso finster wie im Schlafzimmer. Mac drückte Browning die Schrotflinte in die Hand, er selbst behielt das Betäubungsgewehr. Gemeinsam machten sie sich auf den Weg nach draußen. Sie schlichen durchs Wohnzimmer und bogen nach rechts in den Gang, der zur Außentür führte. Sie stand sperrangelweit offen.

Wie konnte das sein? Wie konnte Valdéz die Türe geöffnet haben, ohne dabei so viel Lärm zu machen, dass sie es rechtzeitig gehört hatten? Sie rannten nach draußen und starrten in die Nacht.

»Da!« Browning tippte Mac auf die Schulter und zeigte zum Steg. Die propellerlose Cessna lag ruhig auf dem Wasser, aber eines der Boote war spurlos verschwunden. Im anderen stand Valdéz, der gerade mit einer Axt den Rumpf zertrümmerte. Soweit man das in der Dunkelheit erkennen konnte, war es ihm noch nicht gelungen, ein Leck in den Boden zu schlagen, doch unablässig hackte er auf das Boot ein.

»Hey, Valdéz, hören Sie sofort damit auf!«, brüllte Mac seinen Befehl den Hang hinab. So rüde hatte Brown' den Jungen selten erlebt.

Trotz des scharfen Tonfalls reagierte der Brasilianer überhaupt nicht.

»Aufhören!«, schrie Mac erneut – noch entschiedener, noch durchdringender als zuvor. Diesmal hielt Valdéz tatsächlich inne. Er sah zu ihnen hoch und begann, hysterisch zu lachen, so laut, als würde er direkt neben ihnen stehen.

»Legen Sie die Axt weg!« Auch Brownings Stimme klang hart und unnachgiebig.

»Hören Sie nicht? Sie sollen die verfluchte Axt vor sich auf den Boden legen!«

Doch Valdéz war offenbar nicht mehr Herr seiner selbst.

Ohne das Beil aus den Händen zu geben, stieg er auf den Steg und kam zum Ufer. Sein Blick war dabei unentwegt auf die beiden Wissenschaftler gerichtet.

»Seien Sie vernünftig! Wir können Ihnen helfen«, rief Mac wider besseren Wissens. Gern log er nicht, aber er sah keine andere Möglichkeit, die Situation zu entschärfen. Eine Minute lang geschah nichts. Der Brasilianer stand am Fluss, unentschlossen, ob er den Befehlen der beiden Wissenschaftler Folge leisten sollte.

Als Zeichen ihres guten Willens beschlossen Mac und Browning, ihre Waffen als Erste wegzulegen. Vielleicht gelang es ihnen damit, Valdéz' Vertrauen zu gewinnen.

»Sehen Sie ... wir wollen Ihnen nichts tun!« Mac zeigte ihm die leeren Handflächen, um ihm zu verstehen zu geben, dass er unbewaffnet war. Ganz wohl war ihm dabei nicht, da höchstens zwanzig Meter zwischen ihnen lagen.

Würde Valdéz ihnen gehorchen? Und wenn nicht?

Mac konnte seinen Gedanken nicht zu Ende fuhren, denn Jim redete inzwischen auf den Brasilianer ein: »Hören Sie! ... Sie sind ein kranker Mann und müssen in ein Hospital. Legen Sie die Waffe weg. Wir werden Ihnen nichts tun. Lassen Sie sich von uns eine Beruhigungsspritze geben, dann fühlen Sie sich gleich besser. Und morgen fliegen wir Sie nach Manaus ...«

Wieder brach Valdéz in heiseres Lachen aus. »In die Oper? Was soll ich in der Oper?«

Browning war fast ein wenig belustigt über diese Antwort. Offenbar erinnerte sich der Brasilianer an das Gespräch, das sie kürzlich beim Abendessen geführt hatten.

In dieser Sekunde ging Valdéz zur Attacke über. Mit Kampfgeschrei und hoch erhobener Axt stürmte er den aufgeweichten Hang hinauf.

Obwohl die Wissenschaftler damit gerechnet hatten, waren sie vor Schreck wie gelähmt, während Valdéz bedenklich näher kam. Mac erlangte als Erster die Fassung wieder. Er warf sich zu Boden, grabschte nach seinem Gewehr und schoss. Der Betäubungspfeil traf den Angreifer an der linken Schulter, vermochte seinen Schwung jedoch nicht zu bremsen. Unaufhaltsam preschte er weiter! Nur noch sechs Meter – fünf – vier – ...

Plötzlich riss ihn ein ohrenbetäubender Knall nach hinten und warf ihn zu Boden. Die Axt fiel neben ihm in den matschigen Lehm. Er fasste sich mit zitternden Händen an die Brust, rang nach Luft, strampelte noch ein letztes Mal mit den Beinen und blieb dann tot auf der Erde liegen.

Neben Mac kniete Browning. Zwischen Ellbogen und Hüfte geklemmt, hielt er die Schrotflinte im Anschlag. Aus ihrem Lauf stieg weißer Rauch auf. Brown' hatte nur grob die Richtung anvisiert, von der aus Valdéz auf sie zugestürmt war, und er wunderte sich, dass er getroffen hatte. Erstaunlicherweise tat es ihm sogar Leid um den Mann, der sie um ein Haar getötet hatte. Er stand fassungslos auf, stapfte wie hypnotisiert hangabwärts und blieb neben dem Toten stehen. Ein faustgroßes Loch klaffte in seinem Bauch, die Hände verkrampften sich noch immer in seiner Brust, und seine leeren Augen gafften in den dunklen Nachthimmel. Browning sackte schlaff in die Knie und fuhr mit einer Hand über Valdéz' Gesicht, um ihm die Augen zu schließen. Nachdem er eine Minute still ausgeharrt hatte, ging er wieder hoch zu Mac.

»Mach dir keine Vorwürfe, Jim. Du hast in Notwehr gehandelt. Sonst hätte er uns umgebracht! Dich und mich. Ich schulde dir etwas!« Mac versuchte, seinen Freund aufzubauen, doch Jim sah nicht aus, als würde er sich dadurch besser fühlen.

»Hey! Was ist los mit dir?«, fragte der Junge besorgt. »Alles klar?«

Browning antwortete nicht. Er hob den Kopf nur zu einem leichten Nicken. Die pure Angst stand ihm im Gesicht. Erst jetzt begriff Mac, dass Jim an ihm vorbeiblickte auf etwas, das hinter seinem Rücken war.

Kate hing am Geräteschuppen wie ein Stück erlegtes Wild. Ihre Hände waren an das obere Ende des Maschendrahtzauns gefesselt, ihr Kopf hing nach vorne. Beide Beine schwebten reglos wenige Zentimeter über dem Boden.

Sie trug noch dieselben Kleider, die sie zum Schlafen angezogen hatte. Slip und T-Shirt. Nur war ihr T-Shirt nicht mehr weiß, sondern blutdurchtränkt.

»Kate!« Beide Männer stürmten nebeneinander den Hang hinauf.

»Sie lebt noch!«, keuchte Jim. »O mein Gott, sie lebt noch! Schnell!«

Mit einer Hand hielt er den schlaffen Körper, mit der anderen versuchte er, die Fesseln zu lösen. Mac half ihm dabei.

»Es ist alles okay, Baby«, murmelte Jim immer wieder vor sich hin. »Alles wird wieder gut.« Doch gleichzeitig quälte ihn die Sorge, dass er sich nur etwas einredete. Dass er sich wie ein Ertrinkender an einen Strohhalm klammerte.

# 54

Die Stimmung am Morgen war gedrückt.

Sarah war es zwar gelungen, Kates Blutung noch in der Nacht zu stoppen, damit war sie allerdings noch lange nicht über den Berg. Sie hatte die Verletzte verbunden und ihr ein Antibiotikum verabreicht, doch Kate war nach wie vor bewusstlos. Und keiner konnte sagen, wie lange es dauern würde, bis sie wieder aus ihrer Ohnmacht erwachte – falls sie das überhaupt jemals tat. Ihr Leben hing an einem seidenen Faden.

Die Ungewissheit lastete schwer auf ihnen. Appetitlos kauten Sarah, Mac und Browning auf ihren Knäckebroten herum, den Kaffee rührten sie nicht an. Lust auf eine Unterhaltung verspürte niemand. Das Frühstück war an diesem Morgen eine Trauerfeier.

Dass Valdéz tot war, berührte sie nicht sonderlich. Dazu hatte er zu viel Angst und Schrecken verbreitet. Allerdings war mit seinem Tod die Hoffnung gesunken, jemals die Schuldigen für das ganze Elend zu finden. Doch statt Verzweiflung oder Resignation spürte Sarah – zu ihrer eigenen Verwunderung – etwas anderes: Ehrgeiz. Je widriger die Umstände wurden und je schlechter ihre Chancen standen, desto entschlossener war sie, sich in die Geschichte hineinzuknien. Auch wenn die Situation aussichtslos schien, irgendwie, das wusste sie, würde sie herausfinden, wer die Verantwortlichen waren. Immerhin hatte Valdéz erwähnt, dass er seinen Flug von

Manaus aus gestartet hatte. Und außerdem hatte Sarah die Adresse in Belém aufgeschrieben, als Doc den verwaschenen Ausweis entdeckt hatte.

Was wusste sie noch?

Sarah dachte nach: den Namen des Flugzeugs. Wie war er gewesen? Valdéz hatte ihn einmal erwähnt ... Santa Clara! Und der Vorname des Piloten, der die Santa Clara geflogen hatte, war Pedro. Viel wusste sie nicht, aber mit den wenigen Anhaltspunkten wollte sie ihre Recherche aufnehmen, sobald sie wieder in der Zivilisation war. Mit ein paar Schmiergeldern, etwas Geduld und Hartnäckigkeit war garantiert einiges herauszufinden.

Mac durchbrach als Erster das allgemeine Schweigen mit der Frage, die ihn am meisten beschäftigte: »Wie konnte Valdéz nur die Tür aufbekommen? Ich verstehe das nicht, am Schloss war nicht ein Kratzer!«

»Kate könnte ihm geöffnet haben«, vermutete Sarah.

»Niemals!« Brownings Stimme klang bestimmt. Er war sich absolut sicher. »Sie hatte viel zu viel Schiss davor, dass man ihr etwas anhaben könnte. Sie haben sie ja selbst erlebt. Kate wollte so schnell wie möglich von hier weg, weil sie sich fürchtete. Sie wäre niemals so dumm gewesen, ihn hereinzulassen.«

»Sie haben Recht«, lenkte Sarah ein. Diese Vorstellung war tatsächlich absurd.

»Kann Valdéz auf einem anderen Weg hereingekommen sein?«, überlegte Mac. »Durch die Tür zum Geräteschuppen oder durch ein Fenster vielleicht?«

»Junge, du kannst mir glauben, dass ich jede Einstiegsmöglichkeit verbarrikadiert habe. Alle Fenster und Türen waren von innen verschlossen. Selbst die Hundeklappe an der Außentür habe ich verriegelt. Hier konnte keine Maus unbemerkt eindringen, kapiert?«

»Wenn er nicht eindringen konnte, dann muss er logischerweise schon im Haus gewesen sein, als wir uns schlafen legten!«, stellte Mac provokativ fest.

»Willst du damit etwa auf die Spinde anspielen?«, gab Browning gereizt zurück.

»Du hast es erfasst!«, giftete Mac ihn an. »Wenn du vergessen hast, unsere Spinde zu kontrollieren – vielleicht hast du dann noch ein anderes Versteck übersehen!«

Brownings Gereiztheit schlug augenblicklich in Wut um. »Herrgott noch mal! Ich habe nichts übersehen! Nichts! Verstanden?« Er stürzte auf Mac zu und blieb einen halben Schritt weit vor ihm stehen. Seinen drohend erhobenen Zeigefinger hielt er dem Jungen direkt vor die Nase. »Ich habe jeden einzelnen Winkel abgesucht. Er war nicht im Haus. Hörst du? Er kann unmöglich im Haus gewesen sein.«

»Wenn er nicht im Haus gewesen wäre und auch nicht hätte eindringen können, dann läge Kate jetzt nicht im Sterben!«, platzte es aus Mac heraus. Für einen Moment hatte er die Beherrschung verloren. Aber sofort bereute er, was er gesagt hatte. Er wusste, er hätte diese Worte niemals aussprechen dürfen. Auch nicht im Zorn. Die Ungewissheit darüber, ob Kate ihre Verletzung überstehen würde, war für alle Anwesenden schon schlimm genug, doch Browning litt am meisten darunter. Ihm die Schuld an Kates Schicksal zu geben, war alles andere als fair. Wahrscheinlich machte er sich ohnehin schon Vorwürfe.

Wie tief er Jim getroffen hatte, merkte Mac erst jetzt. »Und wer wollte die Station nicht verlassen? Wer hat denn darauf gedrängt, dass wir hierbleiben?« Jim sprühte vor Verachtung. »Wir hätten lange weg sein können. In Manaus. In Sicherheit! Das wäre nicht passiert, wenn du nicht unbedingt einen Tag länger hier hättest ausharren wollen.«

Eine Zeit lang herrschte eisiges Schweigen. Beide, Browning und Mac, hatten hart ausgeteilt. Und beide bereuten es jetzt.

»Tut tut mir Leid. Ich wollte das nicht«, stammelte der Junge kleinlaut. »Ich bin einfach fix und fertig. Ehrlich.«

Brownings düsterer Blick erhellte sich langsam.

»Geht mir genauso. Ich schätze, wir sind alle mit den Nerven am Ende«, sagte er und fuhr sich mit einer Hand durch sein kurzgeschorenes Haar.

»Friede, schwarzer Mann?«, fragte Mac. Er presste die Lippen zu einem Lächeln zusammen.

»Friede, du halbe Portion!« Browning gab dem Jungen einen Klaps auf die Wange. Damit war die Freundschaft wiederhergestellt.

»Sind die Fenster alle heil?«, nahm Sarah den Faden wieder auf. »Die Frage, wie Valdéz ins Haus kommen konnte, ist noch nicht geklärt.«

»Die Fenster habe ich schon überprüft. Keines ist eingeschlagen worden. Außerdem hätten wir das garantiert gehört«, entgegnete Browning.

»Dann bleibt nur eine Alternative«, sagte Mac. »Er muss den Eingangsschlüssel in Docs Hosentasche gefunden haben. Oder er hatte den von Professor Houston.«

Eine andere Möglichkeit gab es nicht. Jeder Wissenschaftler im Team hatte einen Schlüssel, da ihre Arbeitszeiten unterschiedlich waren und sie unabhängig voneinander in der Station ein- und ausgehen mussten. Es war zum Verzweifeln. An alles hatten sie gedacht, nur nicht an den gottverdammten Schlüssel.

Als sie ihn später in den Taschen des Brasilianers suchten, fanden sie ihn nicht. Sie schlussfolgerten daraus, dass er ihn irgendwo verloren oder versteckt hatte.

Draußen strahlte der blaue, wolkenlose Himmel. Mit Hacken und Schaufeln hoben Mac, Browning und Sarah zwei weitere Gräber aus, in denen sie José Valdéz und den zerteilten Affen beerdigten. Alle waren froh, als diese deprimierende Arbeit beendet war und die Gräber zugeschüttet vor ihnen lagen. Zu guter Letzt schlugen sie wieder Holzkreuze in die Erde. Auch eines für Doktor Arness, dessen von Ameisen zerfressene Leiche noch in der Nähe von ›ABEL‹ liegen musste.

Browning hatte eine Weile neben Kates Bett gesessen und ihr die Hand gehalten. Er wusste, dass sie ihn nicht wirklich wahrnehmen konnte, aber er hoffte, dass sie seine Anwesenheit innerlich spürte.

Nach einer halben Stunde drückte er ihr einen Kuss auf die Stirn und verließ das Zimmer.

»Ich werde nachher noch mal zum Lager fahren«, verkündete Browning, als er wieder bei den anderen war. Obwohl ihm gar nicht danach zu Mute war, erläuterte er Sarah, worum es ging: »Dort laufen noch ein paar computergesteuerte Videoaufzeichnungen, die ich gerne nach Washington schicken würde. Wir sind gerade dabei, unsere ersten Versuche mit Säugetieren durchzuführen. Zur Zeit beobachten wir eine Opossum-Population in ›ABEL‹. Beuteltiere gehören zu den primitiven Säugern, die im Laufe der Erdgeschichte meistens ausgestorben sind, wenn sie mit höheren Säugetieren in demselben Lebensraum konkurrieren mussten. Das heißt, dass ihre Verhaltensmuster weitaus einfacher sind als beispielsweise die von Affen. Wenn wir sie entschlüsseln könnten, würden wir über kurz oder lang auch kompliziertere Verhaltensweisen verstehen und simulieren können. Die Kameras und den Computer habe ich schon vor Wochen installiert. Hoffentlich sind die Aufnahmen brauchbar geworden.«

»Lass dir ruhig Zeit«, meinte Mac. »Wir haben es jetzt wohl nicht mehr so eilig, von hier wegzukommen. Ich meine jetzt, wo Valdéz tot ist. Auf ein paar Stunden hin oder her kommt es nicht mehr an.«

»Okay, denkst du, ich kann euch allein lassen?«, fragte Browning. »Nicht, dass ihr euch ängstigt, wenn euch keiner mehr beschützt.«

»Ich glaube nicht, dass die Toten aus ihren Gräbern steigen.« Mac versuchte zu grinsen, was ihm aber nicht besonders gut gelang.

# 55

Jim Browning ging hinunter zum Ufer und stieg ins Boot. Valdéz hatte sich alle Mühe gegeben, ein Loch in den Rumpf zu schlagen, aber es war ihm nicht gelungen, der Schaden hielt sich in Grenzen.

Vom zweiten Boot fehlte jede Spur. Der Himmel wusste, was Valdéz damit angestellt hatte. Vielleicht hatte er es losgebunden, und es trieb jetzt meilenweit flussabwärts in der Strömung. Vielleicht hatte er es auch versenkt, im trüben Wasser konnte man nichts erkennen.

Jim machte die Leinen los, ließ die Schraube ins Wasser gleiten und zog kräftig an der Starterleine. Satt brummend sprang der Motor an, und Browning nahm Kurs flussaufwärts.

Im Lager angekommen, zog er sich an den Seilen nach oben, bis er das Blätterdach durchstoßen hatte. Mit routinierter Sicherheit schritt er über die Hängebrücke zur großen Plattform hinüber, um sich durch die Luke in der Mitte der gigantischen Plexiglasscheibe abzuseilen. Etwa zehn Meter tiefer erreichte er eine Zwischenebene, die aus einigen an mehreren Ästen festgenagelten Brettern bestand. Obwohl sie keinen besonders robusten Eindruck machte, trug sie sein Körpergewicht mühelos.

Rings um den Bretterverschlag waren an verschiedenen Positionen Videokameras montiert, die auf einen Nachbarbaum ausgerichtet waren. Alle Anlagen waren mit einem Computer verkabelt, der selbstständig in der Lage war, einzelne Tiere anzuvisieren und die Kameras so zu koordinieren, dass ein bewegtes Objekt automatisch über längere Strecken verfolgt wurde. Dazu waren die mit Richtmikrofonen ausgerüsteten Kameras auf schwenkbaren Stativen verankert, die ihnen größtmögliche Bewegungsfreiheit boten. Als Regenschutz dienten Plastikhüllen, die mit Gummibändern befestigt worden waren – nur die Linsen lagen frei. Immer wenn ein Objekt aufgenommen wurde, das den Bildausschnitt einer Kamera verließ, wechselte der Computer von sich aus auf ein anderes Aufnahmegerät mit günstigerer Position. Hielt der Rechner eine Sequenz für unbrauchbar, beispielsweise weil das Objekt sich zu schnell bewegt hatte, spulte er die Videobänder automatisch zurück und wartete auf eine neue Gelegenheit. Mit dieser Technik sparte man viel Zeit, die beim Beobachten und Filmen der Tiere normalerweise notwendig war.

Um die Aufzeichnung zu prüfen, gab Jim den Befehl ein, zurückzuspulen und die Bänder zu starten. Auf dem Monitor erschien rechts oben der Schriftzug ›Kamera 2‹ sowie Datum und Uhrzeit der Aufnahme. Das Bild zeigte ein Nacktschwanz-Opossum. Das Tier schnupperte an der Rinde und fing schließlich ein Insekt. Durch irgendetwas aufgeschreckt, huschte es dann den Ast entlang und sprang den Stamm hinauf. Ein kurzes Flackern, und der Bildschirm wechselte auf Kameraposition 3 und gleich darauf auf die 4. Das Tier war flink wie ein Wiesel.

Jim hatte genug gesehen, und er hoffte, dass das Material ausreichte, um erste Verhaltensschemata dieser Spezies zu entschlüsseln. Wenn er Glück hatte, würde er in wenigen Wochen mit einer provisorischen Säugetierattrappe arbeiten können.

Nach allem, was vorgefallen war, war es allerdings nicht auszuschließen, dass das Smithsonian die hiesigen Forschungen einstellte und ›EDEN II‹ auflöste. Immerhin hatten vom ursprünglich fünfköpfigen Team nur drei Leute überlebt, und die Technik hatte erheblich Schaden genommen.

Browning sträubte sich gegen diese Vorstellung. Er würde alles daransetzen, dass die Arbeit in ›EDEN II‹ so schnell wie möglich wieder aufgenommen werden konnte. Es durfte nicht alles umsonst gewesen sein. Jim nahm die Videobänder, speicherte die im Computer aufgezeichneten Daten auf Disketten ab und verstaute alles in einem Plastikbeutel, den er an einer Gürtelschlaufe seiner Hose befestigte. Dann machte er sich bereit für den Aufstieg zur Plattform.

Als er nur noch eine Körperlänge von der Luke entfernt war, hörte er ein Geräusch über sich. Er blickte nach oben, sah eine Gestalt, sah, dass er sie kannte, wollte sie ansprechen, aber ihm blieb keine Zeit mehr. Fassungslos starrte er in das Gesicht. Es war fremd und böse.

Im selben Moment wurde die Halterung seines Kletterseils gelöst, und für einen endlosen Augenblick setzte sein Herzschlag aus. Voller Panik streckte er die Hand aus, doch die Plattform war unerreichbar. Mit einem kurzen Ruck gab die Spannung des Seils nach. Halt suchend, schlug Jim um sich, bevor er rückwärts in die Tiefe stürzte. Äste und Zweige zersplitterten unter der Last seines Körpers, peitschten ihm gegen Arme und Beine. Immer schneller schossen die Blätter an ihm vorbei. Dann prallte er auf.

# 56

Sarah und Mac hatten es sich in der Sitzecke des Wohnraums bequem gemacht, und jeder ging seiner eigenen Beschäftigung nach. Sarah hatte noch einmal nach Kate gesehen und war nun in ihre Notizen vertieft.

Mac hatte sich vorgenommen, die Waffen zu reinigen. Das Betäubungsgewehr lehnte bereits fertig gesäubert an der Wand, die Schrotflinte lag, in ihre Einzelteile zerlegt, vor ihm auf dem Tisch. Sarah, die hin und wieder von ihren Aufzeichnungen aufsah und Mac beobachtete, konnte sich beim besten Willen nicht vorstellen, dass es ihm jemals gelingen würde, die vielen Kleinteile wieder zusammenzusetzen. Es war verblüffend, aus wie vielen Nieten, Bolzen und Federn ein Gewehr bestand.

Mac war gerade dabei, den Lauf zu reinigen. Immer wieder zog er einen an einer Kette befestigten Lumpen durch das Stahlrohr. Anschließend sah er hindurch, doch in dem Dämmerlicht war kaum zu erkennen, ob sich noch Schmutz- oder Pulverreste darin befanden. Schließlich schien er zufrieden. Er legte den Lauf wieder auf den Tisch und schnappte sich ein anderes Teil.

»Was werden Sie tun, wenn Sie wieder in den Staaten sind?«, fragte Sarah. »Ich meine, werden Sie jemals wieder hierher zurückkehren?«

»Warum nicht? Ich wüsste keinen Ort auf der Welt, an dem es mir besser gefallen hätte – wenn man einmal davon absieht, was in den letzten Tagen passiert ist. ›EDEN II‹ war in den letzten dreieinhalb Jahren mein Zuhause.«

Sarah war von Anfang an klar gewesen, dass der junge Mann an dieser Station hing, aber erst in diesem Moment wusste sie, was sie ihm wirklich bedeutete. Er hatte es wörtlich gemeint: ›EDEN II‹ war sein Zuhause. Aber was war mit seinen Eltern und seinen Geschwistern geschehen, von denen er Sarah erzählt hatte? Sie brauchte gar nicht weiter zu fragen. Mac ahnte, was sie wissen wollte. Und erstaunlicherweise war er froh, nach so vielen Jahren darüber sprechen zu können.

»Wir waren einkaufen. Meine Eltern, meine vier Geschwister und ich. Ich weiß noch genau, wie sauer Dad damals auf mich war, weil der Rektor meiner Schule bei ihm angerufen hatte. Wegen einer schlechten Note in Biologie.« Er seufzte und schüttelte den Kopf. »In Biologie! Jedenfalls musste ich zur Strafe im Auto warten, während die anderen ins Kaufhaus gingen. Ich weiß nicht mehr, wie lange es gedauert hat, bis sie wieder herauskamen. Tim, mein älterer Bruder, rannte voraus und war schon an der Wagentür, als die anderen noch auf halber Strecke waren. Und dann ging plötzlich alles rasend schnell. Ein Auto, das am Straßenrand geparkt hatte, explodierte, als meine Eltern und die drei Kleinen direkt daneben standen. Sie wurden einfach weggewischt. Tim stand am Autofenster und schrie wie am Spieß. Dann krachte es noch einmal, noch gewaltiger, und Tim wurde vom Feuer eingehüllt. Ich saß im Wagen, der ebenfalls in Flammen stand, und hörte ihn schreien. Ich habe nie wieder einen solchen Schrei gehört.« Mac zitterte. »Die ganze Zeit hatte ich nur einen Gedanken: Du musst ihnen helfen, du musst ihnen helfen. Aber ich konnte nicht. Ich saß wie gelähmt da, eingehüllt in ein brennendes Gefängnis. Irgendwann wurde ich bewusstlos. Erst im Krankenhaus wachte ich wieder auf. Das Erste, was ich dachte, war, warum ich Tim nicht die Tür geöffnet hatte. Vielleicht hätte ich ihn dadurch retten können.«

»Damals waren Sie noch ein Kind. Sie hatten selbst Glück, dass Sie aus dem brennenden Auto gerettet wurden.«

»Ich weiß«, presste Mac hervor. »Natürlich weiß ich das, und trotzdem mache ich mir Vorwürfe.« Doch mit den Selbstzweifeln und Albträumen hatte es jetzt ein Ende, das spürte er. Zum ersten Mal in seinem Leben hatte er diese Geschichte einem anderen Menschen erzählt. Es hatte ihn Überwindung gekostet, diesen Schritt zu tun, aber er hatte es geschafft.

»Und was haben Sie vor, wenn wir zurück in der sogenannten Zivilisation sind?«, fragte Mac.

»Keine Ahnung. Wahrscheinlich werde ich zuerst noch einmal Urlaub machen. Den habe ich mir wohl auch verdient.«

»Wieder in Rio?«

»Nein, ich glaube, ich kann mich besser erholen, wenn ich weit, weit weg bin von hier. Afrika vielleicht oder Australien. Jedenfalls da, wo es Menschen gibt. Viele Menschen.«

Mac erwiderte darauf nichts. Verstehen konnte er die Frau zwar nicht, aber er akzeptierte ihre Haltung.

Inzwischen war der Junge mit seinen Reinigungsarbeiten fertig, und er machte sich daran, die Einzelteile von innen und außen einzuölen. Kurze Zeit später hatte er das Gewehr wieder komplett zusammengesetzt. Er legte es neben eine offene Schachtel mit Patronen auf den Tisch.

»Ich muss mich jetzt bewegen«, sagte er. Und wieder einen klaren Kopf bekommen, fügte er in Gedanken hinzu. »Wenn Sie nichts dagegen haben, würde ich gerne noch ein letztes Mal joggen gehen, bevor wir von hier verschwinden.«

»Gehen Sie nur«, ermunterte ihn Sarah. »Ich kann schon auf mich alleine aufpassen.«

Der Junge verschwand im Schlafraum und kam kurz danach in T-Shirt, Jogginghose und Turnschuhen wieder heraus.

Er verabschiedete sich, trabte los und verschwand durch die Tür ins Freie.

Kaum hatte Sarah sich wieder ihren Notizen gewidmet, hörte sie abermals die Eingangstür einrasten.

»Zuerst denken, dann laufen!«, sagte sie schnippisch. Ohne aufzusehen, kritzelte sie auf ihrem Blatt Papier weiter. »Was haben Sie denn vergessen?«

»Gar nichts!«

Die vertraute Stimme riss sie aus ihren Gedanken. Für einen Moment dachte sie, einer Sinnestäuschung zum Opfer gefallen zu sein, und selbst als sie von ihren Notizen aufsah, traute sie ihren Augen nicht.

»Du ...?«, stammelte sie. Mehr brachte sie nicht heraus. Vor ihr stand Doktor Arness. In den Händen hielt er eine langstielige Axt.

»Ja, wie du siehst, bin ich nicht tot.«

Sarah wusste, dass sie sich in ernsthafter Gefahr befand, und für einen winzigen Augenblick schielte sie auf das Gewehr, das Mac auf dem Tisch hatte liegen lassen. Wenn es ihr nur gelänge, die Flinte zu ergreifen!

Doch Arness deutete ihren Blick richtig. »Denk nicht einmal daran. Bis du die Waffe in der Hand hast, habe ich dir den Schädel gespalten.«

Mac, bitte kommen Sie zurück! flehte Sarah. Sie musste versuchen, Arness hinzuhalten.

»Was ist mit Browning?«, fragte sie. »Ist er tot?«

»Es sei denn, er konnte fliegen!«, kam die sarkastische Antwort.

»Warum?« Irgendwie ergab das alles keinen Sinn. Wer war der Tote, der von Ameisen zerfressen im Dschungel lag? Weshalb sollte Doc einen Selbstmord vorgetäuscht haben, und weshalb sollte er sie jetzt plötzlich umbringen wollen? Hatte er die anderen auf dem Gewissen? Und welche Rolle hatte dann Valdéz die ganze Zeit über gespielt?

Die Reporterin sah, dass Doc darauf brannte, ihr seine Geschichte anzuvertrauen. Selbst wenn er sie anschließend umbringen würde, musste er ihr jetzt alles erzählen.

Geschockt und fasziniert hörte Sarah ihm zu.

## 57

*Washington, 4. März*

An diesem Donnerstag kam Doktor Arness erst um 22.15 Uhr nach Hause, mit einer Stinkwut im Bauch. Den ganzen Tag lang war er im Labor mit diversen Untersuchungen beschäftigt gewesen, ohne jedoch die gewünschten Ergebnisse zu erzielen. Gemeinsam mit seinem fünfköpfigen Mitarbeiterstab untersuchte er bereits seit einiger Zeit die Wirkung eines aus Algen gewonnenen Präparats auf Krebszellen, die sie Mäusen injiziert hatten. Doch die Behandlung mit dem Präparat wollte nicht funktionieren. Zu allem Überfluss übte die Geschäftsleitung gehörigen Druck auf Arness aus. Nachdem sie jahrelang Gelder für die Versuche zur Verfügung gestellt hatte, wollte sie endlich Ergebnisse sehen.

Sosehr Doc seine Arbeit am Smithsonian schätzte, manchmal war es zum Verrücktwerden. Man schuftete sich die Finger wund, häufte bis in die Nacht hinein Überstunden an – und keiner dankte es einem. Nicht einmal sein monatliches Gehalt entsprach dem, was er seiner Meinung nach hätte bekommen müssen.

So war Docs Laune auf dem Nullpunkt angelangt, als er an diesem späten Abend heimkam. Er leerte seinen Briefkasten und hatte nur noch einen Wunsch: sich mit einer Flasche Bier vor den Fernseher zu knallen.

Seit Arness sich von seiner Frau getrennt hatte, bewohnte er den kleinen Bungalow allein. Wenn er von der Arbeit zurückkehrte, sah alles noch genauso aus, wie er es am Morgen verlassen hatte. Was dem Haus fehlte, war Leben.

Während Arness sich von einer langweiligen TV-Show berieseln ließ und Budweiser trank, ging er seine Post durch. Neben Werbung waren auch zwei Rechnungen dabei; außerdem eine Einladung des Warren O. Prackney Institute in Bar Harbor, Maine, für ein Kolloquium zum Thema ›Krebsforschung an Versuchstieren‹. Schließlich war nur noch ein Brief übrig. Der Absender lautete auf den Namen ›Mike Henrikson‹.

›Mike Henrikson‹ – Doc konnte sich beim besten Willen nicht daran erinnern, den Namen schon einmal gehört zu haben, und auch die spanische oder portugiesische Adresse sagte ihm nichts. Was konnte dieser Mensch nur von ihm wollen? Ohne großes Interesse öffnete er das Kuvert und begann zu lesen. Der Brief begann mit der üblichen Einleitung zwischen alten Bekannten, die sich irgendwann aus den Augen verloren hatten. Wie es einem denn gehe, ob man wohlauf sei und wie sehr man es bedauere, so lange nichts voneinander gehört zu haben. Die eigentliche Nachricht kam erst ganz zum Schluss:

*Ich habe dir einen Vorschlag zu machen: Komm nach Brasilien, und beginne hier ein neues Leben. Ich weiß, es kommt ein wenig überraschend, aber überleg's dir wenigstens einmal. Hier gibt es nicht nur interessante Aufgaben für dich, sondern auch eine Menge Geld zu verdienen. Da ich demnächst in die Staaten komme, werde ich mich mit dir in Verbindung setzen.*

*Bis dann, Henry*

Henry? Arness betrachtete nochmals den Namen auf dem Umschlag: ›Mike Henrikson‹. Kein Wunder, dass ihm dieser Name nicht mehr im Gedächtnis geblieben war. Erstens musste es schon mindestens zwanzig Jahre her sein, seit er ihn zum letzten Mal gesehen hatte, und zweitens hatte ihn damals kein Mensch bei seinem bürgerlichen Namen genannt. Alle hatten ihn immer nur mit Henry angesprochen.

Gott, war das schon lange her! Doc erinnerte sich an die Zeit in der US-Army, in der er Henry alias Sergeant Henrikson kennen gelernt hatte. Zwei Jahre lang hatte er mit ihm und einigen anderen ein Zimmer in der lausigsten Baracke der Kaserne geteilt, einige Meilen außerhalb Washingtons. Auch wenn das Leben alles andere als bequem gewesen war, hatten sie doch gern in der Army gedient, und je widriger die Umstände gewesen waren, desto intensiver war ihre Freundschaft geworden.

Henrys Brief war wirklich eine freudige Überraschung, und Doc konnte es kaum erwarten, seinen alten Kumpel wiederzusehen. Je öfter er sich Henrys Angebot durch den Kopf gehen ließ, desto verlockender erschien es ihm. Der Brief kam genau zur richtigen Zeit. Welchen Grund hätte er gehabt, an seinem bisherigen Leben festzuhalten? Familiäre Bindungen hatte er nicht. Nicht mehr, verdammt noch mal! Und sein unterbezahlter Job war so schön nun auch wieder nicht, dass er unbedingt daran festhalten musste. Während er genüsslich sein Bier trank, malte er sich in Gedanken aus, welche Möglichkeiten ihm ein neues Leben bieten konnte, welche beruflichen Perspektiven sich ihm eröffneten. Und dieses Gedankenspiel war faszinierend.

Tatsächlich rief Henry ein paar Tage später bei Doc im Labor an, und sie verabredeten sich für den Abend auf einen Drink in ›Monica's Bar‹. Doc war überrascht, wie wenig Henry sich in all den Jahren verändert hatte. Sein kantiges Gesicht war zwar etwas faltiger geworden, aber er hatte noch immer dieses kurze, blonde Haar und seinen Schnauzbart. Bei ein paar Bourbons auf Eis versanken die beiden Männer in alten Erinnerungen, bis Henrikson schließlich auf das Thema zu sprechen kam, das er in seinem Brief bereits angedeutet hatte.

Die Arbeit bei Chemesco, einem brasilianischen Chemieunternehmen mit knapp dreihundert Beschäftigten, hörte sich ziemlich interessant an. Henry erzählte, dass derzeit ein neuer Leiter für die wissenschaftliche Abteilung gesucht wurde, wobei er an Doc gedacht habe.

»Und wie bist du ausgerechnet auf mich gekommen?«, wollte Doc wissen. »Wir haben uns doch schon seit einer Ewigkeit nicht mehr gesehen.«

»Zufall«, entgegnete Henry. »Ich habe kürzlich eine Veröffentlichung von dir im Explorer gelesen. Über Tierversuche und deren Bedeutung für die Medizin. Da dachte ich mir, du bist genau die Art von Fachmann, die Chemesco sucht. Ich habe mich auch schon beim Smithsonian über dich erkundigt. Ganz diskret, versteht sich.«

»Du hast was?« Docs gute Stimmung schlug augenblicklich ins Gegenteil um. Er war außer sich. »Du ziehst hinter meinem Rücken Erkundigungen über mich ein?«

»Komm schon, jetzt reg dich ab! Ich musste schließlich sichergehen, dass du auch wirklich das Genie bist, für das ich dich gehalten habe.«

Dieses Kompliment – auch wenn es plump war – schien Doc zu beschwichtigen.

»Und?«, fragte er ruppig.

»Was und?«

»Bin ich das Genie, das du erwartet hast?«

Henry druckste herum.

»Du dummer Hund!« Doc lachte und schlug seinem Gegenüber freundschaftlich auf die Schulter. Wäre Henry nicht mit seinen Erkundigungen zufrieden gewesen, dann hätte er gar nicht erst Kontakt mit Arness aufgenommen. »Und wie viel verdient man bei dem Job?«

»Glaub mir: genug!«

Tags darauf sprach Arness mit seinen Chefs beim Smithsonian, und die stimmten einem zweijährigen Aussetzungsvertrag zu, sobald er seine derzeitige Versuchsreihe abgeschlossen hatte. Dies war Anfang Juli 1993 der Fall, und somit blieb ihm genügend Zeit, die für seinen Umzug notwendigen Vorbereitungen zu treffen. Am 17. Juli traf er am frühen Morgen mit einer Boeing 747 in Manaus ein. Mike Henrikson holte ihn persönlich vom Flughafen ab, um ihn in seine neue Wohnung etwas außerhalb des Stadtkerns zu fahren.

Bereits nach ein paar Wochen hatte er sich gut eingelebt. Die Nachbarn waren ruhige, zurückhaltende Leute, mit denen er sich gut verstand; sie sprachen ein wenig seine Sprache und lehrten ihn seine ersten paar Brocken Portugiesisch.

Die Arbeit machte ihm Spaß. Die Stelle als ›Leiter der Abteilung Forschung und Entwicklung‹, wie sie offiziell hieß, war verantwortungsvoll und abwechslungsreich und entsprach seinen Erwartungen. Auch was die Bezahlung anging, hatte Henry nicht gelogen: Berücksichtigte man die unterschiedlich hohen Kosten der Lebenshaltung in Manaus und in Washington, so verdiente er rund dreimal so viel wie am Smithsonian. In seinem Arbeitsvertrag sicherte ihm eine spezielle Klausel sogar die monatliche Anpassung seines Gehalts an die Inflationsrate. Alles in allem konnte er sich wirklich nicht beklagen, und zum ersten Mal seit seiner Scheidung musste er nicht mehr ständig an seine Ex-Frau denken. Ein befreiendes Gefühl, das in ihm Energien weckte, die er selber nicht mehr in sich vermutet hätte.

Im April des Jahres 1994 entdeckte das Institut für Nationalgeschichte in der Nähe von Manaus ein ausgebranntes Schiffswrack. Eine Brigantine aus der Zeit der Konquistadoren, wie sich im Verlauf der Ausgrabungen herausstellte.

In einer der Kajüten des arg verfallenen Schiffs fand sich eine Truhe, die die Reiseaufzeichnungen einer der ersten Entdecker der Neuen Welt enthielt: Lope de Aguirre. Bedeckt von Wasser und Schlamm, hatten die Pergamente des spanischen Soldaten die Jahrhunderte unter Luftabschluss erstaunlich gut überstanden.

Die Unterlagen waren für das Institut für Nationalgeschichte vor allem deshalb interessant, weil sie eine genaue Rekonstruktion der damaligen Expedition erlaubten. Zwar existierten bereits viele Dokumente aus dieser Zeit, die Aguirres Lebenslauf beschrieben – bis hin zu seiner Rückkehr nach Venezuela, seiner missglückten Machtergreifung und seiner Hinrichtung durch königstreue Truppen. Doch die Einzelheiten der Dschungeldurchquerung gingen erst aus den tagebuchartigen Aufzeichnungen des Basken hervor.

Abgesehen von der historischen Komponente, waren Aguirres Notizen auch in medizinischer Hinsicht von Bedeutung. Denn der Mann hatte Erkenntnisse, die er von den Angehörigen vieler Eingeborenenstämme gesammelt hatte, ebenfalls festgehalten. Er beschrieb Pflanzen mit schmerzlindernder oder gar heilender Wirkung ebenso wie jene, die halluzinogene Rauschzustände hervorriefen.

Die Rechte an der wirtschaftlichen Nutzung der Aufzeichnungen wurden von Chemesco aufgekauft. Mit der Auswertung der Notizen betraute man Doktor Arness; besonders viel versprach er sich davon allerdings nicht. Er arbeitete sich tagelang durch eine Übersetzung der Unterlagen, und tatsächlich gelang es ihm, einige der von Aguirre beschriebenen Pflanzen zu identifizieren. Neue Erkenntnisse gewann er dabei jedoch kaum.

Eine unscheinbare Eintragung vom 11. November 1560 änderte das grundlegend. Sie beschrieb die Zusammensetzung eines Gebräus, dessen Dämpfe den Geist belebten, die Sinne schärften und magische Kräfte wecken sollten. Der Sud wurde durch das Auskochen von Wurzeln, Rindenstücken, Blättern und Früchten verschiedener Urwaldpflanzen gewonnen. Encyclia fragans war darunter, acacallis cyanea und dolicarpus rolandri.

Docs Interesse war sofort geweckt. Obwohl ihm die meisten Zutaten des Suds bekannt waren, gab es ein paar, die in der modernen Pharmakologie nicht genutzt wurden. Auch die Kombination der unterschiedlichen Ingredienzen erregte seine Aufmerksamkeit.

Einige Tests mit Labormäusen brachten erstaunliche Ergebnisse. Nicht nur, dass die Dämpfe der grünlich-trüben Flüssigkeit die Schmerzempfindlichkeit der Versuchstiere auf nahezu null herabsetzten, überraschend war, dass die körperliche Reaktionsfähigkeit in vollem Umfang erhalten blieb und sich sogar verbesserte. Schmerzunempfindlichkeit bei geschärftem Bewusstsein – das hatte es bislang bei keiner Droge gegeben. Falls sich die Ergebnisse auf den Menschen übertragen ließen, konnte man damit ein Vermögen verdienen, so viel stand fest. Zum Beispiel konnte man das Mittel im medizinischen Bereich anwenden, als Präparat gegen chronische Leiden oder als Alternative zu herkömmlichen Narkotika. Aber auch für militärische Zwecke konnte das Rauschgift eingesetzt werden. Soldaten würden selbst bei schweren Verwundungen weiterkämpfen können.

Doc war sich indes darüber im Klaren, dass die Anwendung des Mittels vereinfacht werden musste, wenn es sich am Markt durchsetzen sollte. Wer würde schon ein Medikament kaufen, das erst mit heißem Wasser aufgebrüht werden musste, bevor man es inhalieren konnte? Ein Schmerzmittel musste nach Docs Auffassung schnell und zuverlässig wirken und darüber hinaus unkompliziert zu handhaben sein.

In monatelanger Arbeit gelang es dem Wissenschaftler, mit verschiedenen Chemikalien die Wirkung der Substanz um ein Vielfaches zu steigern und den Siedepunkt auf 9,8 °C zu senken. Das war optimal. Die Flüssigkeit verdampfte nun schon bei normalen Raumtemperaturen. Man konnte sie in Ampullen abfüllen und damit unter Luftabschluss halten. Und man konnte sie jetzt gezielt dosieren. Das war's: einfach und praktisch, genau so, wie Doc es sich vorstellte. Docs anfängliche Begeisterung erwies sich jedoch sehr bald als übereilt. Als er am Montag, dem 7. November 1994, im Büro eintraf, wartete Henry schon auf ihn. Er sollte dringend mit ihm ins Labor hinübergehen. Übers Wochenende sei ein Behälter mit der Droge ausgelaufen.

Was Doc zu Gesicht bekam, hatte er in seinem Leben noch nicht gesehen. Alle Mäuse, die sie als Versuchstiere in Glasvitrinen untergebracht hatten, waren tot. Sie hatten sich gegenseitig umgebracht, blutdurchtränkt und zerfressen lagen die Kadaver in den Behältern. Die meisten Tiere waren scheußlich zugerichtet. Sie hatten so lange gekämpft, bis alle zugrunde gegangen waren.

Die beiden Männer standen vor einem Rätsel, das erst durch die Sezierung der Mäuse gelöst werden konnte. Das Ergebnis war niederschmetternd: Die vermeintliche Wunderdroge hatte sich im Gehirn der Mäuse abgelagert und zu irreparablen Schädigungen geführt. Kein Wunder also, dass die Tiere verhaltensgestört waren und sich gegenseitig getötet hatten.

Doktor Arness war nicht bereit, den Rückschlag einfach hinzunehmen. Im Gegenteil: Sein Ehrgeiz war jetzt erst richtig angeheizt. Er bat seine Vorgesetzten, die Versuche fortsetzen zu dürfen, doch die lehnten ab. Das Risiko, dass bei einem weiteren Unfall auch das Laborpersonal den giftigen Dämpfen ausgesetzt sein könnte, war unkalkulierbar.

Da die Entscheidung der Unternehmensleitung eindeutig und unumstößlich war, entschloss sich Doc, heimlich weiter zu experimentieren. Er war nicht willens, nur wegen der Angst einiger alter Männer auf den Reichtum zu verzichten, den das Präparat versprach. Wenn es ihm gelänge, die Droge so weit zu verfeinern, dass die Hirnschädigungen sich auf ein Minimum reduzierten, würde er kündigen, und er würde sich Geschäftspartner suchen, die genügend Risikobereitschaft mitbrachten, wenn am Ende ein ordentlicher Profit lockte.

Leider wurden seine heimlichen Aktivitäten entdeckt, und er wurde auf die Straße gesetzt. Das allein war schon schlimm genug gewesen, aber die Art, wie man ihn hinausgeworfen hatte, hatte seinen Zorn auf die Spitze getrieben. Zwei uniformierte Polizisten hatten ihn aus dem Labor geholt und ihn vor den Augen seiner Kollegen in die Vorstandsetage gebracht. Was dort vor sich ging, konnte sich jeder denken. Damals schwor er sich, dass er diese tief empfundene Demütigung niemals vergessen würde.

Der Versuch, wieder in den Vereinigten Staaten Fuß zu fassen, scheiterte. Zwar hatte ihn das Smithsonian Institute kurzfristig wieder eingestellt, doch die Sache in Manaus musste in Washington durchgesickert sein. Möglicherweise hatten die Bosse von Chemesco das Smithsonian sogar persönlich unterrichtet. Jedenfalls kam Arness sich vor wie ein Aussätziger. Früher war er ein geachteter Wissenschaftler gewesen, Kollegen schätzten seinen Rat, jetzt mied ihn jeder wie die Pest.

Die einzige Ausnahme war Professor Walter E. Houston. Seit sie sich vor vielen Jahren kennen gelernt hatten, war der Kontakt zwischen ihnen niemals ganz abgebrochen. Auch in der Zeit, als Doc in Brasilien gewesen war, hatten sie sich regelmäßig geschrieben, um sowohl Fachliches als auch Privates auszutauschen. Doc folgte deshalb gern Houstons Bitte, für ein Forschungsprojekt mit ihm ins Amazonasbecken zu gehen. In den Staaten hielt ihn nichts mehr. Er verließ das Land zum zweiten Mal. Mit Mike Henrikson blieb er die ganze Zeit über in Verbindung. Er war derjenige gewesen, der Arness bei seinen Vorgesetzten gedeckt und ihm die nötige Freiheit für seine Versuche verschafft hatte. Obwohl er bei den Chemesco-Chefs ein gutes Wort für Doc eingelegt hatte, war es ihm nicht möglich gewesen, etwas für seinen langjährigen Freund zu tun, zumindest zum damaligen Zeitpunkt.

Immer wenn Doc mit dem Flugzeug nach Manaus kam, um Vorräte zu kaufen – alle vier bis acht Wochen –, traf er sich mit Henry in einem der zahlreichen verwahrlosten Straßencafés und tauschte Informationen aus. Obwohl er schon lange nicht mehr bei Chemesco beschäftigt war, wusste Doc über alle Transaktionen genauestens Bescheid. Henry erzählte ihm von den neuesten Forschungsergebnissen, von personellen Veränderungen und von der derzeitigen Konjunkturflaute, vor allem auf pharmakologischem Sektor.

Am Donnerstag, dem 7. Mai 1998, erwähnte Henry bei einem dieser Treffen etwas, was Arness hellhörig machte. Offenbar war die Firma so tief in die roten Zahlen gerutscht, dass man fürchtete, Konkurs anmelden zu müssen. Die Lage war ernst.

In dieser Situation hatte man sich an das alte Projekt erinnert und beschlossen, die Produktion der Wunderdroge nun doch aufzunehmen. Was noch vor drei Jahren als unmoralisch gegolten hatte und Grund für Docs Kündigung gewesen war, schien für die Bosse von Chemesco jetzt der letzte Ausweg zu sein, um die Pleite zu vermeiden.

Das Vorhaben war natürlich streng geheim, doch es gab eine undichte Stelle, und Henry hatte einen Tipp bekommen.

Man hatte geplant, eine größere Menge des Rauschmittels herzustellen und auf dem Schwarzmarkt zu verkaufen. Offiziell und auf dem freien Markt durfte man die Droge nicht anbieten. Die Forschung war damals, nachdem Doc gefeuert worden war, nicht wieder aufgenommen worden. Fand man ihre hirnschädigende Wirkung erst heraus – und davon musste man früher oder später ausgehen –, würde man mit Sicherheit von den Angehörigen der Opfer verklagt werden. Der Schaden für Chemesco wäre noch gewaltiger, als er jetzt schon war.

Blieb also nur der illegale Weg. Was machte eine weitere Droge schon aus, sie war so gefährlich wie andere auch, nur dass sie schneller zum Tod führte.

Schaltete man Zwischenmänner ein und frisierte die Bücher, konnte keiner mehr feststellen, auf welchem Weg das Geld ins Unternehmen floss. Mit etwas Glück war die leere Kasse so schnell aufgefüllt, dass man die Produktion einstellen konnte, ehe es die ersten Toten gab.

Doc hatte die Demütigung seiner Kündigung nicht vergessen. Immer wieder hatte er sich den Kopf darüber zerbrochen, wie er sich an den Chemesco-Bossen rächen konnte, jetzt war die Gelegenheit gekommen.

Henry würde sein Helfer sein. Auf ihn konnte er sich verlassen. Wie er Arness erzählte, hatte er den Auftrag, eine Lieferung über zwanzig Fässer der gefährlichen Substanz von Manaus nach Rio Branco zu organisieren. Über einen Zwischenmann hatte er auch schon eine Frachtmaschine angeheuert, deren Pilot bereit war, den Flug ohne unnötige Fragen durchzuführen.

An diesem Tag im Mai gingen Doc und Mike Henrikson auseinander wie nach jedem anderen Treffen, doch in den nächsten Tagen im Dschungel tüftelte Arness immer wieder an einem Plan, wie er die gesamte Leitung von Chemesco auf einen Schlag kaltstellen konnte. Eine Information der Presse schied aus, dazu fehlten ihm die Beweise. Und ob Henry bereit war auszusagen, bezweifelte er. Falls es tatsächlich zu einer öffentlichen Untersuchung kam und die Bücher einer Prüfung standhielten, konnte man ihn sogar wegen Verleumdung verklagen.

In jeder freien Minute grübelte Doc darüber nach, wie er sie fertigmachen konnte, und als Houston eines Tages bekanntgab, dass er einen Reporter vom National Geographic Magazine erwarte, schien endlich die Gelegenheit gekommen. Irgendwie musste es ihm gelingen, diesen Pressevertreter von der tödlichen Gefahr der Droge zu überzeugen. Den Reporter wollte er sehen, der sich eine solch skandalträchtige Story entgehen ließ. Er musste nur die richtigen Spuren legen. Und vor allem musste er dafür sorgen, dass der Verdacht nicht auf ihn fiel.

Am Mittwoch, dem 20. Mai 1998, war es schließlich soweit: Sein Plan stand fest. Hunderte von Malen hatte er ihn in Gedanken durchgespielt, und obwohl er von einigen Unwägbarkeiten abhing, war er sicher, er würde funktionieren.

Alles hing jetzt von Mike Henrikson ab. War er bereit mitzumachen, konnte Doc sich nicht nur an seinen Widersachern rächen; Henry und er würden außerdem noch reiche Leute werden.

Es war nicht schwer, den alten Kumpel auf seine Seite zu ziehen. Skrupel hatte Mike ohnehin nicht, sonst hätte er sich wohl kaum an der Schwarzmarktaktion beteiligt. Und schließlich waren fünf Millionen US-Dollar ein überzeugendes Argument. Henrys Aufgabe bestand darin, die Maschine, mit der der Transport durchgeführt werden sollte, zu ›präparieren‹, wie Doc sich ausdrückte.

»Und wie soll ich das machen, wenn ich fragen darf?« Henry musste seinen Ton dämpfen, um in dem gut besuchten

Straßencafé nicht aufzufallen. »Woher soll ich all das Zeug nehmen, das ich brauche?«

»Ein Mann mit deinen Beziehungen ...«, entgegnete Doc, der seinem Gegenüber ansah, dass er sich nur ein wenig bitten lassen wollte, die Entscheidung aber längst getroffen hatte.

»Du hast wohl vergessen, wie schwer es ist, einen Sprengsatz so zu konstruieren, dass er keine Spuren hinterlässt?«

»Verdammt noch mal, ich weiß das genausogut wie du, schließlich waren wir gemeinsam bei der Army. Aber du sollst kein technisches Wunderwerk bauen, Sergeant Henrikson, sondern einfach eine Bombe mit Fernzündung. Chemesco startet garantiert keine Suchaktion nach einem Flugzeug mit illegaler Ladung. Das ist denen zu auffällig und zu gefährlich. Und selbst wenn, eine Frachtmaschine im Dschungel zu finden ist unmöglich, wenn man nicht den exakten Absturzort kennt. Mein Gott, ist eine kleine Bombe denn zu viel verlangt? Denk an das viele Geld, mein Freund!«

»Na schön, meinetwegen«, stimmte Henry nun endlich zu. Rein technisch war es wirklich kein großes Kunststück, einen fernzündbaren Sprengsatz zu basteln, und die dafür notwendigen Bauteile würde er sich schon irgendwoher besorgen. Ein Handschlag zwischen den beiden Männern besiegelte den Plan. Sie würden ihn zu Ende führen, dazu waren sie fest entschlossen.

Das Verladen der Fässer fand in den frühen Morgenstunden des 10. Juni statt, auf einer verwilderten Rollbahn außerhalb der Stadt.

Pünktlich um 4.00 Uhr morgens hörte Henry, der mit dreien seiner Männer auf die ankommende Maschine wartete, das immer lauter werdende Grollen des Motors. Auf sein Zeichen hin wurden die Lichter des Lieferwagens angestellt, die die gesamte Landebahn mit einem matten Schimmer überzogen.

Wenige Minuten später landete der Frachter auf der holprigen Piste und kam dicht vor ihnen im nassen Matsch zum Stehen. Die Ladeluken wurden geöffnet und Pedro Habá, der Pilot der Maschine, stieg zusammen mit seinem Copiloten, José Valdéz, aus. Die beiden Männer drängten darauf, die nächtliche Transaktion so schnell wie möglich über die Bühne zu bringen, da sie kein unnötiges Risiko eingehen wollten. Zwar wussten sie nicht genau, welche Fracht sie fliegen sollten, doch wenn das Einladen unbedingt nachts stattfinden musste, konnten sie sich schon vorstellen, worum es sich handelte. Und auf Drogendelikte standen hohe Gefängnisstrafen.

Im dunklen Morgennebel gelang es Henry mühelos, den Sprengsatz unbemerkt an einem der Triebwerke anzubringen, sodass er vom Cockpit aus nicht zu sehen war. Ein starker Magnet zog die Bombe fest ans Blech des Frachters, und mit einem Knopfdruck aktivierte Henry den Zündmechanismus. Zufrieden ging er wieder zu den anderen, denen seine Abwesenheit gar nicht aufgefallen war.

Als alle Fässer im Laderaum untergebracht worden waren, klärte Henry mit dem Piloten die Route ab. Entgegen den ursprünglichen Anweisungen sollte die Maschine nicht auf dem direkten Weg nach Rio Branco fliegen, sondern in einem weiten Bogen mit fest vorgegebenen Koordinaten. An einem bestimmten Fixpunkt, den Henry dem Piloten nannte, sollten sie ein zusätzliches Frachtstück abwerfen, das mit einem Landefallschirm versehen war. Um sicherzugehen, dass der Pilot sich auch tatsächlich an die Abmachung hielt, gab Mike Henrikson ihm nur einen kleinen Vorschuss. Den Rest, eine mehr als großzügige Summe, sollte er erst erhalten, wenn das Päckchen an der vorgegebenen Stelle abgeworfen war und die Fässer wohlbehalten in Rio Branco angekommen waren.

Die Vereinbarung stieß bei Pedro Habá zunächst auf wenig Gegenliebe, doch schließlich lockte die Aussicht auf das viele Geld, und er gab seinen Widerstand auf. Beim nächsten Mal verlange er Vorauszahlung, sagte er, und Henry willigte ein. Dass es kein nächstes Mal geben würde, konnten weder Pedro Habá noch José Valdéz ahnen.

In dieser Nacht hatte Doc, der sich in ›KAIN‹ aufhielt, nicht besonders gut geschlafen; immer wieder gingen ihm die bevorstehenden Ereignisse durch den Kopf.

Stundenlang lag er wach in seiner Hängematte und starrte vor sich hin. In wenigen Tagen würde er reich sein und sich in Europa eine neue Existenz aufbauen. Henry hatte inzwischen bestimmt schon die gefälschten Papiere besorgt, und Doc war gespannt darauf, welchen Namen er künftig tragen würde. Er träumte von einer Villa, vielleicht in der Nähe von Paris oder Rom, und von einem eigenen kleinen Labor, in dem er nach Herzenslust experimentieren konnte. Niemand würde ihn bevormunden, niemand konnte ihm etwas verbieten. Er allein würde über seine Versuche entscheiden.

Inzwischen war die Morgendämmerung bis zum Urwaldboden durchgedrungen. Die Leuchtziffern von Docs Uhr zeigten 7.56 Uhr an. Mindestens noch eine dreiviertel Stunde. Falls alles nach Plan lief, überflog die Maschine um circa 8.45 Uhr ›KAIN‹ und warf das Päckchen ab. Doc grinste in sich hinein. Die Sache mit dem Päckchen war genial einfach. Nichts weiter als eine Absicherung – die Garantie dafür, dass der Pilot auch wirklich über exakt diese Stelle im Dschungel flog. Dass das Päckchen leer war, konnte der Pilot nicht wissen, und selbst wenn er es gewusst hätte, wäre es ihm egal gewesen, solange er nur in Rio Branco sein Geld bekam.

Um 8.53 Uhr war es soweit. Wegen des dichten Laubdachs konnte Doc das Flugzeug vom Boden aus nicht erkennen, doch das leise Brummen des Motors war deutlich vernehmbar. Noch immer lag er in der Hängematte und schaukelte träge hin und her. Er stellte sich vor, wie die Maschine über ihn hinwegrollte, wie der Copilot die Ladeluke öffnete und das Paket hinausstieß – ein leeres Paket, das den Tod verhieß.

Die Fernbedienung, die er einige Tage zuvor in Manaus von Henry erhalten hatte, lag in Docs verschwitzter Hand. Würde er die Nerven haben, den roten Knopf wirklich zu drücken? Ein Verbrechen zu planen war eine Sache, aber es auch auszuführen, dazu bedurfte es weitaus mehr Mut, als er geahnt hatte. Seine zitternden Finger legten den schwarzen Kippschalter um, mit dem das Gerät angeschaltet wurde.

Jetzt oder nie!

Er atmete ein letztes Mal tief durch, bevor er den Daumen auf den rot leuchtenden Knopf legte und zudrückte.

Die Explosion war kaum zu hören, das dichte Blattwerk wirkte wie eine Schallisolierung. Und natürlich hatte Henry den Sprengstoff so dosiert, dass nur das Triebwerk außer Gefecht gesetzt wurde. Falls man das Flugzeug wider Erwarten irgendwann fand, war es garantiert nicht möglich, die Absturzursache auszumachen. Vor seinem geistigen Auge sah Doc, wie der Pilot vergeblich versuchte, die Maschine zu retten, doch was Henry anpackte, das funktionierte auch. Dunkler Rauch würde aus einem der Triebwerke quellen, und noch ehe die beiden Insassen wussten, was passiert war, würden sie in die Bäume krachen und sterben. Doc hatte weder Pedro Habá noch José Valdéz jemals zu Gesicht bekommen – er kannte sie nur aus Mike Henriksons Schilderungen. Sie waren für ihn nur Bauern in einem Schachspiel. Arme Idioten, die geopfert werden mussten. Das war nicht zu vermeiden. Okay – und jetzt nichts wie weg!, dachte Doc. Er wusste, dass es gefährlich war, an diesem Ort zu bleiben. Erstens konnte es sein, dass die entstehende Giftwolke bis nach ›KAIN‹ herüberzog, bevor sie sich zersetzte, und zweitens war es durchaus möglich, dass sich Tiere infizierten und aggressiv wurden. Darauf wollte er es lieber nicht ankommen lassen, und so entschied er sich, mit dem Boot weiter flussabwärts zu fahren und einige Stunden abzuwarten.

Danach kehrte er wieder ins Lager zurück, blieb aber wachsam.

Den Rest des Tages und die ganze Nacht über verbrachte Doc mit dem Betäubungsgewehr im Anschlag im Lager. Es war die längste Nacht seines Lebens, und er war froh, als er tags darauf von Houston abgelöst wurde.

Zurück in der Station, überließ er Kate, Browning und Mac sein Boot, denn die drei hatten in ›ABEL‹ zu tun. Für Doc war es die perfekte Gelegenheit, um mit Henry Kontakt aufzunehmen. Die beiden gingen die weiteren Schritte des Plans ein letztes Mal durch. Dann manipulierte Doc die Hauptfunkanlage, damit niemand auf die Idee kam, womöglich per Funk Hilfe anzufordern. Auf einer der Steckplatinen zerkratzte er mit einer Rasierklinge eine der aufgelöteten Stromleitungsbahnen. Jemand, der nicht genau wusste, wo er suchen musste, würde eine Ewigkeit brauchen, um den Fehler zu finden – nicht einmal Browning war dazu in der Lage.

Tags darauf gab Arness seinen Mitarbeitern beim Frühstück bekannt, er müsse nach Manaus fliegen, um ein Paket abzuholen, das das Smithsonian geschickt habe. In der Tat war für diesen Freitag eine Sendung angekündigt worden, ein paar Disketten mit einer überarbeiteten Version des Verhaltensmusters einer Cyclopetra speculata. Darauf hatten sie schon seit mehreren Wochen gewartet, und alle waren gespannt, zu welchen Ergebnissen man in Washington gekommen war.

Doch das Paket musste warten, es gab Wichtigeres zu tun. Den anderen würde er erzählen, die Post hätte Mist gebaut. Das war mehrmals vorgekommen und klang glaubhaft. Nachprüfen konnte es sowieso niemand: Die Funkverbindung war ja unterbrochen.

Wie üblich startete Doc die Maschine mit Kurs Nordost, beschrieb aber einen weitläufigen Kreis, als er außer Sichtweite war, und wasserte ganz in der Nähe von ›KAIN‹. Bereits seit ein paar Tagen wusste er, wie er Houston umbringen würde – es musste aussehen, als habe ihn ein wildes Tier überfallen.

Eigentlich tat es ihm Leid um den Mann. Immerhin hatte er ihm geholfen, hier im Urwald eine neue Existenz aufzubauen. Ohne Houston wäre er nach der Kündigung bei Chemesco niemals wieder so schnell auf die Füße gekommen.

Aber es ging nicht anders!

Doc dirigierte die Maschine an die Anlegestelle von ›KAIN‹, direkt neben Houstons Boot. Aus dem Werkzeugkasten unter dem Pilotensitz kramte er ein wuchtiges Stemmeisen, ein ideales Instrument für sein Vorhaben. Außerdem konnte er sich damit wehren, falls ihn ein Tier angriff Am liebsten hätte er zu seiner Verteidigung zwar eines der Gewehre mitgenommen, doch mit welcher Begründung hätte er das tun sollen? Offiziell flog er nach Manaus, und da benötigte er ganz sicher keine Schusswaffe. Ihm blieb nichts anderes übrig, als mit dem Stemmeisen vorliebzunehmen.

Als er im Lager ankam, kämpfte Houston gerade mit einem Aguti. Doc konnte das Tier kaum erkennen, da der Professor es mit seinem Körper verdeckte. Das Vieh musste ihn angegriffen und verletzt haben, denn er stieß es plötzlich mit einem unterdrückten Schrei von sich. Das war der beste Zeitpunkt. Houston war so beschäftigt, dass er zu spät bemerkte, wie Arness hinter ihm aus dem Gebüsch auftauchte, die Eisenstange hob und zuschlug.

# 58

Der Amokläufer in Manaus war übrigens ein Angestellter von Chemesco«, erklärte Doc weiter. »Ein Lagerarbeiter, der versehentlich mit der Substanz in Kontakt gekommen war. Henry hat mir bei unserem letzten Funkgespräch davon berichtet.«

Sarah hatte Doc zugehört, ohne ihn zu unterbrechen. Die Kaltblütigkeit, mit der er seinen Plan verfolgte, war beängstigend, und sie hatte keinen Zweifel daran, dass er die Axt, die er vor ihr in den Händen hielt, auch benutzen würde. »Warum bist du dann später mit Browning und mir nach ›KAIN‹ geflogen? Du wusstest doch, wie gefährlich es war. Alle Tiere, die nicht rechtzeitig geflohen waren, hatten das Gift eingeatmet.« Sarah erinnerte sich an den Affen, der sich auf Browning gestürzt und ihn am Arm verletzt hatte. Wie wäre dann erst die Attacke eines Jaguars ausgefallen? Daran wollte sie lieber nicht denken. Ohne ein Gewehr hätte Jim nicht den Hauch einer Überlebenschance gehabt. Aber warum war Doc überhaupt mitgekommen? Er hatte das Risiko doch gekannt! Ein wildes Tier hätte ebensogut ihn angreifen können.

»Ich hatte keine andere Wahl. Ich musste sichergehen, dass ihr das Wrack auch finden würdet. Hättest du es nicht vom Flugzeug aus entdeckt, dann hätte ich es eben getan, rein ›zufällig‹ versteht sich. Aber Kompliment, du warst hervorragend. Einer guten Reporterin entgeht eben nichts.«

Sarah kam sich vor wie eine Marionette, deren Fäden Arness in den Händen hielt. Er war ein Meister der Manipulation. Er war der Initiator einer geschickt gesponnenen Intrige, die sie bis zum Schluss nicht durchschaut hatte. Ahnungslos hatte sie genau das getan, was er von ihr erwartete.

»Außerdem wollte ich mir Klarheit verschaffen, wie viele Ampullen das Unglück unbeschädigt überstanden hatten. Es war ein Teil des Plans, die restlichen Ampullen zu bergen und anschließend zu verkaufen.«

»Aber vergisst du nicht etwas Entscheidendes?«, fragte Sarah vorsichtig. »Ich kenne den Absturzort, und ich weiß von der Ladung. Wenn du die Ampullen geborgen hättest, wäre mir das aufgefallen.«

»Natürlich wäre es dir aufgefallen. Und wie hättest du es dir erklärt?« Doc beantwortete seine Frage gleich selbst. »Du hättest vermutet, dass es den Auftraggebern gelungen sein musste, das Wrack zu finden und die Ladung sicherzustellen. Da du von meinem Tod überzeugt warst, wäre das die einzig plausible Schlussfolgerung gewesen. Danach hättest du versucht, die Auftraggeber ausfindig zu machen. Und irgendwann wärst du automatisch auf Chemesco gestoßen. Klingt logisch, was?«

Vermutlich hatte Doc sogar Recht. Welche andere Erklärung hätte es sonst gegeben? Dass Eingeborene die Ampullen gefunden und beiseite geschafft hatten? Lachhaft! »Fünfhundert US-Dollar pro Ampulle sind drin bei dem Geschäft«, unterbrach Doc ihren Gedanken. »Ich schätze, zwanzigtausend Fläschchen sind unversehrt. Das macht zusammen zehn Millionen Dollar. Gar nicht schlecht, was?«

»Du lässt Menschen sterben ... für zehn Millionen Dollar? Wenn du mit Henry geteilt hast, bleiben nur noch lausige fünf übrig.«

»Lausig? So viel hätte ich beim Smithsonian in meinem ganzen Leben nicht verdient. Aber das ist erst der Anfang. Das richtige Geld kommt noch.«

»Und wie? Glaubst du im Ernst, dass du an dem Gift verdienen kannst, wenn herauskommt, dass es zu irreparablen Nervenschäden fuhrt?«

»Das Gift allein ist tatsächlich nicht enorm viel wert. Die Kombination ist der Schlüssel zum großen Geld. Ich verkaufe das Gift und die Technik.«

Sarah begriff gar nichts, und – so absurd es schien – das war ihre einzige Chance. Aus irgendeinem irrationalen Geltungsdrang heraus wollte Doc von ihr verstanden werden, und je naiver sie sich anstellte, desto länger hatte sie zu leben. Geduldig fragte sie also weiter, denn mit jeder Frage ließ sich Zeit schinden. »Welche Technik, verdammt noch mal? Wenn du es mir schon erklärst, dann bitte so, dass ich es auch verstehen kann.«

»Ich verkaufe das Gift und Kopien unserer Software an das Militär.«

»An die US-Army?«

»Natürlich nicht!«, gab Arness patzig zurück. Wie konnte Sarah so begriffsstutzig sein! »Ich wüsste schon eine Regierung, die bereit wäre, viel Geld für mein Angebot zu zahlen. Du hast Recht: Für die Anwendung am Menschen, an Soldaten zum Beispiel, ist die Droge leider unbrauchbar. Aber ich verkaufe denen« – wer auch immer das sein mochte, dachte Sarah – »die Möglichkeit, einen perfekten biologischen Krieg zu führen. Der Krieg der Zukunft wird mit Insekten gewonnen. Mit Bienen, Hornissen, Ameisen – was weiß ich. Die Droge macht die Tiere wild und angriffslustig, und mit unseren Programmen lassen sie sich wie ein Heer lenken. Innerhalb weniger Tage könnte man ganz Rußland oder die gesamten Vereinigten Staaten verwüsten, noch bevor irgend jemand überhaupt wüsste, was vor sich geht. Schnell und sauber. Es gibt keine Langzeitfolgen für die Umwelt und keine Folgeschäden für die Menschheit, denn nach kurzer Zeit sterben die Insekten durch das Gift sowieso.«

An diese Art, die Erkenntnisse des Forscherteams umzusetzen, hatte Sarah noch gar nicht gedacht, aber sie erinnerte sich an Kate, die es für möglich gehalten hatte, mit ihren Programmen Insekten für landwirtschaftliche Zwecke abzurichten. Weswegen sollte das nicht auch im militärischen Bereich funktionieren? Verrückt!

»Valdéz war nicht eingeplant, oder?«, fragte sie.

»Wer konnte schon ahnen, dass jemand den Absturz überleben würde?« Doc zuckte mit den Schultern und machte eine wegwerfende Handbewegung. Er war enttäuscht, dass die Grandiosität seines Plans durch etwas Unvorhergesehenes geschmälert wurde. Doch seine Überheblichkeit gewann schnell wieder die Oberhand: »In einem solchen Fall muss man improvisieren können. Mir wurde bald klar, dass Valdéz einen hervorragenden Sündenbock abgeben würde. Keiner kannte ihn, er gab sogar zu, dass er in zwielichtige Geschäfte verwickelt war. Und er war unberechenbar, weil er das Gift eingeatmet hatte. Ich wusste genau, dass es nicht sehr lange dauern konnte, bis er ausrasten und aggressiv werden würde. Obwohl ich mich anfangs ärgerte und befürchtete, Valdéz könne den Plan gefährden, lief die Sache besser, als ich mir erhofft hatte. Jeder war dem Mann gegenüber skeptisch.«

»Was hättest du gemacht, wenn Valdéz nicht zu uns gestoßen wäre? Dann hättest du keinen Verdächtigen gehabt.«

»Stimmt. Ursprünglich war geplant gewesen, die Morde wie Angriffe wilder Tiere aussehen zu lassen. Aber durch Valdéz war das gar nicht mehr nötig. Ich musste nur noch darauf achten, dass der Verdacht auf ihn fiel, was nicht besonders schwer war.«

Die Gleichgültigkeit, mit der Doc offenbar ein Menschenleben auszulöschen bereit war, erschütterte Sarah. Für diesen Mann hatte sie begonnen, Gefühle zu entwickeln. Sie hatte ihm Vertrauen entgegengebracht und sogar mit ihm geschlafen. Wie hatte sie sich nur in ihm täuschen können?

»Warum der Hund?«

»Der Hund!« Doc schüttelte mitleidig den Kopf. »Erinnerst du dich an den Abend, als Valdéz das Labor zerstörte? Nach dem Aufräumen saßen wir noch ein paar Minuten zusammen. Genau hier.« Er deutete auf die Sitzecke neben ihm. »Ich habe euch einen Drink zubereitet, weißt du noch?«

Und ob sie es noch wusste: der Tequila!

»Das Zeug schmeckte so widerlich, dass ihr das Schlafmittel gar nicht bemerkt habt, nicht wahr?«

Die Frau erinnerte sich, wie plötzlich an diesem Abend die Müdigkeit bei allen eingesetzt hatte. Damals war sie davon überzeugt gewesen, dass der Alkohol der Grund dafür war – und der Schock, unter dem sie nach all den Ereignissen gestanden hatten.

»Hätte der verdammte Köter nachts nicht so laut gebellt, als ich Valdéz' Fesseln löste, wäre er heute noch am Leben. Aber er konnte einfach nicht still sein. Weiß Gott, was in ihn gefahren war, er kläffte so laut, dass ich befürchtete, er könne euch trotz des Schlafmittels wecken.«

»Und warum auf so bestialische Weise?«

»Verstehst du immer noch nicht? Ich musste dich doch mit einer interessanten Geschichte locken. Je grausamer, desto besser!«

»Und dann hast du ihn erdrosselt und im Gang aufgehängt.«

»Ja. Nur ein Verrückter würde auf den Gedanken kommen, einen toten Hund aufzuhängen!«

Wie Recht er hatte! Nur einem Geisteskranken war so etwas zuzutrauen. Und seinerzeit war dafür nur Valdéz in Frage gekommen.

»Was hast du mit ihm gemacht? Mit dem Brasilianer, meine ich.« Sarah wollte nun genau erfahren, was vorgefallen war. Die ganze Wahrheit.

»Natürlich konnte ich Valdéz nicht frei herumlaufen lassen, immerhin war er unberechenbar. Ich habe ihn geknebelt und ihn zwei Meilen weiter flussabwärts im Wald an einem Baum gefesselt. Um ihn ruhigzustellen, spritzte ich ihm ein Betäubungsmittel.«

»Und warum hast du mit mir geschlafen?« Sarahs Frage klang viel zu ruhig. Innerlich kochte sie.

»Ich mochte dich. Aber ich hoffte auch, dass du stärkere Gefühle für mich entwickeln würdest. Ich wollte, dass du dich nach meinem Scheintod dazu verpflichtet fühltest, die Schuldigen zu suchen und zur Rechenschaft zu ziehen.«

Die Schuldigen! Der Hauptschuldige stand direkt vor ihr! Sarah kam sich unendlich ausgenutzt vor, vor allem deshalb, weil Doc richtig kalkuliert hatte. Wenn sie nicht mit ihm geschlafen hätte, hätte sie sein fingierter Tod weitaus weniger getroffen.

»Du konntest doch gar nicht wissen, ob ich bei meinen Nachforschungen Erfolg haben würde. Wer garantierte dir, dass ich auch wirklich auf Chemesco stoßen würde?«

»Ich dachte mir, ein Reporter hat Mittel und Wege, das herauszufinden. Valdéz' Adresse hattest du ja notiert. So schwierig konnte es dann wohl kaum sein, seine Verwandten und Bekannten zu befragen und herauszubekommen, wer die letzten Auftraggeber gewesen waren. Notfalls wollten Henry und ich einen Strohmann einsetzen, der dich mit ein paar Informationen auf die richtige Fährte setzen sollte. Für ein bisschen Geld ist jeder bereit, so einen Job zu übernehmen.«

»Und warum hast du deinen Tod inszeniert?«

»Ich musste von der Bildfläche verschwinden, damit ich ungehindert agieren konnte. Du und Mac, ihr beide habt mich tot am Boden liegen sehen. Das reichte aus, damit auch die anderen es glaubten, ich konnte tun, was ich wollte, als Verdächtiger kam ich nicht mehr in Frage.«

Sarah sah die von Ameisen zerfressene Leiche wieder vor

sich, und als hätte Doc ihre Gedanken erraten, fuhr er fort: »Es war Houston!«

»Houston?«

»Es war Houstons Körper, den ihr beide gesehen habt. In der Nacht, in der ich euch das Schlafmittel verabreichte, habe ich nicht nur Valdéz geholt und den Hund getötet. Ich habe auch Houston ausgegraben und ihm die Haare auf meine Länge gestutzt. Wusstest du, dass die Haare nach dem Tod noch einige Zeit weiterwachsen? Außerdem habe ich ihm eine meiner Jeans und ein weißes T-Shirt angezogen. Anschließend habe ich das leere Grab wieder zugeschaufelt und Houston an die Stelle gebracht, wo ihr ihn gefunden habt. Ich habe ihm die Gesichtshaut entfernt, damit man ihn nicht identifizieren konnte. An meinem vermeintlichen Todestag habe ich dann auch ein weißes T-Shirt und eine Jeans angezogen.«

»Und die Ameisen?«, fragte Sarah, der allein der Gedanke an die Insekten kalte Schauer über den Rücken laufen ließ.

»Ein paar Tage vor meinem Tod habe ich die Ameisenkolonie gefunden und für die Viecher Köder ausgelegt. Bis zu der Stelle, an der Houston heute noch liegt. Bevor ich ihn den Ameisen zum Fraß vorwarf, legte ich ihm noch meine Armbanduhr an. Wegen der Ameisen konntet ihr den Leichnam nur aus einiger Entfernung identifizieren. Anhand der Kleidung – meiner Kleidung und meiner Uhr. Und da ihr annahmt, Valdéz sei zu dieser Zeit auf freiem Fuß, musste er der Mörder sein.«

Sarah sah Doc mit hasserfülltem Blick an. »Und der tote Affe in meinem Bett sollte auch nur die Grausamkeit der Droge unterstreichen?«

»Exakt!« Docs Augen glänzten. Endlich hatte sie begriffen! »Ich wollte, dass du die Chemesco-Bosse genauso hasst wie ich. Dein Hass sollte dich motivieren, sie zu jagen und hinter Gitter zu bringen.« Der Schweiß stand Arness in dicken Perlen auf der Stirn, und seine weit aufgerissenen Augen glänzten fiebrig. Er drückte den langen Stiel der Axt so fest in seinen Fäusten, dass die Knöchel an seinen Fingern weiß durch die Haut schimmerten. »Und was war mit Kate?«

»Kate? Ursprünglich wollte ich ihr nichts antun, aber sie musste ja ausgerechnet in dem Augenblick nachts im Gang herumschleichen, als ich aus dem Labor ein Schmerzmittel holen wollte.«

Ein Schmerzmittel?, fragte sich Sarah sofort. Wozu benötigte er ein Schmerzmittel? Für Valdéz? Aber Doc hatte doch gesagt, das Ampullengift mache schmerzunempfindlich. Tatsächlich hatte Valdéz nie über irgendwelche Verletzungen geklagt, obwohl dies nach einem Flugzeugabsturz normal gewesen wäre.

Dann fiel ihr schlagartig die Antwort ein: Kopfweh! Natürlich! Valdéz hatte Kopfweh gehabt. Die Droge blähte das Gehirn auf und verursachte fürchterliche Schmerzen.

»Und wie hast du Valdéz dazu gebracht, das Boot zu zerstören und sich von Mac und Browning erschießen zu lassen?«, fragte Sarah provokativ.

Arness blieb ganz ruhig. »Um ihn richtig auf Touren zu bringen, habe ich ihm kurz vor seinem letzten Auftritt noch mal eine Dosis des Ampullengifts verabreicht. Ich hatte noch eine Ampulle aus dem Wrack. Er war richtig scharf darauf, das Boot zu zerschlagen. Das andere Boot hatte ich vorher weiter flussabwärts versteckt. Für euch sah es natürlich so aus, als hätte Valdéz es versenkt oder losgebunden.«

Docs trockenes Lachen ging in Husten über. Er räusperte sich und brach in einen neuerlichen Hustenanfall aus.

Sarah überlegte krampfhaft. Irgend etwas stimmte nicht! Wenn Valdéz sowieso als Opfer eingeplant war, wozu dann das Schmerzmittel? So viel übertriebene Fürsorge hätte Doc wohl kaum aufgebracht.

Im selben Moment wandelte sich der Gesichtsausdruck des Mannes. Er legte die Stirn in Falten, biss die Zähne zusammen und starrte auf den Boden. Wie in einem Fieberanfall wurde sein ganzer Körper geschüttelt.

Das gab Sarah die Gewissheit, dass das Schmerzmittel nicht für Valdéz gewesen war, sondern für Doc selbst. War er bereits in den Labors von Chemesco oder beim Absturz der Frachtmaschine in der vergangenen Woche mit dem Gift in Berührung gekommen? Unmöglich! Er hätte sich – wie Valdéz – nicht mehr unter Kontrolle haben können. Er hätte längst ausrasten müssen. Nein, er musste sich erst vor kurzem selbst vergiftet haben, vielleicht als er den Brasilianer mit der Droge vollgepumpt hatte – vor ›seinem letzten Auftritt‹, wie Doc es genannt hatte. Unwichtig! Vor Sarah jedenfalls stand ein Mann, der verrückt geworden war. Aber wie zum Teufel sollte man mit einem Irren diskutieren? War er überhaupt zugänglich?

»Überleg doch mal«, beschwor sie den Mann. »Mich umzubringen hat keinen Sinn. Tot nütze ich dir nichts. Wenn du mich laufen lässt, können wir Chemesco immer noch ans Messer liefern. Du und ich, wir bringen den Fall an die Öffentlichkeit.«

In ihrer Situation ging es ihr am allerwenigsten um die Chemesco-Bosse. Sie wollte nur ihre eigene Haut retten. Würde er auf ihren Vorschlag eingehen? Mehr als eine vage Hoffnung war es nicht.

Arness, dessen Schmerzen offenbar nachgelassen hatten, stand der Wahnsinn im Gesicht. Er war nicht mehr Herr seiner selbst. Unerträglich langsam hob er seine leere Hand und streckte sie zitternd der Frau entgegen. Eine Geste der Verzweiflung.

Reglos stand Sarah da. Jede noch so kleine Bewegung hätte Arness aufschrecken, ihn provozieren können. Schritt für Schritt kam er näher, strich schließlich mit seiner Hand über ihre Wange und über ihr schwarzes Haar. Es kostete sie all ihre Kraft, ruhig stehenzubleiben und nicht in Panik auszubrechen. Sie hatte das Bedürfnis, schreiend wegzurennen, doch sie fühlte, dass ihre Knie zu weich waren, um schnell genug flüchten zu können. Ihr Atem ging flach. Sie wagte nicht Doc anzusehen. Doc beugte sich vor und rückte näher heran. Der stechende Geruch von Schweiß stieg ihr in die Nase, sein Schnauzbart kratzte auf ihrer Oberlippe und sie spürte, wie seine Zunge in sie eindrang.

Ekel überkam sie, und sie unterdrückte ein Würgen.

Dann ließ er von ihr ab.

Keine dreißig Zentimeter von ihrem Gesicht entfernt, hielt er inne und starrte sie an. Für eine Minute waren all seine Bewegungen wie eingefroren. Sarah wagte nicht, sich zu wehren, als er schließlich eine Hand hob, die Finger über ihr Kinn gleiten ließ und sie langsam um ihren Hals legte. Dann drückte er zu.

## 59

Obwohl Mac seit fast einer Woche nicht mehr gejoggt hatte, fühlte er sich in erstaunlich guter Verfassung. Zwar keuchte er wie eine alte Dampflok, doch da er nach fast vier Meilen – kurz vor der Rückkehr nach ›EDEN II‹ – immer noch nicht außer Puste war, zog er noch einmal das Tempo an. Nach den letzten Schritten auf dem feuchten Waldboden ließ er die Bäume hinter sich und steuerte wie üblich auf das Gewächshaus zu, um sich in den Maschendrahtzaun zu krallen und einige Male tief durchzuatmen. Neben ihm lag auf einer aufgebockten, stählernen Arbeitsplatte der Propeller der Cessna.

Macs Blut rauschte in den Ohren. Erst jetzt, beim Verschnaufen, merkte er, wie sehr ihm die körperliche Belastung zugesetzt hatte. Angetrieben von dem Ehrgeiz, die schreckliche Vergangenheit abzuschütteln und hinter sich zu lassen, hatte er sich vollkommen verausgabt.

Sarah versuchte mit beiden Händen, Docs Griff zu lockern, doch der Mann war einfach zu stark. Gegen die schier übermenschliche Kraft eines Wahnsinnigen hatte sie keine Chance.

In ihrer Todesangst schlug sie wild um sich. Sie hämmerte mit aller Gewalt gegen Docs Gesicht, trommelte mit geballten Fäusten gegen seinen Brustkorb und rammte ihm die Fingernägel tief in die Wangen. Arness reagierte nicht.

Schreien wollte sie, aber aus ihrem Mund kam nur ein Gurgeln. Ihr wurde schwarz vor Augen, sie sackte in sich zusammen und begann, sich mit dem bevorstehenden Tod abzufinden. Doch in diesem Augenblick lockerte Arness den Griff und schmetterte sie gegen die Wand. Sie schlug mit einem dumpfen Krachen neben dem Kücheneingang auf und sank benommen zu Boden. Keuchend atmete sie durch. Endlich wieder Luft!

Der Junge war inzwischen wieder zu Kräften gekommen. Er sah an den Gräbern vorbei hinunter zum Fluss, an dem Chico gerne Fische gefangen hatte. Sobald er in Manaus war, würde er sich einen neuen Hund besorgen. Natürlich wäre es nicht derselbe Hund. Nicht Chico. Aber im Laufe der Zeit würde er sich bestimmt auch an einen anderen Hund gewöhnen.

Neben der Cessna lag das Boot ruhig auf dem Wasser. Brown' musste schon wieder zurück sein. Wenn er die Opossum-Aufzeichnungen hatte, konnten sie vielleicht noch heute die Station verlassen. Mac atmete durch und wischte sich mit seinem T-Shirt den Schweiß aus dem Gesicht. In diesem Augenblick riss ihn ein dumpfes Krachen im Haus aus seinen Gedanken.

Es dauerte einige Sekunden, bis Sarah wieder bei Bewusstsein war. Sie war nicht tot. Noch nicht! Aber Arness kam wieder bedrohlich näher.

»Doc, bitte ...« Flehend schüttelte sie den Kopf.

Gerade als sie die Hoffnung zum zweiten Mal aufgeben wollte, kam Mac hereingestürzt. Sie warf einen Blick auf Doc, unmittelbar vor ihr, dann einen auf Mac, der nur drei Meter hinter ihm an der gegenüberliegenden Wand stand.

Da der Junge Sarahs Peiniger nur von hinten sah, begriff er nicht sofort. Wie konnte das sein? Doc war doch tot! Und dennoch stand er leibhaftig vor ihm!

Mac war fassungslos. Entsetzt blickte er auf die Axt, die in Docs Hand aufblitzte.

Urplötzlich erkannte Mac die Gefahr, in der Sarah sich befand. Noch bevor Arness ihn wahrgenommen hatte, war Mac bereits zum Tisch gestürzt. Mit sicherem Griff schnappte er die Schrotflinte, die dort noch so lag, wie er sie nach dem Reinigen zurückgelassen hatte. Aber als er in die offene Munitionsschachtel grapschte, war er zu hastig. Der Karton fiel um, und die Patronen purzelten klimpernd über die Tischplatte auf den Boden.

Erst jetzt wurde Doc bewusst, dass jemand hinter ihm stand. Er fuhr herum, während der Junge die erste Patrone in den Lauf schob. Bis Arness verstand, was überhaupt vor sich ging, hatte Mac blitzschnell zwei weitere Schrotladungen in die Waffe gesteckt. Energisch riss er den klobigen Vordergriff hin und her. Die Waffe war scharf.

»Bleib ganz ruhig stehen!«, befahl Mac. Als Zeichen seiner Entschlossenheit richtete er die Gewehrmündung auf Doc. »Hörst du? Keine Bewegung!«

Arness begriff, wie ernst es dem Jungen war, und er rührte sich keinen Millimeter vom Fleck. Beide Männer blickten einander wie Todfeinde an. Keiner ließ den anderen aus den Augen. »Und jetzt lass die Axt fallen, Doc! Aber vorsichtig ... Ich warne dich! Mach keinen Blödsinn!«

Der Angesprochene reagierte nicht; jedenfalls nicht so, wie Mac es sich erhofft hatte. Siegesgewiss grinste Doc den Jungen an. Er war sich sicher, dass Mac ihn nicht töten würde. Nein, der Junge war nicht dazu fähig, abzudrücken und ihre jahrelange Freundschaft so brutal zu zerstören.

»Du willst mir doch wohl nichts tun, oder?«, flüsterte er heiser.

»Ich will nicht!«, entgegnete der Junge. »Aber wenn es sein muss, drücke ich ab!«

»Ich würde dir ...« Arness hatte wieder Konzentrationsprobleme. »Ich ... würde dir gern ... glauben ...« – abermals eine kurze Pause – »... aber du bist zu ... zu weich. Du kannst es nicht. Du kannst mich nicht erschießen!« Der intensive, durchdringende Blick, den er bei diesen Worten auf Mac richtete, hatte beinahe hypnotische Wirkung: Mac stand da wie gelähmt und rührte sich nicht. Doc nutzte die Situation und machte einen Schritt auf Sarah zu, die immer noch an der Wand kauerte.

»Neeeeeeeiiiin!« Sarahs markerschütternder Schrei brachte Mac augenblicklich wieder zur Besinnung.

»Halt!«, rief er, doch Doc rückte weiter auf Sarah zu. »Bleib sofort stehen!«

Keine Reaktion.

Breitbeinig baute sich der Mann mit erhobener Axt vor Sarah auf. Er schien ihre Angst zu genießen.

Dem Jungen blieb keine Wahl. Das Gewehr in Hüfthöhe, drückte er den Abzug durch, und mit ohrenbetäubendem Lärm rollte der Schuss auf Doc zu. Die Schrotladung traf ihn in den Rücken, durchschlug ihn und trat an der Brust wieder aus. Sein Blut spritzte auf Sarah, und die Wucht des Treffers riss ihn nach vorn, doch er stand nach wie vor auf den Beinen. Er keuchte schwer. Die Axt noch immer hoch über dem Kopf, wendete er sich Mac zu, der den Griff der Flinte erneut hin- und herriss, um nachzuladen. Jetzt lachte Doc, lachte aus vollem Halse. Er spürte keine Schmerzen, die Droge hatte ihn taub gemacht. Vielleicht hatte er nicht einmal registriert, dass er angeschossen worden war. Als er ansetzte, die Klinge auf Sarah herabsausen zu lassen, donnerte ein weiterer Schuss durch den Raum, traf den Wahnsinnigen in den Bauch und nagelte ihn diesmal mit dem Rücken an die Wand. Er ließ klirrend die Axt fallen und sank direkt neben

Sarah tot zu Boden, eine dunkle Blutspur hinter sich herziehend.

Die Frau konnte den Blick nicht von Doc abwenden, dessen Mundwinkel noch immer zu einem Grinsen verzogen waren. Sie zitterte, Tränen liefen ihr über die Wangen.

Mac hielt wie versteinert die Flinte im Anschlag. Er musste einige Male tief Luft holen, um sich wieder zu beruhigen.

»Kommen Sie!« Er ging auf die Reporterin zu, beugte sich zu ihr herunter und reichte ihr eine Hand. »Lassen Sie uns von hier fortgehen.«

# 60

Sarah und Mac bestatteten Doc an der Stelle, wo sie am Vormittag sein Kreuz errichtet hatten. Sie hoben eine Grube aus, legten den Leichnam hinein und schaufelten sie wieder zu. Schweigend standen sie vor dem kleinen Hügel. Nach einer Grabrede war ihnen nicht zumute.

Nach der Beerdigung gingen sie ins Haus und packten ihre Sachen. Mac, der als Erster fertig war, holte aus dem Labor die Glasbehälter mit den Versuchstieren – die wenigen, die nach dem Kampf mit Valdéz heil geblieben waren. Der Junge schaffte die Gläser und Vitrinen hinaus und ließ die Tiere frei. Es konnte eine Weile dauern, bis er wieder hierher kam.

Zurück im Haus, stellte er fest, dass Sarah nicht nur für sich selbst gepackt hatte, sondern auch für die ohnmächtige Kate. Ein Lederkoffer, eine Sporttasche und ein Fotoapparat standen auf dem Wohnzimmertisch.

»Sind Sie fertig?«, rief Mac durch die Station, da von der Reporterin jede Spur fehlte.

»Bin gleich soweit!«, kam Sarahs gedämpfte Antwort aus der Toilette.

»Ich gehe schon mal voraus, lade unsere Sachen ein und mache das Flugzeug startklar.«

Mac warf sich seinen Rucksack über die Schulter, schnappte das Gepäck der Frauen und stiefelte hinaus. Nach einigen Schritten war er bei der Cessna am Steg. Er verstaute alles auf der Rückbank und stapfte anschließend den Hang hinauf zum Gewächshaus, um den Propeller zu holen. Allem Anschein nach hatte Browning ihn so weit in Ordnung gebracht, dass er bis nach Manaus durchhielt und nicht unterwegs auseinanderbrach. Er packte ihn und marschierte wieder hinunter zum Fluss.

Um den Propeller zu befestigen, musste der Junge die Motorhaube öffnen. Er wuchtete den Deckel nach oben, bis er einrastete, und wollte sich gerade über den Motorblock beugen, als er es sah ...

*00:03*

Der Anblick elektrisierte ihn: ein Sprengsatz!

Verdammt!

Die rot leuchtende Digitalanzeige verriet Mac, wie viele Sekunden er noch zu leben hatte. Kalter Schweiß brach ihm aus. Urplötzlich hatte er die Bilder seiner Albträume wieder vor Augen: das Kaufhaus, die Eltern, die Geschwister.

Eine Explosion hatte sich vor vielen Jahren wie ein Fluch über sein Leben gelegt, und eine Explosion würde ihn nun von diesem Fluch befreien.

*00:02*

Obwohl er wusste, dass er verdammt schnell handeln musste, war er nicht im Stande, sich zu bewegen.

Wollte er überhaupt überleben? War es nicht einfacher, sich seinem Schicksal zu ergeben? Er musste sich entscheiden, die Zeit verrann.

*00:01*

Vater unser ...

*00:00*

Die Skyhawk explodierte genau in dem Moment, als Sarah aus der Station trat. Das Flugzeug zerbarst in einem Feuerwerk aus Gelb, Orange und Schwarz. Der Motorblock schoss nach oben und riss Bruchstücke des Cockpits mit sich. Die linke Tragfläche wurde seitlich weggeschleudert, und die rechte knickte einfach nach unten ab wie ein Streichholz. Sarah sah, wie der Rumpf nach allen Seiten gleichzeitig platzte. Holz, Metall und Glas wurden mit einem mächtigen Donnerschlag zerfetzt, und jedes glühende Teil zog eine dunkle Rauchspur hinter sich her.

Dann riss die Druckwelle Sarah von den Beinen und schleuderte sie nach hinten in den Dreck. Benommen wälzte sie sich auf den Bauch. Sie warf die Arme schützend über den Kopf, bis der Regen aus glimmenden Flugzeugsplittern nachließ. Als sie sich wieder aufrappelte, stand auf den beiden Schwimmern im Wasser nur noch ein brennender Klumpen Stahl.

Entsetzt sprang sie auf die Beine. Bitte nicht auch noch Mac!

Sie taumelte ein paar Schritte in Richtung Ufer und sackte in die Knie. Im feuchten Lehm rutschte sie noch einen halben Meter weiter, ehe sie zum Stillstand kam.

»Mac!«, schrie sie verzweifelt.

Das konnte nicht wahr sein!

»Mac!«

Keine Antwort.

»Maaac!«

Arness hatte sich denken können, dass sie versuchen würden, die Station mit dem Flugzeug zu verlassen. Er musste sich von seinem Freund Mike Henrikson einen Sprengsatz besorgt haben, oder vielleicht hatte er ihn sogar selbst zusammengebastelt. Sogar nach seinem Tod stellte er eine Gefahr dar.

»Mac ...!« Diesmal schrie sie nicht, sondern hauchte den Namen nur vor sich hin. Es war aussichtslos.

Dann hörte sie ein Blubbern, und kurz darauf erschien Macs blonder Schopf an der Wasseroberfläche, die nassen Haare am Kopf klebend. Buchstäblich in letzter Sekunde war es ihm gelungen, ins Wasser zu springen und unterzutauchen, bevor die Cessna zerrissen wurde.

Noch nie hatte sich Sarah so sehr über die Gegenwart eines anderen Menschen gefreut. Am liebsten hätte sie gelacht, geweint, geschrien und gejubelt – alles gleichzeitig. Doch sie beherrschte sich. Nur ein Seufzer kam über ihre Lippen.

Mac wischte sich das Wasser aus dem Gesicht und zog schniefend die Nase hoch. Er wirkte ein wenig benommen, als er sagte: »Verflucht, es hat mich böse erwischt!« Noch bevor Sarah sich ängstigen konnte, fügte er augenzwinkernd hinzu: »Ich hab schon wieder meine Brille verloren!«

Sarah lächelte. »Wirklich schade um das gute Stück.«

»Finde ich auch. Allmählich glaube ich, der Fluss ist gegen mich.«

Obwohl sie so schnell wie möglich abfahren wollten und obwohl Kate so bald wie möglich in ein Krankenhaus eingeliefert werden sollte, entschieden sie sich, noch eine Nacht in ›EDEN II‹ zu bleiben. Es war schon später Nachmittag, und in den wenigen Stunden bis zur Dämmerung wären sie mit dem Boot nicht mehr weit gekommen, zumal es verdächtig nach Regen aussah. Am nächsten Tag würde die Reise sicherer sein.

# 61

*Samstag, 20. Juni 1998*

In den frühen Morgenstunden brachen sie auf. Dichter Nebel hüllte alles in freudloses Grau und erleichterte ihnen so den Abschied.

Am Steg lag das Boot, das Arness benutzt hatte, ruhig neben dem verkohlten Wrack der Cessna. Wie durch ein Wunder hatte es die vernichtende Explosion am Vortag ohne nennenswerten Schaden überstanden.

Als Proviant nahmen sie ein paar Plastikkanister Trinkwasser und die letzten Konservendosen mit. Falls das nicht bis zur nächsten Siedlung reichte, mussten sie eben mit Waldfrüchten und Regenwasser vorliebnehmen.

Die Vorräte wurden aus Stabilitätsgründen gleichmäßig im ganzen Boot verteilt, eine Tasche mit Disketten und einigen handschriftlichen Aufzeichnungen fand unter der mittleren Sitzbank Platz. Da ihr Gepäck durch die Explosion vernichtet worden war, hatten sie sich dazu durchgerungen, das Nötigste aus den Schränken der Verstorbenen mitzunehmen. Sie hatten beide ein merkwürdiges Gefühl dabei, aber es war immer noch besser, als ohne Gepäck zu reisen.

Nachdem alles im Boot verstaut war, holten Mac und Sarah die ohnmächtige Kate aus dem Schlafraum. Ein Bettrost diente als improvisierte Trage. So richtig heikel wurde der Transport erst am Steg. Bei dem Versuch, sie an Bord zu hieven, schaukelte das kleine Stationsboot beängstigend, und mehr als einmal wäre Kate beinahe im Fluss versenkt worden. Doch endlich war der Drahtseilakt geschafft.

Der Versuch, den Motor zu starten, schlug fehl. Die Maschine heulte zwar auf, aber vorwärts kamen sie nicht. Nicht einen Meter! Missmutig hob Mac den Außenborder ins Boot – er konnte sich schon denken, was los war. »Die Schraube!«, schnaubte er. »Das hat gerade noch gefehlt! Er hat die Schraube abmontiert!«

Garantiert hatte Doc sie irgendwo versteckt. Er wollte auf Nummer Sicher gehen: Wenn sie alle gestorben wären und nur er überlebt hätte, hätte er nur die Schraube wieder anbringen müssen, um ein fahrtüchtiges Boot zu haben. »Mit dem Motor allein kann man nichts anfangen. Gar nichts!« Zornig und vor Anstrengung stöhnend, stemmte Mac die Maschine hoch, um sie dann wie ein Kugelstoßer über Bord zu wuchten. Gurgelnd versank der Motor im Wasser.

»Mist!«, schrie er. »Es wird Tage dauern, bis wir auf Menschen treffen. Uns bleibt nichts anderes übrig, als uns treiben zu lassen und zu rudern.«

Er band das Boot wieder fest, stieg aus, holte aus der Gerätekiste am Ufer zwei Paddel und warf sie zu Sarah und Kate ins Boot.

Gerade in dem Moment, als er wieder eingestiegen war, drangen vom gegenüberliegenden Ufer Geräusche zu ihnen herüber. Sarah und Mac starrten in die Richtung, doch entdecken konnten sie nichts.

Das anfängliche Rascheln wurde lauter und lauter, Äste und Zweige knackten im Unterholz. Dann teilte sich plötzlich das Blattwerk, und mit einem Aufschrei stürzte etwas in den Fluss. Durch die Nebelwand konnte man nicht genau erkennen, was es war. Für eine Sekunde war es still, dann hörten sie gleichmäßiges Planschen, das rasch näher kam.

»Browning? ... Es ist Browning!« Sarah hatte ihn zuerst erkannt; kein Wunder, denn Macs Brille lag immer noch irgendwo auf dem Grund. Mit letzter Kraft, so als wären an seinen Armen Bleigewichte angebracht, kämpfte sich der Schwarze durchs Wasser.

»Hey, soll ich hier ersaufen?«, japste er. »So kurz vor dem Ziel?«

Mac kappte das Seil, mit dem das Boot am Steg festgemacht war, und paddelte wie besessen auf den Schwimmer zu. Gemeinsam mit Sarah zerrte er den Koloß ins Boot.

Hustend wälzte sich Browning am Boden, langsam kam er wieder zu Atem. Erst jetzt bemerkte er Kate. Er rappelte sich auf und legte seine Hände auf die Wangen seiner Geliebten. »Ist sie inzwischen schon mal aufgewacht?«, fragte er. Sein Gesicht verriet, wie besorgt er war.

»Noch nicht«, sagte Mac mitfühlend. »Tut mir Leid, Mann.«

»Schon okay.« Browning ließ Kate keinen Moment aus den Augen. »Ich bin sicher, sie wird es schaffen. Sie weiß, wie sehr ich sie brauche. Sie muss es schaffen.« Liebevoll drückte er ihr einen Kuss auf die Stirn.

»Wieso sind Sie eigentlich noch am Leben?«, fragte Sarah den Schwarzen. »Doc hat behauptet, er hätte Sie umgebracht.«

»Viel hat dazu nicht gefehlt«, gab Jim zurück. »Doc hat mein Kletterseil durchgeschnitten. Als er über mir auf der Plattform auftauchte, habe ich zuerst nichts kapiert. Freute mich sogar, und dann ... zack! ... gibt das Seil plötzlich nach. Ich denke: ›Scheiße, was ist denn jetzt los?‹ – und dann ging's auch schon ab in die Tiefe. Zum Glück nur ein paar Meter. Ich bin an irgendeinem Ast hängengeblieben. Der Aufprall war ganz schön hart!« Er rieb sich die Seite. »Gebrochen scheint nichts, aber wahrscheinlich habe ich mir die eine oder andere Rippe geprellt.«

»Ich bin froh, dass dir nichts passiert ist«, sagte Mac und hielt seinem Freund die offene Hand hin. Der schlug klatschend mit seiner mächtigen Pranke ein: »Ich bin froh, dass *dir* nichts passiert ist! Dasselbe gilt natürlich für Sie, Lady.« Er sah Sarah an, und auch sie reichten sich die Hände. Danach fuhr er fort: »Ich war die ganze Nacht auf den Beinen. Doc hat mein Boot versenkt. Es waren mindestens hundert Löcher drin. Sah aus wie ein Schweizer Käse, deswegen musste ich laufen.«

Mac grinste und hielt seinem Kollegen auffordernd ein Paddel hin. »Wer laufen kann, kann auch rudern! Hier!«

»Gib schon her, du halbe Portion!« Brown' schüttelte den Kopf und zwang sich zu einem Lächeln, aber ihm war anzusehen, wie sehr Kates labiler Gesundheitszustand an ihm zehrte. Er nahm das Paddel in Empfang und wiegte es schwer in beiden Händen. »Hm«, knurrte er. »Liegt gut in der Hand. Ich schätze, es eignet sich prima, um einem frechen Jungen eine verdiente Tracht Prügel zu verabreichen.«

»Sei froh, dass ich nichts sehen kann, sonst würde ich dich herausfordern«, erwiderte Mac mit zusammengekniffenen Augen.

»Ja richtig!« Erst jetzt fiel Jim auf, dass in Macs Gesicht etwas Wesentliches fehlte. »Deine Brille. Hast du das hässliche Ding endlich weggeschmissen?«

»Im Fluss versenkt!«

Die Männer und Frauen ließen die Station hinter sich wie einen bösen Traum.

Acht Tage hatte Sarah in ›EDEN II‹ verbracht. Acht Tage hatte sie im ›zweiten Paradies‹ gelebt, das sich während ihrer Anwesenheit mehr und mehr zur zweiten Hölle entwickelt hatte. Wenn sie wieder in der Zivilisation war, würde sie die Verantwortlichen zur Rechenschaft ziehen. Das nahm sie sich vor.

Mit dem leisen Platschen der Paddel trieben sie in der Strömung langsam flussabwärts, einer ungewissen Zukunft entgegen. Schwerelos hing der Frühnebel über dem glatten Wasser. An beiden Ufern ragten die grauen Blätterwände des Dschungels in die Höhe, doch die Wipfel der Bäume waren durch den fahlen Dunst nicht auszumachen. Rau, bizarr und dennoch schön war es hier, im Herzen des unberührten Waldes. Stille beherrschte diesen Ort. Angenehme, beruhigende Stille, wie seit Anbeginn der Zeit.

# Anmerkung

Meines Wissens existiert keine Firma namens Chemesco. Falls doch, so hat sie nichts mit dem fiktiven Unternehmen in diesem Roman zu tun.

Die Figuren der Gegenwartshandlung sind frei erfunden. Parallelen zu lebenden Personen sind ungewollt und rein zufällig.

Was die Szenen um 1560 betrifft, so ist etliches davon historisch belegt. Lope de Aguirre, der ›Wolf‹, hat tatsächlich gelebt, und ihm hing wahrhaftig der Ruf nach, verrückt und größenwahnsinnig zu sein. Ebenfalls steht fest, dass er – oder zumindest seine Anhängerschaft – Pedro de Ursúa und Dona Inéz auf dieser Expedition umbrachte. Der Baske hatte auch eine Tochter, die ihn auf der beschriebenen Reise jedoch nicht begleitete.

Aguirre schaffte es, den Urwald zu durchqueren, und irgendwann tauchte er auf der Atlantikinsel Margarita auf, von wo aus er sich nach Venezuela begab. Sein Versuch, den König zu stürzen und selbst zum Herrscher der Neuen Welt zu werden, missglückte. Kurz vor seiner Verhaftung brachte er angeblich seine Tochter um – aus Angst, sie würde den Royalisten in die Hände fallen, heißt es. Der Grund für seine krankhafte Machtgier ist bis heute ungeklärt.

## Danksagung

Ohne die Unterstützung der folgenden Personen wäre dieses Buch vielleicht niemals zu Stande gekommen.

Fürs Durchlesen und für anregende Kritik danke ich insbesondere Simone Beck, Christine Häbich, Martina Kurz, Ann-Katrin Späder und Alexandra Urich.

Außerdem haben mich viele Freunde in der über dreijährigen Entstehungszeit dieses Romans immer wieder ermutigt weiterzumachen. Danke!

Besonders viel Kraft zum Durchhalten und Weitermachen hat mir Frau Magdalene Hettich gegeben. Ihr Verdienst liegt nicht in guten Ratschlägen oder Kritik zu meinem Buch, sondern in dem Idealismus, den sie mir seit vielen Jahren vorlebt.

Ich möchte auch nicht versäumen, hier meine Familie zu erwähnen. Meinen Bruder, das technische Genie, ohne den ich vielleicht bis heute noch keinen Computer hätte. Meinen Vater, den Bastler, von dem ich die Konsequenz geerbt haben muss, ein derart langwieriges Projekt wie das Schreiben eines Buchs durchzuziehen. Und meine Mutter, die Realistin, die einen wichtigen Gegenpol zu meiner träumerischen und chaotischen Veranlagung darstellt. Obwohl meine Eltern lange Zeit nichts von meinen schriftstellerischen Ambitionen wussten, bin ich sicher, dass sie heute stolz auf mich sind. Schließlich danke ich noch Sonja, die viel Verständnis für mich aufbringt und ihre eigenen Interessen oft zurückstellen muss, wenn ich an meinem Schreibtisch arbeite.

**Können Sie sich ausmalen, was am 11. September 2001 im Weißen Haus vor sich ging? Glenn Meade hat es getan – drei Jahre zuvor ...**

Abu Hasim, der meistgesuchte Terrorist der Welt, plant den entscheidenden Schlag gegen seinen Todfeind, die Vereinigten Staaten von Amerika. Der Fanatiker hat sich in den Besitz eines chemischen Kampfstoffes gebracht, der an Zerstörungskraft alles bisher Dagewesene in den Schatten stellt. Ein Kampfstoff, der irgendwo in der amerikanischen Hauptstadt Washington versteckt wurde. Hasim setzt der US-Regierung eine Frist von sieben Tagen: Werden innerhalb dieser Zeitspanne nicht eine Reihe von Forderungen erfüllt, sieht sich die mächtigste Nation der Erde in ihrer Existenz bedroht ...

ISBN 3-404-14926-2

BASTEI LÜBBE

**Ein brillant geplanter Coup wird zum Spiel auf Leben und Tod**

Dreißig – und weder Haus, Auto noch Boot? Das Leben zu Ende, bevor es richtig angefangen hat? Für das arbeitslose Lehrerpärchen Angelika und Andreas gibt es nur noch eines: Ab in die Südsee! Und da den beiden das nötige Kleingeld für den Kauf einer 300.000-Mark-Yacht fehlt, ist die Entscheidung schnell gefallen: Sie wird einfach geklaut! Mit Intelligenz und Sorgfalt fädeln sie den Coup ein und bereiten ihn so vor, dass nichts mehr schief gehen kann. Bis sie an Bord eine Leiche entdecken und sich mitten in einer Geschichte wiederfinden, aus der sie nicht mehr aussteigen können ...

ISBN 3-404-14882-7

BASTEI LÜBBE

**Ein Privatdetektiv im Netz aus Politik, Liebe und Verbrechen**

Beatriz Quintéro war jung, hübsch – und eben noch lebendig. Nun zeigt das Einschussloch an ihrem Mantel den Weg, der zu ihrem Tod geführt hat ... Ein Schuss mitten ins Herz. Wem war die Studentin aus Chile, die in Wien Europäisches Recht studierte, so sehr im Weg, dass ein Profi-Killer auf sie angesetzt wurde?
Der Wiener Privatdetektiv Daniel Gregor, ein ehemaliger Uni-Dozent, vor dessen Augen das Mädchen auf offener Straße ermordet wurde, hat nur eine winzige Spur, die ihn in ein Netz aus Geheimdiensten, Mädchenhändlern und korrupten Polizisten führt. Sowie in das Bett einer geheimnisvollen Frau – und an den Rand des Todes ...

ISBN 3-404-14920-3

BASTEI
LÜBBE